DER JÄGER

WEITERE TITEL VON NATHAN BURROWS

In Deutscher Sprache

Der Prediger

Der Jäger

Der Soldat

In Englisher Sprache

Texas 8

Blind Justice

Finding Milly

Single Handed

Man Down

Incoming Fire

Enemy Within

Man Overboard

The Butcher

The Baker

The Candlestick Maker

DER JÄGER

WER WIRD GEJAGT?

DIE PREDIGER-SERIE
BUCH 2

NATHAN BURROWS

1

———

Suzy lehnte sich in ihrem Sitz zurück und versuchte, sich zu entspannen. Endlich, nach monatelanger Planung, hatten sie es geschafft. All die Schmerzen und Qualen, sowohl körperlich als auch psychisch, waren es wert gewesen. Sie waren entkommen.

Sie warf einen Blick auf ihre Tochter Leanne, die aus dem Busfenster auf die Bäume starrte, die entlang der Straße standen, auf der sie fuhren. Das Kind hatte ein leichtes Lächeln im Gesicht. Vielleicht, so dachte Suzy, freute sich Leanne auf ihren siebten Geburtstag, auch wenn dieser noch ein paar Monate entfernt war. Oder vielleicht freute sie sich darauf, London zum ersten Mal zu sehen. Suzy hatte aus zwei Gründen noch nichts für den Geburtstag ihrer Tochter gekauft. Der erste war, dass Leanne ihre Wünsche fast täglich änderte. Der zweite und Hauptgrund war, dass Suzy, wenn sie etwas gekauft hätte, es hätte mitnehmen müssen. Sie musste so flexibel bleiben, wie sie nur konnte.

Mit einem Lächeln, das das ihrer Tochter widerspiegelte, presste Suzy die Stofftasche fest an ihre Brust. Diese

Tasche war, zusammen mit einem kleinen Koffer in einem der Gepäckräume unter dem Bus, alles, was sie jetzt auf der Welt hatten. Alles andere hatten sie zurückgelassen. Jedoch, so überlegte Suzy, als sie ihre Tochter erneut ansah, hatten sie in diesen beiden Gepäckstücken alles, was sie brauchten – einschließlich sich selbst.

Suzy schloss die Augen und ließ die Ereignisse des Tages Revue passieren. Das erste war der Telefonanruf um fast neunzehn Uhr gewesen. Es war ihr Partners gewesen. Niemand würde Suzy am Abend anrufen. Niemand rief Suzy zu irgendeiner Tageszeit an, nicht mehr. Nicht mehr, seit Vince sie nach und nach von ihren Freunden abgeschnitten hatte. Er hatte es so schleichend getan, dass es schon zu spät war, als sie gemerkt hatte, was er tat.

Der Anruf hatte Vince vom Sofa aufgeschreckt – Suzy wusste, dass es das tun würde. Als sie ihn fragte, wer es war, hatte er einfach geantwortet, dass es die Arbeit war, wie er es immer tat. Dann war er gegangen, ohne ein Wort darüber zu verlieren, wohin er gehen wollte oder wann er zurückkommen würde.

Sie stellte sich vor, wie er zu seinem Büro fuhr und zusammen mit seinen Kollegen zu einem anonymen Hinweis gerufen wurde. Aber der Hinweis war nur für Vince und sein Team anonym, nicht für Suzy. Sie wusste ganzgenau, wer den Anruf getätigt hatte und was der Anrufer gesagt hatte. Sie hatte dem Mann eine beträchtliche Summe bezahlt, damit er genau das sagte, was sie von ihm hören wollte. Die Leute, für die Vince arbeitete, reagierten nicht auf jeden anonymen Hinweis, sondern nur auf solche mit bestimmten Wörtern oder Satzkombinationen, die es ihnen lohnenswert erscheinen ließen, die örtliche Polizei einzuschalten. Suzy hatte Monate gebraucht, um die Sätze zusammenzustellen, indem sie hier und da

Schnipsel gesammelt hatte – meistens wenn Vince betrunken und gut gelaunt war, was selten vorkam. Aber nach und nach hatte er genug preisgegeben, damit Suzy etwas Sinnvolles zusammenstellen konnte, um ihre Aufmerksamkeit zu erregen.

In dem Moment, in dem Vinces Auto um die Ecke gebogen war, begann Suzy zu handeln und Leanne für ihr großes Abenteuer fertig zu machen. Dann eilten sie wie Mäuse die Allee neben dem Haus hinunter. Am Ende der Allee stand ein Taxi, das Suzy über eines der wenigen noch funktionierenden Münztelefone in der Gegend bestellt hatte. Das Taxi brachte sie zu einem anderen Taxi, das von einem anderen Telefon und unter einem anderen Namen bestellt worden war. Dann ein letztes Taxi zum Busbahnhof. Sie kamen gerade pünktlich, um den Nachtbus nach London zu nehmen und hatten noch genug Zeit, um einen Obdachlosen zu überreden, ihr zwei Tickets gegen Bargeld zu kaufen, damit sie und Leanne nicht zum Ticketschalter gehen mussten.

Suzy wusste, dass Vince ihre Route zurückverfolgen konnte, aber bis dahin würden sie und Leanne London verlassen haben und auf der nächsten Etappe ihrer komplizierten Reise sein. Schnelligkeit war von entscheidender Bedeutung. Bei dem Gedanken an die Reise, die vor ihnen lag, erlaubte Suzy sich ein breites Lächeln. Sie hatten es endlich geschafft.

Wenige Augenblicke später, als Suzy gerade in den Schlaf sank, hörte sie das Zischen der Bremsen des Busses. Er kam ruckartig zum Stehen und als sie aus dem Fenster schaute, sah sie nur Bäume. Das war doch keine der üblichen Haltestellen, oder? Sie vernahm Aufruhr im vorderen Teil des Busses und ihr Herz sank. Wie hatte Vince sie so schnell aufgespürt? Es konnte doch nicht länger als eine

Stunde her sein, dass sie Norwich verlassen hatten. Suzy reckte den Hals und schaute nach vorne, um Leanne zu beruhigen, die gerade aufgewacht war.

Es war nicht Vince, der vorne im Bus stand. Es war ein Mann, der eine Sturmhaube trug. In einer seiner Hände befand sich ein Kopfkissenbezug. In der anderen hielt er etwas, das einige der anderen Fahrgäste vor Schreck zusammenzucken ließ: eine kleine schwarze Pistole, mit der er im Inneren des Busses herumfuchtelte.

»Keiner bewegt sich!«, schrie eine Männerstimme und die Sturmhaube bewegte sich im Takt der Worte. »Handys, Portemonnaies, Handtaschen. Ich will alles haben!«

2

C aleb, der die Augen geschlossen hatte, seit der Bus Norwich verlassen hatte, hielt sie auch geschlossen, als der Bus mit einem Zischen zum Stehen kam. Er neigte seinen Kopf zur Seite, als er hörte, wie die Tür geöffnet wurde. Ein paar Sekunden später spürte er, wie sich der Bus um weniger als einen Grad nach links neigte, als jemand – vermutlich der Fahrer – ausstieg. Das nächste Geräusch, das er außer ein paar gedämpften Stimmen hörte, war das unverwechselbare Geräusch eines Faustschlages, gefolgt von dem leisen *Aufprall* eines Körpers, der zu Boden fiel. Dann bewegte sich der Bus erneut und jemand stieg ein. Der Neigung nach zu urteilen war dieser jemand kleiner als der Fahrer, wenn man davon ausging, dass er es war, der ausgestiegen war. Dann kippte der Bus erneut zu Seite, als eine weitere Person einstieg, bevor ein kollektives Aufschreien durch das Innere des Busses hallte.

»Keiner bewegt sich! Handys, Portemonnaies, Handtaschen – ich will alles haben!«

Die Stimme war jung, britisch und wahrscheinlich weiß. Caleb drehte seinen Kopf in die entgegengesetzte Richtung, bewegte sich langsam und hielt seine Augen geschlossen. Das kollektive Aufschreien verriet Caleb mehrere Dinge. Erstens, dass der junge Mann bewaffnet war. Zweitens, dass das Geräusch aus allen Bereichen des Busses kam. Das sagte ihm, dass die Waffe wahrscheinlich eine Pistole war. Ein Messer würde nicht den ganzen Bus auf dieselbe Weise aufschrecken lassen. Caleb schloss aus den Worten, die gesprochen worden wurden, dass derjenige, der gesprochen hatte, es ernst meinte. Der Klang des kollektiven Schreis bestätigte diese Einschätzung nur noch.

»In die Tasche! In die Tasche!«, fuhr der Mann fort. Caleb stellte sich vor, wie er eine Sporttasche oder etwas Ähnliches durch den Bus trug und von Fahrgast zu Fahrgast ging, bis sie ihre Taschen geleert hatten. Die Stimme wurde immer lauter und drohte weiter, aber Caleb begnügte sich damit, so zu tun, als ob er schliefe. Es gab keinen Grund, die Augen zu öffnen. Noch nicht.

Caleb saß fünf oder sechs Reihen hinter dem vorderen Teil des Busses, direkt hinter einer Frau und ihrer Tochter. Als er eingestiegen war, hatte das Mädchen das graue Gewand kommentiert, das er trug, aber die Frau war nicht sehr interessiert gewesen, sich darauf einzulassen.

»Warum trägst du ein Kleid?«, hatte das Kind auf eine unschuldige Art gefragt, so wie es nur Kinder können.

»Ich bin ein Prediger«, hatte Caleb mit einem Lächeln geantwortet.

Als die Mutter des Kindes versucht hatte, ihre Tochter zu beruhigen, hatte die Frau keinen Blickkontakt mit Caleb aufgenommen. Sie war vielleicht Anfang dreißig, trug hellblaue Jeans, Turnschuhe ohne Markenzeichen und ein formloses weinrotes Sweatshirt über einer schlanken Figur. Ihr blondes Haar war zu einem unordentlichen Pferdeschwanz zusammengebunden und ihr Shampoo oder ihr

Duschgel, vielleicht auch beides, enthielt Zitronenextrakt. Caleb entdeckte auch einen leichten Bluterguss auf ihrer linken Wange, der fast, aber nicht ganz unter einer Schicht Make-up verborgen war.

Die nächste Stimme, die Caleb hörte, war die des Mädchens. Sie sprach nicht; sie schrie. Caleb öffnete seine Augen ein paar Millimeter, um die Situation einzuschätzen und sah den Bewaffneten unmittelbar vor der Frau und dem Mädchen stehen. Er richtete die Waffe direkt auf die Frau.

Caleb presste die Lippen zusammen, als er die Situation durch den schmalen Augenschlitz analysierte. Wie er vermutet hatte, war der Bewaffnete jung. Er trug eine Sturmhaube, seine Augen waren unter dem schwarzen Stoff weit aufgerissen. Spätes Teenageralter, vielleicht Anfang zwanzig? Nicht älter als das. Hinter ihm, im vorderen Teil des Busses, stand ein weiterer Mann mit einer Pistole in der Hand. Er sah viel selbstsicherer aus als sein jüngerer Kollege. Der Boss, ganz sicher.

Die Waffen, die die Männer trugen, waren Glock 17 Pistolen. Einfach, aber effektiv, besonders aus nächster Nähe. Sie waren aus Kunststoff und Metall gefertigt, wobei der Verschluss und der Abzugsmechanismus aus Metall und der Griff mit dem Magazin aus Kunststoff waren. Caleb konnte den Boden eines Magazins im Griff sehen, aber es war ihm nicht möglich, zu erkennen, ob die Waffe tatsächlich geladen war. Das konnte er nur feststellen, wenn der Mann, der sie in der Hand hielt – oder jemand anderes – den Abzug betätigte.

»Was ist in der Tasche?«, rief der junge Mann und richtete die Waffe auf die Unterseite des Sitzes der Frau. Caleb erinnerte sich daran, dass sie eine Stofftasche dicht vor der Brust gehalten hatte, als er in den Bus eingestiegen war. Sie musste versucht haben, sie unter dem Sitz zu verstecken, ohne zu ahnen, dass sie damit nur zusätzliche Aufmerksamkeit auf sie ziehen würde. Caleb sah, wie sie auf ihrem Sitz hin und her rutschte. »Was ist in der Tasche?«, wiederholte der Mann und bewegte die Pistole in seiner Hand so, dass sie wieder auf sie gerichtet war. In seiner anderen Hand befand sich ein Kopfkissenbezug in einem unschönen, leuchtenden Gelb, der mit den Besitztümern der anderen Reisenden gefüllt war.

Caleb öffnete seine Augen ein wenig mehr, um die Art und Weise, wie er die Pistole hielt, zu beobachten. Die Glock 17 hatte keine Sicherung, sondern war mit einem kleinen Hebel am Abzug ausgestattet. Der eigentliche Abzug konnte nur betätigt werden, wenn der Hebel gleichzeitig gedrückt wurde. Caleb konnte sehen, dass die Zeigefingerkuppe des Mannes den Hebel eindrückte. Ein wenig Druck und die Waffe würde, wenn sie geladen war, abfeuern. Caleb schloss die Augen und sprach ein kurzes Gebet um göttliches oder sonstiges Eingreifen.

Ob es an Calebs Gebet lag oder nicht, zu seiner Erleichterung beugte sich die Frau vor, um nach der Tasche zu greifen. Eine Sekunde später wurde sie ihr entrissen. Der Mann lenkte seine Aufmerksamkeit von der Pistole ab und schaute hinein, was Caleb die perfekte Gelegenheit gab, ihn zu entwaffnen. Normalerweise nutzte Caleb solche Gelegenheiten, wenn sie notwendig waren, aber das Risiko für die anderen Fahrgäste war zu groß.

»Jackpot!«, rief der Mann seinem Komplizen im vorderen Teil des Busses zu. Eine weitere Gelegenheit, die Caleb weder nutzte noch benötigte. Er beugte sich leicht vor, um zu sehen, was in der Tasche war, und versuchte, den Eindruck zu wahren, dass er schlief.

Es war Geld. Sehr viel Geld.

3

———

Weniger als fünfzehn Meilen vom Bus entfernt, saß Naomi Tipton in ihrem kleinen, knallroten Mini. Das Auto war ein Geschenk ihres Vaters gewesen, eine Belohnung für ihr bestandenes Jurastudium ein paar Jahre zuvor. Laut ihm war Naomi die erste in der Familie, die eine richtige Universität besucht hatte, und sie wünschte sich, er wäre an dem Tag dabei gewesen, an dem sie endlich das Staatsexamen bestanden hatte, der sie zu einer voll qualifizierten Anwältin für Strafrecht gemacht hatte. Es folgten zwei harte Jahre der praktischen Ausbildung, aber die Belohnung war die Mühe allemal wert. Mit einem Kloß im Hals stellte Naomi fest, dass das Restaurant, vor dem sie saß, einer der letzten Orte war, an dem sie mit ihrem Vater gewesen war, bevor ihn der Krebs vor ein paar Monaten getötet hatte. Hätte sie das nur früher bemerkt, dann hätte sie darauf bestanden, dass ihr Freund sie woanders trifft. Aber wenn Naomis Plan so funktionierte, wie sie es sich erhoffte, würden sie nicht einmal so weit kommen, dass der Kellner sie zu ihrem Tisch führt und ihnen eine Karaffe Wasser bringt. Noch bevor die Speisekarten an den Tisch gebracht werden würde, wollte sie als Single wieder im Auto sitzen.

Mit einem schweren Seufzer stieg Naomi aus dem Mini und schloss ihn ab. Sie freute sich nicht auf die nächsten paar Minuten, aber es musste getan werden. Sie war früh gekommen und hatte dafür gesorgt, dass das auffällige Auto nicht aus dem Restaurant gesehen werden konnte. Wenige Augenblicke nach ihrer Ankunft fuhr ein eleganter schwarzer BMW, der ihrem baldigen Ex-Freund Mark gehörte, auf den Parkplatz, genau so wie er in ihr Leben getreten war. Naomi wusste, dass er nicht zu spät zu ihrem Treffen kommen würde. Mark kam nie zu spät zu irgendetwas. Auf diese Weise zeigte er, dass er das Sagen hatte.

Als sie begannen, sich zu treffen, hatte Naomi nicht einmal bemerkt, dass sie in eine Beziehung mit ihm verwickelt war, bis es zu spät war. Sie hatten sich ein paar Mal getroffen und die Gesellschaft des anderen genossen. Mark arbeitete in der Stadt, nicht in Norwich, sondern in London. Er machte irgendetwas mit Hedgefonds. Naomi wusste oder kümmerte sich wenig darum, was das bedeutete. Sie war nicht auf der Suche nach etwas Ernstem. Naomi war alles andere als promiskuitiv, aber als sie zum ersten Mal miteinander schliefen, war das eher eine natürliche Verlängerung eines betrunkenen Abends zwischen zwei Singles als der Beginn einer ernsthaften Beziehung – zumindest hatte Naomi das so gesehen. Aber Mark sah das anders.

Am Anfang hatte es noch Spaß gemacht. Mark hatte ihr schon beim dritten Mal, als sie miteinander schliefen, klar gemacht, dass sie eine Beziehung führten. Ihre Beziehung hatte wie jede andere begonnen, aber Naomi hatte es nie als etwas anderes als eine vorübergehende Sache gesehen. Ihre Pläne lagen woanders und als Mark eines Abends mit einer Tasche in ihrer Wohnung auftauchte und behauptete, er müsse aus seiner eigenen Wohnung ausziehen, war das nicht gerade hilfreich.

Man hatte ihr eine Stelle weit weg von Norwich in Bristol angeboten, als frischgebackene Anwältin für Strafrecht. Naomi hatte die Absicht, die Stelle anzunehmen, sobald sie ihre Kündigungsfrist erfüllt hatte. Als sie Mark von ihren Plänen erzählte, wurden Naomi schnell zwei Dinge klar – eines davon wusste sie bereits, das andere vermutete sie. Das erste war, wie schnell er in Wut umschlagen konnte. Das zweite war, dass es ihm nichts ausmachte, seine Wut mit den Fäusten auszudrücken. Sogar gegen sie.

Naomi blieb vor den Glastüren des Restaurants stehen und machte sich auf das gefasst, was kommen würde. Durch die Glasscheibe konnte sie sehen, wie Mark, der wie die meisten anderen Geschäftsleute in der Stadt seinen blauen Anzug und braune Schuhe trug, mit einer Kellnerin flirtete. Sie erinnerte sich an ein Essen in einem anderen Restaurant zurück. Der Kellner dort, ein gut aussehender junger Mann, der laut seinem Namensschild ebenfalls Mark hieß, war sehr zuvorkommend zu Naomi gewesen. Sie hatte nicht bemerkt, dass er mit ihr flirtete, aber der andere Mark schon. Er hatte sie nach dem Essen zu seinem Auto gezerrt und sie fast auf den Beifahrersitz geworfen, bevor er den ganzen Weg zurück zu seiner Wohnung schmorte. Die Art und Weise wie Mark anschließend im Bett mit ihr umgegangen war, hatte eine rote Fahne ausgelöst, die sie nicht ignorieren konnte. Er hatte zwar aufgehört, als sie es ihm gesagt hatte, aber Naomi war nicht davon überzeugt, dass das immer der Fall sein würde. Am nächsten Morgen hatte sie ihm von ihren Plänen für Bristol erzählt. Da hatte er sie zum ersten und nach Naomis Meinung auch zum letzten Mal geschlagen.

Sie stieß die Tür auf und machte sich auf den Weg ins Restaurant. Als Mark sie sah, breitete sich ein träges Grinsen auf seinem Gesicht aus. Er hörte auf, sich mit der Kellnerin zu unterhalten und wies mit einer Geste auf einen Tisch mit einem riesigen Blumenstrauß in der Mitte. Naomi dachte wieder an ihren Vater, einen großen Mann, der sein Leben lang auf Ölplantagen gearbeitet hatte und dementsprechend kräftig war. Als sie als Teenager anfing, mit Jungs auszugehen, hatte er ihr einen weisen Rat gegeben, den sie damals nicht hören wollte.

Fäuste, dann Blumen. Dann beendest du die Sache und sagst es mir. Ich kümmere mich darum.

Nur war Naomis Vater nicht mehr da, um sie zu beschützen. Sie war auf sich allein gestellt – oder zumindest würde sie das in wenigen Augenblicken sein.

4

———

Leon pfiff vor sich hin, als er das Geld in der Tasche sah. Sie war voll mit Papiergeld, die meisten Scheine waren zusammengerollt und mit Gummibändern zusammengebunden. Als er sah, dass die äußeren Scheine der Rollen Fünfzig-Pfund-Noten waren, pfiff er. Es mussten Tausende von Pfund in der Tasche sein. Die meisten Scheine waren violette Zwanzig-Pfund-Scheine, aber auch ein paar hellbraune Zehn-Pfund-Scheine waren dabei.

Leon warf einen Blick auf den anderen Bewaffneten im vorderen Teil des Busses, den er nur als Syd kannte. Keiner in der Gruppe wusste, ob Syd sein richtiger Name war, und Leon hatte den Mann nie gefragt. Syd hatte das Sagen, sowohl bei diesem Job als auch in der Gruppe selbst. Die anderen beiden Mitglieder der Gruppe waren an der Straße verteilt, einer etwa hundert Meter vor dem Bus, der andere in der gleichen Entfernung dahinter. Die Wahrscheinlichkeit, dass jemand die Straße entlangfuhr, war gering, zumindest laut ihrer Einschätzung, aber Syd wollte nicht riskieren, dass ihre Operation gestört wurde.

»Wenn jemand auftaucht«, hatte er bei ihrer letzten Planbesprechung gesagt, »dann sind das nur Leute, die ausgeraubt werden.«

Leon versuchte, der Frau die Tasche zu entreißen, aber sie klammerte sich mit aller Kraft an den Griff.

»Gib mir die verdammte Tasche!«, schrie Leon und zwang ein Knurren in seine Stimme. Neben ihr fing das Kind der Frau an zu weinen.

»Bitte, nein«, flehte die Frau und sah ihn verzweifelt an. »Es ist alles, was wir haben.«

»Ich sagte«, antwortete Leon und zerrte wieder an der Tasche, »gib mir die verdammte Tasche!«

Die Frau ließ die Tasche immer noch nicht los. Leon hob die Glock und richtete sie auf das Kind statt auf die Frau. Das zeigte Wirkung. Als das Kind schrie, ließ die Frau die Tasche los und zog das Mädchen in ihre Arme.

Leon nahm die Tasche und ging rückwärts den Gang entlang zum vorderen Teil des Busses. Als er Syd erreichte, sah er, wie sich seine Augenbrauen unter der Sturmhaube zusammenzogen.

»Was haste?«, fragte Syd, wobei die Frage fast aus einem einzigen Wort bestand.

»Schau«, antwortete Leon und blickte auf die Tasche hinunter. »Bargeld, und zwar jede Menge davon.«

»Mega«, antwortete Syd, als er Leon die Tasche abnahm. Zu spät bemerkte Leon, dass er noch ein oder zwei Scheine aus der Tasche hätte nehmen können, bevor er sie überreichte. »Worauf wartest du?«, schnauzte Syd und nickte zurück in den Bus. »Geh schon, hol den Rest!«

Leon drehte sich um und ging langsam zurück in den Bus, wobei er versuchte, bedrohlich auszusehen, um seine Angst zu verbergen. Einige der Fahrgäste starrten ihn an, vor allem die älteren. Die jüngeren Fahrgäste waren so vernünftig, ihm nicht in die Augen zu schauen. Leon begann sich gut zu fühlen, stark. Syd hatte Recht gehabt. Das war ein Rausch wie kein anderer. Aber die Angst war noch nicht ganz verschwunden.

Als Leon erfuhr, dass er sich beweisen musste, bevor er überhaupt für die Gruppe in Frage kam, war er nervös gewesen. Er hatte verschiedene Geschichten über die Aufnahmerituale der örtlichen Gangs gehört. In seiner Wohnsiedlung gab es zwei große Gangs, die mit rivalisierenden Fußballvereinen verbündet waren.

Die meiste Zeit ließen sich die beiden Gangs gegenseitig in Ruhe. Sie lebten in der Sozialwohnungssiedlung in einem unruhigen Waffenstillstand nebeneinander her und die Bewohner, die dort lebten, waren gefährdet, weil sie im Zentrum davon lebten. Abgesehen von den Derbytagen, an denen sich die beiden Fußballmannschaften auf dem Spielfeld und die Gangs auf der Straße gegenüberstanden, schien ein zähneknirschender Respekt den Frieden zu wahren. Leon war nicht daran interessiert, einer der beiden Gangs beizutreten. Er war mehr daran interessiert, Geld zu verdienen, als Graffitis zu kritzeln oder sich auf dem Sportplatz zu prügeln. Es gab eine Option, über die nur geflüstert wurde. Der Mann namens Syd, der verschiedene Geschäfte in der Siedlung betrieb. Er war kein harter Mann, aber er stand über den Gangs und kontrollierte den Fluss von Drogen und gestohlenen Fahrzeugen durch die Siedlung. Leon hatte gehört, dass Syd eine neue Gruppe zusammenstellte und er hatte ein Treffen mit dem Mann arrangiert, bei dem er ihn ganz ehrlich gefragt hatte, ob er Teil davon werden dürfte.

Syd hat sich von Anfang an klar ausgedrückt – seine Gruppe war keine Gang. Gangs sind etwas für Verlierer ohne Ehrgeiz. Es gab genug andere, die ihre bunten

Schilder an Wände und Gebäude in der Siedlung, in der sie lebten, sprühen konnten, aber das war nicht Syds Absicht. Er war ein Geschäftsmann und interessierte sich mehr für bares Geld als für seinen Ruf. Deshalb ging Leon mit einer Pistole in der Hand durch einen Bus und bedrohte alle, die sich darin befanden.

Darunter auch, dachte Leon, als er zu den Sitzen zurückging, wo die Frau ohne Tasche jetzt weinte und Tränen und Rotz über ihr Gesicht liefen, einen Mann, der auf dem Sitz hinter ihr zu schlafen schien. Im Bus saßen alle möglichen Fahrgäste, junge und alte.

Aber dieser Fahrgast war der einzige, der ein Gewand trug.

5

Vince rollte seinen Kopf hin und her und versuchte vergeblich, den steifen Nacken zu beruhigen, den er seit dem Training am Vorabend im Fitnessstudio hatte. Er wusste genau, was er getan hatte. Es war das letzte Kreuzheben seines Satzes und er war so versessen darauf gewesen, es zu beenden, dass er seinen Kopf nach vorne gestreckt hatte, was zu sofortigen Schmerzen und einem heruntergefallenen Gewicht geführt hatte. Selbst ein Eisbeutel von der blöden Kuh an der Rezeption des Fitnessstudios hatte nicht geholfen. Wenn dieser Job vorbei war, würde er vielleicht seinen Chiropraktiker aufsuchen, auch wenn er sich nach einem Besuch bei ihm normalerweise noch schlechter fühlte.

»Alle Teammitglieder. Ich habe die Kontrolle über Yellow Burger«, verkündete eine männliche Stimme in seinem Kopfhörer. Vince stöhnte leise auf. Er wusste, dass es ein Computer war, der die Codenamen der Zielpersonen zuordnete, aber sicher gab es in der Zentrale eine Taste, mit der man die dummen Namen ausblenden konnte. »Weiße

Baggy Hose, marineblaue Pufferjacke, schwarze Baseballmütze, die er tief über die Augen gezogen hat.«

Vince runzelte die Stirn. Das hörte sich für ihn nicht
nach Yellow Burger an. Der Mann, den er und sein Team
seit einigen Monaten verfolgten, wurde immer nur mit
einem Thawb gesehen, einem langen Kleidungsstück, das
einige muslimische Männer tragen, und er trug normalerweise eine traditionelle Kufi-Mütze. Niemals eine Baseballmütze. Wenn Yellow Burger als Terrorist auf ihrem Radar
war, könnte er seine übliche Kleidung als Teil eines Reini-
gungsprozesses vor einem Anschlag abgelegt haben. Aber
das war nicht der Grund, warum Yellow Burger auf Vinces
Abschussliste stand. Er war kein Terrorist, sondern ein
hochrangiger Söldner, der plante, das britische Cyber-Netz-
werk mit einem Programm anzugreifen, das alles aus allen
Regierungsbehörden heraussaugen würde, um es an den
Höchstbietenden zu verkaufen. Wenn die Informationen,
über die Vinces Arbeitgeber verfügten, korrekt waren, und
das waren sie meistens, gab es eine regelrechte Schlange
potenzieller Käufer.

»Bestätige, dass es Yellow Burger ist, Sechs-Vier«, sagte
Vince in das kleine Mikrofon, das in seine Anzugman-
schette eingenäht war. »Hast du ein klares Bild?« Es könnte
ja auch nur irgendein Typ sein, der die Wohnung verlässt,
und nicht die Zielperson.

»Warte, warte«, antwortete die männliche Stimme, die
zu einem Mitglied von Vinces Überwachungsteam gehörte.
Vince tat, wie im befohlen, denn er wusste, dass Sechs-Vier
seine Position verändern würde, um einen besseren Blick
auf ihr Ziel zu bekommen. Das Problem mit Yellow Burger
war, dass er überwachungsbewusst und damit höchst para-
noid war. Sie hatten nur ein paar Fotos von dem Mann, was
seine Verfolgung schwierig, wenn nicht sogar unmöglich

machte. Deshalb hatten Vince und sein Team alles stehen und liegen gelassen, um zu seinem Standort zu gelangen, obwohl es mehrere Stunden Fahrt von ihrer Basis in Thames House in London entfernt war, als sie von einer ihrer Quellen über eine Sichtung informiert worden waren.

Vince tippte mit den Fingern auf den Bildschirm seines Handys und hob es an sein Ohr.

»Hallo, was kann ich für Sie tun?«, erkundigte sich die Frau, die abnahm. Das war die Standardbegrüßung. Es war ja nicht so, dass sie sagen konnten: *Secret Intelligence Service, wie kann ich Ihnen helfen?*

»Hier ist Sechs-Sechs«, antwortete Vince und benutzte seine Kennung. Seine Abteilung hatte sechs Teams, die alle aus sechs Agenten bestanden, aber nur sein Team war befugt, exekutive Maßnahmen zu ergreifen. Die anderen fünf fanden und verfolgten Menschen, aber sie schalteten sie nicht aus. Das konnte nur Vinces Team, und es war etwas, das sie sehr gut beherrschten. »Wie wurden wir informiert?« Am anderen Ende der Leitung gab es eine Pause, während die Zentrale über ihre Antwort nachdachte. Anrufe waren immer so. Langsam, ausformuliert und völlig bedeutungslos für jeden, der vielleicht mithörte.

»Von einer zuverlässigen Quelle«, bestätigte sie einen Moment später. »Sie haben eine vereinbarte Kennung verwendet.«

Vince dachte einen Moment lang nach. Die vereinbarten Kennungen wurden verwendet, um sicherzustellen, dass die erhaltenen Informationen echt waren und von einem bekannten Informanten stammten, von denen es viele gab. Da er am Telefon keine weiteren Informationen erfragen konnte, beendete er den Anruf und lehnte sich auf dem Beifahrersitz des Wagens zurück, um auf Sechs-Vier zu warten. Es dauerte länger, bis der andere Agent antwortete, als Vince wollte, aber schließlich tat er es doch.

»Zurück, zurück. Das Ziel ist nicht Yellow Burger. Ich wiederhole, das Ziel ist nicht Yellow Burger. Ich sende jetzt ein Foto zur Identifizierung.«

Vince fluchte leise und griff nach seinem Sicherheitstablett. Er wischte über den Bildschirm und rief das Foto auf, das Sechs-Vier gerade gesendet hatte. Es war nicht Yellow Burger, es sei denn, die Zielperson hatte seit ihrer letzten Aufnahme etwa zwanzig Kilo abgenommen. Wenigstens war das Bild, das Sechs-Vier geschossen hatte, klar und deutlich, was das Leben der Zentrale leichter machen würde.

»Sechs-Eins und Sechs-Zwei, bleibt an ihm dran, falls er mit Yellow Burger in Verbindung steht«, befahl Vince in sein Mikrofon. Ein paar Klicks in der Leitung ließen ihn wissen, dass sie die Nachricht erhalten hatten. »Alle anderen Einsatzkräfte behalten die Wohnung im Visier. Yellow Burger könnte immer noch da drin sein.«

»Kein Lebenszeichen in der Wohnung, Sechs-Sechs«, meldete einer der Agenten einige Augenblicke später. Dann meldete sich die Stimme der Zentrale über Funk.

»Das frühere Ziel ist in keiner unserer Datenbanken verzeichnet.«

Vince fluchte erneut. Das Gesicht des Mannes war durch mehrere Gesichtserkennungssysteme gelaufen, von denen einige die linksgerichtete Öffentlichkeit in Aufruhr versetzen würden, wenn sie wüssten, dass es sie gibt. Irgendetwas stimmte an diesem ganzen Auftrag nicht. Vince konnte es spüren. Sein früherer Enthusiasmus über eine erfolgreiche Festnahme verflüchtigte sich.

»Sechs-Eins, früheres Ziel kehrt in die Wohnung zurück«, berichtete die Stimme über das Funkgerät einige

Augenblicke später Vince. »Er hat jetzt eine Packung Milch in der Hand.«

»Um Gottes willen«, murmelte Vince, ohne sich darum zu kümmern, ob es über das Mikrofon aufgezeichnet wurde. Sie hatten gerade ein Killerkommando in die hinterste Ecke von Nirgendwo geschickt, um einen Mann beim Milchholen zu beobachten.

6

———

Caleb wartete und lauschte, während der Dieb durch den Bus lief. Er konnte die Schritte über das Schluchzen der Frau auf dem vorderen Sitz hören. Das Geräusch, das sie von sich gab, war alles andere als Traurigkeit darüber, dass sie Geld verloren hatte. Es war ein Geräusch, das Caleb schon einmal gehört hatte. Das Geräusch, das ein Mensch macht, wenn er alles verloren hatte.

»Du! Wach auf!« Caleb spürte, wie ein Fuß seine Wade anstupste. Der Fuß war zaghaft und hatte nicht annähernd so viel Autorität wie die Stimme. Caleb wartete ein paar Sekunden, bevor er seine Augen öffnete. Als er sie geöffnet hatte, wölbte er eine Augenbraue in die Richtung des Jugendlichen. »Was hast du da drin?«

Der Mann mit der Waffe deutete auf die kleine Stofftasche, die Caleb auf seinem Schoß hatte. Caleb sah sich die Waffe an und sein Verdacht bestätigte sich, dass es sich um eine Glock 17 handelte, die wahrscheinlich geladen und vielleicht sogar schussbereit war. Der Jugendliche benutzte sie als Requisit, nicht als Drohung. Es würde nur den Bruchteil einer Sekunde dauern, bis Caleb seine Hand über die des Jugendlichen legen und ihn mit einer brutalen Drehung entwaffnen könnte, die entweder seinen Finger oder sein Handgelenk brechen würde. Vielleicht sogar beides. In einem weiteren Sekundenbruchteil würde er abdrücken und dem Mann vorne im Bus eine Kugel zwischen die Augen jagen. Für Caleb wäre das ein leichter Schuss. Er hatte mit ähnlichen Waffen schon auf Leute geschossen, die viel weiter weg standen, und nicht daneben geschossen. Caleb schoss selten daneben. Dann würde der Mann, der ihn gerade angestupst hatte, auf das andere Ende der Waffe schauen und den Rauch aus dem Lauf aufsteigen sehen, bevor der Körper seines Kumpels überhaupt auf dem Boden aufschlagen würde.

Caleb tat nichts von alledem. Der Bus war voll mit Zivilisten. Kinder, Frauen und Männer, die keine Erfahrung mit Schusswaffen hatten. Vielleicht hatten ein oder zwei von ihnen in der Vergangenheit welche gehabt, aber Caleb hatte sie alle beim Einsteigen beobachtet und war sich ziemlich sicher, dass sie alle Berufszivilisten waren. Wenn er schießen würde, könnten ihre Reaktionen unvorhersehbar und gefährlich sein. Das war ein Grund.

Ein weiterer Grund war, dass der junge Mann, der ihm gerade ans Bein gestoßen hatte, Calebs Meinung nach nicht besonders gefährlich war. Er bemühte sich sehr, eine Aura der Bedrohung auszustrahlen, aber es gelang ihm nicht. Es würde Caleb wundern, wenn er die Waffe in seiner Hand jemals abgefeuert hatte.

»Ich habe dir eine Frage gestellt, Mönch«, sagte der Mann mit der Waffe. Caleb sagte nichts, sondern sah ihn nur an. »Was ist in der Tasche?«

Caleb öffnete langsam den oberen Teil der Tasche, damit der Mann hineinsehen konnte. Es war nichts drin, was einen Räuber interessieren könnte. Nichts von Wert für irgendjemanden außer Caleb. Er wusste, dass der Mann einige der Gegenstände darin wiedererkennen würde. Das Rasiermesser, mit dem Caleb sich den Kopf rasierte, vielleicht auch den Schleifstein, mit dem er das Rasiermesser scharf hielt. Aber es gab kein Geld, keine Brieftasche und nicht einmal einen Reisepass. Caleb hatte zwar einen, aber nicht in seiner Tasche. Er bewahrte ihn in einer Innentasche seines Gewandes auf, zusammen mit dem wenigen Geld, das er hatte, wie er es immer tat, wenn er mit öffentlichen Verkehrsmitteln reiste.

»Wo sind deine ganzen Sachen?«, fragte der junge Mann, hob die Waffe und richtete sie auf Caleb. Sein Finger befand sich außerhalb des Abzugsbügels und Caleb wusste, dass er ihn am ersten Fingerglied brechen konnte, bevor er in die Nähe des Abzugs kam.

»Das sind meine Sachen«, erwiderte Caleb mit leiser und hoffentlich nicht bedrohlicher Stimme. »Ich reise mit leichtem Gepäck.« Falls der junge Mann Calebs texanischen Akzent bemerkte, ließ er sich nichts anmerken. Sie starrten sich einige Sekunden lang an, wobei die Augen des jungen Mannes zwischen denen von Caleb hin- und herflogen, als würde er überlegen, was er als Nächstes sagen sollte. Dann rief der andere Mann mit der Sturmhaube im vorderen Teil des Busses seinem Komplizen zu.

»Yo, komm schon!« Caleb sah, wie er mit dem Zeigefinger in der Luft herumwirbelte, eine universelle militärische Geste, die bedeutete: *Mach schon!* »Zwanzig Sekunden, dann sind wir hier weg.«

Caleb speicherte die Geste in seinem Kopf. Es war ungewöhnlich, dass ein Zivilist sie machte. Vielleicht war er ja doch nicht der Einzige im Bus, der gedient hatte?

Mit einem letzten Blick auf Caleb ging der junge Mann

mit der Pistole weiter zu den Fahrgästen auf dem Sitz hinter ihm. Caleb schloss die Augen, als er hörte, wie sich die beiden älteren Fahrgäste abmühten, ihre Wertsachen in den Kopfkissenbezug zu stecken. Ein paar Sekunden später hörte er eine junge Frau schreien, aber er hielt seine Augen geschlossen. In den Schrei mischte sich Wut und Angst und er bezweifelte, dass sie in Gefahr war. Caleb bezweifelte, dass überhaupt einer der Passagiere in Gefahr war. Als er dem jungen Mann ein paar Sekunden zuvor in die Augen geschaut hatte, war Caleb eines klar geworden.

Der Bewaffnete hatte genauso viel Angst wie die Fahrgäste im Bus.

7

Suzy atmete erleichtert auf, als sie bemerkte, dass die beiden Bewaffneten aus dem Bus gestiegen waren. Sie wischte sich mit dem Handrücken über das Gesicht und griff dann in eine Hosentasche, um ein Päckchen Taschentücher herauszuholen. Als sie Leanne eines der Taschentücher reichte, starrte das Mädchen nur auf den Sitz vor ihnen. Keine Tränen, keine Miene. Nur ein leerer Blick. Suzy wusste nicht, ob das gut oder schlecht war. War es Schock? Keine von ihnen hatte je eine Waffe aus nächster Nähe gesehen und Suzy wusste nicht, ob Leanne begriffen hatte, in welcher Gefahr sie sich befunden hatten.

Aber das spielte jetzt keine Rolle mehr. Die Gefahr, die von den beiden Männern ausgegangen war, die gerade den Bus überfallen hatten, war vorbei. Sie hatten sich mit quietschenden Reifen entfernt und waren verschwunden. Das letzte, was sie von ihnen gesehen hatte, waren die Bremslichter ihres Fahrzeugs, die ein paar hundert Meter weiter aufflackerten, als sie vor einer Kurve abbremsten. Dann waren sie verschwunden. Doch die eigentliche Gefahr für Suzy und Leanne war nicht verschwunden. Im Gegenteil, jetzt, wo Suzy das Geld verloren hatte, das sie so lange gespart hatte, war ihre Lage sogar noch gefährlicher.

»Wo ist der Fahrer?«, rief eine männliche Stimme aus dem vorderen Teil des Busses. Ein paar Fahrgäste stiegen aus und ein paar Augenblicke später stieg einer von ihnen wieder ein, um sich an den Rest der Fahrgäste zu wenden. »Gibt es hier jemanden mit einer Erste-Hilfe-Ausbildung?« Es war derselbe Mann, der nach dem Fahrer gefragt hatte. Suzy sah ihn an, als Leanne sich neben ihr regte. Wenigstens übernahm jemand die Verantwortung für die Situation. »Und kann jemand einen Bus fahren?«

Hinter ihr gab es eine Bewegung, als ein anderer Fahrgast aufstand. Suzy drehte sich um und sah einen älteren Herrn, der seine Hand in die Luft hob.

»Früher konnte ich es«, sagte er mit einem nervösen Lachen. »Das ist lange her, aber wie schwer kann es schon sein?« Keiner der anderen Fahrgäste reagierte darauf. Die meisten von ihnen schienen wie Leanne immer noch unter Schock zu stehen.

»Ich habe die Polizei gerufen«, rief ein anderer Fahrgast. »Ich habe noch mein Handy. Sie sind auf dem Weg.«

»Leanne«, flüsterte Suzy und rüttelte ihre Tochter an der Schulter. »Komm schon.« Als der Bus angehalten hatte, konnte sie kein Signal auf ihrem Handy empfangen, ein Wegwerfhandy, welches sie auf dem Markt mit Bargeld gekauft hatte, aber anscheinend hatte es jemand geschafft, sein Handy vor den Räubern zu schützen und ein Signal zu empfangen.

»Was ist los?«, antwortete Leanne murmelnd.

»Wir müssen gehen, Liebling«, erklärte Suzy.

Suzy stand auf und zerrte an Leannes Arm. Um sie herum tummelten sich die anderen Fahrgäste. Einige von ihnen lachten – nervöse Laute, von denen Suzy annahm, dass sie ihren Schock überspielen wollten. Kurz bevor sie sich auf den Weg zum vorderen Teil des Busses machte, drehte sich Suzy um und sah den Mann an, der hinter ihnen saß. Er starrte sie nur mit teilnahmsloser Miene an, seine grauen Augen verrieten nichts.

Sie bahnte sich ihren Weg an den anderen Fahrgästen vorbei und zog Leanne hinter sich her. Suzy wusste, dass sie nicht hier sein durfte, wenn die Polizei kam. Das wäre eine Katastrophe. Die Tasche mit dem Geld zu verlieren war schon schlimm genug, aber wenn die Polizei wüsste, wer sie waren, wäre alles zu Ende, bevor sie und Leanne überhaupt in London angekommen waren.

Mit ein paar gemurmelten Entschuldigungen schaffte es Suzy, zum vorderen Teil des Busses zu gelangen. Sie stieg die Treppe hinunter und hievte Leanne auf ihre Hüfte, während sie das tat. Ihre Tochter war so groß geworden, so schnell. Es schien nur ein paar Wochen her zu sein, dass sie ein kleines Kind gewesen war. Jetzt konnte Suzy sie kaum noch die Treppe hinuntertragen und auf dem Boden absetzen.

Suzy schaute sich um. Ihr Kopf drehte sich von einer zur anderen Seite. Der Bus hatte auf einer Art Feldweg mitten im Nirgendwo angehalten. Auf beiden Seiten der Straße standen dicke Baumstämme, deren Äste fast einen Tunnel über dem Dach des Busses bildeten. Die Räuber hatten ihren Platz gut gewählt.

Als Suzy zum anderen Ende der Straße blickte, glaubte sie, das Flackern von Blaulicht zu sehen, das sich durch die Äste näherte. Sie mussten weg. Aber wohin? Die einzige Möglichkeit war, in den Wald zu gehen.

»Hier lang, Leanne«, sagte Suzy und zog ihre Tochter am Arm. Ihr Hauptziel war es, den Behörden zu entkommen, und in den Wald zu gehen, war die einzige Möglichkeit, die sie hatten. Um den Rest würde sie sich später kümmern müssen.

»Aber Mami«, quengelte Leanne und wehrte sich gegen Suzys Arm. Suzy sah auf ihre Tochter hinunter, die auf den unteren Teil des Busses deutete. »Was ist mit Boo Boo?«

Boo Boo, Leannes Lieblingsspielzeug, war in einen Koffer gestopft worden, als sie zu Hause ihre Sachen gepackt hatten. Der zerfledderte rosa Elefant befand sich zusammen mit den restlichen Klamotten in einem Koffer, den der Fahrer am Bahnhof in den Gepäckraum des Busses gelegt hatte. Suzy blickte zurück zu den flackernden blauen Lichtern, die nun viel näher waren als zuvor. Sie hatten nicht mehr viel Zeit.

»Boo Boo wird es gut gehen, Leanne«, tröstete Suzy mit einem Kloß im Hals. »Ihm wird es absolut gut gehen. Jetzt müssen wir uns verstecken, so wie wir es geübt haben. Erinnerst du dich?«

Mit Tränen im Gesicht zog Suzy Leanne in Richtung der Bäume. Ihre Tochter sträubte sich zuerst, aber schließlich willigte sie ein. Als sie sich dem dunklen Wald näherten, sah Suzy, wie Leanne mehrmals zum Bus zurückblickte. Sie murmelte ein paar Mal den Namen Boo Boo, was Suzy das Herz brach.

Als sie die Baumgrenze erreichten, schluchzten sie beide.

8

Das Innere des Restaurants war kühl und Naomi atmete noch einmal tief durch, als sie ihre Umgebung in Augenschein nahm. Ein dezenter Essensgeruch lag in der Luft, der ihr das Wasser im Mund zusammenlaufen ließ, aber sie hatte nicht die Absicht, hier zu essen. Als sich die Tür öffnete, blickte die Kellnerin auf und lächelte Naomi an, ebenso wie Mark. Aber nur das Lächeln der Kellnerin war echt. Naomi ignorierte Marks Geste in Richtung des Tisches mit den Blumen und blieb für ein paar Sekunden stehen, wo sie war.

Das Restaurant hatte irgendwann in der Mitte des sechzehnten Jahrhunderts als Postkutschenlokal begonnen. Es lag an der ursprünglichen Hauptstraße, die Norwich und London verband und die von den Römern kurz nach ihrer Eroberung gebaut worden war, um den Legionen zu helfen, die unruhigen Einheimischen nördlich der Hauptstadt unter Kontrolle zu halten. Die Straße wurde von Wegelagerern heimgesucht und war im Winter fast unpassierbar, so dass schon seit vielen Jahren keine Pferdekutschen mehr auf ihr verkehrten. Viele der Herbergen, die ursprünglich alle sieben bis zehn Meilen entlang der Strecke standen, hatten jedoch irgendwie überlebt.

Naomi wusste nichts von der Geschichte des Restaurants und interessierte sich auch nicht dafür. Sie konzentrierte sich auf Mark, der sie anstarrte, während sie vor der Tür stand. Sie löste sich von seinem Blick und sah sich im Restaurant um. Es war nicht viel los, nur ein einzelnes Paar saß in einer Ecke und trank Kaffee. Aus den Lautsprechern an der Decke trällerte Sting, wie sehr sein armes Herz schmerzte, und in der Ferne konnte Naomi das Klappern von Besteck hören, während das Küchenpersonal sich auf die Abendgäste vorbereitete.

»Naomi«, sagte Mark, als er auf sie zukam. Sie sah, wie seine Augen von ihrem Kopf zu ihren Füßen und wieder zurück flackerten. Sie hatte absichtlich ihre Arbeitskleidung angezogen, einen eleganten Geschäftsanzug, der für den Gerichtssaal etwas zu leger war, um geschäftsmäßig und nicht verführerisch zu wirken. Dieser Effekt schien bei Mark jedoch verloren zu gehen. »Du siehst umwerfend aus.« Er beugte sich vor und sie erlaubte ihm, sie auf die Wange zu küssen. Als er das tat, stieg ihr der Duft seines Parfüms in die Nase. Der vertraute Geruch drehte ihr den Magen um, aber nicht so, wie er es früher getan hatte.

Naomi ließ sich zu ihrem Tisch führen und ignorierte die Blumen, während sie sich setzte. Die Kellnerin kam herüber und wuselte kurz um sie herum, bevor sie die Speisekarten vor ihnen ablegte und ihnen sagte, dass sie gleich zurückkommen würde, um ihre Bestellung aufzunehmen. Naomi sah, wie Mark die Stirn runzelte, als sie einen Drink vor dem Essen ablehnte, aber das war im Nu vergessen.

»Du hast dir die Haare machen lassen«, bemerkte Mark, warf einen prüfenden Blick auf Naomis neuen Bob und lächelte. Sie hob beide Hände zu den Ohren und strich sich die dunklen Strähnen hinter die Ohren, eine unbewusste Geste, vor der ihr Mentor sie im Gerichtssaal gewarnt hatte, es sei denn, sie wollte, dass der gegnerische Anwalt wusste, dass sie nervös war. »Er sieht super aus.« Marks Lächeln wurde breiter. »Er bringt deine Wangenknochen sehr schön zur Geltung.«

»Danke«, erwiderte Naomi automatisch, ihre Stimme war fast ein Flüstern. Ihr Mund war trocken und sie wünschte, sie hätte die Kellnerin um ein Glas Wasser gebeten.

Sie nahm einen tiefen Atemzug. Bevor sie ihre Wohnung verlassen hatte, war Naomi in ihrem Badezimmer gestanden und hatte ihre Worte vor dem Spiegel geprobt, so wie sie es vor jeder Gerichtsverhandlung tat. Aber die Worte, die sie vorher geübt hatte, verließen sie.

»Mark, hör zu«, begann Naomi und versuchte dabei, etwas Autorität in ihre Stimme zu legen.

»Nein, Naomi, lass mich zuerst«, unterbrach sie Mark und streckte seine Hände in einer beschwichtigenden Geste aus. »Bitte?« Naomi wusste, dass es nichts bringen würde, auf ihn einzureden. Lass ihn zu Wort kommen. Dann konnte sie ihre Worte sprechen. »Neulich, als wir uns gestritten haben? Das war dumm von mir. Es war der Gedanke, dass du nach Bristol gehst und ich dich nicht mehr so oft sehen kann. Das war alles. Es hat nichts bedeutet.« Naomi spürte, wie sich ihre Augenbrauen bei seinen Worten hoben. Das Brennen seiner Handfläche auf ihrer Wange hatte ihr nicht nichts bedeutet. »Es war eine kindische Reaktion und es wird nie wieder vorkommen.« Noch etwas, was ihr Vater ihr über Männer wie Mark gesagt hatte.

Er sah sie mit einem flehenden Blick an und erwartete offensichtlich, dass sie ihm alles verzeihen würde. Wenn die Situation nicht so ernst gewesen wäre, hätte Naomi ihm ins

Gesicht gelacht. Sie leckte sich über die Lippen und wartete darauf, ob er fertig war. Als sie sicher war, sprach Naomi.

»Es ist vorbei, Mark.« Sie hielt inne, als sein Gesichtsausdruck erstarrte. »Wir sind fertig, du und ich. Danke für die Blumen.« Sie nickte auf den Strauß auf dem Tisch. »Vielleicht kannst du sie deiner Mutter geben?«

Als Naomi den Stuhl zurückschob und sich bereit machte, aufzustehen, schossen Marks Hände nach unten und packten ihre beiden Handgelenke. Sie spürte, wie sich seine Finger in das weiche Fleisch ihrer Unterarme gruben und keuchte auf. Die Kellnerin, die sich dem Tisch genähert hatte, hielt inne, bevor sie sich umdrehte und wegging.

»Was hast du gesagt, Naomi?«, zischte Mark und versuchte, ein Lächeln auf sein Gesicht zu zwingen.

»Ich sagte, es ist vorbei, Mark«, antwortete Naomi und versuchte, ihre Unterarme wegzuziehen. Sie wusste, dass ihre nächsten Worte kindisch waren, aber sie sagte sie trotzdem. »Was ist los? Wurdest du noch nie abserviert?«

Marks Griff um ihre Arme wurde fester. »Du hast nicht zu entscheiden, wann es vorbei ist, Naomi«, drohte Mark mit leiser Stimme. »So funktioniert das nicht. Wir essen jetzt unser Abendessen und gehen dann zurück in unsere Wohnung, wo du dich für das, was du gerade gesagt hast, entschuldigen kannst.« Es war nicht ihre Wohnung, sondern Naomis, und sein Anspruch darauf war ihr nicht entgangen.

»Ist hier alles in Ordnung?«, erkundigte sich eine Frauenstimme. Naomi blickte auf und sah eine Frau, die mit ihrem Begleiter einen Kaffee getrunken hatte, ein paar Meter vom Tisch entfernt stehen.

»Alles in Ordnung«, antwortete Mark in ihrem Namen und sah die Frau nicht einmal an.

»Sind Sie sicher?«, fragte sie.

Schließlich riss Mark seinen Blick von Naomi los und sah die Frau an. Die Frau war zierlich, fast winzig, und hatte einen Gesichtsausdruck, der irgendwo zwischen Belustigung und Sorge lag.

»Ich will nicht unhöflich sein«, fuhr Mark die Frau an, »aber das geht Sie überhaupt nichts an, also warum verpissen Sie sich nicht einfach?« Er wandte seine Augen wieder Naomi zu und sie konnte die Wut dahinter sehen. »Das ist eine persönliche Angelegenheit.«

9

Caleb beobachtete die Frau und das Kind, die vor
ihm gesessen hatten, während sie vor den
Bäumen standen. Das Kind schien wegen irgendetwas aufgebracht zu sein. Nicht über die Tatsache, dass sie
gerade ausgeraubt worden waren, sondern über etwas, das
viel stärker ins Herz ging. Er war kein Kinderexperte, aber
die Art und Weise, wie sie fast untröstlich weinte, erregte
sein Interesse. Vielleicht musste das Kind auf die Toilette
und wurde deshalb von seiner Mutter zu den Bäumen
gebracht? Caleb schaute über seine Schulter auf die winzige
Toilette, die in den Bus eingebaut war. Das grüne Licht über
der Falttür verriet ihm, dass sie nicht besetzt war, also
warum benutzten sie sie nicht?

Er beobachtete sie ein paar Sekunden lang und stellte
fest, dass es sich nicht um eine Toilettenpause handelte. Die
Frau starrte auf die Bäume, als ob sie einen Weg durch sie
hindurch suchen würde. Mit einem letzten Blick zurück, der
Calebs nächstes Handeln bestimmte, schritt sie vorwärts in
die Baumreihe und zog das Mädchen hinter sich her.

»Entschuldigung«, sagte Caleb, als er aufstand. Ein Passagier stand im Gang und unterhielt sich mit einem Mitreisenden. Ob es an Calebs tiefem texanischen Akzent lag, an der Tatsache, dass er ein graues Gewand trug, oder daran, dass der Fahrgast die Intensität in seinen Augen wahrnahm, wusste Caleb nicht, aber der ältere Mann trat mit einem überraschten Blick einen Schritt zurück.

Caleb machte sich so schnell wie möglich aus dem Bus auf den Weg, ohne zu viel Aufmerksamkeit auf sich zu lenken. Er eilte die Treppe an der Vorderseite hinunter und ins Freie. Ein paar Meter weiter saß der Fahrer im Gras und wurde von einigen anderen Fahrgästen versorgt. Caleb machte sich nicht die Mühe. Der Mann war bei Bewusstsein und schien wach genug zu sein, um Witze mit den Fahrgästen zu machen. Und nicht nur das: Zwei Polizeiautos näherten sich schnell. Caleb sprach kurz mit dem Fahrer, bevor er das holte, worum Caleb gebeten hatte: einen Koffer aus einem der Gepäckfächer. Caleb machte sich dann auf den Weg zu der Stelle, an der er die Frau und das Kind im Wald hatte verschwinden sehen.

Er hielt ein paar Sekunden inne und betrachtete die Bäume vor ihm. Der Wald bestand überwiegend aus Eichen, und obwohl er vielleicht irgendwann einmal bewirtschaftet worden war, verriet ihm die zufällige Art, wie die Bäume wuchsen, dass er jetzt wild war. Über seinem Kopf wirbelten die dichten Baumkronen in einer sanften Brise. Caleb hätte es vorgezogen, länger innezuhalten, die Augen zu schließen und einfach nur das Geräusch zu genießen, aber es gab Arbeit zu erledigen.

Caleb trat durch die Lücke zwischen den Baumen und machte ein paar Schritte vorwärts, bevor er stehen blieb. Er legte seine Hand für ein oder zwei Sekunden auf einen alten, knorrigen Stamm und fragte sich, was der Baum in seiner Geschichte wohl schon alles erlebt hatte. Caleb hatte von der britischen Faszination für Eichen gelesen, von denen einige bis in die Zeit zurückreichten, als ein Normanne namens William es schaffte, seinen ursprünglichen Spitznamen Wilhelm der Bastard durch Wilhelm der Eroberer zu ersetzen. Seitdem haben Eichen Könige vor Rebellen versteckt, wurden für den Bau berühmter Kriegsschiffe wie Horatio Nelsons HMS Victory verwendet und lieferten sogar die Tinte, mit der die Magna Carta unterzeichnet wurde.

»Und das alles wegen einer einzigen Eichel«, murmelte Caleb leise, während er seine Umgebung in Augenschein nahm. Hinter sich konnte er immer noch die gedämpften Stimmen der Fahrgäste aus dem Bus hören. Er ging in die Hocke und untersuchte den Boden. Der Regen von vorhin hatte den Boden weich und matschig gemacht, deshalb brauchte Caleb nur ein paar Sekunden, um frische Fußabdrücke zu finden. Zwei verschiedene Abdrücke, ein großer und ein kleiner. Er schob sich durch die Farnblätter, die auf dem Waldboden wuchsen, und blickte abwechselnd auf den Boden und die Umgebung vor ihm.

Je weiter er in den Wald vordrang, desto undeutlicher wurden die Fußabdrücke, da der Regen, der in das Blätterdach eingedrungen war, nachgelassen hatte. Aber Caleb brauchte keine Fußabdrücke, um Menschen durch einen Wald zu folgen. Es gab viele andere Zeichen, die ihm verrieten, in welche Richtung die Frau und das Kind gelaufen waren. Kleine, frisch abgebrochene Zweige auf dem Boden. Farne ohne Regentropfen auf den Blättern, die beim Vorbeigehen weggebürstet worden waren. Er hievte den kleinen Koffer auf seine Schulter und verlangsamte seinen Schritt.

Es war nicht seine Absicht, die Frau und das Kind einzuho-
len. Er wollte ihnen nur folgen. Um sicherzugehen, dass sie
in Sicherheit waren. Wenn nötig, wollte er auf sie aufpassen.

Er wusste, dass sie verängstigt waren. Furcht hatten.

Aber vor was? Oder vor wem?

10

___

Vince starrte aus dem Fenster des schwarzen Geländewagens, während draußen die Landschaft vorbeizog. Sie befanden sich auf der A1 und fuhren auf einer Straße zurück nach London, die ursprünglich vom Römischen Reich errichtet worden war. Die Normannen, die tausend Jahre später einfielen, hatten sie wahrscheinlich auch benutzt, um ihre Herrschaft über das Königreich zu erlangen. Aber seither war niemand mehr in England eingefallen. Die Tatsache, dass dies zum Teil auf Leute wie Vince zurückzuführen war, war ihm nicht entgangen. Als Mitglied des MI5 war sein Team dafür verantwortlich, das Land vor Bedrohungen durch interne Behörden und Personen zu schützen, die ausländische Eindringlinge ermutigen wollten. Vinces Team operierte aber nicht nur unter dem Radar. Es gab kein Radar, das sie auch nur annähernd aufspüren konnte, und als sechstes Team waren sie die Besten der Besten. Wie war es also möglich, dass man sie für dumm verkauft hatte?

Sie blieben noch ein paar Stunden bei der Mission, bevor sie schließlich entschieden, dass die Mission gescheitert war. Yellow Burger war nirgends zu sehen. Vince bezweifelte, dass er jemals von dem kleinen Dorf gehört hatte, in dem sie den Tag verbracht hatten, geschweige denn dort gewesen war. Es war nicht das erste Mal, dass sie einen Geist verfolgt hatten. Damit verbrachten sie die meiste Zeit des Tages. Aber Vinces Sinne sagten ihm, dass hier etwas nicht stimmte.

Auf Vinces Tablet erschien eine neue Datei. Er wischte über den Bildschirm, um sie zu öffnen und tippte auf das Abspielsymbol der Audiodatei. Das war der Anruf, der bei einer vertraulichen GCHQ-Hotline eingegangen war und den Einsatz ihres Teams ausgelöst hatte.

»Arif Hussain hält sich in Nummer vierzehn, Glebe Close, in Spalding auf.« Es war eine männliche, etwas gedämpfte Stimme. »Hier ist Crouching Squirrel.«

Vince lachte fast über die Bezeichnung. Es war eine weitere dumme Phrase, die der Computer ausspuckte, aber sie sollte dem MI5 zeigen, dass es sich um einen echten Informanten handelte und nicht um einen zufälligen Anrufer mit Größenwahn. Er runzelte die Stirn und hörte sich die Audiodatei erneut an.

»Was denkst du, Sechs?«, fragte der Fahrer des Geländewagens. Sie benutzten nicht ihre richtigen Vornamen, wenn sie miteinander sprachen, aber Vince wusste, dass der Fahrer Stephen hieß. Mehr wusste er nicht über den Mann. Alle persönlichen Informationen wurden für sich behalten, um eine Gefährdung zu vermeiden. Wenn die bösen Jungs nach einem Mann namens Stephen in London suchen wollten, konnten sie das lange tun.

»Was glaubst du, woher dieser Akzent kommt?«, erkundigte sich Vince, als er sich die Datei noch einmal anhörte.

»West Country?«

»Nein, ich glaube die andere Seite. Für mich klingt das wie ein Norfolk-Akzent.«

»Du solltest es wissen«, antwortete Stephen. »Du kommst doch von dort, oder?« Stephens Frage war, technisch gesehen, ein Verstoß gegen das Protokoll, aber Vince konnte seinen Akzent genauso wenig verbergen wie sein Gesicht. Er wartete auf die unvermeidliche Bemerkung über Inzucht, Schwimmhäute oder zusätzliche Zehen, aber Stephen schien mehr Verstand zu haben.

Vince lehnte sich in seinem Sitz zurück und starrte aus dem Fenster. Seines Wissens nach gab es in der Gegend, in der er lebte, nur sehr wenige vertrauliche Informanten. Es war weit davon entfernt, eine Brutstätte des Terrorismus oder fundamentalistischer Ideologien zu sein. Je mehr er darüber nachdachte, desto größer wurde sein Unbehagen über die Mission. Warum sollte jemand mit einem Akzent aus der Gegend, in der Vince lebte, einen Anruf an das GCHQ mit einer korrekten Kennung tätigen?

Sobald sie wieder im Vauxhall Cross waren, dem weitläufigen Gebäude am Themseufer, in dem der Geheimdienst untergebracht war, konnte Vince den Anruf und das Mobiltelefon, von dem er kam, genau überprüfen. Er könnte den Ort, von dem aus der Anruf getätigt wurde, bis auf ein paar Meter genau bestimmen. Er könnte die Anrufe mit anderen Nummern abgleichen und alle Textnachrichten lesen, die von diesem Handy aus gesendet oder empfangen worden waren. Mit den Systemen, auf die Vince Zugriff hatte, konnte er sogar alle Fotos auslesen, die mit dem Gerät aufgenommen worden waren, wenn es eine Kamera hatte. Es gab nichts auf dem Mobiltelefon, was Vince nicht hätte sehen können. Er hätte die Überprüfung über das Zentrum veranlassen können, aber das wollte er nicht tun. Wenn er es selbst tat, konnte er es leise tun, ohne Spuren in ihren Systemen zu hinterlassen.

Vince hatte immer auf seinen Instinkt vertraut und der sagte ihm bei der angeblichen Sichtung von Yellow Burger eines.

Irgendetwas stimmte nicht.

11

Leon lehnte sich auf dem Beifahrersitz zurück, zog sich die Sturmhaube vom Gesicht und grinste Syd, der hinter dem Steuer saß, breit an.

»Wahnsinn«, verkündete Leon und schlug mit dem Handballen auf das Armaturenbrett. »Das war der Hammer.«

Syd grinste ihn an und nickte mit dem Kopf.

»Hast du gut gemacht«, bestätigte Syd, dessen Akzent ihn als jemanden aus dem Londoner East End verriet. Aber Leon wusste, dass Syd zwar im Klang der Bow Bells geboren wurde und somit ein echter Cockney war, aber der Akzent war meist nur gespielt. Ein oder zwei Mal, wenn Syd seine Wachsamkeit vernachlässigt hatte, hörte Leon, wie der Akzent entglitt und sich ein kultivierterer Akzent einschlich, der aus einer weniger benachteiligten Gegend stammte.

»Die Tasche von der Frau zu nehmen, das war der Hammer, Leon«, meinte Syd. »Was denkst du, wie viel da drin ist, Gary?«

Leon wandte sich an den dritten in der Gruppe, Gary, der im hinteren Teil des Autos saß und den Kissenbezug durchsuchte. Auf Syds Frage hin warf er einen Blick in die Tasche neben ihm. Leon konnte sehen, wie sich Rollen von Geldscheinen übereinander stapelten.

»Weiß nich, Syd«, antwortete Gary, wobei sein Akzent eindeutig echt war. Gary war ein paar Jahre älter als Leon, trug die gleiche dunkle Kleidung wie die anderen und war normalerweise der Muskelprotz, da er teils durch die Arbeit im Fitnessstudio und teils durch zusätzliche Steroide zugelegt hatte. »Das müssen mindestens fünf Riesen sein, wenn nicht mehr. Ich kümmere mich um die Handys und zähle nachher nach.«

»Cool«, frönte Leon und klatschte noch einmal auf das Armaturenbrett. »Gib mir eine Handvoll. Ich helfe mit.«

Gary beugte sich vor und drückte Leon fünf oder sechs Handys in die ausgestreckte Hand. Wie Gary es im hinteren Teil des Autos tat, schaute Leon zuerst nach, ob eines der Handys entsperrt war. Diejenigen, die es waren, wurden rasch auf Internet-Banking-Apps überprüft. Menschen, die ihre Handys nicht gesperrt hatten, versäumten es oft, auch ihre Banking-Apps zu schützen, und Syd hatte ein anonymes Kryptowährungskonto, auf das diese ahnungslosen Menschen in seinem Namen Geld einzahlten. Bis die Handybesitzer und ihre Banken den Diebstahl entdeckten, war das Geld längst weg. Aber in diesem Fall waren alle Handys, die Gary Leon übergeben hatte, gesperrt.

Leon tippte auf den Bildschirm des ersten Handys, einer fast neuen und aktuellen Version des iPhones, und wurde nach einem Zugangscode gefragt. Er hielt seinen Daumen über die Kamera, um zu verhindern, dass Sicherheits-Apps versuchten, ein Foto von ihm zu machen, und probierte sechs Nullen und dann die Zahlen eins bis sechs aus. Als der Bildschirm anzeigte, dass das iPhone deaktiviert war und er es in einer Minute noch einmal versuchen sollte, machte Leon die Schutzhülle vom Handy ab, um die SIM-Karte zu entfernen. Wenn er dazu in der Lage gewesen wäre, hätte er das Handy auch ausgeschaltet, aber sie würden die Handys sowieso nicht mehr lange haben.

Er ging mit den anderen Handys genauso vor, bevor er sich zu Gary umdrehte.

»Hier ist nichts drauf, Kumpel«, stellte Leon fest. Als Antwort hielt Gary ihm eine große Tasche in der Größe eines Laptops hin, in die er die Handys steckte. Nach den Angaben des Herstellers handelte es sich um einen vollständigen Faradayschen Käfig, der alle Signale zu und von den Handys blockieren würde. Die Tasche sollte später bei einem von Syds Freunden abgegeben werden, der einen Handystand auf einem lokalen Markt betrieb. Ein paar Tage später würde der Straßenverkaufswert der Handys abzüglich des Anteils, den Syds Freund für die Säuberung der Handys erhielt, auf einem von Syds Geschäftskonten erscheinen. Laut Syd handelt es sich dabei um ein echtes Geschäft, für das er sogar Steuern zahlen musste. Das hatte er Leon eines Abends erklärt. Ob er damit seinen Geschäftssinn unter Beweis stellen wollte oder weil er wollte, dass der jüngere Mann es wusste, war nicht klar, aber Leon hatte aufmerksam zugehört.

Im hinteren Teil des Autos hatte Gary seine Aufmerksamkeit auf die Brieftaschen und Taschen gerichtet. Leon beobachtete ihn dabei, wie er sich mit lila Vinylhandschuhen durch die Brieftaschen arbeitete. Das Bargeld wanderte direkt in eine andere Tasche und Leon sah, wie er sie nach allem anderen Wertvollen durchsuchte, zum Beispiel nach kleinen Papierschnipseln mit vier Ziffern darauf. Es gab mehrere Geldautomaten, die sie kannten, an denen man Geld abheben konnte, ohne dass Kameras zu sehen waren.

»Habe ich das gut gemacht, Syd?«, fragte Leon und drehte sich zu ihrem Anführer um. »Bist du zufrieden, wie es gelaufen ist?«

»Wie ein Uhrwerk, Bruder«, antwortete Syd mit einem leichten Lächeln im Gesicht. »Das hast du gut gemacht. Hast du in ein paar Tagen Lust auf eine weitere Runde?«

Leon lächelte vor sich hin, bevor er antwortete. Dass er zum nächsten Job eingeladen wurde, sagte ihm alles, was er über seine Leistung wissen musste. Wenn Syd ihn dabei haben wollte, bedeutete das, dass er dabei war.

»Klar, Syd«, betonte Leon und schaute aus dem Fenster, als der Wald langsam der offenen Landschaft wich. In wenigen Augenblicken würden sie auf einem zweispurigen Highway sein, der zurück nach Norwich führte. »Das wäre wunderbar.«

12

——————

Naomi spürte, wie ihre Mundwinkel zu zucken begannen, als sie hinter Marks Schulter beobachtete, wie der Begleiter der Frau aufstand. Er war ein großer Mann, weit über zwei Meter groß und breitschultrig. Unbemerkt von Mark kam er zu dem Tisch hinüber. Als er seine Hand auf Marks Nacken legte, war sie so groß, dass sie sowohl seinen Daumen als auch seine Finger auf beiden Seiten sehen konnte. Als Reaktion auf die Bewegung sprang Mark auf und versuchte, sich umzudrehen, aber die Hand des Mannes hielt ihn fest. Mit der anderen Hand griff er in seine Tasche und holte eine kleine, schwarze Lederbörse hervor, die er umdrehte. Als der Mann die geöffnete Brieftasche auf den Tisch legte, brauchte Naomi nicht hinzusehen, um die silberne Krone der Polizeimarke zu sehen.

»Haben Sie gerade meinem Detective Sergeant gesagt, sie soll sich verpissen?«, fragte der Polizist. Seine Stimme passte zu seiner Statur, ein tiefer und bedrohlicher Bariton. »Das ist aber nicht sehr höflich, oder?«

»Lassen Sie mich los«, knurrte Mark mit zusammengebissenen Zähnen und blickte auf die Marke. »Ich habe Ihre Nummer. Ich werde Sie wegen Körperverletzung anzeigen.«

»Werden Sie das?« Der Polizist lächelte in Naomis Richtung. »Lassen Sie die Arme der jungen Dame los und ich werde darüber nachdenken.«

Mark wandte seine Aufmerksamkeit Naomi zu und die Wut in seinen Augen schien nur noch größer zu werden.

»Du Schlampe, du hast mich reingelegt, nicht wahr?«, schnauzte er sie an. »Du arbeitest mit diesen Idioten, nehme ich an?« Naomi sah, wie die Fingerknöchel des Polizisten weiß wurden, als er den Druck auf Marks Hals erhöhte. Daraufhin ließ Mark sie los und Naomi musste der Versuchung widerstehen, die kleinen, schmerzhaften Einkerbungen in ihren Handgelenken zu reiben, die seine Finger hinterlassen hatten.

»Es gibt zwei Möglichkeiten, Sonnenschein«, informierte der Polizist. Er war ein Detective Constable namens Dave, der laut seiner Kollegin Sarah eine Schwäche für Frauen in Not hatte. »Sie können hier wie ein braver Junge rausgehen, in Ihr billiges Auto steigen und von hier wegfahren. Oder ich kann Sie festnehmen und in Gewahrsam nehmen. Wahrscheinlich werden Sie sich der Verhaftung widersetzen und ich werde gezwungen sein, Sie auf dem Weg in den Knast ordentlich zu verprügeln.« Sein Griff um Marks Hals wurde noch fester und Naomi sah, wie ihr hoffentlich jetzt Ex-Freund zusammenzuckte. »Was soll es denn sein?«

»Ich gehe«, entschied Mark, der Naomi immer noch anstarrte. »Aber es ist noch nicht vorbei, Naomi. Es ist noch lange nicht vorbei.«

»Nehmen Sie es wie ein Mann, Kumpel«, sagte Dave und lächelte Naomi immer noch an. »Das ist mein Rat.«

»Ich brauche Ihren Rat nicht«, entgegnete Mark und

bemühte sich erfolglos um eine feste Stimme, als Dave seinen Hals losließ. Naomi sah, wie Dave seinen Blick auf Mark richtete und sein Lächeln härter wurde.

»Ich glaube, das tun Sie«, sagte Dave mit noch tieferer Stimme. »Wenn ich höre, dass Sie die junge Naomi hier auch nur im Geringsten belästigt haben, dann komme ich zu Ihnen und wir unterhalten uns. Haben wir uns verstanden?«

»Klar«, antwortete Mark, während er mit den Händen seinen Stuhl zurückschob und aufstand. Naomi wusste, dass er verzweifelt versuchen würde, sein Gesicht zu wahren, aber da Dave immer noch fast einen ganzen Kopf größer war als er, würde das nicht einfach werden.

Während die Kellnerin unsicher in der Nähe ihrer Kasse stand, marschierte Mark aus dem Restaurant. Wenige Sekunden später hörte sie das Aufheulen eines Motors und das Quietschen der Reifen, als er den Parkplatz verließ. Naomi blies ihren Atem aus den Wangen und lächelte die beiden Polizisten an.

»Dave, Sarah?«, sagte sie und wies mit einer Geste auf die Stühle am Tisch. »Kann ich euch beiden einen Drink anbieten?«

»Ich denke, das ist das Mindeste, was du tun kannst, Naomi«, sagte Sarah lächelnd, während sie sich setzte. »Ein Glas Pinot Grigio für mich und nur eine Pepsi für den glücklichen Jungen hier. Er sitzt am Steuer.« Dave zuckte nur mit den Schultern, nahm seinen Haftbefehlsausweis vom Tisch und ging mit seinem Handy in der Hand davon.

Naomi hob ihre Hand, um die Aufmerksamkeit der Kellnerin zu erregen. Als sich das junge Mädchen näherte, bat Naomi sie, die Blumen vom Tisch zu nehmen und sie wegzuräumen, bevor sie die Getränkebestellung aufgab. Sarah beugte sich vor und legte ihre Hand auf Naomis Arm.

»Alles okay, Süße?«, fragte Sarah. »Hast du einen Ort, wo du ein paar Tage bleiben kannst, nur für den Fall?«

»Ich kann zu meiner Schwester gehen«, antwortete Naomi. »Mark hat sie noch nie getroffen und weiß nicht, wo sie wohnt.«

»Wenn es Probleme gibt, rufst du einfach an.« Sarah nickte Dave zu, der immer noch in sein Handy vertieft war. »Er wird sofort da sein, das weißt du. Ich glaube, das hat ihm ganz gut gefallen.«

Mit einem schiefen Lächeln im Gesicht kehrte Dave kurz darauf an den Tisch zurück, als die Kellnerin mit den Getränken kam.

»Was hast du gemacht?«, fragte Sarah ihn und machte Platz, damit das Mädchen die Getränke auf den Tisch stellen konnte.

»Ich habe gerade meinem Kumpel aus der Verkehrsabteilung geschrieben«, erklärte Dave und griff nach seiner Pepsi. »Dein Ex könnte in den nächsten Tagen ihre Aufmerksamkeit erregen. Eine sanfte Erinnerung daran, dass wir ihn im Auge behalten.«

Sarah lachte, als sie ihr Glas in die Hand nahm und mit Naomi anstieß. »Prost, Süße. Darauf, dass du jung, frei und Single bist.«

Naomi lächelte und erwiderte die Geste.

»Prost auf euch beide«, sagte sie und ihr Lächeln wurde schwächer, als sie sich an Marks Abschiedsgruß erinnerte.

Naomi hatte das Gefühl, dass sie Mark noch nicht zum letzten Mal gesehen hatte.

13

Suzy hielt Leannes Hand fest umklammert, sowohl zu ihrer eigenen Beruhigung als auch zur Beruhigung des Kindes. Sie folgten einem holprigen Pfad durch den Wald, der vielleicht von Tieren auf der Suche nach Nahrung gemacht worden war. Alle paar Schritte hörte man ein gedämpftes Schluchzen von Leanne. Suzy wusste, dass sie bald anhalten mussten, aber sie hatten kein Wasser, kein Essen und kein Geld. Vielleicht hätte sie sich die Zeit nehmen sollen, den Koffer mit ihren restlichen Habseligkeiten zu holen? In ihrem Bestreben, sich so weit wie möglich vom Bus und den Behörden zu entfernen, war es Suzy gelungen, sich in einem Wald zu verlaufen. An der Art, wie sich das Licht veränderte, konnte sie sehen, dass es bald dunkel werden würde. Als hätte sie ihre Gedanken gelesen, ergriff Leanne schließlich das Wort.

»Mami?«, klagte sie. »Ich bin müde. Halten wir bald an?«

»Ja, Leanne«, antwortete Suzy fast wie auf Autopilot. »Wir werden bald anhalten.«

Während sie liefen, dachte Suzy über ihre missliche Lage nach. Das Wichtigste war, dass sie in Sicherheit waren, zumindest für den Moment. Hätten sie auf die Polizei gewartet und wäre ihr Name in irgendeiner offiziellen Datenbank aufgetaucht, hätte Vince genau gewusst, wo sie und Leanne waren. Er könnte sie jederzeit einholen, so viel wusste sie. Ihre Gesichter würden irgendwo auf einer Kamera aufgezeichnet werden, die schließlich in einem Computersystem auftauchen würde. Aber sie hatte geplant, in den Menschenmassen Londons verloren zu gehen, bevor das passierte. Obwohl es in England mehr Überwachungskameras als Menschen gab als irgendwo sonst auf der Welt, gab es auch viele Orte, an denen man sich vor ihnen verstecken konnte.

Suzys größte Sorge galten den Kameras der Behörden, da Vinces Systeme fast in Echtzeit auf sie zugreifen konnten. Aber sie wusste auch, dass er in der Lage war, private Kameras zu durchsuchen, wenn er genug Zeit hatte. Er hatte ihr einmal von einem Terrorismusverdächtigen erzählt, der gefasst worden war, nachdem die Gesichtserkennungssoftware der Regierung ihn auf der Videotürklingel einer Person erkannt hatte. Auf die Frage, wie er an die Aufnahmen gekommen war, hatte Vince geschwiegen.

Der Weg, auf dem sie unterwegs waren, wurde breiter, was ihre Vermutung über Tiere bestätigte. Ein paar hundert Meter weiter führte der Weg zu einer kleinen Lichtung mit einer baufälligen Hütte in der Mitte. Die Hütte war klein, vielleicht drei mal vier Meter groß und aus Holz mit einem Strohdach. Es war eine Art Unterschlupf.

Suzy näherte sich der Hütte vorsichtig, Leanne folgte ihr schlurfend. Die Wände bestanden aus Baumstämmen und Holzbretter bildeten eine Tür. Es gab kein Schloss, das Suzy sehen konnte, aber sie klopfte leise an die Tür, für den Fall, dass sie bewohnt war. Als keine Antwort kam, schob Suzy die Tür langsam auf und spähte hinein.

»Mami«, flüsterte Leanne von der Seite. »Ich mag das nicht. Es ist unheimlich.«

»Pst, Leanne«, zischte Suzy, während sie darauf wartete, dass sich ihre Augen an das düstere Innere gewöhnten. »Es gibt nichts, wovor du Angst haben musst.«

In der Hütte befanden sich verschiedene Werkzeuge, die Leanne nicht kannte. Eine Art Handaxt, eine Sense, die so alt aussah wie Suzy selbst, aber vor allem stand dort ein Holzbett mit einer Matratze und sorgfältig gefaltetem Bettzeug. Neben dem Bett stand ein Tisch und unter dem Tisch befanden sich mehrere große Plastikflaschen mit Wasser. Suzy seufzte bei diesem Anblick erleichtert auf. Wenigstens konnten sie jetzt trinken.

»Das ist perfekt«, sagte Suzy zu Leanne und zwang sich zu einem Lächeln. »Hier können wir die Nacht verbringen. Schau mal! Das Bett ist gerade groß genug für dich und mich.«

Sie wartete, als Leanne sich in die Hütte schob und ihre Neugierde ihre Angst überwand.

»Wohnt hier jemand?«, wollte Leanne wissen, ihre Stimme war nur knapp über ein Flüstern hinaus.

»Nein«, antwortete Suzy. »Das ist nur ein Ort, an dem die Leute bleiben, wenn sie hier arbeiten.« Sie nickte zu den Werkzeugen. »Siehst du? Damit pflegen sie die Bäume.« Neben den Werkzeugen standen Schüsseln und mehrere Bestecke, die zwar verstaubt, aber ansonsten sauber waren.

»Wo ist der Lichtschalter?«

»Ich glaube nicht, dass es einen gibt.«

»Aber wie sollen wir dann sehen?«

»Wir brauchen nicht zu sehen«, erklärte Suzy und lächelte dabei weiter. »Wir werden fest schlafen. Willst du einen Schluck Wasser?«

Leanne nickte mit dem Kopf und Suzy ging in die Hütte

und nahm eine der Wasserflaschen mit. Die Luft roch muffig und dick und an der Staubschicht, die alles bedeckte, konnte sie erkennen, dass schon lange niemand mehr in der Hütte gewesen war. Die Wasserflasche war jedoch noch versiegelt und Suzy trank dankbar daraus, nachdem Leanne sich satt getrunken hatte.

»Ich habe Hunger, Mami«, meinte Leanne, während Suzy die abgenutzte Matratze auf dem Bett tätschelte.

»Morgen früh gibt es ein großes Frühstück«, versicherte Suzy, obwohl sie keine Ahnung hatte, woher sie das nehmen sollte. Sie hatten zwar Schüsseln, aber es gab nichts zu essen.

»Versprochen?«

Suzy nickte mit dem Kopf.

»Sicher, ich verspreche es. Jetzt komm schon.« Sie klopfte wieder auf die Matratze. »Kuschel dich rein. Lass uns eine schöne Nacht haben.«

»Gibt es Bären in diesen Wäldern?«

»Nein, hier gibt es keine Bären.«

»Monster?«

»Monster gibt es nicht, Leanne.«

»Bist du sicher?«

Suzy hielt ein paar Sekunden lang inne, bevor sie antwortete. Es gab zwar Monster, aber nicht in der Form, wie Leanne dachte. Vor allem eins, von dem Suzy wusste, dass es alles daran setzen würde, sie beide aufzuspüren.

»Ich verspreche dir, Leanne, es gibt keine Monster in diesen Wäldern«, antwortete Suzy. Vince würde meilenweit weg sein, also hatte sie nicht gelogen. »Jetzt schließ deine Augen.« Sie beobachtete, wie Leanne tat, was ihr gesagt wurde, bevor sie das Bettzeug um ihre Tochter legte. »Träum süß.«

14

———

Caleb ging in die Hocke und betrachtete die kleine Hütte auf der Lichtung. Es hatte nicht lange gedauert, bis er die Frau und ihre Tochter eingeholt hatte, und er musste sein Tempo verlangsamen, um unbeobachtet zu bleiben. Während er ihnen auf dem Pfad folgte und dabei immer außer Sichtweite blieb, bemerkte Caleb, wie sich der Wald veränderte, während sie durch ihn gingen. Die Eichen hatten sich mit Buchen und Eschen vermischt und in den feuchteren Bereichen hatte er sogar einige Erlen gesehen. Caleb sah im Unterholz zwischen den alten Bäumen einige große Haselnussstümpfe, die eindeutig auf menschliche Aktivitäten hinwiesen. Die Stümpfe waren, wenn auch nicht vor kurzem, zur Gewinnung von Brennholz oder Baumaterial abgeholzt worden, und es gab deutliche Wege zwischen ihnen. Caleb hielt inne, um die Wege zu untersuchen, und fuhr mit den Fingern über die abgeflachte Vegetation.

Auf der Lichtung hatten sich die Frau und das Kind nun in die Hütte gewagt. Für Caleb sah es aus wie ein Forsthaus, das zweifellos von denselben Leuten genutzt wurde, die die

Haselnusssträucher abgeholzt hatten, aber so wie die Baumstümpfe aussahen, hatte das schon lange niemand mehr getan. Er fand eine Stelle ohne Steine und setzte sich hin. Im Schneidersitz stellte er seine kleine Stofftasche vor sich ab und den Koffer aus dem Bus hinter sich. Caleb starrte auf die Hütte, die vielleicht fünfundsiebzig Meter entfernt war, und dachte wieder an die Frau, die sich mit ihrer Tochter darin versteckte.

Um ihn herum begann der Wald allmählich in die Nacht zu fallen. Er konnte das fast lautlose Flattern von Fledermausflügeln in den Baumkronen über ihm hören, während sie auf der Suche nach Insekten umherflogen. Ein größeres Tier, wahrscheinlich ein Reh oder vielleicht ein Dachs, bahnte sich in einiger Entfernung hinter ihm einen Weg durch das Unterholz, aber Caleb wusste, dass das Tier Abstand halten würde. Eine leichte Brise wehte ihm ins Gesicht, die seinen Geruch hunderte von Meter weit tragen würde. Lange genug, um neugierige Kreaturen zu warnen. Das Licht wurde allmählich schwächer und bald waren sein Gehör und sein Geruchssinn die einzigen Sinne, die ihm zur Verfügung standen.

Caleb ließ sich nieder und wartete. Er hatte in seinem Leben schon viele Stunden in ähnlichen Situationen verbracht. Wenn überhaupt, dann war dies eine sehr bequeme Art, Wache zu halten. Er trug keinen Schutzanzug und versteckte sich in einem Baum in einem Land, in dem jeder andere Mensch in der Nähe ihn sofort töten würde. Er konnte aufstehen und sich bewegen, sich erleichtern oder einfach nur sitzen und sein.

Während er saß, dachte er über seine Situation nach. So hatte er nicht geplant, die Nacht zu verbringen. Er sollte in London sein, in einem Bett liegen und sich auf die nächste Etappe seiner Reise in den Westen des Landes vorbereiten.

Calebs Ziel war eine Stadt in Somerset namens Glastonbury, wo er hoffte, etwas zu finden, das er längst verloren hatte, aber es schien, als würde diese Suche warten müssen. Caleb lebte sein Leben für den Moment, und dieser Moment war jetzt. Er ging dorthin, wohin er gerufen wurde, und er war hierher gerufen worden. Caleb wusste nicht, warum – noch nicht – aber er wusste, dass er am richtigen Ort war.

Caleb verlangsamte seine Atmung, schloss die Augen und verließ sich darauf, dass sein Gehör ihn auf alles Ungewöhnliche im Wald aufmerksam machen würde. Er konzentrierte sich auf das Ein- und Ausatmen. Dabei murmelte er eine Version eines Psalms vor sich hin.

»Ich werde dich vor allen verborgenen Gefahren beschützen.« Caleb atmete durch seine Nase ein. »Ich werde dich mit meinen Flügeln bedecken und du wirst in meiner Obhut sicher sein. Meine Treue wird dich beschützen und verteidigen.« Seine Augen flackerten, als er seine ganze Aufmerksamkeit auf die Worte richtete. »Du brauchst keine Gefahren in der Nacht oder plötzliche Angriffe am Tag zu fürchten.«

Als Caleb den geänderten Psalm zu Ende gesprochen hatte, öffnete er die Augen und sah einen großen Hirsch auf der anderen Seite der Lichtung in der Nähe der Hütte. Sein riesiges Geweih zeichnete sich im Halbdunkel ab, und dahinter konnte Caleb mehrere Hirschkühe sehen. Das Licht reichte nicht aus, um Caleb klar zu sehen, aber die Art, wie der Hirsch seinen Kopf hielt, verriet ihm, dass das Tier ihn anstarrte. Caleb nickte, halb in der Erwartung, dass der Hirsch dasselbe tun würde, und das große Tier verschwand im Wald.

Caleb nickte wieder mit dem Kopf. Er wusste, dass er genau dort war, wo er sein sollte.

15

Vinces Hand kreiste um das Kristallglas in seiner Hand und er schwenkte die bernsteinfarbene Flüssigkeit hin und her. Er beobachtete, wie seine Fingerknöchel weiß wurden, und fragte sich, wie viel Druck nötig sein würde, um das Glas zu zerbrechen, bevor er es an die Lippen hob und das Glas leerte. Dann schleuderte er das Glas quer durch den Raum. Es zerschellte an der Wand seiner kleinen Londoner Wohnung und hinterließ einen tropfenden braunen Fleck an der Wand.

»Miststück«, murmelte Vince und blickte auf den Laptop auf seinen Knien hinunter. »Absolutes Miststück.«

Der Bildschirm des Laptops zeigte ihm einen Ausschnitt aus seinem Haus in Norwich. Er konnte sein Wohnzimmer sehen, in dem es kein Leben gab, bevor der Blick auf die Kamera in seinem Flur wechselte. Ebenfalls leblos. Sein Haus war leer, was nur eines bedeuten konnte. Suzy war verschwunden und hatte ihre Tochter mitgenommen.

Außerhalb seiner Wohnung, einer Einzimmerwohnung in Southwark, die ihn jeden Monat mehr kostete als die Miete seines Hauses in Norwich, hatte sich die Nacht wie seine Stimmung zugezogen. Nach der obligatorischen Teambesprechung hatte er ein paar Stunden damit verbracht, sich die verschiedenen MI5-Systeme anzusehen, zu denen er ungehinderten Zugang hatte. Er hatte nicht nur uneingeschränkten Zugang, sondern seine Privilegien bedeuteten auch, dass seine Aktionen keine Spuren hinterließen.

Vince hatte Recht gehabt, was den Anrufer anging, der Yellow Burgers Aufenthaltsort gemeldet hatte. Laut seinem System war der Anruf aus dem Stadtzentrum von Norwich getätigt worden, ein paar Stunden nördlich von seinem derzeitigen Standort. Das Telefon, von dem aus der Anruf getätigt wurde, war ein Wegwerfhandy, von dem aus keine anderen Anrufe aufgezeichnet wurden. Keine Textnachrichten, keine Fotos. Nur ein einziger Anruf. Ein anderes System sagte ihm, dass das Handy auf einem Markt in Snetterton, einem Dorf etwa dreißig Minuten von Norwich entfernt, gekauft worden war. Es war mit Bargeld gekauft worden, an einem Stand ohne Videoüberwachung und ohne Online-Buchhaltung, die Vince finden konnte. Auf dem Markt in Snetterton war Bargeld König. Mit ziemlicher Sicherheit handelte es sich um einen Verkaufsstand, den es nicht gäbe, wenn er den Markt besuchen würde, obwohl er ironischerweise selbst ständig solche Verkaufsstände benutzte.

»Schlampe, Schlampe, Schlampe«, fluchte Vince. Auf dem Bildschirm des Laptops wurden die versteckten Kameras angezeigt, die er in dem von ihm gemieteten Haus in Norwich installiert hatte. Jeder Raum war leer. Die Schlafzimmer, die Küche, das Wohnzimmer. Sogar die Badezimmerkamera, mit der er Leanne bei mehr als einer Gelegenheit beobachtet hatte, hatte keine Aktivität aufgezeichnet, nachdem er kurz zuvor gegangen war, um den Geist von Yellow Burger zu jagen.

Es gab einige Dinge, die Vince nicht verstand. Woher hatte Suzy das Codewort gewusst, um den Anruf zu authentifizieren? Wer war die männliche Stimme, die den Anruf getätigt hatte? Und vor allem, wo waren die Schlampe und Leanne? Es war ihm scheißegal, was mit Suzy geschah, aber für Leanne hatte Vince Pläne.

Vince stand auf und streckte sich. Er hatte seine übliche Trainingseinheit verpasst, was ihn sehr ärgerte, denn dadurch geriet seine sorgfältig geplante Routine aus dem Takt. Heute hätte Beintraining sein sollen, aber das würde nun morgen stattfinden und er würde seine Nahrungsergänzungsmittel entsprechend anpassen müssen. Eine Sache mehr, die die Schlampe bedauern würde, wenn er sie einholte. Und er würde sie einholen.

Vince war ein Jäger. Nicht nur das, er war Der Jäger, und wenn Suzy sich zur Beute machen wollte, dann sei es so. Das würde das Unvermeidliche nur noch weiter vorantreiben. Vinces Pläne für Leanne waren nur noch Wochen entfernt. Nachdem sie ihren Zweck erfüllt hatte, würde das, was von ihr übrig war, entsorgt werden, aber bis dahin würde sie meilenweit weg sein und ihn nichts mehr angehen. Vince würde den Mietvertrag für das Haus in Norwich auslaufen lassen und für immer aus der Stadt verschwinden, genau wie Suzy und Leanne, bevor er an einem neuen Ort wieder auftauchen und neu anfangen würden. So wie er es in der Vergangenheit schon so oft getan hatte. Obwohl Vince fast enttäuscht war, dass die Dinge zu Ende gingen, bedeutete es, dass ein neuer Anfang vor der Tür stand. Und er genoss den Aufbau genauso sehr wie die Auflösung.

Er konnte sie einfach gehen lassen. Suzy hatte kein bisschen Geld, dafür hatte er gesorgt. Sie würde irgendwo mit nichts neu anfangen müssen. Vince dachte eine Weile darüber nach. Das könnte lustig werden, dachte er, als er aufstand, um die Whiskyflasche zu holen, und es einen Moment lang bereute, das Glas zerbrochen zu haben. Er hob die Flasche an seine Lippen und nahm einen Schluck von der feurigen Flüssigkeit. Vielleicht würde es ja Spaß machen, Suzy für den Rest ihres Lebens zu quälen? Sie glauben zu lassen, sie sei sicher, und ihr dann auf subtile Weise zu zeigen, dass sie es nicht war. Dass sie niemals sicher sein würde und den Rest ihres Lebens damit verbringen würde, über ihre Schulter zu schauen und sich zu fragen, wann er sie und ihre Tochter holen würde?

Aber wenn er sie gehen ließ, musste er den Verlust von Geld und Gesicht hinnehmen, weil er Leanne nicht wie versprochen ausliefern würde. Die Leute, mit denen er arbeitete, verstanden, dass solche Dinge passierten. Vince war nicht so sehr um das Geld besorgt, aber er war sehr besorgt, sein Gesicht zu verlieren, auch wenn seine Mitverschwörer es nicht gesehen hatten. Aber das Konzept war dasselbe. Er hatte einen Ruf zu wahren.

»Nein«, brummte Vince, während er einen weiteren, kleineren Schluck nahm. So lustig es auch sein mochte, sie laufen zu lassen und zu versuchen, sich zu verstecken, er brauchte Leanne und hatte jetzt eine Menge für Suzy auf Lager. Sie hatte die Entscheidung getroffen, zu fliehen und ihre Tochter mitzunehmen.

Dafür würde sie bezahlen.

16

Naomi streckte sich und neigten ihren Kopf zur Seite, um das Sonnenlicht, das durch einen Spalt in den Vorhängen hereinfiel, von ihren Augen fernzuhalten. Sie streckte sich und genoss das Gefühl der Entspannung, das ihr die Bewegung verschaffte, während sie mit den Zehen unter der dicken Bettdecke wackelte. Obwohl sie im Gästezimmer ihrer Schwester immer besser schlief als in ihrem eigenen Bett, wachte Naomi aus irgendeinem Grund trotzdem früh auf.

Sie warf die Decke vom Bett, stand auf und ging ins Bad. Ein kurzer Blick auf ihre Uhr auf dem Nachttisch verriet ihr, dass es bereits kurz nach sechs Uhr morgens war. Naomis Schwester, eine Krankenschwester, die im Krankenhaus von Norfolk und Norwich arbeitet, würde schon lange weg sein. Naomi hatte Jennifer schon mehr als einmal angeboten, ihr ein Auto zu kaufen, aber das Angebot war jedes Mal abgelehnt worden.

»Ich fahre gerne mit dem Bus«, hatte Jennifer beim letzten Mal gesagt, als Naomi es angeboten hatte. »Wenn ich mir ein Auto kaufe, muss ich außerdem noch tanken, irgendwo parken und die Steuer und Versicherung bezahlen. Der Bus kostet nur ein paar Pfund pro Tag.«

Naomi wusch sich die Hände und machte sich auf den Weg in das kleine Wohnzimmer. Jennifers Wohnung war klein, aber zweckmäßig und befand sich in einem Neubau unweit des Stadtzentrums. Sie hatte einen kleinen Balkon mit Blick auf den Fluss, der durch das Herz der Stadt floss. Sie lächelte, als sie die leeren Pizzakartons und Weinflaschen auf dem Boden sah. Sie hatten den Abend zuvor damit verbracht, sich zu unterhalten. Als sie den Müll einsammelte, erinnerte sich Naomi an Jennifers Gesicht, als sie ihr erzählt hatte, was sie zu Mark gesagt hatte, und ihr Lächeln wurde breiter bei der Erinnerung. Jennifer hatte Naomi gesagt, dass sie so lange bleiben konnte, wie es nötig war, aber Naomi hatte sich noch nicht entschieden, was sie mit ihrer Wohnung anfangen sollte. Die Wohnung, die sie mit Mark teilte, war auf ihren Namen gemietet, und als er eingezogen war, hatte sie klargestellt, dass es sich um eine vorübergehende Vereinbarung handelte. Zumindest dachte sie das. Aber Mark schien nur zu hören, was er hören wollte.

Nachdem sie herausgefunden hatte, welche Dinge in welche Mülleimer gehörten, verbrachte Naomi eine Weile damit, das Wohnzimmer aufzuräumen, bevor sie ins Schlafzimmer zurückkehrte, um sich anzuziehen. Jennifers Wohnung war nur zwanzig Minuten Fußweg von Naomis Büro entfernt, und solange sie dort ankam, nachdem die Sicherheitskräfte um sieben Uhr anfingen, würde sie sicher sein. Es waren nicht ihre Klienten, die einen Sicherheitsdienst in der Kanzlei brauchten. Diejenigen, die davonkamen, waren glücklich, und diejenigen, die nicht davonkamen, wurden in der Regel eingesperrt. Aber die Familien waren eine andere Sache. Was auch immer der

Grund war, zwei große Männer, die kontrollierten, wer das Gebäude betreten durfte und wer nicht, waren für Naomi genau richtig.

Ein paar Augenblicke später, als Naomi mit einem Kaffee auf dem Balkon saß, klingelte ihr Handy. Sie hatte eine andere Frühaufsteherin auf einem SUP-Board beobachtet, die den Fluss hinunterfuhr, und fragte sich gerade, ob die Frau auf dem Board merkte, dass sie mit dem Strom schwamm, als ihr Handy aufleuchtete.

»Guten Morgen, Naomi«, grüßte eine männliche Stimme. Es war Grant, ihr Büroleiter, und Naomis Herz sank. Sie hatte sich schon darauf gefreut, ins Büro zu kommen und den Papierkram zu erledigen, aber dass er um diese Zeit anrief, bedeutete, dass es noch etwas zu tun gab.

»Es war ein guter Morgen, Grant«, antwortete Naomi und achtete darauf, dabei ein Lächeln aufzusetzen, »bis du angerufen hast.« Sie griff nach ihrem Notizbuch und Stift, denn sie wusste, dass das Büro warten musste. Auf dem Fluss drehte sich die Frau auf dem SUP-Board um sich selbst. Obwohl sie ein Stück entfernt war, konnte Naomi an ihrem Gesichtsausdruck erkennen, dass sie nicht erwartet hatte, dass die Flut so weit vom Meer entfernt so stark sein würde. »Was hast du?«

»TWOC und Besitz der Klasse B«, antwortete Grant. Naomi kritzelte auf dem Block herum. TWOC bedeutet, dass man ohne Zustimmung ein Auto gestohlen hat, und zu den Drogen der Klasse B gehören Amphetamine, Cannabis und das immer beliebter werdende Ketamin.

»Etwas früh, oder?«, meinte Naomi und schaute wieder auf ihre Uhr.

»Er wurde in den frühen Morgenstunden geschnappt.« Sie hörte ihn in der Leitung seufzen. »Er ist fünfzehn Jahre alt, also mussten sie auf einen verantwortlichen Erwachsenen warten.«

»Welches Gefängnis?«

»Wymondham«, antwortete Grant und sprach den Namen der Stadt *Windum* aus. Nicht zum ersten Mal fragte sich Naomi, warum so viele Städte in Norfolk so anders klangen als sie geschrieben wurden.

»Okay«, bestätigte Naomi. Wenigstens gab es im Wymondham Gefängnis anständigen Kaffee, wahrscheinlich weil dort so viele leitende Beamte stationiert waren. »Ich fahre jetzt dorthin. Kannst du ihnen sagen, dass ich auf dem Weg bin? Und wie heißt der Junge?«

»Ja, ich werde es ausrichten. Der Name des Jungen ist Leon. Leon Brockwell.«

17

Leon saß auf der harten Bank, auf der er die letzten drei Stunden gehockt hatte. Seine Mutter war draußen und rauchte. Ihr einziger Kommentar nach ihrer Ankunft war eine Ohrfeige für Leon und eine Beschimpfung des Wachtmeisters. Wenigstens hatten die Beschimpfungen die Forderung nach einem diensthabenden Anwalt beinhaltet. Er schaute auf, als sich die Luke der Zelle öffnete.

»Alles in Ordnung da drin, Junge?«, erkundigte sich der Wachtmeister durch das kleine Rechteck. »Brauchst du irgendetwas? Vielleicht ein Frühstück? Ein englisches Frühstück kann ich nicht besorgen, aber ich kann dir sicher ein paar Cornflakes auftischen.«

»Nein, danke«, antwortete Leon. Der Polizist an der Tür war vielleicht in den Fünfzigern und hatte ein freundliches Gesicht, das gleichzeitig müde aussah. »Es sei denn, Sie wollen mich einfach so gehen lassen?«

»Tut mir leid, Junge«, meinte der Wachtmeister. »Da ist noch die Kleinigkeit, dass du ein Auto geklaut hast.«

»Ich habe es Ihnen gestern Abend gesagt«, erklärte Leon seufzend. »Ich habe es nicht geklaut. Ich habe es geliehen.«

»Und das Gras im Handschuhfach?«

»Nicht meins.«

Leon sah, wie der Polizist zur Seite schaute, und an der Miene des Mannes konnte er erkennen, dass seine Mutter zurückkam. Die Luke war halb geschlossen, aber durch sie konnte Leon die nasale Stimme seiner Mutter hören, die sich über etwas beschwerte. Leon setzte sich wieder auf die Bank und zog sich die Kapuze über den Kopf. Wenigstens hatten sie ihm erlaubt, seine eigenen Sachen zu behalten, abgesehen von seinem Gürtel und den Schnürsenkeln.

Er war am Abend zuvor so nah dran gewesen, nach Hause zu kommen, dass er es nicht glauben konnte. Das Auto gehörte einem alten Mann, der in der Nähe der Siedlung wohnte, in der Leon lebte, und er hatte es sich schon einmal geliehen, als ihm das Gras ausgegangen war. Geliehen im wahrsten Sinne des Wortes, aber er musste auf die andere Seite der Stadt fahren, um etwas zu kaufen. Das Auto, ein beschissener alter Nissan Micra, der die Farbe von Kuhscheiße hatte, war so alt, dass er nur mit einem Schraubenzieher unter der Lenksäule gestartet werden konnte, um die alte Verkabelung freizulegen. Wenn er nicht vor den Augen der Polizei eine rote Ampel überfahren hätte, wäre er jetzt vielleicht nicht hier.

Leons Mutter stürmte in die Zelle und brachte ihre übliche Anspannung mit. Für jemanden, der so dünn war, dass es nach Leons Meinung schon fast schmerzhaft war, hatte sie eine enorme Energie, die meist negativ war. Sie trug einen tiefvioletten Velours-Trainingsanzug, der irgendwann in den Achtzigern in Mode gewesen war, und ihr dünnes, wasserstoffblondes Haar war zu einem wilden Dutt zusammengebunden. Er stöhnte leise auf, als sie in dem kleinen Raum auf und ab ging.

»Was stöhnst du so?«, fauchte sie ihn an. Er schloss die Augen und ignorierte sie, denn er wusste, dass sie weitermachen würde, egal, was er sagte oder tat. Natürlich begann sie mit ihrer üblichen Erzählung darüber, was für ein Nichtsnutz er sei, was für ein Verlierer sein Vater gewesen sei und dass der Apfel nicht weit vom Stamm falle. Das war ihr Lieblingsspruch, den er mehrmals am Tag hörte. Socken nicht im Wäschekorb? Teller auf dem Boden seines Schlafzimmers? Mitten in der Nacht verhaftet werden? Für sie ging es nur um den Apfel.

Leons Vater war, je nachdem, wie viel Alkohol seine Mutter getrunken hatte, ein Mann, der entweder Harry oder Henry hieß. Sie hatte keine Ahnung, wie er mit Nachnamen hieß, nur dass er sich, wie alle Männer, die sie kannte, das genommen hatte, was er wollte, und dann gegangen war. Leon hatte schon lange vermutet, dass der Akt der Vereinigung, der zu seiner Existenz geführt hatte, ein finanzielles Element beinhaltete, aber diesen Verdacht behielt er für sich.

Seine größte Sorge war nicht, was seine Mutter sagte, sondern was Syd sagen würde, wenn er herausfand, dass er verhaftet worden war. Leon war noch nie verhaftet worden, obwohl er ein paar Mal wegen dummer Sachen verwarnt worden war, wie jeder andere Junge in der Siedlung auch. Das war eines der Dinge, die Syd an Leon mochte. Er war sauber und zog deshalb weniger die Aufmerksamkeit der Behörden auf sich. In Anbetracht der Branche, in der Leon arbeiten wollte, konnte das nur gut sein. Je mehr die Polizei über dich wusste, so Syd zufolge, desto interessierter wurden sie.

Leon zuckte zusammen, als er ein Klopfen hörte. Er

öffnete seine Augen und sah seine Mutter an der Metalltür der Zelle stehen. Ein paar Augenblicke später öffnete sich die Luke.

»Was jetzt?«, fragte der Wachtmeister in gelangweiltem Ton.

»Lassen Sie mich raus«, forderte Leons Mutter. »Ich brauche noch eine Zigarette.«

Mit einem Blick, den Leon für einen mitfühlenden Blick hielt, seufzte der Wachtmeister und öffnete die Tür.

18

»Mami?« Suzy schreckte auf, als sie die Stimme ihrer Tochter hörte. Was Leanne als Nächstes sagte, ließ sie die Augen öffnen und sich sofort aufrecht hinsetzen. »Es ist jemand hier.«

»Wo?«, fragte Suzy mit tiefer und energischer Stimme. Sie ließ ihren Blick über die kleine Hütte schweifen, die nur von der Sonne erhellt wurde, die durch ein paar Lücken in der Tür fiel. »Wo?«, fragte sie erneut, diesmal flüsternd. Leanne deutete mit dem Finger auf die Tür.

»Da draußen«, erzählte Leanne. »Ich musste auf die Toilette und bin hinter einen Baum gegangen.« Ihr Kopf sank nach unten und sie schaute auf ihren Schoß. »Ich wollte dich nicht aufwecken. Du sahst so friedlich aus.«

Suzy kämpfte gegen den Drang an, ihre Tochter zu umarmen. Das würde sie später tun, wenn sie wusste, dass sie in Sicherheit waren. Sie stand auf und war überrascht, wie ausgeruht sie sich fühlte. Als sie die Tür erreichte, öffnete Suzy sie gerade so weit, dass sie hindurch und in den Wald sehen konnte. Es dauerte ein paar Sekunden, aber dann sah sie die Umrisse von jemandem, der sich mit dem Rücken zur Hütte gesetzt hatte, vielleicht fünfundsiebzig Meter entfernt.

Suzy atmete schwer aus. Es war nicht Vince und auch keiner seiner Handlanger. Sie trugen keine Gewänder.

»Es ist der Mann aus dem Bus«, flüsterte Leanne mit großen Augen. Sie hatte sich an Suzys Seite geschlichen, ohne dass sie es bemerkt hatte. »Der Prediger-Mann.«

Als hätte er ihr Gespräch gehört, kam der Mann langsam auf die Beine. Er drehte sich zu der Hütte um. Dann beugte er sich hinunter und hob eine Tasche auf, bevor er auf den baufälligen Bau zuging. Als er auf sie zukam, sah Suzy, dass er ihren Koffer trug. Etwa zehn Meter von der Hütte entfernt blieb er stehen und stellte ihn auf den Boden, bevor er ein paar Schritte zurückging.

»Ihr habt etwas vergessen«, meinte er und streckte eine Hand mit der Handfläche nach oben in Richtung des Koffers aus. Suzy sah ihn an, denn im Bus hatte sie ihn nicht besonders beachtet. Zu der Zeit hatte sie andere Dinge im Kopf gehabt, sowohl vor als auch nach dem Überfall. Er lächelte sie an, doch gleichzeitig tat er es nicht. Seine grauen Augen verließen die ihren keinen Augenblick lang.

»Mami?«, sagte Leanne mit drängender Stimme. »Mama?«

»Was?«, antwortete Suzy, ohne ihren Blick von dem Mann im Gewand abzuwenden.

»Boo Boo ist in diesem Koffer.«

»Ich weiß.«

Suzy dachte ein paar Sekunden lang nach. Es gab nichts an diesem Mann, was für sie bedrohlich wirkte. Irgendwie war er ihnen zu dieser Hütte gefolgt, um ihren Koffer zurückzugeben, und er war auch Opfer des Raubes geworden. Als sie ihre Entscheidung getroffen hatte, wies sie Leanne an, in der Hütte zu bleiben, bevor sie die Tür öffnete und nach draußen trat. Ohne etwas zu sagen, ging sie ein paar Schritte über die Lichtung und spürte die Augen des Mannes auf sich gerichtet, bevor sie sich den Koffer schnappte und zurück in die Hütte ging. Leannes Freudenschrei, als sie den Koffer öffnete und den zerfledderten rosa Elefanten herauszog, war Belohnung genug für das Risiko, das sie gerade eingegangen war.

Als Suzy ihre Aufmerksamkeit wieder auf den Mann im Gewand richtete, hatte er sich nicht einen Zentimeter bewegt. Sie schaute ihn an und versuchte, es unauffällig zu tun, ohne dass er es bemerkte. Abgesehen von dem kurzen Gespräch, das Leanne im Bus mit ihm geführt hatte, hatte Suzy ihm nicht viel Aufmerksamkeit geschenkt. Jetzt, wo er ganz nah bei ihr stand, konnte sie sehen, dass er etwa in den Dreißigern war, kräftig, aber nicht korpulent, und dass sein Kopf so glatt rasiert war, dass sie keinen Haaransatz erkennen konnte. Abgesehen von seinem Gewand waren das Auffälligste an ihm seine grauen Augen, die sich mit einer Intensität in sie bohrten, die sie fast spüren konnte. Es war nicht unangenehm, sondern einfach nur seltsam.

»Danke«, sagte sie. Der Mann im Gewand lächelte nur. »Ähm, warum bist du hier?«

»Ich muss irgendwo sein.«

»Bist du uns gefolgt?«

»Ja.«

»Warum?«

»Ich war neugierig.«

»Worauf?«

Suzy verschränkte ihre Arme vor der Brust und fühlte sich plötzlich verletzlich. Die Augen des Mannes bohrten sich weiter in ihre und das Gefühl, das er auslöste, verstärkte sich.

»Möchten du und deine Tochter frühstücken?«, antwortete der Mann im Gewand. »Ich habe mir die Freiheit genommen, ein paar Dinge für den Fall der Fälle zu besorgen.«

Dreißig Minuten später hielt Suzy eine Schüssel in den Händen und genoss die Wärme des Essens darin. Neben ihr tat Leanne das Gleiche, aber sie starrte misstrauisch auf das blasse, eintopfartige Essen darin. Zwischen ihnen und dem Mann im Gewand war ein kleines Feuer, das er gemacht und auf dem er das Essen erwärmt hatte. Suzy und Leanne sahen zu, wie er mit einer Rasierklinge ein paar Holzscheite schnitzte, bevor er einen Topf über die Flammen hielt.

»Was ist das?«, fragte Leanne ihn, während ihr Blick zwischen der Schüssel und Suzys Gesicht hin und her flog. Was auch immer in den Schüsseln war, es roch köstlich und Suzys Magen knurrte.

»Es ist ein besonderes Rezept«, antwortete der Mann im Gewand. »Es wird aus Früchten des Waldes hergestellt und ich verspreche dir, dass es dir schmecken wird. Probier mal.« Als sie ihn beobachtete, nahm er einen Löffel von dem Essen und stieß einen übertriebenen Seufzer der Zufriedenheit aus. »Oh, mein Herr. Das ist wie Manna vom Himmel.« Suzy sah, wie Leanne einen zaghaften Löffel nahm und lächelte. Dann begann ihre Tochter ernsthaft zu essen.

»Danke«, sagte Suzy, als sie ebenfalls einen Löffel zum Mund führte. Das Essen roch nach Pilzen und vielleicht nach Nüssen. Sie sah ihn an, als sich seine Augen fast unmerklich verhärteten.

»Also, Suzy«, begann der Mann im Gewand und zog die Augenbrauen hoch. Die Art und Weise, wie er das Wort *also* in die Länge zog, betonte seinen Südstaatenakzent. Suzy runzelte die Stirn, weil sie sich nicht daran erinnern konnte, sich ihm richtig vorgestellt zu haben. Sie war zu sehr auf das, was er tat, fixiert gewesen, um an Formalitäten wie eine Vorstellung zu denken. Die Verletzlichkeit, die sie vorhin gespürt hatte, kehrte zurück. »Wirst du mir erzählen, vor wem du wegläufst?«

19

Caleb blieb passiv, als er sah, wie Suzys Gesicht auf seine Frage hin sank. Sie warf einen Blick über ihre Schulter zu ihrer Tochter, die in der Hütte mit ihrem Kuscheltier flüsterte, bevor Suzy wieder zu ihm blickte. Als sie ihn ansah, war ihr Gesicht entschlossen.

»Wer bist du?«, fragte sie ihn.

»Mein Name ist Caleb«, antwortete er und deutete auf seine Kleidung. »Wie ich deiner Tochter im Bus gesagt habe, bin ich ein Prediger. Daher auch das Gewand.«

»Warum glaubst du, dass wir vor jemandem weglaufen?«, wollte sie wissen. Caleb ließ den Hauch eines Lächelns über sein Gesicht huschen, als er sich in der Hütte umsah.

»Warum seid ihr hier?«, entgegnete er, ohne auf ihre Frage einzugehen.

»Wir müssen irgendwo sein«, antwortete Suzy. Calebs Lächeln verwandelte sich in ein Lachen, als er seine Worte noch einmal hörte.

»Als wir im Bus waren«, meinte er und ließ sein Lachen und sein Lächeln verklingen, »hattest du eine Tasche voller

Geld, das sie gestohlen haben. Und in dem Moment, als die Polizei auf dem Weg war, bist du mit deiner Tochter in den Wald gegangen und hast nicht einmal angehalten, um deinen Koffer zu holen.« Er sah sie an und sah das Stirnrunzeln auf ihrem Gesicht. »Liest du die Heilige Schrift, Suzy?«

»Nein«, gab sie zu und ihr Stirnrunzeln wurde noch tiefer. »Nein, tue ich nicht.«

»Flieht um euer Leben. Schaut nicht zurück und bleibt nirgendwo in der Ebene stehen. Flieht in die Berge, sonst werdet ihr weggefegt«, zitierte Caleb und schloss halb die Augen, als er den Vers aufsagte. Dann öffnete er sie ganz. »Er stammt aus der Genesis und beschreibt ziemlich genau, was du gerade tust. Jemand versucht, dich wegzufegen. Meine Frage ist: Wer? Vielleicht kann ich dir helfen?«

Caleb sah, wie ein Ausdruck der Resignation über Suzys Gesicht ging, aber sie antwortete immer noch nicht auf seine Frage. Er saß schweigend da und ließ ihr Zeit. Sie würde es ihm sagen, wenn sie bereit war.

»Ich kann es dir nicht sagen«, flüsterte sie einen Moment später. Caleb nickte. Er stellte seine Schüssel auf den Boden und streckte beide Hände nach ihr aus. Sie schaute ihn einige Sekunden lang unsicher an, bevor sie ihre Schüssel ebenfalls abstellte. Dann, nachdem sie ein paar Sekunden innegehalten hatte, nahm sie seine Hände. Caleb schloss seine Augen bei ihrer Berührung. Ihre Haut war sanft und weich und er hielt ihre Hände einen Moment lang fest.

Als er seine Augen wieder öffnete, betrachtete er Suzy in einem neuen Licht. Er hatte gespürt, dass sie von einer Dunkelheit umgeben war, die düsterer war, als er es je erlebt hatte. Sie war in Gefahr, genau wie ihre Tochter, aber er glaubte nicht, dass sie wusste, wie sehr.

»Wer bist du?«, fragte Suzy ihn einen Moment später. »Wer bist du wirklich?«

»Ich bin Caleb«, antwortete er.

»Und du bist ein Prediger?«

»In gewisser Weise, ja.«

»Aber warum bist du hier? Nicht hier in diesem Wald, sondern warum bist du hier in England?«

»Ich bin auf der Suche nach etwas, aber manchmal schickt *er* mich in eine andere Richtung.«

»Er?«, fragte Suzy mit einem Stirnrunzeln. »Wer ist *er*?« Caleb zeigte nur mit dem Zeigefinger in den Himmel und lächelte.

»Er«, antwortete er.

»Gott?«

»Manche nennen ihn so, ja. Aber er hat viele Namen.«

Suzys Stirnrunzeln verschwand, als Leanne aus der Hütte nach ihr rief.

»Ich komme gleich rüber, Liebling.« Sie sah Caleb an und er konnte fast hören, was sie dachte. Er wartete, während sie ihre Nägel betrachtete und an einem losen Stück Haut an einem ihrer Finger zog. Einen Moment später trafen sich ihre Augen mit seinen. »Glaubst du wirklich, dass du uns helfen kannst?«

»Ich weiß, dass ich es kann, Suzy. Deshalb bin ich auch hier. In diesem Wald, nicht in England. Aber hier.«

»Ich kann mich nicht erinnern, dir meinen Namen gesagt zu haben.«

Caleb antwortete nicht, sondern hielt nur ihren Blick fest. »Wer ist er, der Mann, vor dem du wegläufst?« Es entstand ein Schweigen zwischen ihnen. Caleb wusste, dass dies ein entscheidender Moment war. Entweder sie sagte es ihm und sie handelten, oder sie tat es nicht und er würde weggehen. Gerade als die Stille unangenehm wurde, sprach sie.

»Mein Partner.« Suzy machte sich wieder Sorgen um

ihre Nägel. Leanne rief erneut und als ob sie für die Ablenkung dankbar wäre, stand Suzy auf.

Caleb beobachtete einen Moment lang, wie Suzy mit ihrer Tochter vor der Tür der Hütte sprach. Er blendete ihre Worte aus, da er sie nicht hören sollte, und beobachtete nur, wie sie miteinander sprachen. Leanne hielt ihren Elefanten an Suzys Ohr und einen Moment später sah Suzy überrascht aus. Dann lachte sie und setzte sich wieder neben Caleb.

»Boo Boo will dich kennenlernen«, verkündete sie, als sie sich auf den Boden gesetzt hatte.

»Und ich will Boo Boo kennenlernen«, antwortete Caleb und drehte sich zur Tür der Hütte um, wo Leanne wartete. Suzy hob eine Hand und winkte ihr zu, woraufhin Leanne zu den beiden hinübersprang.

Einen Moment später, nachdem sie sich vorgestellt hatten, wandte sich Caleb an Suzy.

»Also«, meinte er mit leiser Stimme. »Sollen wir Pläne schmieden?« Suzy nickte, aber ihr Gesicht war voller Zweifel. Calebs Augen huschten ein paar Mal zwischen ihr und Leanne hin und her. »Du hast ein gutes Herz, Suzy.«

»Woher weißt du das?«

»Ein Herz wird nicht danach beurteilt, wie sehr du liebst, sondern danach, wie viel du von anderen geliebt wirst«, antwortete Caleb mit einem Blick auf Leanne.

»Ist das aus deiner Heiligen Schrift?«, erkundigte sich Suzy mit einem blassen Lächeln.

»Nein«, antwortete Caleb. »Es ist eine Zeile aus *Der Zauberer von Oz*. Was wir brauchen, ist eine gelbe Ziegelsteinstraße.«

20

———————

Als Suzy Caleb ihre Hände gegeben hatte, war sie fast erschrocken über das Gefühl, das sie durchströmte. Es war wie eine Welle der Erleichterung, als ob er all ihre Sorgen und Ängste in sich aufnehmen würde. Aber als er sie losließ, kamen sie alle mit voller Wucht zurück.

»Erzähl mir von ihm«, hörte sie ihn mit leiser Stimme sagen. Leanne saß in der Hütte und zeichnete mit ein paar Stiften und Papier, die Suzy in letzter Minute in den Koffer gesteckt hatte, bevor sie aus Vinces Haus geflohen waren. Als ob es keinen Zweifel gäbe, wen er meinte, fuhr Caleb fort. »Dein Partner.« Suzy warf einen Blick auf die Hütte, um sich zu vergewissern, dass Leanne noch da war, bevor sie antwortete.

»Er ist ein Monster«, flüsterte sie.

»Inwiefern?«

»In jeder Hinsicht.« Suzy hielt einen Moment inne. »Auf jede mögliche Art und Weise.« Sie hielt wieder inne, unsicher, wie sie fortfahren sollte.

»Was macht er denn?«, fragte Caleb, seine Stimme war genauso laut wie ihre. »Beruflich, meine ich?«

»Das ist ein Teil des Problems«, schilderte Suzy. Sie schaute zu Caleb auf. Er sah sie nur an, der Ausdruck in seinen grauen Augen war neutral. »Er arbeitet für den Sicherheitsdienst. MI5. Er wird mit allen ihm zur Verfügung stehenden Mitteln nach mir und Leanne suchen, und das sind so ziemlich alle.«

»Daher die Flucht vor der Polizei in den Wald«, sagte Caleb. »Keine Kameras. Keine Möglichkeit, euch beide aufzuspüren.« Suzy nickte als Antwort.

»Aber er wird uns finden«, entgegnete sie. »Ich muss uns nur beide aus dem Land bringen, bevor er es tut.« Suzy atmete tief durch und aus dem Augenwinkel sah sie, wie Caleb Leanne ansah. »Mehr ihr zuliebe als mir zuliebe.«

»Er ist ihr Vater?«, fragte Caleb.

»Nein«, antwortete Suzy. »Ist er nicht. Das mit ihrem Vater war nur eine kurze Sache. Ich war noch sehr jung. Aber ja, er benutzt sie, um mich unter Kontrolle zu halten. Es ist wie in einem Gefängnis, nur ohne Gitterstäbe.« Als Suzy ihn ansah, konnte sie sehen, dass er ihre Gefühle verstand. »Aber ich musste weg, bevor...« Ihre Stimme verstummte und sie holte noch einmal tief Luft. »Ich kann nicht zulassen, dass Leanne etwas passiert.«

»War er ihr gegenüber gewalttätig?«

»Nein, nicht gewalttätig. Es ist schlimmer als das.«

Ein paar Sekunden später stellte Caleb ihr eine weitere Frage. Seine Augen waren nicht mehr teilnahmslos, sondern voller Sorge.

»Suzy, kannst du das erklären?«, hakte er nach. Sie nahm einen tiefen Atemzug. Wo um alles in der Welt sollte sie nur anfangen, fragte sich Suzy. »Fang einfach am Anfang an«, fuhr Caleb fort. Sie schaute ihn für ein paar Sekunden erschrocken an. Hatte sie das laut gesagt, oder konnte er ihre Gedanken lesen? Er lächelte sie freundlich an und sie entspannte sich.

»Er kontrolliert alles«, erzählte Suzy mit ruhiger Stimme. »Absolut alles in meinem Leben.«

In den nächsten Momenten berichtete Suzy Caleb, wie Vince sie und Leanne von allen, die sie kannten, isoliert hatte. Wie er ihr Geld kontrollierte, ihren Zeitplan, sogar wann sie aß. Wann sie schlief. Wohin sie ging. Er sagte nichts, nickte nur gelegentlich, um sie zu ermutigen.

»Meine Eltern sind beide verstorben«, seufzte sie. »Ich habe keine Geschwister. Und jetzt? Ich habe nicht einmal Freunde.«

»Schlägt er dich?«, fragte Caleb. Suzy machte eine Pause, bevor sie antwortete.

»Ja, ab und zu. Aber nur, wenn ich es verdiene.«

Caleb öffnete den Mund, als wolle er etwas sagen, aber er schloss ihn wieder. Suzy erzählte ihm, wie sie seit Monaten ihre Flucht geplant hatte. Sie hatte Geld beiseite gelegt, indem sie ihm sagte, dass die Einkäufe fünf oder zehn Pfund mehr gekostet hätten, als es tatsächlich der Fall war, und die Differenz einsteckte. Als sie merkte, dass er die Quittungen nie überprüfte, fing sie an, ernsthaft zu planen. Ihr einziger Zufluchtsort war der Gartenschuppen, den Vince nie betrat. Caleb lächelte, als sie ihm erzählte, wie sie kurz nach Beginn ihrer Beziehung mit Gartenarbeit begonnen hatte. Wenn überhaupt, dann hatte Vince sie dazu ermutigt.

»Es wird dir gut tun, an die frische Luft zu kommen«, sagte sie zu Caleb, so wie er es damals zu ihr gesagt hatte. Dann verstummte ihre Stimme und sie starrte auf ihre Fingernägel, unwillig, weiter zu sprechen.

»Du sagtest, Leanne könnte etwas zustoßen?«, erkundigte sich Caleb, nachdem ein Moment vergangen war. Suzy seufzte erneut.

»Vince war auf der Arbeit, als die Post kam«, fuhr sie fort. »Das war letzte Woche. Ich hatte schon länger den Verdacht, dass etwas los ist. Er hatte sich nicht sonderlich für Leanne interessiert, aber dann fing er eines Tages an, Fotos von ihr auf seinem Handy zu machen.« Sie blickte zu Caleb auf, dessen Gesicht sich verfinstert hatte. »Ich meine nicht von ihr, na ja, du weißt schon. Auf diese Art und Weise. Es waren ganz normale Fotos. Jedenfalls musste eine der Sachen in der Post unterschrieben werden.« Suzy hielt wieder inne.

»Sprich weiter«, forderte sie Caleb auf. »Du kannst mir vertrauen, Suzy.«

»Ich weiß«, sagte Suzy. »Ich habe sie geöffnet.« Sie lachte, aber es lag kein Humor in diesem Geräusch. »Ich wusste, dass er mich umbringen würde, wenn er es herausfindet, aber ich konnte nicht anders.«

»Was war es?«

»Es war ein Reisepass. Für Leanne. Aber es war kein britischer Pass. Er sah ähnlich aus, aber es war ein estnischer.« Suzy sah, wie Caleb die Stirn runzelte. »Es war ein Foto von ihr drin, aber ein anderer Name und eine Adresse, die ich nicht kannte.«

»Das verstehe ich nicht«, meinte Caleb. »Warum sollte Vince ihr einen ausländischen Pass besorgen?«

»Es gibt nur eine Erklärung, die mir einfällt«, antwortete Suzy, und ihre Stimme brach. »Er hatte vor, sie zu schmuggeln. Deshalb musste ich fliehen. Bevor er sie an eine Pädophilenbande oder etwas Ähnliches übergibt. In dem Moment, als ich den Pass sah, wusste ich, dass wir so schnell wie möglich weg mussten.« Als Caleb sie ansah, lag eine

Dunkelheit in seinen Augen, die fast greifbar war. Er sagte etwas, aber Suzy verstand nicht, was er sagte. »Wie bitte?«

»Ich sagte, dass sie wirklich unter uns wandeln.« Caleb senkte seinen Blick auf den Boden und schloss ihn, als ob er tief in Gedanken versunken wäre. Oder vielleicht war es ein Gebet, Suzy war sich nicht sicher. Als er sie wieder ansah, schien sich die Dunkelheit in seinen Augen noch mehr verdunkelt zu haben. »Bist du eine Gläubige, Suzy?«

»An Gott?«

»An einen Gott, ja«, bestätigte Caleb. Sie hielt inne, bevor sie seine Frage beantwortete.

»Nein«, erwiderte sie ein paar Sekunden später. »Ein Gott würde nicht zulassen, dass Leute wie Vince das tun, was sie tun.« Calebs Gesicht veränderte sich. Der dunkle Ausdruck wich langsam einem anderen. Suzy brauchte einen Moment, um zu erkennen, was es war. Es war keine Wut. Es war Entschlossenheit.

»Vielleicht tut er das nicht, Suzy«, erwiderte Caleb, als er sich aufrichtete. »Vielleicht tut er das nicht.«

21

———

Leon lehnte sich in seinem Stuhl zurück und pustete seinen Atem aus seine Wangen. Wenigstens war der Verhörraum etwas bequemer als die Zelle. Neben ihm, in einem identischen Plastikstuhl, rieb sich seine Mutter die Hände und fragte sich, wann sie wohl wieder eine Zigarette rauchen konnte. Leon sah auf, als sich die Tür öffnete und eine Frau vom Wachtmeister hereingeführt wurde.

»Leon, Miss Brockwell? Das ist Naomi Tipton, die diensthabende Anwältin«, informierte sie der Polizeibeamte.

»Es ist Ms. Brockwell«, bellte Leons Mutter, als der Wachtmeister sich zurückzog und die Tür hinter sich schloss. Leon ignorierte sie und richtete seine Aufmerksamkeit auf die neue Besucherin.

Sie war viel jünger, als er erwartet hatte, höchstens Mitte zwanzig. Und sie war auch weiblicher, als er erwartet hatte. Als er das Wort ›Anwalt‹ hörte, dachte Leon automatisch an einen Mann mittleren Alters, wahrscheinlich mit einem vornehmen Akzent. Als die Anwältin den Mund öffnete, um zu sprechen, war ihr Akzent neutral und ihre Stimme beruhigend. Ganz anders, als er es erwartet hatte.

»Leon«, sagte sie und lächelte, als sie ihm die Hand schüttelte. »Ich bin Naomi.« Er öffnete den Mund, um etwas zu erwidern, war sich aber nicht sicher, was er sagen sollte, und schloss ihn wieder. Sie richtete ihre Aufmerksamkeit auf seine Mutter. »Frau Brockwell, es freut mich, Sie kennenzulernen.«

Als Leons Mutter Naomis Hand schüttelte, nahm er sich ein paar Sekunden Zeit, um sie zu mustern. Sie war vielleicht genauso groß wie er, etwa ein Meter fünfundsechzig oder ein Meter siebzig. Ein glänzender dunkelgrüner Geschäftsanzug bedeckte ihren schlanken Körper und ihr ovales Gesicht wurde von einem dunklen Bob umrahmt. Damit hatte Leon überhaupt nicht gerechnet. Seine Anwältin war nicht nur eine Frau, sie war auch noch sehr attraktiv. Er spürte, wie sich ein langsames Lächeln auf seinem Gesicht ausbreitete, als er darüber nachdachte, wie er sie Syd und den anderen beschreiben würde, wenn er hier rauskam. Doch was sie als Nächstes sagte, wischte das Lächeln im Nu aus seinem Gesicht.

»Also, Leon«, sagte Naomi, als sie sich hinsetzte und ihn von der anderen Seite des Tisches ansah. »Warst du schon einmal in einer Jugendstrafanstalt?«

»Was?« Leon schnappte nach Luft. Er sah seine Mutter an, die mit offenem Mund auf die Anwältin starrte.

»Dir drohen zwei Jahre Haft in einer Jugendstrafanstalt, vielleicht auch mehr«, fuhr Naomi fort.

»Machst du Witze?« Die Antwort von Naomi war eine gewölbte, perfekt gezupfte Augenbraue und die Antwort seiner Mutter eine Ohrfeige. »Tut mir leid«, murmelte Leon und schaute in seinen Schoß.

»Nein, Leon«, erwiderte Naomi, »ich mache keine Witze.

Das sind ernste Vergehen.« Ihre Augenbraue kehrte in ihre Ausgangsposition zurück und ihr Gesicht wurde weicher. »Aber deshalb bin ich ja hier. Um dafür zu sorgen, dass so etwas nicht passiert.« Sie beugte sich vor, um ihren Notizblock zu studieren, und Leon nahm ihren dezenten Parfumgeruch wahr, als sie sich bewegte. »Also, ich habe mir die Gewahrsamsprotokolle angesehen und es sieht so aus, als hätte man sich gut um dich gekümmert. Ist das richtig?«

»Ich denke schon«, antwortete Leon.

»Und du hast einen verantwortungsvollen Erwachsenen hier«, fügte Naomi hinzu und lächelte seine Mutter kurz an. Leon unterdrückte ein Grinsen bei dem Gedanken, dass seine Mutter als verantwortungsbewusst bezeichnet wurde. »Wie wäre es also, wenn du mir erzählst, was passiert ist?«

Daraufhin tat Leon genau das. Er ignorierte das Keuchen seiner Mutter, als er erzählte, wie er das Auto gestartet hatte, und erwähnte auch nicht die Drogen, die die Polizei in dem Fahrzeug gefunden hatte.

»Ich wollte nur ein bisschen raus«, meinte er, ohne sich darum zu kümmern, ob die Anwältin ihm glaubte oder nicht. Ihrem Gesichtsausdruck nach zu urteilen, tat sie das nicht. »Ich wollte es eigentlich zurückbringen und dort lassen, wo ich es gefunden habe, aber die Polizei hat mich geschnappt, bevor ich das tun konnte.«

»Richtig«, bestätigte Naomi und machte sich eine Notiz auf dem Block. »Du hattest also nicht die Absicht, dem Besitzer das Fahrzeug dauerhaft vorzuenthalten? Lass mich dir einen Tipp geben. Die richtige Antwort auf diese Frage ist Nein.«

»Ähm, nein.«

»Leon, sprich mir nach. Ich hatte nicht die Absicht, den Besitzer des Fahrzeugs dauerhaft zu enteignen.«

»Ich hatte nicht die Absicht, den Besitzer des Fahrzeugs dauerhaft zu berauben.«

»Das ist nah genug«, antwortete Naomi. »Merk dir diesen Satz.«

Leon lehnte sich in seinem Stuhl zurück und versuchte, sich zu entspannen. Vielleicht würde es doch nicht so schlimm werden, wie er gedacht hatte. Er betrachtete Naomi mit einer Zuversicht, die mit jeder Sekunde wuchs. Seine Anwältin war nicht nur attraktiv, sie schien auch zu wissen, wovon sie sprach. Doch bei ihrer nächsten Frage stöhnte er auf.

»Erzähl mir von den Drogen, die die Polizei in deinem Besitz gefunden hat?«

22

_____

Die Finger von Vince bewegten sich so schnell über die Tastatur, dass sie fast verschwammen. Er saß an seinem Schreibtisch im Thames House, einem schrecklich kaiserlichen neoklassizistischen Gebäude, in dem der Secret Intelligence Service untergebracht war. Sein Standort und die Art der Leute, die dort arbeiteten, waren das am schlechtesten gehütete Geheimnis der Welt. Es war schon immer ein hässliches Gebäude gewesen, und als der MI5 Mitte der neunziger Jahre dort einzog, wurde es durch die Sicherheitsverbesserungen noch hässlicher.

Hinter den beiden hochauflösenden Bildschirmen auf Vinces Schreibtisch befand sich ein großes Fenster, das durch Gitter in kleinere Fenster unterteilt war und etwa fünfzig Prozent des verfügbaren Lichts von draußen in sein Büro ließ. Es war aus Sicherheitsgründen dreifach verglast, was, wie ein Raketenangriff irischer Dissidenten auf das MI6-Gebäude über dem Fluss in Vauxhall einige Jahre zuvor gezeigt hatte, effektiv war. Hinter dem Fenster konnte Vince die Stahl- und Granitbögen der Lambeth Bridge mit ihren charakteristischen ananasförmigen Obelisken an beiden Enden sehen. Die Brücke führte den Verkehr über das schlammige, braune Wasser der Themse, aber er beachtete den ständigen Strom der roten Londoner Busse und schwarzen Taxis nicht. Er war auf der Suche nach jemandem, der ganz sicher nicht in London war.

Auf den Bildschirmen vor ihm waren verschiedene Aufnahmen von Überwachungskameras zu sehen, die denen nicht unähnlich waren, die er sich am Abend zuvor angeschaut hatte. Aber diese Bilder zeigten nicht das Innere seines Hauses. Es waren alles Außenaufnahmen. Ein Viertel eines Bildschirms zeigte die Zufahrt zum Bahnhof Norwich. Ein anderes Viertel zeigte eine Außenansicht des Busbahnhofs der Stadt. Die anderen beiden Viertel zeigten Ansichten aus dem Inneren von Zügen bzw. Bussen. Vince sah sich die Übertragungen allerdings nicht an. Das machte der Computer für ihn, und das war auch gut so, denn die Übertragungen liefen in vierfacher Zeit.

Als er sich am Morgen hingesetzt hatte, hatte er ein deutliches Foto von Suzy und eines von Leanne in eines der Systeme hochgeladen, auf die er Zugriff hatte. Er hatte sie beide ein paar Monate zuvor unter dem Vorwand fotografiert, dass sie neue Pässe brauchten, weil Suzy ihre alten verloren hatte, aber sie hatte sie nicht verloren. Sie lagen in einer Schublade in Vinces Wohnung in Southwark. Nach dem Hochladen hatte die Software eine Reihe von Merkmalen in den Gesichtern der beiden gemessen. Den Abstand zwischen Suzys Augen. Die Tiefe ihrer Augenhöhlen. Die Konturen von Leannes Lippen, Ohren und Kinn. Dann wurden diese Messungen in eine einzigartige mathematische Formel umgewandelt, die so unverwechselbar war wie ein Fingerabdruck – oder sogar noch unverwechselbarer, wenn man den Technikern Glauben schenkte. Die Software, die ursprünglich von einer chinesischen Firma entwickelt worden war, wurde vor etwa einem Jahr von ihnen geliehen und dann von den Eierköpfen der Geheimdienste drastisch verbessert.

Vince warf einen Blick auf eines der Viertel und sah, wie die Übertragung für den Bruchteil einer Sekunde anhielt und die Software einen grünen Kasten um den Kopf eines vorbeifahrenden Pendlers zeichnete. Dann zeichnete sie weitere Linien innerhalb des Kastens und ließ sie einmal in leuchtendem Rot aufblitzen. Dann zeichnete sie einen weiteren Kasten um eine andere Person, und der Vorgang ging weiter. Er hatte die Software angewiesen, nur nach Suzy oder Leanne zu suchen und nicht jeden zu identifizieren, den sie sah, wie sie es normalerweise tat. Diese Suche ließ sich im Nachhinein viel leichter löschen, indem er die Administratorrechte nutzte, die er mit einem leitenden Mitglied des Cyberteams ausgehandelt hatte, das eine Vorliebe für junge Prostituierte hatte. Je jünger, desto besser. Das Mitglied des Cyberteams war sehr daran interessiert, dass weder seine Frau noch sein Arbeitgeber erfuhren, wo und für wen er sein verfügbares Einkommen ausgab, und half Vince nur zu gern dabei. Die Tatsache, dass Vince es erst herausfand, als er die Datenbanken der Agentur hackte, um jede Spur seiner eigenen Aktivitäten zu beseitigen, war eine Ironie des Schicksals und bestärkte den Mann in seiner eigenen Dummheit, es nicht selbst zu tun.

Während die Software jeden Moment Hunderte von Menschen scannte, tippte Vince weiter. Er gab den Text in eine andere Software ein, die sich auf Stimmen konzentrierte. Der Standard der Stimmerkennung war nicht so gut wie bei Gesichtern, aber darum ging es Vince auch gar nicht. Er gab Wörter und Sätze ein, die entweder Suzy oder Leanne sagen könnten, also Namen von Freunden, Orten oder Spielzeug. Nach jedem Wort oder Satz drückte er die Eingabetaste und baute so eine Datenbank mit Sätzen auf, die dann mit so ziemlich jedem einzelnen Telefonanruf in England verglichen werden konnte. Wenn mehrere von ihnen im selben Anruf vorkamen, war das ein Treffer. Je mehr davon in einem einzigen Anruf vorkommen, desto höher ist die Priorität, die ihm zugewiesen wird. Er hörte auf zu tippen und stellte die Suchparameter für die letzten drei Tage ein. Dann wies er das Programm an, die Daten zu überwachen, bevor er auf eine Schaltfläche klickte, um das Datenpaket an die Government Communication Headquarters zu schicken, ein weiteres schreckliches Regierungsgebäude voller Leute wie er.

Nun, dachte Vince, während er seine Finger verschränkte, um sie zu strecken, nicht ganz so wie er.

23

———

»Weißt du, Leanne«, sagte Caleb, als das Mädchen neben ihm ging und darauf achtete, dass seine Füße nicht in dem kleinen Bach, an dem sie entlanggingen, nass wurden, »die Sache mit den Bächen ist, dass sie immer irgendwo hinführen.«

»Wie die gelbe Ziegelsteinstraße?«, fragte Leanne.

»Genau, wie die gelbe Ziegelsteinstraße«, antwortete er. Es hatte eine Weile gedauert, aber er und Suzy hatten es geschafft, ihr etwas von der Handlung des Films zu erklären. Caleb blickte auf das Kind hinunter, das Boo Boo an seine Brust drückte, während Suzy hinter ihnen mit ihrem Koffer über der Schulter folgte. Caleb hatte angeboten, ihn zu nehmen, aber Suzy hatte abgelehnt.

»Wohin fließt der Bach denn?«, wollte Leanne wissen.

»Das werden wir sehen«, meinte Caleb, »aber irgendwo muss er ja hinführen.«

Sie gingen eine Weile schweigend weiter und Caleb genoss den Anblick, die Geräusche und die Gerüche des umliegenden Waldes. An einem Punkt hielt er inne und ließ sich auf die Knie fallen.

»Schau mal, Leanne, siehst du das?«, sagte er und deutete auf eine kleine Vertiefung in der weichen Erde.

»Was ist das?«, fragte das Mädchen, dessen Neugierde sie übermannte.

»Kaninchenfußabdrücke. Du kannst sehen, wo er oder sie durch den Wald gehoppelt ist. Vielleicht leben sie hier irgendwo in der Nähe?« Caleb sah, wie Suzy lächelte, während Leannes Kopf die nächsten Augenblicke hin und her flog, wohl in der Hoffnung, ein Kaninchen zu sehen.

Es dauerte vielleicht zwanzig Minuten, bis sie eine Kreuzung erreichten, an der der Bach in einen größeren Bach mündete. Er war nicht groß genug, um als Fluss bezeichnet zu werden, aber Caleb wusste, dass es weiter hinten am Ufer ein Dorf gab. Als die Sonne an diesem Morgen aufgegangen war, hatte er die schwachen Geräusche von Bewohnern durch die klare Waldluft gehört. Ein bellender Hund, zuschlagende Autotüren. Das Zischen der Bremsen eines Lastwagens oder vielleicht eines Busses. Seit Jahrtausenden lebten Menschen am Wasser, und Caleb war sich sicher, dass es in England nicht anders war. Sie folgten dem trägen Wasser, das im selben Tempo floss, wie sie gingen. Einen Moment später, als sie um eine Kurve der Wasserstraße bogen, sah Caleb die ersten Gebäude. Es waren Wohnhäuser, große Häuser, meist aus rotem Backstein gebaut, mit formalen Gärten.

Als der Boden unter ihren Füßen einem asphaltierten Weg und ein paar hundert Meter später einer Art Bürgersteig wich, gab es eine Art von Gebäude, nach dem er gesucht hatte. Es dauerte nicht lange, bis er einen großen rechteckigen Turm über den Dächern der Häuser auftauchen sah.

Caleb konnte sehen, dass er leicht gestaffelt war, wobei jede Ebene schmaler war als die darunter liegende, und in der Wand, die ihnen am nächsten war, befand sich ein Bogenfenster mit Lüftungsschlitzen. Abgesehen von der mit Zinnen bewehrten Brüstung ganz oben waren die Wände mit Feuerstein verkleidet, wie bei so vielen Kirchtürmen in der Gegend. Er konnte sich vorstellen, wie die Glocken des Turms über das Land läuteten und die Gläubigen zum Gebet riefen. Als sie sich näherten, wurde der Rest der Kirche ersichtlich. Sie war viel größer, als er angesichts der offensichtlichen Größe des Dorfes, dem sie diente, gedacht hatte. Caleb blieb einen Moment stehen und starrte auf das verschnörkelte Gebäude. Die Glocken waren still und das Einzige, was Caleb hören konnte, war Vogelgezwitscher.

»Wir gehen in eine Kirche?«, wunderte sich Suzy, während er den Anblick auf sich wirken ließ.

»Nein, nicht in die Kirche«, erklärte Caleb. »Aber ich suche nach dem Mann, der dort arbeitet.« Caleb ertappte sich dabei, dass er für einen Moment vergessen hatte, dass sich die Dinge im Laufe der Jahre verändert hatten, selbst hier in dieser kleinen Ecke Englands. »Oder der Frau, natürlich.«

Sie gingen schweigend um die Kirche herum und selbst Leanne schien von dem Gebäude beeindruckt zu sein. Während sie gingen, sahen sie niemanden. Caleb wusste, dass es etwa sieben Uhr morgens war und er war überrascht, dass er nicht einmal einen Hundespaziergänger sah.

»Es ist ruhig, nicht wahr?«, stellte Suzy fest. Er wollte gerade antworten, als sich in der Nähe eine Autotür schloss. Caleb drehte sich um und sah einen Mann mittleren Alters mit einem weißen Haarschopf, der den Weg vom Parkplatz zum Haupteingang der Kirche hinaufging. Was den Mann auszeichnete, waren nicht seine Haare, sondern sein langes, schwarzes, fließendes Gewand und das weiße Rechteck eines kirchlichen Kragens um seinen Hals.

»Entschuldigen Sie, Vater?«, rief Caleb und ging ein paar Schritte auf ihn zu. Der Pfarrer blieb stehen und starrte Caleb an, wobei seine Augen an Calebs Gewand auf und ab wanderten. »Haben Sie einen Moment Zeit?«

»Sind Sie zur Mette hier?«, erkundigte sich der Pfarrer mit einem Blick auf seine Uhr. »Ich bin ein bisschen spät dran.«

»Nein, wir haben gehofft, mit Ihnen über etwas sprechen zu können«, antwortete Caleb. Er bemerkte den enttäuschten Gesichtsausdruck des Pfarrers und fragte sich, wie groß seine Gemeinde war. So wie das Dorf aussah, glaubte Caleb nicht, dass jemand die frühen Gottesdienste besuchte.

»Natürlich. Können Sie mich einen Moment entschuldigen?« Der Pfarrer schaute wieder auf seine Uhr. »Ich muss nur noch schnell einen Psalm fünfundneunzig aufsagen, damit *er* oben bei Laune gehalten wird.«

»Venite, exult emus Domino«, antwortete Caleb, woraufhin der Pfarrer breit lächelte. Caleb ignorierte den Pfarrer für einen Moment und wandte sich an Suzy. »Das ist die erste Strophe des Psalms. Oh komm, lass uns dem Herrn singen.«

»Oh, großartig«, lobte der Pfarrer und lächelte immer noch, als er Calebs Gewand wieder in Augenschein nahm. »Ich war mir nicht sicher, ob Sie einer von uns sind. Möchten Sie sich mir anschließen?«

»Nein, danke.« Caleb schüttelte den Kopf und nickte der Kirche zu. »Ich wäre nicht wirklich willkommen in einer von ihnen.«

24

Naomi beobachtete, wie der lila Trainingsanzug, den Leons Mutter trug, zitterte, als die Frau eine Zigarette aus der Packung zog. Fast beiläufig hielt sie die Schachtel in Naomis Richtung.

»Nein, danke«, erwiderte Naomi und schüttelte den Kopf. »Ich rauche nicht.«

»Nah«, antwortete die Frau und drückte ein Auge zu, während sie die Zigarette mit einem kleinen Einwegfeuerzeug anzündete. »Das hätte ich nicht gedacht, aber wir sind Ihnen wohl etwas schuldig.« Naomi lachte in sich hinein. Sie war noch nie mit Zigaretten für ihre professionellen Dienste bezahlt worden.

»Wo ist Ihr Zuhause?«, fragte Naomi sie. Die Antwort wurde von einer Rauchwolke begleitet.

»Lark's Cross«, sagte sie. Naomi verbarg eine Grimasse. Lark's Cross war so ziemlich das ärmste Viertel der ganzen Stadt und wurde von zwei Hochhäusern im Zentrum bewacht. Leon war nicht der erste Klient von Naomi aus dieser Siedlung und er würde auch nicht der letzte sein. »Es ist ein Drecksloch, aber es ist unser Drecksloch.«

»Wie kommen Sie und Leon nach Hause?«

Als Naomi das sagte, öffnete sich die Tür der Polizeiwache und Leon kam heraus und blinzelte in das trübe Sonnenlicht.

»Mit dem Bus, nehme ich an.« Leons Mutter holte ein Handy aus ihrer Tasche, um die Uhrzeit zu checken. Zu Naomis Überraschung war es eines der neuesten iPhones. »Leon? Hast du etwas Geld dabei?« Leon tätschelte theatralisch seine Taschen.

»Ich habe mein Portemonnaie verlegt, Mama«, antwortete er. »Ich glaube, es liegt bei Syd zu Hause.«

»Ich nehme euch mit«, schlug Naomi vor, fast ohne nachzudenken. Als sie den überraschten Gesichtsausdruck der Frau sah, fügte sie hinzu: »Ich fahre sowieso in diese Richtung.«

»Toll, Richterin Judy«, sagte Leon mit einem breiten Lächeln, das Naomi laut auflachen ließ. »Das wäre wunderbar.«

Die drei machten sich auf den Weg zum Parkplatz neben der Polizeiwache. Naomi war darauf bedacht, Leons Mutter genug Zeit zu geben, um ihre Zigarette zu Ende zu rauchen. Als sie sich zu Leon umdrehte, hatte er immer noch ein breites Lächeln auf dem Gesicht.

»Ich bin mir nicht sicher, warum du so grinst, Leon«, gestand Naomi. »Du hast immer noch eine Verwarnung bekommen. Es ist nicht so, dass du ungeschoren davongekommen bist.«

»Ja, aber Sie haben mich von der Drogensache befreit.«

»Ich habe dich von gar nichts befreit«, erwiderte sie und bemühte sich, ein Zucken der Mundwinkel zu vermeiden. Leon hatte dem mürrischen Verkehrspolizisten gegenüber behauptet, die Tüte mit dem Marihuana gehöre dem älteren Herrn, dem das Auto gehörte. Als der Polizeibeamte sagte, dass dies unwahrscheinlich sei, da der betreffende Herr ein pensionierter Lehrer in den Siebzigern sei, hatte Leon geantwortet, dass es sich um Medizin handeln könnte. Sein unschuldiger Gesichtsausdruck hatte Naomi dazu veranlasst, sich plötzlich sehr für ihre Notizen zu interessieren, damit der Verkehrsbeamte nicht sah, dass sie lachte. »Du weißt, dass eine Verwarnung eine ernste Sache ist, oder?«

»Aber wird sie nicht aufgehoben, wenn ich achtzehn Jahre alt bin?«, fragte Leon, wobei sein Lächeln leicht nachließ.

»Ja, aber dein Name ist jetzt im System gespeichert. Es gibt viele Jobs, bei denen du die Verwarnung angeben musst, wenn du sie annimmst.«

»Was für Jobs?«, scherzte Leon in einem verächtlichen Ton. Naomi machte eine Pause, bevor sie antwortete. Die Chancen, dass Leon zum Militär oder zur Polizei gehen würde, waren gering bis gar nicht vorhanden.

»Ich sage es nur. Das ist alles, Leon«, berichtete Naomi, während sie ihr Auto aufschloss. Als er erkannte, dass der knallrote Mini ihr Auto war, grinste er wieder.

»Tolles Auto«, sagte er. »Die sind super schnell. Ich, äh, ich habe mir mal einen geliehen.«

»Sie können im Auto nicht rauchen, Ms. Brockwell«, erklärte Naomi Leons Mutter, die sich gerade eine weitere Zigarette anzünden wollte.

Knapp dreißig Minuten später, während das Knie von Leons Mutter auf dem Beifahrersitz auf und ab wippte, fuhr Naomi von der A11 ab und steuerte den Mini auf die beiden großen Hochhäuser zu, die das Zentrum der Lark's Cross Siedlung bildeten. Als sie in die Siedlung hineinfuhr, schaute Naomi in den Rückspiegel und sah, wie Leon auf dem Sitz zusammensackte. Am Straßenrand standen zwei Jugendliche in Kapuzenpullis auf Fahrrädern, die viel zu klein für sie waren, und beäugten das Auto, als es vorbeifuhr. Sie schienen ein paar Jahre jünger als Leon zu sein, und obwohl ihre Gesichter von den Kapuzen ihrer Kleidung halb verdeckt waren, konnte Naomi die Feindseligkeit in ihren Augen spüren.

»Das sind die Bricknell-Brüder«, erzählte Leon. Naomi schaute ihn wieder im Spiegel an und sah, dass er sein Bestes tat, um sein eigenes Gesicht zu verbergen. »Idioten sind das.«

»Pass auf, was du sagst«, knurrte Leons Mutter über ihre Schulter. Naomi wollte gerade etwas über die Tatsache sagen, dass die beiden Jungs auf den Fahrrädern in der Schule sein sollten, als sie es sich anders überlegte. »Am Ende der Straße links.«

Naomi fuhr weiter und verlangsamte das Tempo, damit das Auto über die Schlaglöcher in der Straße fahren konnte, ohne dass eine Achse daran brach. Die Straße war auf beiden Seiten von Autos gesäumt, sodass Naomi nur wenig Platz hatte, um durch die Krater zu fahren, und sie konnte die gedrungenen Reihenhäuser auf beiden Seiten sehen. Im Umkreis von ein paar hundert Metern hatte sie drei Sofas, zwei Waschmaschinen und sogar einen Einkaufswagen voll mit Autoreifen in Vorgärten gezählt. Irgendwann, vielleicht ein halbes Jahr nach ihrer Erbauung in den fünfziger Jahren, war die Siedlung wahrscheinlich ziemlich schick gewesen, aber diese Zeiten sind längst vorbei.

Sie bog wie angewiesen am Ende der Straße links ab und fuhr einen Moment später auf Anweisung von Leons Mutter rechts ran.

»Wir wohnen gleich hier«, sagte sie und zeigte auf ein Haus, das abgesehen vom Garten kaum von seinen Nachbarn zu unterscheiden war. Zu Naomis Überraschung schien es gut gepflegt zu sein, mit einem kleinen Rasen und ein paar Blumen, die tapfer versuchten, etwas Farbe in die ansonsten eintönige Landschaft zu bringen.

»Danke, Richterin Judy«, bedankte sich Leon, als er aus dem Auto stieg und dabei hüpfte.

»Ja, danke fürs Mitnehmen«, fügte Leons Mutter hinzu, als sie mit ihrer Zigarettenschachtel in der Hand ausstieg. »Wir sehen uns.«

Naomi saß im Auto, als die beiden den kurzen Weg zur Haustür hinuntergingen. Sie sah, wie Leon einen Moment innehielt, bevor er sich bückte und etwas aus dem Blumenbeet herauszog. Als er die andere Hand hob, um Naomi zuzuwinken, sah sie die Überreste eines Unkrauts in seiner Hand. Sie winkte zurück und war dankbar, dass man sie nicht auf eine Tasse Tee in das schäbige kleine Haus eingeladen hatte. Nach Naomis Meinung standen die Chancen gut, dass ihr Auto nicht mehr da war, wenn sie wieder herauskam.

Sie fuhr langsam los und warf dabei einen Blick von links nach rechts auf die Häuser. Sie starrten sie an, fast mürrisch im Sonnenlicht. Naomi mochte Leon trotz seiner Verbrechen und als sie sah, wo er wohnte, hatte sie Mitleid mit dem Jungen. In einem Ort wie diesem aufzuwachsen, kann nicht einfach sein, und es war weit entfernt von ihrer eigenen bürgerlichen Erziehung, bei der das schlimmste Vergehen darin bestand, dass ein Bewohner zu viel von einer Hecke zwischen benachbarten Häusern weggenommen hatte.

Leons Mutter hatte den Nagel auf den Kopf getroffen, dachte Naomi, als sie sich mit einiger Erleichterung der Straße näherte, die aus der Siedlung herausführte.

Der Ort war ein Drecksloch.

25

Suzy setzte sich in einen alten Sessel im Wohnzimmer des Pfarrers und fühlte sich plötzlich erschöpft, obwohl sie in der Nacht zuvor stundenlang geschlafen hatte. Sie konnte sehen, wie sich Caleb und der Pfarrer, Vater Martin, in der kleinen Küche neben dem Wohnzimmer leise unterhielten. Leanne war damit beschäftigt, mit ein paar Buntstiften, die Vater Martin irgendwo aufgetrieben hatte, auf einem Stück Papier zu malen. Suzy beobachtete sie einen Moment lang und dachte darüber nach, wie unverwüstlich ihre Tochter war, bevor sie sich den Rest des Raumes ansah. Das Haus, in dem sie sich befanden, das Pfarrhaus, war ein Neubau, aber Vater Martin hatte das Wohnzimmer so eingerichtet, als wäre es Jahrzehnte alt. An den Wänden hingen Bilder, die meist religiöse Szenen darstellten, und in einer Ecke stand eine schreckliche Statue einer Frau mit ausgestreckten Armen und einem Dolch, der ihr in die Brust gestoßen wurde. Suzy beobachtete Leanne immer noch und hoffte, dass sie die Statue nicht bemerken würde, als die beiden Männer den Raum betraten und sich setzten.

»Also, Caleb hat mir von deiner, äh, deiner Situation erzählt«, sagte Vater Martin und sah Suzy mit einem mitfühlenden Blick an. »Aber du bist jetzt in Sicherheit, Suzanne.«

»Suzy«, antwortete sie mit einem Zusammenzucken. Die einzige Person, die sie Suzanne nannte, war Vince, und das war meist die Vorstufe zu etwas anderem. Einer Ohrfeige oder vielleicht einer Faust.

»Es tut mir leid, Suzy«, entschuldigte sich Vater Martin. »Aber es gibt ein Heim in der Nähe der Stadt, das Platz für dich und die junge Leanne hat. Ich habe mit Joan, der Leiterin, gesprochen, und wir können euch heute Abend dorthin bringen.«

»Danke«, sagte Suzy, ihre Stimme war fast ein Flüstern. Sie schaute zu Caleb, der regungslos in einem Sessel saß und genauso müde war wie sie. Seine Augen waren geschlossen und sie konnte sehen, wie sich seine Lippen fast unmerklich bewegten. Betete er gerade? »Aber ich habe kein Geld, um für irgendetwas zu bezahlen.«

»Du brauchst für nichts zu bezahlen«, beruhigte sie Caleb. Als sie ihn ansah, waren seine Augen immer noch geschlossen. Als ob er ihren Blick auf sich spürte, öffnete er sie und blinzelte ein paar Mal. »Die Wohltätigkeitsorganisation, der das Heim gehört, kümmert sich um alles. Vater Martin?«

Der Pfarrer sah Caleb an, als er seinen Namen hörte, und Suzy spürte, dass die beiden Männer sich sehr gut verstanden. Eine Welle der Beruhigung überkam sie. Endlich fühlte sie sich sicher.

»Ich habe mich gefragt, ob ich mir ein paar Klamotten leihen könnte«, fragte Caleb den Pfarrer. »Vielleicht ein paar alte Sachen? Ich habe in Norwich noch etwas zu erledigen.« Er sprach den Namen der Stadt mit zwei Silben aus.

»Sie heißt Norwich«, antwortete Vater Martin mit einem leichten Lächeln. »Sie reimt sich auf Porridge.«

»Norwich«, wiederholte Caleb langsam, was den Pfarrer zum Lachen brachte.

»Das ist es. Du klingst fast wie ein Einheimischer.« Jetzt war es an Caleb, zu lachen.

»Ich bezweifle, dass ich jemals wie ein Einheimischer klingen werde«, gestand er, »aber ich würde mich gerne noch ein bisschen anpassen, bevor ich meinen Mund aufmache.«

»Natürlich, Caleb«, erwiderte Vater Martin. »Wir haben ungefähr die gleiche Größe. Ich bin sicher, dass ich etwas Unauffälligeres für dich finden kann als ein Gewand.« Ein weiterer bedeutungsvoller Blick ging zwischen ihnen hin und her, bevor der Pfarrer auf seine Uhr schaute. »Ich habe gleich die morgendliche Eucharistiefeier«, erklärte er, während er sich aufrichtete. »Aber danach werden wir zu Mittag essen. Im Kühlschrank ist ein Huhn und ich bin sicher, dass ich genug Kartoffeln für alle habe. Wie hört sich das an?«

»Das klingt fantastisch, Vater Martin«, bedankte sich Caleb mit einem Lächeln in Leannes Richtung. »Warum zeigst du mir nicht die Richtung und ich bereite alles vor?«

Wenige Augenblicke später saßen Suzy und Caleb in der Küche, die wie das Wohnzimmer zu einem viel älteren Haus zu gehören schien. Suzy beobachtete, wie Caleb mit einem kleinen Stein, den er aus seiner Stofftasche geholt hatte, ein Schälmesser schärfte. Als er anfing, die Kartoffeln zu schälen, bewegten sich seine Hände so schnell, dass sie verschwommen waren.

»Wow«, schwärmte Suzy voller Bewunderung. »Wo hast du das gelernt?«

»Ich konnte schon immer gut mit Messern umgehen«,

antwortete Caleb mit einem schiefen Lächeln, als die Schalen auf den vernarbten Küchentisch fielen.

Suzy hielt einen Moment lang inne und überlegte, wie sie am besten sagen sollte, was sie sagen wollte. »Caleb?« Er sah auf und hielt mit einer Kartoffel in der Hand inne, während sich seine Augenbrauen hoben. »Ich wollte mich nur bei dir bedanken. Für das, was du für mich und Leanne tust?«

»Keine Ursache«, meinte Caleb und konzentrierte sich wieder auf seine Arbeit. Es regnete Schalen auf die Oberfläche und innerhalb von Sekunden war eine weitere Kartoffel geschält.

»Ich dachte, du wärst auf dem Weg nach London«, hakte Suzy einen Moment später nach.

»Bin ich auch, irgendwann.«

»Aber du sagtest, du hättest in Norwich noch etwas zu erledigen?«

Caleb sah sie an und Suzy spürte, wie die Temperatur im Raum um ein oder zwei Grad sank. Als ob er das wüsste, lächelte Caleb sie an.

»Das tue ich«, sagte er und sah sie mit seinen grauen Augen an. »Ich werde einen Freund besuchen.«

26

»Ich gehe raus, Mama«, rief Leon über seine Schulter. Wie üblich nahm seine Mutter seine Aussage nicht einmal zur Kenntnis. Vor langer Zeit hatten sie vereinbart, dass sie ihm nicht auf die Nerven gehen würde, wenn er jeden Abend ausging und im Gegenzug weiterhin Geld einbrachte. Sie fragte ihn auch nicht, woher das Geld stammte.

Als er die Straße hinunterging, an der sein Haus lag, vorbei an all den anderen, fast identischen Reihenhäusern, hatte Leon nach dem Vorfall auf dem Polizeirevier immer noch einen federnden Schritt. Es juckte ihn in den Fingern, Syd und den anderen davon zu erzählen, aber er wusste, dass er das nicht konnte. Nicht ohne die Tatsache zu verraten, dass er für etwas so Dummes verhaftet worden war. In manchen Kreisen galt es als Ehrenzeichen, vorbestraft zu sein, aber nicht in dem Kreis, in dem Syd sich bewegte. Er wollte, dass die Behörden so wenig wie möglich auf ihn und seine Crew aufmerksam wurden, was Leon gut verstand.

Er zog sich die Kapuze noch fester über das Gesicht, als das hoch aufragende Hochhaus, von dem aus Syd seine

Geschäfte führte, in sein Sichtfeld geriet. Syd hatte sich eine der vier Wohnungen im obersten Stockwerk an sich gerissen, indem er den vorherigen Bewohner davon überzeugte, dass ein Tausch der Sozialwohnungen im Interesse aller wäre. Leon betrat das Gebäude, nachdem er eine vierstellige PIN in ein Bedienfeld neben der Tür eingegeben hatte, und wartete auf den Aufzug, der sich von oben nach unten bewegte. Anders als die Aufzüge im anderen Hochhaus würde dieser nicht nach Pisse stinken, wenn er ankam. Das würde Syd nicht dulden. Leon zog seine Kapuze nach unten und starrte auf die Kamera in der Ecke des Fahrstuhls. Es war die einzige funktionierende Überwachungskamera in der Siedlung. Trotz der Bemühungen der Stadtverwaltung schienen alle installierten Kameras zu versagen, sobald die Installationsteams die Siedlung verließen. Nachdem seine Identität von demjenigen bestätigt worden war, der die Überwachungskamera in Syds Wohnung bediente, schlossen sich die Türen innerhalb weniger Sekunden und der Aufzug fuhr zurück ins obere Stockwerk.

»Leon, mein Mann«, dröhnte Syds Stimme, als Leon den Flur seiner Wohnung betrat. Die Luft war stickig mit dem Geruch von Cannabis und Schweiß, obwohl die meisten Fenster an einer Wand geöffnet waren. »Ich will mit dir reden. Was gibt's Neues?«

»Nicht viel«, sagte Leon und ging in das Wohnzimmer, wo der Sauerstoff noch knapper war. Er wartete, bis Syd auf einen Stuhl zeigte, bevor er sich setzte. »Immer das Gleiche, immer das Gleiche. Weißt du?« Leon ließ sich auf dem Stuhl nieder, getrennt von Syd durch einen niedrigen Couchtisch, auf dem leere Bierdosen und ein überquellender Aschenbecher standen.

Syd nickte weise, als ob er genau wüsste, wovon Leon sprach. Er rutschte in seinem Stuhl nach vorne und warf ein

Päckchen Rolling Papers auf den Tisch, wobei er Leon mit einem leichten Lächeln ansah.

»Willst du einen bauen?«, fragte Syd und lehnte sich in seinem Stuhl zurück. Leon lächelte, als er drei Papiere aus dem Päckchen zog. Er leckte eines davon ab, legte es an ein anderes und legte das dritte quer in die Mitte. Syd hatte ihn noch nie gebeten, einen Joint zu bauen, und dem roten Schleier in den Augen des Mannes nach zu urteilen, war es nicht sein erster an diesem Abend.

Leon zog eine Zigarette aus einem Päckchen, das er nur für diesen Zweck aufbewahrte, leckte die Naht ab und schälte das Papier auseinander, bevor er den Tabak in die Papiere auf dem Tisch leerte. Dann zog er einen kleinen Ziplock-Beutel mit einem braunen Klumpen Cannabisharz heraus. Das war alles, was er hatte, nachdem die Polizei seinen Vorrat an dem guten Zeug im Auto beschlagnahmt hatte.

»Was in aller Welt ist das?«, fragte Syd, als Leon ein Feuerzeug an den Klumpen hielt, um das Harz aufzuweichen.

»Das ist alles, was ich habe, Syd«, antwortete Leon und machte sich daran, etwas von der zuckerähnlichen Substanz auf den Tabak zu bröseln. »Das ist mein Notvorrat. Ich habe nichts mehr.«

»Nein, warte«, wehrte Syd ab und lachte. »Ich kann den Diesel von hier aus riechen.« Er warf eine ähnliche Tüte auf den Couchtisch, aber in dieser befand sich zerkleinerter grüner Stoff. »Dieses Zeug ist viel besser als der Mist. Ich habe eine ganze Unze davon von meinem Jungen in Ipshit bekommen«, erklärte Syd und benutzte den umgangssprachlichen Namen für Ipswich, die Stadt, in der Norwichs Fußballrivalen seit über einem Jahrhundert zu Hause sind. »Meine reguläre Lieferung kommt morgen an und sie wurde nicht wie dein Zeug in einem Dieseltank über den Kanal geschmuggelt.«

Wenige Augenblicke später reichte Leon Syd einen großen Joint. Obwohl er nervös war, weil er ihn unter der Beobachtung von Syd zusammengebaut hatte, war er zufrieden mit ihm. Er war fest, von der gerollten Spitze bis zur Pappmaschee in der Basis, aber nicht so fest, dass man keine Luft hindurchziehen konnte. Leon sah zu, wie Syd das Ende anzündete und ein paar Züge nahm, bevor er tief einatmete.

»Nicht schlecht, Mann«, lobte ihn Syd ein paar Sekunden später, nachdem er eine Rauchwolke in Richtung Decke ausgeatmet hatte, wo sie sich in der ruhigen Luft bewegte. Er reichte Leon den Joint. »Also, ich habe einen Vorschlag für dich. Etwas Längerfristiges als rollende Busse.«

Leon nahm ein paar kleine Züge von dem Joint, bevor er ihn Syd zurückgab, der eine Gitarre in die Hand genommen hatte und mit den Fingern den Anfang eines Liedes spielte, das Leon nicht kannte.

»Klar«, sagte er und versuchte, seine Stimme so lässig wie möglich klingen zu lassen.

»Du warst gut in diesem Bus, Leon«, sagte Syd, dessen Gesicht halb vom Rauch verdeckt war. »Ich dachte mir, du hast eine Beförderung verdient.« Leon nahm die Nachricht gelassen auf. »Es sei denn, du willst für den Rest deines Lebens Ausschau halten oder Nummernschilder sammeln?« Als Aufpasser für Syds Drogendealer hatte Leon fast zwei Jahre lang den größten Teil seines Geldes verdient. Syd betrieb in der Siedlung auch eine Werkstatt und er brauchte regelmäßig Nummernschilder von legalen Autos, um die gestohlenen zu ersetzen.

»Du willst, dass ich ein Drogenhaus betreibe?«, fragte

Leon. Syd hatte vier Betriebe, sogenannte Drogenhäuser, in denen Drogen in der gesamten Siedlung verkauft wurden.

»Du hast es erfasst, Leon«, bestätigte Syd. Leon ließ ein Lächeln über sein Gesicht huschen, als er das hörte. Er wollte nicht zu eifrig erscheinen, aber eifrig genug. Das Risiko war, erwischt zu werden, was bedeutete, dass das Geld viel besser war, aber Syd hatte noch keinen Dealer an die Polizei verloren. Die Siedlung gehörte Syd, nicht der Polizei. »Meinst du, du bist so weit?« Syd reichte die Reste des Joints an Leon zurück.

»Du weißt, dass ich bereit bin, Syd«, prahlte Leon und nahm einen Zug von dem Joint, der ihm auf den Lippen brannte. Er drückte ihn im Aschenbecher aus, denn der letzte Zug ist immer das Privileg des Bauers. »Ich werde dich nicht enttäuschen.«

27

Calebs Magen knurrte, als er tief durch die Nase einatmete. Der Geruch des Bratens, den Vater Martin gerade in seiner kleinen Küche zubereitete, erinnerte Caleb daran, wie lange das Frühstück her war. Er hatte dafür gesorgt, dass Suzy und Leanne ihren vollen Anteil an dem Eintopf bekamen, den er am Morgen für sie zubereitet hatte, und als sie sich satt gegessen hatten, war kaum noch etwas übrig. Es machte ihm nichts aus, hungrig zu sein. Die Schmerzen in seinem Magen wurden durch das Wissen ausgeglichen, dass sowohl Suzy als auch Leanne nichts hatten. Caleb war in seinem Leben hungriger gewesen als in diesem Moment, aber gleichzeitig freute er sich sehr auf das Essen.

»Kann ich dir bei irgendetwas helfen?«, fragte er Vater Martin, der gerade dabei war, etwas Soßengranulat in einen Krug abzumessen.

»Nein, danke«, antwortete der Pfarrer. »Es gibt nicht viel zu tun. Ich glaube, dass wir in etwa dreißig Minuten essen werden.« Caleb nickte als Antwort.

Die beiden Männer verharrten einige Minuten lang in

einem fast kameradschaftlichen Schweigen. Sowohl Suzy als auch Leanne waren oben im Gästezimmer des Pfarrhauses und hielten ein Mittagsschläfchen und Caleb wusste, dass die Aufregung der letzten Tage sie eingeholt hatte. Er beobachtete, wie Vater Martin die Soße umrührte, bevor er den Glaskrug mit Alufolie abdeckte und in den Ofen stellte. Als er die Tür öffnete, duftete es nach Brathähnchen und Bratkartoffeln. Caleb lief das Wasser im Mund zusammen. Vater Martin schloss die Ofentür und setzte sich Caleb gegenüber an den Küchentisch.

»Caleb, darf ich dich etwas fragen?«, wollte er wissen. Caleb nickte als Antwort. Er hatte damit gerechnet, dass er irgendwann Fragen zu seiner Herkunft stellen würde, und jetzt war ein guter Zeitpunkt dafür. »Glaubst du ihr?«

»Wem, Suzy?«, fragte Caleb und merkte dabei, dass der Pfarrer keine andere Person gemeint haben konnte.

»Ja.«

»Ich glaube schon«, antwortete Caleb. Er glaubte es nicht. Er wusste schon in dem Moment, als er sie zum ersten Mal berührt hatte, dass sie von Gefahr umgeben war, aber Caleb glaubte nicht, dass der Pfarrer das verstehen würde. »Warum fragst du?«

»Es ist nur, na ja, ich weiß nicht«, gab Vater Martin mit einem Seufzer zu. »Es kommt mir alles ziemlich, ähm, phantasievoll vor. Ein mysteriöser Geheimdienstmann namens Vince treibt sich irgendwo im Dunkeln herum und ist hinter ihr und Leanne her. Ich nehme an, du bist diesem Mann noch nicht begegnet?«

»Nein«, antwortete Caleb und schloss die Augen, um einen Anflug von Ärger zu verbergen. Er verstand nicht, warum Vater Martin als Geistlicher Suzys Geschichte nicht glauben wollte. »Ich habe keinen Zweifel daran, dass sie die

Wahrheit sagt.« Das schien den Pfarrer zumindest etwas zu beschwichtigen. »Erzähl mir von dieser Unterkunft?«

»Sie liegt am Rande von Norwich«, sagte Vater Martin. Falls er bemerkt hatte, dass Caleb das Thema gewechselt hatte, hatte er es sich nicht anmerken lassen. »Sie wird von der Diözese betrieben, aber alles geschieht diskret. Aus offensichtlichen Gründen.«

»Kennst du Norwich gut?«, fragte Caleb und achtete darauf, den Namen der Stadt richtig auszusprechen.

»Meine vorherige Gemeinde war dort«, antwortete der Pfarrer. »Sie ist bekannt als ›A Fine City‹. Ein ganz netter Ort. Früher gab es dort für jeden Tag des Jahres einen Pub und für jeden Sonntag eine Kirche.« Vater Martin lachte. »Ich schätze, im Mittelalter hatten sie ihre Prioritäten richtig gesetzt.«

»Kennst du eine Straße namens Lancaster Way?«

»Nein, ich glaube nicht«, verneinte Vater Martin und stand auf. »Warte mal kurz, ich habe hier irgendwo ein Adressbuch.« Caleb wartete, während der Pfarrer in einer Schublade kramte und ein Buch mit Eselsohren herauszog. Vater Martin blätterte es durch und schlug erst das Inhaltsverzeichnis auf der Rückseite und dann die entsprechende Seite auf. Er reichte das Buch an Caleb weiter und zeigte auf eine Straße auf der Seite. »Das ist sie, genau dort. Allerdings ist das nicht der schönste Teil von Norwich. Warum fragst du?«

»Ich habe einen Freund, der dort wohnt.«

»Wirklich?« Vater Martin schaute auf die Karte in Calebs Hand. »Bist du sicher, dass du die richtige Straße hast? Denn das ist die Lark's Cross Siedlung.«

»Ja, da wohnt mein Freund. Ich nehme an, es gibt nur eine Lancaster Road in Norwich?«

»Ja, es sei denn, sie haben seit dem Erscheinen des

Buches eine neue gebaut, aber wenn ich mir das Adressbuch ansehe, ist es wahrscheinlich ziemlich veraltet. Ich
werde nach dem Mittagessen im Internet nachsehen.«

»Danke, Vater«, sagte Caleb und drehte das Buch in
seiner Hand um. »Ich nehme an, dass ich es noch eine Weile
behalten kann, oder?«

»Natürlich«, antwortete Vater Martin mit einem kurzen
Lachen. »Es liegt schon seit Jahren in dieser Schublade. Wir
haben sogar in diesem Teil des Landes ein Navi.«

Die beiden Männer sahen auf, als jemand in die Küche
kam. Es war Leanne, die ihren weichen Elefanten unter den
Arm geklemmt hatte. Sie sah schläfrig aus und hatte eine
Falte auf der Wange von einem Laken.

»Hey, Leanne«, begrüßte sie Caleb und ein breites
Lächeln erschien auf seinem Gesicht. »Wie geht's dir?«

»Ich habe Hunger«, antwortete Leanne und gähnte
während sie sprach. »Wann gibt's Mittagessen?«

»Sobald deine Mutter hier ist«, antwortete Vater Martin.
Leannes Augen weiteten sich und sie sah gleich viel weniger
verschlafen aus. Dann drehte sie sich um und rannte aus
dem Zimmer. Ein paar Sekunden später konnte Caleb sie
die Treppe des kleinen Hauses hinaufpoltern hören. »Ich
muss schon sagen, Caleb«, sagte er und drehte sich zu ihm
um. »Wenn dein Freund in der Lark's Cross Siedlung wohnt,
nun...« Seine Stimme verstummte.

»Nun?«, wollte Caleb ein paar Sekunden später mit
leichter Stimme wissen.

»Nun«, antwortete Vater Martin mit einem neugierigen
Gesichtsausdruck. »Sagen wir einfach, du musst interessante Freunde haben.«

28

Vince unterdrückte ein Gähnen, als auf dem Bildschirm des Projektors im stickigen Konferenzraum das Gesicht einer weiteren Zielperson erschien.

»Das ist Orange Snowball«, erklärte Vinces Boss von seiner Machtposition neben dem Projektor aus. Einige der anderen Agenten im Raum stöhnten bei diesem Namen leise auf. »Er ist ein bekanntes Mitglied der National Action und wir haben Informationen, die ihn sowohl mit The Base als auch mit der Loyalist Volunteer Force in der Republik Irland in Verbindung bringen. Es sieht so aus, als würde er versuchen, neue Freunde im Ausland zu finden.« Vince hob seine Hand und wartete darauf, dass sein Boss ihn würdigte.

»Sollte Sechs ihn nicht im Auge behalten?«, erkundigte sich Vince und bezog sich dabei auf den MI6, der für internationale Bedrohungen zuständig ist.

»Das tun sie, Vince«, antwortete sein Boss. »Das hier wird eine gemeinsame Aktion mit ihnen sein.« Diesmal war das Stöhnen nicht gedämpft. Keiner der Männer und Frauen in diesem Raum arbeitete besonders gerne mit seinen Kollegen aus Vauxhall zusammen. »Wir glauben, dass sich Orange Snowball dieses Wochenende mit einem bekannten Spieler aus der Republik trifft, also werden wir ihn am Samstagmorgen abfangen. Sie besuchen ein Fußballspiel, es wird also eine Herausforderung. Sechs hat den Besucher. Wir haben den hier.«

Auf dem Bildschirm starrte ein junger Mann in den Raum. Mitte zwanzig, weiß und mit rasiertem Kopf. Er starrte mit einem dreisten Gesichtsausdruck in die Kamera und versuchte offensichtlich vergeblich, denjenigen einzuschüchtern, der ihn fotografierte. Es war kein verdecktes Foto, sondern ein Polizeifoto, auf dem die Tätowierungen zu sehen waren, die sich von seinem Kragen auf seinen Hals schlichen. Vince seufzte. Er hasste Mistkerle wie diesen hier. Abschaum. Vinces Hauptproblem mit ihnen war, dass sie meist zu dumm waren, um auch nur in die Nähe der Schwelle zu kommen, an der seine Einheit das tun konnte, was sie am besten konnte. Sie verschwinden zu lassen.

»Wer spielt?«, wollte ein anderer Agent wissen.

»Liverpool gegen Chelsea«, informierte ihn Vinces Boss. »Ihr werdet auf der Liverpooler Seite sein.« Wieder ging ein kollektives Stöhnen durch den Raum und jemand murmelte, wie sehr er Liverpool hasste. Vince interessierte sich nicht im Geringsten für Fußball, aber er freute sich auf die Herausforderung, bei einer so überfüllten Veranstaltung ein Ziel zu verfolgen. Er fing an, es in seinem Kopf zu planen, während sein Boss zum nächsten Mistkerl überging, an dem sie Interesse hatten.

Zwanzig Minuten später war das Briefing beendet und Vince verließ mit dem Rest seines Teams den Konferenzraum. Sie hatten später am Tag noch ein weiteres Planungstreffen, aber das war noch ein paar Stunden entfernt und er hatte Hunger. Einer aus seinem Team schlug vor, im

Marquis of Granby, einem schäbigen Pub in der Nähe des Thames House, zu Mittag zu essen, aber Vince war nicht in der Stimmung dazu. Er wollte noch jemanden besuchen.

»Wie kann ich Ihnen helfen?«, fragte die blonde Kellnerin, als Vince an den Tresen trat. Er hatte das Thames House vor zwanzig Minuten verlassen und sich auf den Weg zu dem Pret A Manger gemacht, in dem er jetzt stand. Er hatte eine Abkürzung durch St. John's Gardens genommen, einen kleinen Park in der Nähe des Gebäudes, in dem wahrscheinlich jede zweite Person eine sehr hohe Sicherheitsstufe hatte.

»Kann ich das bitte getoastet haben?«, erkundigte sich Vince und reichte der Frau ein Käse-Schinken-Sandwich in einer Papiertüte. Das war Samantha, die überhaupt nichts über Vince wusste. Im Gegensatz dazu wusste er fast alles über sie.

»Klar«, sagte die Kellnerin, als sie ihm das Sandwich abnahm. Vince trat einen Schritt zurück und beobachtete, wie sie das Sandwich an einen Kollegen weiterreichte. Samantha war vierundzwanzig und lebte in einer winzigen Mietwohnung in Neasden im Norden von London. Sie war zierlich, nur 1,60 m groß und hatte ein Tattoo auf ihrem linken Bein, von dem sie ihren Eltern nichts erzählt hatte. Während sie einen anderen Kunden bediente, zog Vince sein Handy aus der Tasche, um Samanthas Textnachrichten zu überprüfen. Dann sah er sich ihre E-Mails an und checkte ihre Facebook-Nachrichten. Es gab nichts wirklich Interessantes, außer einer Erinnerung ihrer Mutter, dass der Hochzeitstag von Samanthas Schwester bevorstand und ein paar Blumen schön wären.

Als sie ihm sein Sandwich brachte, sah Vince sich gerade das letzte Foto an, das Samantha an ihren potenziellen Freund Alex geschickt hatte, der hinter der Bar in einem Pub in der Nähe arbeitete. Er wischte das Foto weg und sah zu ihr auf. Vince zog die Version von Samantha, die er eben noch gesehen hatte, der bekleideten Version vor, die ihn jetzt ansah.

»Bitte sehr, Sir«, sagte Samantha und ihre Augen verrieten ihr Desinteresse. Das war für Vince in Ordnung. Sie würde später sehr an ihm interessiert sein.

Er brachte das Sandwich zu einem Tisch, setzte sich mit dem Rücken zur Wand und beobachtete Samantha aus den Augenwinkeln. Sie und Alex hatten noch nicht miteinander geschlafen, was auch daran lag, dass er bei seinen Eltern wohnte und sie eine Mitbewohnerin hatte. Aber die Mitbewohnerin wollte für ein paar Tage wegfahren und morgen Abend sollte es soweit sein. Samantha wollte Alex ihren Ersatzschlüssel zu ihrer Wohnung geben, aber sie konnte ihn nicht finden.

Samantha beendete die Bedienung eines weiteren Kunden und verschwand in der Küche des Restaurants. Vince zog sein Handy aus der Tasche. Sie würde vor der hinteren Feuertür stehen und eine Marlboro Light rauchen – wieder etwas, das sie vor ihren Eltern verheimlichte. Vinces Handy piepte. Es war eine Nachricht von Samantha an Alex.

Steht unsere Verabredung für morgen Abend noch?

Alex brauchte nur einen Moment, um zu antworten, und Vince stellte sich vor, wie der Mann neben seinem Handy verweilte, wie ein Welpe, der auf ein Leckerchen wartet.

Ich kann es kaum erwarten. Ich könnte auch heute Abend vorbeikommen, wenn du willst?

Vince stellte sich vor, wie Samantha an ihrer Zigarette paffte und fragte sich, was sie wohl dachte. Er war versucht, in ihrem Namen zu antworten und Alex mitzuteilen, dass sie es kaum erwarten kann, sein schmutziges kleines Fickspielzeug zu sein, aber das würde die Überraschung verderben.

Nicht heute Abend. Mir ist nach einem ruhigen Abend zu Hause. Ich kann es auch kaum erwarten. Bring dir etwas zum Drüberziehen mit.

»Dreckige kleine Schlampe«, murmelte Vince, als er sein Sandwich aufaß.

Er stand auf, knüllte die Papiertüte zusammen und warf sie in den Mülleimer, als er das Restaurant verließ. Dabei griff er in seine Tasche und fuhr mit den Fingerspitzen über den Schlüssel darin.

»Tut mir leid, Alex«, sagte er zu sich selbst, »aber ich werde ein bisschen den Spaß verderben.«

29

───────

Suzy schaute aus dem Fenster von Vater Martins Auto auf die Bäume, die an ihnen vorbeirauschten. Neben ihr auf dem Rücksitz flüsterte Leanne Boo Boo etwas ins Ohr, während sich Caleb und Vater Martin auf den Vordersitzen leise über etwas unterhielten. Sie schaltete die beiden aus und war dankbar, dass sie etwas Zeit zum Nachdenken hatte.

Das erste Problem, nämlich ihre Sicherheit, schien gelöst zu sein. Obwohl sie Caleb kaum kannte, strahlte er eine Zuversicht aus, die ansteckend war. Es war, als ob ihnen nichts passieren könnte, solange er in der Nähe war. Aber Suzy wusste auch, dass Caleb nichts tun konnte, wenn Vince sie einholte. Sie dachte einen Moment lang über ihren so genannten Partner nach und fragte sich, wie weit er sie und Leanne verfolgt hatte. Ihr ursprünglicher Plan war, dass sie schon in London sein sollten, wenn er herausfand, dass sie weg waren. Dann sollten sie mit einem anderen Bus nach Dover und über den Kanal nach Frankreich fahren, irgendwie. Suzy hatte diesen Teil ihrer Flucht nicht planen können, außer zu hoffen, dass die Einwanderungsbehörden sich mehr Sorgen um Leute machten, die illegal nach England reisten, als in die andere Richtung.

Aber jetzt saß sie in einem Auto und fuhr nach Norwich und an einen Ort, den sie nicht kannte. Alles, was sie tun konnte, war, ihr Vertrauen in Caleb und Vater Martin zu setzen. Frauenhäuser, das wusste Suzy, sind von Haus aus diskret und daran gewöhnt, Frauen wie sie zu verstecken. Aber konnten sie sie auch vor Vince verstecken, der über so viele Ressourcen verfügte? Ein einziger Fehler würde genügen und er wäre mit seinen Kollegen zur Stelle. Und wenn Vince sie fand, wusste Suzy, dass ihr Schicksal besiegelt wäre. Er würde sie nie wieder gehen lassen und sie würde Leanne nie wieder sehen.

»Mami, sind wir bald da?«, quengelte Leanne und blickte mit müden Augen zu ihr auf. Caleb drehte sich um und schaute über seine Schulter, als er ihre Stimme hörte.

»Noch etwa eine halbe Stunde«, besänftigte er Leanne und lächelte dabei, »also nicht mehr allzu weit.«

»Was wirst du tun, Caleb?«, fragte Suzy ihn. »Wenn wir in Norwich ankommen, meine ich?« Er trug Jeans und einen Kapuzenpulli, beides von Vater Martin geliehen, und der Unterschied zum Gewand war bemerkenswert. Mit seinem kahlgeschorenen Kopf hätte er auch als Fußball-Hooligan durchgehen können.

»Ich werde einen Freund besuchen«, meinte Caleb und erntete einen Seitenblick von Vater Martin. »Aber zuerst werde ich mich vergewissern, dass es euch beiden gut geht.«

»Werden wir dich wiedersehen?«, fragte Leanne.

»Natürlich werdet ihr das.«

»Versprochen?«

Suzy lächelte, als Caleb seine Hand mit ausgestrecktem kleinen Finger zurückreichte.

»Versprochen«, sagte er. Suzys Lächeln wurde noch breiter, als sie sah, wie Leanne ihren Finger mit seinem verschränkte. Sie schüttelten sie feierlich und Leanne flüsterte Boo Boo wieder zu. »Geht es dir gut?«, fragte Caleb Suzy und seine Augen trafen die ihren.

»Ich bin nervös, Caleb«, gab Suzy zu. Aber sie war weit mehr als nur nervös und das, so sah sie auf seinem Gesichtsausdruckt, wusste er.

»Es wird alles gut«, sagte Vater Martin. »Der Ort, an den wir gehen, ist sehr sicher. Dort gab es noch nie Probleme mit Ex-Partnern oder Ehemännern.«

Suzy dachte einen Moment lang nach. Sie war sich ziemlich sicher, dass sie noch nie Ex-Partner oder Ehemänner wie Vince hatten, aber er würde sie erst einmal finden müssen. Sie wusste, dass er als Erstes den Bahnhof und den Busbahnhof abklappern würde. Suzy hatte keine richtigen Freunde, nicht mehr. Dafür hatte Vince gesorgt. Er war dabei sehr subtil vorgegangen und als Suzy merkte, was er vorhatte, war es schon zu spät.

Er erlaubte ihr nicht, soziale Medien in irgendeiner Form zu nutzen. Zu gefährlich, hatte er gesagt, bei seinem Job. Er hatte alle ihre Freunde auf dem Handy blockiert, so dass keine Nachrichten oder Anrufe an sie durchkamen, und dann ihre Kontaktnummern geändert, ohne dass Suzy es gemerkt hatte. Wenn sie also jemanden brauchte, an den sie sich wenden konnte, jemanden, den sie um Hilfe bitten konnte, gab es niemanden. Sie konnte mit niemandem kommunizieren.

Könnte Vince sie zum Busbahnhof verfolgt haben? Sie hatte die Fahrkarten mit Bargeld gekauft und einen Obdachlosen dafür bezahlt, damit sie die Überwachungskameras am Ticketschalter umgehen konnte. Während die Bäume vor dem Fenster vorbeirauschten, dachte sie darüber nach, dass die zehn Pfund gut angelegt waren. Der Typ, der die Tickets gekauft hatte, hatte sie nicht gefragt, warum sie wollte, dass er sie für sie kauft. Er war viel mehr an dem Zehner interessiert, den er gerade verdient hatte.

Suzy streckte ihren Arm aus und legte ihn um Leanne, die sich an sie schmiegte und Boo Boo an ihre Brust drückte. Als Suzy einen Moment später nach unten schaute, schlief ihre Tochter tief und fest, ohne sich um etwas zu sorgen.

»Ich sollte so glücklich sein«, murmelte Suzy leise vor sich hin. Sie wusste, dass Vince da draußen war und mit fast unbegrenzten Mitteln nach ihr suchte.

30

Naomis Finger zitterten, als sie auf dem Bildschirm des Handys herumstocherte. Es klingelte erneut an ihrer Wohnungstür und ein paar Sekunden später hämmerte es an der Tür. Dann wurde der Briefkasten von außen aufgedrückt. Das ließ Naomi zusammenzucken und sie stieß eine Tasse vom Tresen. Er fiel in die Spüle und der Henkel brach ab.

»Naomi«, flehte Marks Stimme durch den kleinen Spalt in der Tür. »Um Gottes willen, lass mich rein. Ich will nur reden.«

»Komm schon, komm schon«, murmelte Naomi. Endlich traf ihr Finger den richtigen Knopf.

Sie schaute sich im Flur um, wo sich Bündel von Müllsäcken mit Marks Kleidung stapelten. Dort stand auch ein großer Karton mit dem Rest seiner persönlichen Sachen, darunter seine kostbare Sammlung von Erinnerungsgläsern von den örtlichen Bierfesten, zu denen er sie nie mitgenommen hatte. Naomi hatte die letzten Stunden damit verbracht, all seine Sachen einzupacken. Ihr Plan war es, die

Taschen und die Kiste in den Garten zu stellen und Mark dann per SMS mitzuteilen, dass er sie abholen konnte, wann er wollte. Wenigstens hatte sie die Schlösser an der Haustür austauschen lassen, bevor sie an diesem Morgen in die Wohnung zurückgekommen war, aber ihre Schwester hatte Recht. Sie hätte jemanden mitnehmen sollen.

Nach einer gefühlten Ewigkeit, die aber nur wenige Sekunden dauerte, meldete sich endlich eine vertraute Baritonstimme am Telefon.

»Detective Constable...«

»Dave, hier ist Naomi.« Sie unterbrach ihn, bevor er fortfahren konnte. »Es ist Mark. Er ist hier.« Es gab wieder ein paar wütende Schläge gegen die Tür, als Mark ihren Namen rief.

»Wo bist du?«

»Bei mir zu Hause.«

»Ich bin schon auf dem Weg. Höchstens fünf Minuten. Bleib einfach da.«

Ihre Hände zitterten immer noch, als sie den Anruf beendete. Sie lehnte sich mit dem Rücken an die Wand des Flurs und atmete tief durch. Mark lehnte an der Türklingel, aber Naomi tat ihr Bestes, um das Geräusch zu ignorieren. Sie ging zurück in die Küche und vergewisserte sich, dass die Hintertür, die zu ihrem Garten führte, verschlossen war. Wann würde Mark endlich kapieren, dass sie nicht mit ihm reden wollte?

Am Morgen nach dem Vorfall im Restaurant hatte Naomi auf ihrem Handy Anrufe von unbekannten Nummern erhalten. Da sie wusste, dass es Mark war, hatte sie sie ignoriert. Dann hatte sie flüchtige Blicke auf seinen schwarzen BMW erhascht, immer irgendwo in der Nähe. Sie wusste, dass er es war. Als sie an diesem Morgen in ihre Wohnung zurückkehrte, stand ein riesiger Blumenstrauß vor der Tür. Mark hätte sie in der Mülltonne gesehen, als er zu ihrer Haustür ging.

»Naomi, bitte«, sprach Mark durch den Briefkasten. Seine Stimme war gemessener, fast, aber nicht ganz klagend. »Du reagierst über. Komm schon, lass uns einfach darüber reden.«

Naomi öffnete den Mund, um etwas zu erwidern, doch dann erinnerte sie sich an den Rat, den sie vielen Klienten gegeben hatte, seit sie Anwältin geworden war.

»Kein Kommentar«, flüsterte sie vor sich hin.

»Bitte, Naomi?«, flehte Mark, als ob er sie gehört hätte. Sie ging ins Wohnzimmer und musste sich hinsetzen. Das Adrenalin, das sie durchströmte, ließ sie schwach werden. Als sie sich in den Sessel setzte, sah sie einen Schatten über das Fenster huschen. Es war Mark. Er hatte seine Hände auf beiden Seiten seines Gesichts am Fenster und versuchte, ins Innere zu sehen. »Naomi? Ich weiß, dass du da drin bist.« Seine Stimme war jetzt etwas gedämpfter, aber immer noch zu hören.

Sie fummelte an ihrem Handy herum und drehte es immer wieder in ihren Händen. Das war lächerlich. Wenn sie wieder im Büro war, würde sie als Erstes eine einstweilige Verfügung gegen den Mann erwirken. Er hatte kein Recht, sie so zu bedrohen, nicht in ihrem eigenen Zuhause.

Einen Moment später quietschten die Bremsen vor ihrer Wohnung. Naomi hörte, wie eine Autotür aufgerissen wurde, gefolgt von den Geräuschen eines Streits. Sie stützte ihren Kopf in die Hände und drückte ihr Handy an die Stirn, während sie lauschte. Der Streit dauerte nicht lange und wurde von einem leisen Klopfen an der Tür abgelöst.

»Naomi?« Es war Dave. »Dein Ex sitzt in seinem Auto, wie ein braver Junge. Kannst du mich reinlassen?«

Naomi sprang auf und rannte zur Tür. Sie öffnete sie, um

den Polizisten hereinzulassen, und schloss sie, sobald er die Schwelle überschritten hatte. Dann schlang sie ihre Arme um seine breiten Schultern und versuchte, nicht vor Erleichterung zu weinen.

»And then a hero comes along«, hörte sie Dave singen, der Mariah Carey schrecklich nachahmte. Sie lockerte ihre Arme und sah ihn an.

»Ich wünschte, ich bräuchte keinen Helden«, meinte Naomi. Sie sah, wie Dave auf die Taschen im Flur schaute.

»Sind das seine Sachen?«

»Ja«, antwortete Naomi. »Ich wollte sie gerade in den Garten stellen, damit er sie abholen kann, als er plötzlich auftauchte.«

»Warum machst du uns nicht einen Tee?«, schlug Dave mit einem schiefen Lächeln vor. »Ich helfe ihm, das Auto zu beladen.«

Naomi ging in die Küche, holte die zerbrochene Tasse aus der Spüle und setzte den Wasserkocher auf. Während sie wartete, bis er kochte, kramte sie in einer Schublade herum und holte eine Tube Sekundenkleber hervor, die sie neben die Tasse legte, um sie später zu reparieren. Als Naomi in den Flur zurückkehrte, stand Dave in der Tür und warf die Müllsäcke mit der Kleidung in den Vorgarten. Auf der anderen Seite des Gartens konnte Naomi Mark sehen, der am Steuer seines BMW saß und dessen Gesicht wie vom Donner gerührt war.

»Was ist in dem Karton?«, fragte Dave, als er die letzte Tüte mit Kleidung in den Garten geworfen hatte.

»Krimskrams. Seine Bierglas-Sammlung und andere Sachen.«

Dave hob die Kiste auf und ging ein paar Schritte auf den Weg. Dann hob er die Kiste hoch und sorgte dafür, dass sie auf dem Betonweg landete. Naomi hörte das Zerspringen von Glas. Als sie Dave ansah, grinste er.

»Hoppla«, scherzte er und sein Grinsen wurde noch breiter.

31

Caleb schaute durch die Windschutzscheibe auf das Haus, in dessen Richtung Vater Martin gerade eingebogen war. Es lag in einem Dorf namens Thorpe am Rande von Norwich. Caleb wusste nichts über die Hauspreise in England, aber an der Größe der Häuser, an denen sie vorbeigefahren waren, konnte er erkennen, dass es sich nicht um eine günstige Gegend handelte. Ganz im Gegenteil.

Als sie an den großen Toren des Hauses angekommen waren, starrte eine kleine Kamera mit einem blinkenden roten Licht einen Moment lang auf sie, bevor sie langsam aufschwangen. Caleb nickte anerkennend über die drei Meter hohen Mauern, die das Grundstück umgaben und mit Glasscherben bedeckt waren. Nicht sehr freundlich, aber angesichts des Zwecks des Hauses eine gute Idee.

»Du wirst im Auto warten müssen, Caleb«, bat Vater Martin, als die Reifen seines Wagens über den Kies in der Einfahrt knirschten. »Du wirst nicht reinkommen können. Selbst ich darf das Haus nicht betreten und ich kenne Joan schon seit zwanzig Jahren.«

Er nickte als Antwort, als Vater Martin das Auto parkte. In der Einfahrt war genug Platz für vielleicht vier oder fünf Autos. Die Kiesfläche und die verzierten Gärten wurden von einem zweistöckigen Haus aus rotem Backstein mit imposanten Giebeln auf beiden Seiten eines Mittelteils mit kleinen Fenstern dominiert. Als sie in die Einfahrt einfuhren, ging eine Sicherheitsbeleuchtung an und Caleb konnte sehen, wie sich die Vorhänge an einem der großen Fenster im Erdgeschoss bewegten, obwohl es noch taghell war.

»Ich komme bald, um dich zu sehen, Suzy. Vielleicht in einem Tag, vielleicht in zwei«, sagte Caleb, bevor er sich an Leanne wandte. »Und dich auch.«

»Das solltest du auch«, antwortete Leanne mit einem Lächeln. Ihr Gesicht war voll von unschuldiger Begeisterung. »Du hast es versprochen und es war ein Versprechen mit dem kleinen Finger.«

»Ich habe noch nie ein Versprechen gebrochen«, schwor er und erwiderte ihr Lächeln.

Caleb beobachtete, wie Suzy und Leanne aus dem Auto stiegen. Leanne starrte zum Haus hinauf, während Vater Martin ihre Tasche aus dem Kofferraum holte, und legte ihre Hand in Suzys, während sie zur Tür gingen. Als sie sich der Tür näherten, öffnete sich diese und Caleb erhaschte einen kurzen Blick auf eine grauhaarige Frau in einem geblümten Kleid, bevor sich die Tür schloss.

Während er wartete, betrachtete Caleb seine Umgebung und arbeitete sich vom Auto aus in Fünf-Meter-Ringen nach außen. Das war eine alte Angewohnheit, die ihm vor vielen Jahren eingebläut wurde, aber sie war nützlich, um einen neuen Ort richtig zu verstehen. Erst als er den dritten Ring erreicht hatte, bemerkte er etwas. In der Nähe der Mauer stand eine Eiche, die die Mauer fast überragte. Caleb bemerkte, dass alle Äste in der Nähe der Mauer abgesägt worden waren und dass am Stamm ein kleiner passiver Infrarotsensor angebracht war, der auf die Mauer gerichtet war. Caleb war zu weit weg, um eine Verkabelung zu sehen, aber er wusste, dass er irgendwo mit einer Kamera verbunden sein musste. Er nickte anerkennend. Wer auch immer für die Sicherheit zuständig war, wusste, was er tat.

Caleb wartete, schloss für einige Momente die Augen und überlegte, wie er Suzy und Leanne aus ihrer misslichen Lage befreien könnte. Er hatte drei Möglichkeiten, soweit er das beurteilen konnte. Die erste war, wie immer, nichts zu tun. Das war keine Option. Für die zweite und dritte Möglichkeit hatte er kaum einen anderen Plan, als nett zu sein oder nicht nett zu sein. Wenn er dort ankam, wo er hinwollte, würde er die beiden letzten Möglichkeiten in die Tat umsetzen. Er musste Aufklärung betreiben und das war nie vergeudete Zeit.

Wenige Augenblicke später hörte Caleb das Knirschen von Schritten auf dem Kies und öffnete die Augen, um Vater Martin zu sehen, der zum Auto zurückkehrte.

»Es ist alles geregelt«, bestätigte er, als er ins Auto stieg. »Joan und das Mädchen, das mit ihr zusammenarbeitet, werden sich um sie kümmern.«

»Werden sie auch physisch bewacht?«, fragte Caleb einen Moment später und starrte auf das Haus. Er konnte unter den Traufen der Giebel Überwachungskameras sehen und fragte sich, ob sie mit dem Bewegungsmelder verbunden waren, den er vorhin bemerkt hatte.

»Nicht im Sinne einer echten Person«, antwortete Vater Martin, während sie darauf warteten, dass die Tore wieder geöffnet wurden. »Aber das Haus ist wie eine verdammte Festung und Joan hat Panikknöpfe installiert, die direkt mit der Polizei verbunden sind.« Er fing an zu lachen. »Sie darf sie einmal alle drei Monate testen, aber vorher backt sie für

England. So ziemlich jeder Polizist in Norwich meldet sich und will unbedingt ihren Kuchen essen.«

»Weiß die Polizei, dass es ein Heim ist?«

»Ich bin mir nicht sicher.« Vater Martin runzelte die Stirn. Die Tore begannen sich zu öffnen. »Ich schätze, das müssen sie. Du denkst über diesen Vince nach?«

»Ja. Wenn er so einfallsreich ist, wie Suzy sagt, kann er sie vielleicht auf diesem Weg aufspüren.«

»Suzy und Leanne werden in ein paar Tagen weiterziehen«, antwortete Vater Martin einen Moment später, als er das Auto wieder auf die Straße lenkte. Das Licht begann zu schwinden und der Himmel in der Ferne färbte sich rosa. »Joan und die anderen Heime lassen die Frauen nie im erstbesten, denn das ist meist das, das den Männern am nächsten ist, vor denen sie fliehen wollen. Also sieh zu, dass du vorher zu ihr und Leanne kommst.«

»Das werde ich«, sagte Caleb.

Die beiden Männer fuhren eine Weile schweigend, während die großen Häuser draußen einer offenen Landschaft wichen. Kurze Zeit später erreichten sie den Stadtrand von Norwich, wo die Häuser ganz anders aussahen. Zunächst einmal waren sie viel kleiner. Vater Martin hielt in einer kleinen Straße an und drehte sich zu Caleb um.

»Das ist der Anfang der Lark's Cross Siedlung«, verkündete er mit feierlicher Miene. »Ich würde dich ja in die Siedlung fahren, aber ich mag mein Auto so, wie es ist.«

»Ich verstehe«, nickte Caleb. »Danke, Vater, für all deine Hilfe.« Sie schüttelten sich die Hände und Caleb nahm seine Stofftasche und wollte aus dem Auto aussteigen, als er die Hand des Pfarrers auf seiner Schulter spürte.

»Dieser Freund von dir, Caleb«, fragte Vater Martin. »Wer genau ist es?«

Bevor er antworten konnte, griff Caleb in seine Tasche

und zog eine abgenutzte schwarze Ledergeldbörse heraus. Er öffnete sie und betrachtete einen Schülerausweis durch ein zerkratztes Plastikfenster.

»Sein Name ist Leon Brockman«, meinte Caleb. »Er hat seine Brieftasche verloren. Ich werde sie ihm zurückgeben.«

»Na, bist du nicht der barmherzige Samariter?«, neckte ihn Vater Martin mit einem Lächeln.

Es verblasste, als Caleb spürte, wie sich sein Gesicht verhärtete. »Nicht wirklich.«

32

Leon rückte die Tasche auf seiner Schulter zurecht und lehnte sich gegen eine niedrige Mauer, die zu einem Haus gehörte, das mehr Küchengeräte in seinem Garten hatte als die meisten Häuser in ihrer Küche. Am Ende der Straße konnte er zwei Jugendliche, junge Mitglieder von Syds Organisation, sehen, die auf Fahrrädern langsam die verlassene Straße umrundeten. Sie hielten Ausschau, sowohl nach Kunden als auch nach den Bullen.

In Leons Tasche befand sich ein Handy und die beiden Jungs auf den Fahrrädern hatten dessen Nummer auf der Kurzwahltaste. In der Sekunde, in der es klingeln würde, müsste Leon losrennen. Ihm standen mehrere Routen durch die Gassen zwischen den dicht gedrängten Häusern der Siedlung zur Verfügung. Alle Drogen, die er in seiner Tasche hatte, musste er wegschmeißen, aber das Geld sollte er behalten. Man konnte nicht verhaftet werden, wenn man Geld hatte.

Die Nacht war fast hereingebrochen und die Straßen der Siedlung waren in einen schwachen orangen Schein der

Straßenlaternen getaucht. Vielleicht war jede zweite beleuchtet. Syd wollte nicht, dass die Gebiete, in denen er arbeitete, zu gut beleuchtet waren, und die Stadtverwaltung wagte sich nicht in die Siedlung zu fahren, um die mit Luftgewehren zerschossenen Lampen zu reparieren. Leon war nervös. Er war sogar noch nervöser als im Bus. Er leitete jetzt ein Drogenhaus und war noch nicht einmal sechzehn Jahre alt. Alle anderen, die ein Drogenhaus betrieben, waren in ihren Zwanzigern. Syd musste wirklich an ihn glauben, was bedeutete, dass er es auf keinen Fall vermasseln durfte.

In seiner Hosentasche vibrierte sein Handy mit einer eingehenden Textnachricht. Er holte es heraus und schaute auf den Bildschirm.

Kun.

Ein Kunde. Die Jugendlichen hatten ein Auto auf der Straße angehalten und überprüft, ob der Fahrer koscher war. Wäre es jemand gewesen, den sie nicht kannten, hätten sie die Nachricht nicht verschickt. Keine Überprüfung, kein Geschäft. So arbeitete Syd. Er war kein Supermarktbesitzer.

Leon wartete, als ein Auto die Straße hinunterrollte. Als es sich näherte, trat er einen Schritt hervor, damit der Fahrer ihn sehen konnte. Das Auto hielt an und das Fenster des Fahrers ging herunter. Leon schaute den Mann hinter dem Steuer nicht einmal an. Solange er Geld hatte, war es Leon egal, wer er war. Er wusste nur, dass sein Auto, ein verbeulter Ford Fiesta, ein Wrack war und fast so viel Rost wie Karosserie hatte. Wenn Leon alt genug war, um Auto zu fahren, würde er sich auf keinen Fall in so einem Auto sehen lassen, das vor ihm stand.

»Okay?«, sagte Leon und warf einen Blick auf den Mann im Auto. Er war weiß, Anfang zwanzig und sein ganzes Outfit sah aus, als wäre es von Primark. »Wie viel willst du?«

»Ich habe zwanzig Pfund«, antwortete der Fahrer und leckte sich über die Lippen. »Was kann ich dafür bekommen?«

Leon seufzte. Syds Produkt wurde nicht nach dem Preis verkauft. Sie wurden nach Gewicht verkauft.

»Braun oder grün?«, fragte Leon. Haschisch oder Marihuana. Er wusste schon, bevor der Fahrer antwortete, dass er sich für braun entscheiden würde. Es war billiger, weniger stark und würde länger halten. Leon vermutete, dass der Kunde ein Student der University of East Anglia auf der anderen Seite der Stadt war.

»Braun«, meinte der Mann im Auto.

»Ich kann dir fünf Gramm für zwanzig besorgen.«

»Wirklich? Das ist aber teuer.«

»Meinst du?«, antwortete Leon mit einem Grinsen. Er begann, sich von dem Auto zu entfernen. Was ihn betraf, konnte der Mann im Auto ruhig abhauen. Leon hatte keine Lust, mit Syds Produkt zu feilschen.

»Schon gut, schon gut«, sagte der Fahrer, als Leon ein paar Meter von dem Fiesta entfernt war.

Einen Moment später fuhr der Wagen mit einem schwarzen Abgasgeräusch die Straße hinunter. Leon beobachtete, wie der Fahrer eine unberechenbare Dreipunktwende machte, weil er offensichtlich nicht weiter in die Siedlung hineinfahren wollte, als er musste. Leon nahm ihm das nicht übel, obwohl er sich nicht vorstellen konnte, dass jemand ein so beschissenes Auto klauen wollte.

Er warf einen Blick auf die Spitze des Hochhauses zu Syds Wohnung hinauf. Hatte Syd gesehen, wie Leon seinen ersten Verkauf als Boss eines Drogenhauses abgeschlossen hatte? Er hoffte es und musste der Versuchung widerstehen, die Hand zu heben und zum Fenster zu winken, nur für den Fall, dass Syd ihn beobachtete.

In seiner Hosentasche summte Leons Handy erneut. Er zog es heraus und erwartete eine Benachrichtigung über einen weiteren Kunden. Jetzt, wo die Nacht hereingebrochen war, würden sie in Scharen kommen, aber es war keine Benachrichtigung über einen Kunden.

Fremde Gefahr, lautete die Nachricht. Leons Augenbrauen gingen hoch. Nur wenige Menschen besuchten die Lark's Cross Siedlung, aber es war mindestens ein Besucher unterwegs. Die Jugendlichen hatten einen fast übernatürlichen Sinn für die Bullen, aber Leon ging trotzdem die Straße hinunter. Er blieb an einer Gasse stehen, die zwischen zwei Reihenhäusern hindurchführte. Wenn er musste, konnte er die Gasse hinunterlaufen und den Besucher in Sekundenschnelle abhängen. Als er die Gasse erreicht hatte, trat er zurück von der Straße und in die Dunkelheit.

Wenige Augenblicke später tauchte der Besucher in den düsteren Straßenlaternen auf. Er trug Jeans und einen Kapuzenpulli, aber Leon konnte sein Gesicht in dem schlechten Licht nicht erkennen. Die Jugendlichen hätten ihn gut sehen können. Leon merkte sich gedanklich, dass er sie irgendwann ansprechen wollte, um zu hören, was sie dachten.

Der Mann ging die Straße hinunter, beide Hände tief in den Taschen seines Kapuzenpullis. Wenn er wusste, dass Leon sich im Schatten versteckt hatte, machte er keine offensichtlichen Anzeichen. Er kam bis auf etwa drei Meter an die Gasse heran, in der Leon sich versteckt hatte, warf aber keinen Blick in seine Richtung. Der Mann schien sich nicht im Geringsten um seine Umgebung zu kümmern, was in der Lark's Cross Siedlung ungewöhnlich war.

Leon beobachtete den Mann und fragte sich, ob er sich der Gefahr bewusst war, in der er schwebte, als ihm ein

Schauer über den Rücken lief. Es war, als wäre gerade jemand über sein Grab gelaufen. Er lachte das Gefühl weg, als das Handy wieder in seiner Tasche summte.

Kun.

Es war Zeit, wieder an die Arbeit zu gehen.

33

Vince saß in seinem Auto, den Laptop auf dem Knie und den Bildschirm auf dem Lenkrad. Auf dem Beifahrersitz lag sein Handy auf einer Speisekarte zum Mitnehmen. Auf dem Bildschirm war ein Bild von einer Kamera zu sehen, die er vor ein paar Tagen installiert hatte. Er warf ein paar Mal einen Blick auf den Bildschirm und sah, dass Samanthas Badezimmertür noch geschlossen war. Vince schloss die Augen und stellte sich vor, wie sie in der Badewanne saß und in den Badebomben badete, die sie am Vortag online bestellt hatte.

Er atmete durch die Nase ein und versuchte, das heraufzubeschwören, was auf der Website als kühle Zitrusfrüchte und beruhigende Blumen beschrieben wurde. Sie hatte ein großes Glas Wein mit ins Badezimmer genommen und er konnte vor seinem geistigen Auge sehen, wie sie daran nippte. Vince hätte eine Kamera im Badezimmer angebracht, als er Samanthas Wohnung besucht hatte, aber er hatte keinen Platz gefunden, um sie gut zu verstecken. Also musste seine Fantasie für diesen Teil der Abendunterhaltung ausreichen.

Vince parkte auf einem großen Parkplatz in Brent Park, in einem Einkaufskomplex, zu dem ein großer Tesco-Supermarkt neben einem großen Ikea-Laden gehörte. Hinter dem Ikea-Laden konnte Vince gerade noch die Spitze des ikonischen Bogens des Wembley-Stadions sehen, der im Nachthimmel leuchtete. Im Supermarkt herrschte reger Betrieb, ein ständiger Strom von Autos und Kunden, und niemand nahm auch nur die geringste Notiz von ihm. Er war nur ein paar Minuten zu Fuß vom Kingfisher Way entfernt, der Straße, in der Samantha gerade in Zitrusfrüchten und Blumen lag.

Sein Laptop piepte mit einer eingehenden Warnung, ebenso wie sein Handy. Vince öffnete widerwillig die Augen und starrte auf den Laptop-Bildschirm, denn er wusste, dass auf beiden Geräten die gleiche Nachricht angezeigt wurde.

»Bingo«, jubelte er, als er die Nachricht darauf sah. Das Wegwerfhandy, das für den gefälschten Anruf benutzt worden war, von dem Vince jetzt wusste, dass Suzy ihn eingefädelt hatte, war gerade angemacht worden. Auf dem Bildschirm war eine Karte des Vereinigten Königreichs mit einer kleinen roten Stecknadel im Osten des Landes zu sehen. Noch bevor er die Stecknadel heranzoomte, wusste Vince, wo sie sich befand. Er wusste auch, dass er richtig gelegen hatte. Der Anruf war von Norwich aus getätigt worden. Er zoomte so weit heran, wie er konnte, um zu sehen, dass die Stecknadel über einem Platz im Zentrum der Stadt, dem Hay Hill, schwebte. Er kannte die Gegend gut. Sie befand sich in der Nähe der großen, modernen Bibliothek und des Marktplatzes, auf dem laut den Reiseführern seit dem elften Jahrhundert billiger Müll verkauft wurde. Während er zusah, verschwand die Stecknadel. Er wechselte das Fenster, um mit einer anderen Software zu überprüfen, ob Anrufe oder Textnachrichten über das

Handy gesendet oder empfangen worden waren, aber es gab keinerlei Aktivität. Es wurde nur ein- und dann wieder ausgeschaltet. Vielleicht, um Nachrichten zu checken? Das spielte keine Rolle. Er hatte seinen Standort und war jetzt viel näher dran als noch vor ein paar Augenblicken.

Vince wurde durch eine Bewegung auf dem Bildschirm seines Handys abgelenkt. Er klappte seinen Laptop zu und legte ihn auf den Beifahrersitz, während er sein Handy in die Hand nahm. Samantha machte sich mit leerem Weinglas auf den Weg in die Küche ihrer Wohnung. Ihr Gesicht war gerötet und sie trug einen rosafarbenen, flauschigen Morgenmantel, der ihr eine Nummer zu groß war. An ihren Füßen trug sie ein Paar passender Hausschuhe, ebenso rosa und ebenso flauschig.

»Sehr gemütlich«, murmelte er, während er ihr dabei zusah, wie sie ihr Glas nachfüllte. Samantha nahm einen großen Schluck, bevor sie es wieder auffüllte. Vince spürte, wie sich sein Herzschlag beschleunigte, als sie zum Telefon an der Küchenwand ging. Er sah, wie sie den Hörer abnahm und auf einen Zettel schaute, der neben dem Telefon an die Wand geheftet war. Samantha tippte auf die Ziffern des Telefons und ein paar Sekunden später klingelte Vinces Handy.

»Hallo, China Garden?«, grüßte sie Vince, als er abnahm und auf Lautsprecher umschaltete, damit er das Display noch sehen konnte. Es hatte keinen Sinn, seine Stimme zu verstellen. Dieser Anruf würde nirgendwo aufgezeichnet werden.

»Ja, hallo«, antwortete Samantha, wobei ihre Stimme leicht lallte. »Kann ich bitte etwas zu essen bestellen?«

»Natürlich«, meinte Vince mit einem Lächeln. »Was möchten Sie?«

»Ähm, kann ich bitte ein Kung Pao Huhn, gekochten Reis und ein paar Garnelencracker haben?«

Vince hielt inne, bevor er antwortete, als ob er die Bestellung aufschreiben würde. Dabei schaute er auf sein eigenes Exemplar der Speisekarte.

»Das sind also Nummer fünfundvierzig, Nummer sechzehn und Nummer einhundertzwölf?« Er hörte Samantha kichern und sah sie auf dem Bildschirm, wie sie auf ihre eigene Speisekarte schaute.

»Ja, das ist richtig. Und vergessen Sie den Glückskeks nicht.«

»Das macht fünfzehn Pfund und neunzig Pence«, sagte Vince. »Zahlung bei Lieferung?«

»Klar. Es ist Nummer zwölf, Peregrine Close. Direkt am Kingfisher Way.«

»Dauert etwa zwanzig Minuten.«

Vince legte auf und grinste dabei vor sich hin. Auf dem Bildschirm sah er, wie Samantha einen Teller aus dem Küchenschrank holte und ihn auf den Tisch stellte. Dann ging sie zu ihrer Handtasche, holte einen Zwanzig-Pfund-Schein aus ihrer Geldbörse und legte ihn auf den Teller. Dann stieg er aus dem Auto aus und ging zum Kofferraum.

Wenige Augenblicke später ging Vince mit einer leeren Plastikbox in der einen und einem Motorradhelm in der anderen Hand die Peregrine Close hinunter. Samanthas Wohnung lag am Ende eines kleinen Wohnblocks im unteren Stockwerk. Ihre Haustür lag im Dunkeln, weil jemand an diesem Tag die spärliche Straßenbeleuchtung in der kleinen Straße mutwillig zerstört hatte. Vince schob sich den Motorradhelm über den Kopf, als er sich der Haustür näherte, und die Dunkelheit verdeckte auch die Vinylhandschuhe an seinen Händen.

Er hob die Essensbox in die Luft und verdeckte damit

teilweise Samanthas Sicht. Vince drückte auf die Türklingel und hörte, wie aus der Wohnung ein dumpfes Läuten ertönte.

»Einen Moment«, hörte er Samantha rufen. »Ich komme gleich.«

Die Tür öffnete sich und sie schaute heraus. Ihre Augen leuchteten auf, als sie die Box in Vinces Hand sah. Sie trug immer noch den rosafarbenen Morgenmantel und hatte ihn sich um den Bauch geschlungen, bevor sie die Tür geöffnet hatte. In einer Hand hielt sie den Zwanzig-Pfund-Schein.

Vince ließ die Box fallen und kickte sie in die Wohnung, während eine Hand Samanthas Mund bedeckte. Mit der anderen Hand um den Hals drückte er sie zurück ins Haus, während er die Tür mit dem Fuß hinter sich schloss.

Samanthas ruhige Nacht in der Wohnung sollte jetzt viel lauter werden.

34

Suzy schaute durch das Fenster ihres Schlafzimmers im oberen Stockwerk des Hauses. Hinter den Ästen der großen Bäume, die sich langsam im Wind bewegten, konnte sie einige der anderen Häuser des Dorfes sehen. Wie das Haus, in dem sie wohnte, stand jedes auf seinem eigenen Grund und Boden. Die meisten von ihnen waren von Mauern umgeben, aber nicht so hoch oder so tückisch wie die, die dieses Haus umgaben. Viele hatten glänzende Autos vor der Tür und die meisten hatten mindestens ein beleuchtetes Fenster, wenn nicht sogar mehrere. Suzy stellte sich vor, wie die Menschen in den Häusern ihr Leben friedlich lebten, ohne Angst zu haben, so wie sie es tat. Die Eltern brachten ihre Kinder ins Bett, lasen ihnen Geschichten vor und deckten sie zu. Ähnlich wie sie es vorhin mit Leanne gemacht hatte, nur dass die anderen Kinder in ihren eigenen Betten lagen, umgeben von ihren eigenen Spielsachen.

Suzy schaute auf die benachbarte Tür, die zu dem Zimmer führte, in dem Leanne schlief. Die Tür war leicht angelehnt, nur für den Fall, dass Leanne aufwachen würde, weil sie Angst hatte oder etwas brauchte. In ihrem eigenen Schlafzimmer stand ein großes Doppelbett, das mit einer Decke bedeckt war, die aussah, als wäre sie von einer ganzen Armee von Frauen gehäkelt worden. Suzy konnte nicht einmal daran denken, schlafen zu gehen.

Ein leises Klopfen an der Tür ließ sie aufschrecken.

»Hallo?«, fragte Suzy. Die Tür öffnete sich und Joans Kopf kam zum Vorschein. Sie lächelte warmherzig.

»Alles in Ordnung?«, erkundigte sich Joan. Ihre Stimme war sanft und beruhigend. »Ich habe gehört, dass du dich bewegt hast. Ich hoffe, es macht dir nichts aus, dass ich vorbeischaue?«

»Überhaupt nicht«, antwortete Suzy. »Ich meine, es ist ja dein Haus. Ich habe nur, ähm, über alles nachgedacht.« Joan betrat das Zimmer und schloss die Tür leise hinter sich.

»Wie ich schon sagte«, meinte Joan, »ich bin immer hier, um zu reden, wenn du das möchtest, aber ich bin auch immer hier, wenn du nicht möchtest.«

Suzy sah die Frau an und musterte sie dabei. Als Joan Suzy und Leanne in das Haus geführt hatte, hatte sie ihnen eine junge Frau namens Agnesa vorgestellt, die ein paar Jahre jünger war als Suzy. Laut Joan half Agnesa, das Haus zu führen, wenn sie Gäste wie Suzy und Leanne hatten. Agnesa hatte Suzy und Leanne das Haus gezeigt, während Joan nur einen kurzen Auftritt hatte, als sie an diesem Abend gegessen hatten. Agnesa sprach wenig, und wenn, dann mit einem abgehackten osteuropäischen Akzent. Das Einzige, was Suzy von ihr erfahren hatte, war, dass sie ursprünglich aus Albanien stammte, aber in diesem Haus waren persönliche Fragen nicht erwünscht.

Joan war nach Suzys Schätzung Ende sechzig oder Anfang siebzig. Sie trug ein einfaches Kleid, das sie selbst genäht haben könnte, und eine Strickjacke über den Schultern. Joan hatte ein freundliches Gesicht, aber darunter lag eine harte Entschlossenheit. In mancher Hinsicht erinnerte sie Suzy an Caleb. Das goldene Kreuz, das an einer einfachen Kette um ihren Hals hing, verstärkte das noch, obwohl Caleb keinen Schmuck trug, den Suzy gesehen hatte.

»Warum tust du das, Joan?«, fragte Suzy und setzte sich auf den Rand des Bettes. Joan saß neben ihr, nah genug, um sie zu trösten, aber nicht so nah, dass Suzy sich unwohl fühlte.

»Ich habe meine Gründe«, meinte Joan, bevor sie ihre Lippen zusammenpresste. »Aber wir müssen über dich reden. Vater Martin hat mir einige Details über deine Situation erzählt, aber es wäre hilfreich, ein wenig mehr über deine Pläne zu erfahren.«

»Ich war in einem Bus«, erzählte Suzy. Joan runzelte die Stirn, aber ihre Augen blieben freundlich. »Er wurde ausgeraubt und ich habe mein ganzes Geld verloren. Meine Pläne sind also über den Haufen geworfen.«

»Ah, ich verstehe.« Joan schien von dieser Neuigkeit nicht beeindruckt zu sein. »Nichts, was wir nicht umgehen könnten, da bin ich mir sicher.« Ihr Stirnrunzeln verblasste und ein Lächeln kehrte in ihr Gesicht zurück. »Was waren deine Pläne? Bevor du ausgeraubt wurdest?«

»Ich wollte nach Dover fahren und irgendwie über den Kanal kommen«, seufzte Suzy. »Ich hatte noch nicht wirklich herausgefunden, wie, aber ich bin mir sicher, dass es einen Weg gibt. Alle suchen nach Leuten, die reinkommen, nicht wahr? Nicht nach denen, die gehen.« Sie schluckte schwer, ihr Mund war plötzlich trocken. »Er hat keine Befugnisse außerhalb des Vereinigten Königreichs.«

»Dein Partner?«

»Ja.« Suzy schluckte erneut. »Vince. Er arbeitet für die Regierung.«

»Vater Martin hat das erwähnt, ja.«

»Er hat Zugang zu so ziemlich allem. Nationale Sicherheit und so weiter.«

»Das kann ich mir vorstellen«, sagte Joan wieder unbeeindruckt. Suzy stellte sich vor, dass die Frau das sowieso schon alles gehört hatte. »Nun, du wirst ein paar Tage bei uns bleiben. Du kannst dir sicher sein, dass dieser Vince dich hier nicht finden kann. Wir sind sehr unauffällig.«

»Okay«, antwortete Suzy, die sich für sich und Leanne wünschte, dass das, was Joan gerade gesagt hatte, wahr wäre.

»Ich habe eine Freundin, die einen ähnlichen Ort in Margate betreibt«, erklärte Joan, stand auf und strich eine nicht vorhandene Falte aus dem Vorderteil ihres Kleides. »Ich werde morgen mit ihr sprechen. Warum schauen wir nicht, ob wir dich und deine Tochter dorthin bringen können? Ich glaube nicht, dass sie dir helfen kann, über den Kanal zu kommen.« Zu Suzys Überraschung zwinkerte Joan ihr zu. »Aber man weiß ja nie.«

35

Caleb spürte sie, bevor er sie sah. Wenige Augenblicke zuvor war ein Auto an ihm vorbeigefahren und hatte abgebremst, damit seine Insassen ihn ansehen konnten, bevor das Fahrzeug in eine Seitenstraße eingebogen war. Aber Caleb hatte sie nicht angeschaut. Das brauchte er auch nicht. Als er am Ende der Straße angekommen war, sah er, dass das Auto angehalten hatte und die beiden Männer, die darin gesessen hatten, daneben standen. Hinter ihm würde ein dritter Mann sein, aber Caleb sah nicht nach, um das zu bestätigen. Entweder war er da oder nicht. Wenn er da war, würde Caleb sich um ihn kümmern. Wenn er nicht da war, brauchte er das nicht.

»Alles klar, Kumpel?«, fragte der größere der beiden Männer, als Caleb sich näherte. Er war vielleicht Mitte zwanzig, weiß und hatte Aknenarben im Gesicht. Sowohl er als auch sein Kollege, der an ihrem Auto lehnte, trugen ähnliche Kleidung wie Caleb, aber viel neuere. Beide hatten die Kapuzen ihrer Pullis nicht hochgezogen. Beide Männer trugen außerdem weiße Turnschuhe, was Caleb für einen

Fehler hielt. Es war schwer, Blut aus weißen Turnschuhen zu bekommen. »Wo willst du denn hin?«

Caleb blieb stehen und ließ seine Hände aus den Taschen gleiten, damit die Männer sehen konnten, dass er unbewaffnet war. Dann zog er seine Kapuze herunter und nickte zu den Hochhäusern, die ein paar hundert Meter entfernt standen. Er sagte nichts.

»Woher kommst du, Kumpel?«, fragte der Mann, der am Auto lehnte. Er sprach mit einem für Caleb ungewöhnlichen Akzent, aber Caleb wusste in dem Moment, in dem er den Mund öffnete, dass das Gefühl auf Gegenseitigkeit beruhen würde.

»Ursprünglich aus Texas«, sagte Caleb nach ein paar Sekunden. Der jüngere Mann schaute seinen Begleiter an, bevor er lachte.

»Mann, du bist aber weit weg von zu Hause«, scherzte er, während sein Lachen verblasste. »Wir haben angehalten, weil du nicht wie ein Einheimischer aussahst. Wie sich herausgestellt hat, hatten wir Recht.«

»Du weißt, dass hier eine Mautstraße ist, oder?«, sagte der zweite Mann. Er hatte sich noch nicht bewegt, aber als Caleb ihn beobachtete, glitt seine Hand in die Tasche seiner Jeans. »Das bedeutet, dass eine Mautgebühr zu entrichten ist. Ihr habt doch welche in Texas, oder?«

»Sicher«, antwortete Caleb. Er konnte leise Schritte hinter sich hören, aber sie waren weit genug entfernt, um ihn nicht zu kümmern. »Ich zahle immer Maut an diejenigen, denen die Maut zusteht, aber nicht an euch zwei Clowns.«

Die Hand des zweiten Mannes klickte metallisch und ein Lichtschein fiel Caleb ins Auge, aber er brauchte kein Licht, um das Springmesser in seiner Hand zu erkennen.

»Scheiß drauf«, knurrte der Mann, stieß sich vom Auto

ab und schritt an seinem Kollegen vorbei. Er war vielleicht einen halben Meter vor Caleb, als er das Messer hochhob. »Was hast du?«

»Wie bitte?«, fragte Caleb und schaute dem Mann in die Augen, während er die Gewichtsverteilung in seinen Beinen anpasste. »Was hast du gesagt?«

»Komm schon, zeig mir dein Portemonnaie!«

»Ich habe keins.«

Der Mann wackelte mit dem Messer, als ob er Calebs Aufmerksamkeit darauf lenken wollte. Das bedeutete auch, dass seine eigene Aufmerksamkeit auf das Messer gerichtet war und nicht auf Caleb. Als er ihm das Messer entgegenstieß, drehte sich Caleb in seinen Angreifer hinein und drehte seinen Körper so, dass seine Schulter auf seine Brust traf, während Calebs rechter Arm hochschoss und sein Handgelenk packte. Der andere Mann hatte es nur geschafft, einen halben Schritt nach vorne zu machen, als Caleb seine Hüfte zur Seite und in die Leistengegend seines Angreifers stieß.

Als der Mann sich in der Mitte krümmte, winkelte Caleb sein Handgelenk nach innen ab, bis das Messer auf den Boden klapperte. Mit der anderen Hand drückte er den Kopf des Mannes nach unten und gleichzeitig bewegte er sein Knie schnell nach oben. Das Geräusch, wenn das Gesicht auf das Knie traf, war nach Calebs Meinung sehr befriedigend. Als der zweite Straßenräuber seinen Schritt beendet hatte, flog das Messer dank eines Tritts von Caleb auf den Boden. Es war einer der kürzesten Kämpfe, die Caleb je erlebt hatte, aber seiner Erfahrung nach waren es immer die besten.

Caleb sprang zurück, um etwas Platz zwischen sich und dem fallenden Angreifer zu schaffen. Er verlagerte sein Gewicht auf sein hinteres Bein, drehte sich zu dem anderen

Mann um und hielt die Hände in einer klassischen Kampfhaltung hoch – aber das war nur zur Show.

»Bist du sicher, dass du dieses Spiel spielen willst?«, fragte Caleb. Über seine Schulter konnte Caleb den dritten Mann sehen, der sich nicht als Mann, sondern als Junge entpuppte. Auf den ersten Blick dachte Caleb, es könnte der Mann sein, wegen dem er hergekommen war, aber das war er nicht. Der jüngste der drei starrte Caleb mit offenem Mund an. Er war nicht gerade eine Verstärkung. »Wie wäre es, wenn du einfach nach Hause gehst und eine schöne Tasse Tee trinkst?«

Der erste Mann, der das Wort ergriffen hatte und dessen einziger Beitrag zum Kampf darin bestanden hatte, einen Schritt nach vorne zu machen, als er fertig war, sagte nichts. Er warf einen Blick auf den Mann am Boden, der es geschafft hatte, seine Hände vor sein Gesicht zu halten, und dann wieder auf Caleb.

»Respekt für den, dem Respekt gebührt, Ehre für den, dem Ehre gebührt«, sagte Caleb und beobachtete, wie sich ein Stirnrunzeln auf dem Gesicht des Mannes zeigte. »Aus dem Römerbrief.« Das Stirnrunzeln vertiefte sich. »Aus der Bibel?« Caleb trat über den am Boden liegenden Mann, der immer noch die Hände vor das Gesicht geschlagen hatte und zwischen dessen Fingern ein dünnes Rinnsal aus Blut floss. »Egal«, meinte Caleb und ging weiter in Richtung seines Ziels.

36

Naomi beobachtete, wie ihre Schwester Jennifer ihnen beiden ein weiteres Glas Wein einschenkte. Ihr konzentrierter Gesichtsausdruck brachte Naomi zum Schmunzeln, aber obwohl ihre Hand zitterte, schaffte Jennifer es, beide Gläser zu füllen, ohne etwas zu verschütten. Sie stellte die nun leere Flasche neben eine andere auf den Wohnzimmerteppich. Die Frauen befanden sich in Jennifers Wohnung. Naomi hatte beschlossen, noch ein paar Tage zu bleiben, bevor sie nach Hause zurückkehrte.

»Chin chin«, sagte Jennifer, als sie ein Glas in die Hand nahm und es Naomi reichte.

»Prost, Schwesterherz«, antwortete Naomi und nahm einen Schluck. Sie zog eine Grimasse. Der Geschmack war schlimmer als bei der ersten Flasche. »Mein Gott, ist das widerlich.«

»Halt die Klappe und trink einfach.« Jennifer grinste Naomi an, die einen weiteren Schluck aus dem Glas nahm. »Also, was hast du mit deinem Typen vor?«

»Mark?«

»Wem sonst?« Jennifer nippte an ihrem eigenen Glas und zog eine Grimasse, die Naomis Meinung über den Wein bestätigte. »Willst du so ein Annäherungsverbot erwirken?«

»Das nennt sich einstweilige Verfügung«, erklärte Naomi, »aber ja, das werde ich. Sobald sie in Kraft ist, bin ich weg von dir.«

»Du kannst so lange bleiben, wie du willst, Naomi. Es ist schön, dich hier zu haben.« Die beiden Frauen saßen einen Moment lang schweigend da. Im Hintergrund lief ein Late-Night-Musiksender im Radio. »Wenigstens weiß ich so, dass du nicht ›All By Myself‹ in eine leere Weinflasche singst.« Jennifer kicherte und streckte die Hand aus, um mit ihren Fingern über Naomis Pyjama zu streichen. »Aber du hast den Pyjama schon an.«

»Das sagt die Richtige«, sagte Naomi und schlug ihrer Schwester spielerisch auf den Arm. »Du nämlich auch, und du bist genauso Single wie ich.«

»Ja, danke, dass du mich daran erinnerst.« Jennifer nippte an ihrem Wein. »Hey, ich weiß, was wir machen sollten.«

»Oh, toll. Sag mir, große Schwester, was sollen wir tun?«

»Nenn mich nicht groß, vielen Dank. Wir sollten ein Wochenende irgendwo wegfahren. Vielleicht nach Cambridge?« Noch ein Schluck. »Irgendwohin, wo wir nicht auf irgendwelche Ex-Freunde treffen.«

»Und was tun?« Naomi lehnte sich mit einem schiefen Lächeln auf ihrem Stuhl zurück. Sie dachte, sie wüsste, was kommen würde.

»Wir sollten uns in einem billigen Hotel einbuchen oder in einem Air BnB oder so.« Jennifers Lächeln passte nun zu dem von Naomi. »Wir sollten uns in Schale schmeißen und mit einem Vorsatz ausgehen.«

»Was könnte das sein, Jen?«, stöhnte Naomi. Sie hatte

Recht gehabt. Jedes Mal, wenn eine von ihnen sich von einem Partner trennte, was in Jennifers Fall viel öfter der Fall war als bei Naomi, war Jennifers Vorschlag immer derselbe.

»Wir sollten mit der Absicht ausgehen, richtig zu vögeln.« Jennifer fing an zu kichern. »Besonders du.«

»Warum gerade ich?«

»Was du brauchst, Naomi, ist eine Nacht voller Ausschweifungen mit einem jungen Typen, den du nie wieder in deinem Leben sehen wirst.« Das Kichern von Naomis Schwester verwandelte sich in ein Lachen. »Wir bräuchten wahrscheinlich nicht einmal die Hotellobby zu verlassen. Die ist normalerweise voll mit Geschäftsleuten, die von Zuhause weg sind.«

»Nette Idee«, meinte Naomi, wie sie es immer tat, wenn Jennifer so etwas vorschlug, »aber das ist nicht wirklich mein Stil.«

»Du hattest aber schon mal einen One-Night-Stand?« Naomi hielt inne, bevor sie etwas sagte. Es gab nicht viel, was ihre Schwester nicht über sie wusste. »Da war dieser Kerl, Tim, nicht wahr? Als du auf der juristischen Fakultät warst?«

»Zwei Sekunden Tiny Tim, meinst du?«, antwortete Naomi, während sie ihren kleinen Finger hochhob und mit ihm wackelte. Jennifers Lachen wurde heftiger und sie machte ein seltsames Geräusch mit ihrer Nase. »Hast du gerade wirklich gegrunzt?«, fragte Naomi lachend.

»Hör auf, hör auf«, flehte Jennifer und wischte sich mit dem Handrücken über die Wangen. »Du bringst mich zum Weinen.«

Naomi setze sich in den Schneidersitz und betrachtete ihre Schwester. Obwohl nur ein paar Jahre zwischen ihnen lagen, war Jennifer eindeutig die große Schwester. Naomi hatte sich im Laufe der Jahre bei so gut wie jeder Krise an sie gewandt, egal ob sie real oder eingebildet war. Sogar ihre Mutter hatte das mehr als einmal bemerkt und gesagt, dass Jennifer mütterlicher sei als sie selbst. Eine Sache, die die Schwestern zu diesem Zeitpunkt gemeinsam hatten, war ihr schrecklicher Geschmack bei Männern.

»Warum sind Männer solche Arschlöcher?«, jammerte Jennifer schließlich.

»Ich bin mir sicher, dass sie nicht alle Arschlöcher sind«, entgegnete Naomi, mehr hoffend als glaubend. »Vielleicht sind es nur die, die wir treffen? Sollten wir nicht alle irgendwo auf der Welt einen Seelenverwandten haben?«

»Meiner sollte besser bald auftauchen.« Ihre Schwester fing wieder an zu kichern. »Wenn ich so weitermache, bin ich bald wieder Jungfrau.« Dann fing Jennifer an zu lachen. »Es ist vielleicht noch zu früh, aber hast du neue Batterien in deinem...«

Ein melodisches Geräusch ertönte, als Jennifers Türklingel ertönte. Naomi streckte ihre Beine aus und sprang auf die Füße.

»Das Essen ist da«, jubelte sie. Als sie an ihrer Schwester vorbeiging, zerzauste Naomi Jennifers Haare. »Von der Klingel gerettet«, fuhr sie fort und lachte dabei.

37

Leon steckte die beiden Zwanzig-Pfund-Noten, die ihm sein letzter Kunde des Abends gegeben hatte, in seine Tasche und drehte dem Mann den Rücken zu. Der Kunde, ein Mann mittleren Alters, der den Eindruck eines Mannes machte, der gerade mit seinem Hund spazieren ging, wohnte auf der anderen Seite der Siedlung. Leon kannte ihn vom Sehen und wusste auch, dass der Mann, wenn man den örtlichen Gerüchten Glauben schenken durfte, nicht näher als fünfhundert Meter an eine Schule oder einen städtischen Spielplatz herankommen durfte. Nicht, dass Leon sich für solche Gerüchte interessierte. Das Einzige, was ihn interessierte, war, seine Tasche voller Geld in Syds Wohnung zu bringen. Es wäre ein mutiger Straßenräuber, der Syds Geld klauen würde, aber in der Siedlung kursierte auch das Gerücht, dass einige Albaner ein Auge auf Syds Gegend geworfen hätten. Leon hatte nicht die Absicht, das erste Opfer eines Revierkampfes zu werden.

Nachdem er sich vergewissert hatte, dass die Tasche gesichert war, machte er sich auf den Weg in die schmale

Gasse zwischen den beiden Häusern, in denen er sich zuvor versteckt hatte. Die Gasse war nicht viel breiter als ein Meter und mit Unkraut und Müll übersät. Er war vorsichtig, wo er hintrat. Obwohl die Gasse zu schmal war, um ein normaler Teil der Route eines Hundespaziergängers zu sein, wollte er nicht in irgendetwas hineintreten. Wahrscheinlicher war es aber, dass er auf eine gebrauchte Nadel trat, die von den Schlampen zurückgelassen worden war, die es nicht abwarten konnten, zurück in ihre Absteigen zu kommen, bevor sie sich einen Schuss setzten.

Leon hievte die Tasche auf seine Schulter. Obwohl sie mit Papiergeld gefüllt war, fühlte es sich an, als würde sie ihn wie Münzen beschweren. Er hatte den Abend mit fünfzig kleinen Tüten Cannabis begonnen, die alle zwanzig Pfund pro Tüte gekostet hatten. Wenn Leon sich nicht verzählt hatte, befanden sich eintausend Pfund in der Tasche, wovon zweihundert Pfund ihm gehörten. Wenn er eine Woche lang die gleichen Zahlen machte, hatte er über einen Tausender in der Tasche – jede Woche. Leon lächelte bei dem Gedanken an das Geld.

Als er die Gasse hinunterging und in einen noch engeren Gang einbog, der zwischen den Gärten der Häuser hindurchführte, begann er in seinem Kopf zu rechnen. Syd hatte mindestens zwei Drogenhäuser wie dieses, das er an diesem Abend betrieben hatte. Das waren fast zehntausend Pfund pro Woche, die er bekam. Leon hatte keine Ahnung, wie hoch Syds Kosten waren, aber das war schon eine Menge Geld, und das ohne Nebeneinkünfte wie Busse. Er wusste, dass die Drogenhäuser nicht ständig betrieben wurden, was er als Lieferproblem ansah. Wenn Leon einen Weg finden würde, die Lieferung aufrechtzuerhalten, könnte er Syd einen Geschäftsvorschlag machen.

Vielleicht könnte er Syd nach seiner Quelle fragen?

Vielleicht könnte Leon ihm dabei helfen, sie aufrechtzuerhalten, so dass er seine Häuser ständig betreiben könnte und nicht nur, wenn er Produkte zu verkaufen hätte. Er wusste, dass das weit hergeholt war. Leon war noch nicht einmal sechzehn und wusste nur wenig über die geschäftliche Seite der Dinge. Er war jedoch mehr als bereit, alles darüber zu lernen. Es wäre eine bessere Ausbildung als auf der beschissenen Gesamtschule, die er gelegentlich besuchte. Er grübelte gerade darüber nach, als er aus der Gasse auf die Hauptstraße trat und dabei fast mit jemandem zusammenstieß. Instinktiv griff Leon nach der Tasche und hielt sie an seine Brust.

»Mein Gott«, sagte der Mann, mit dem er fast zusammengestoßen war. »Du hast mich erschreckt.« Leon sah ihn und die beiden anderen, die bei ihm waren, an und entspannte sich. Die älteren beiden Männer waren Brüder und er erkannte sie, obwohl er sich nicht an ihre Namen erinnern konnte. Aber sie waren aus der Gegend, also wussten sie, wer er war und für wen er arbeitete. Leons Griff um die Tasche lockerte sich, als er sie anschaute. Der älteste Bruder hatte Blut unter seinen beiden Nasenlöchern und auf der Vorderseite seines Kapuzenpullis verschmiert.

»Mann«, sagte Leon. »Was ist mit dir passiert? Bist du überfallen worden?«

»Ja«, antwortete der Mann und fasste sich vorsichtig an die Nase. »Es waren vier von den Mistkerlen von der anderen Seite der Stadt. Sie sind rübergekommen. Stimmt's, Aaron?« Der andere Bruder nickte mit dem Kopf, sah aber nicht überzeugt aus.

»Ja, so ist es gewesen«, meinte er schließlich. »Und auch noch große Bastarde.«

Leon schaute die beiden an und glaubte kein Wort davon, aber es ging ihn nichts an, also zuckte er nur mit den

Schultern und ging weiter. Er hielt seine Augen und Ohren offen, als er sich den Hochhäusern im Zentrum der Siedlung näherte. Erst als er im Foyer von Syds Haus stand, auf die Überwachungskamera starrte und darauf wartete, dass der Aufzug aktiviert wurde, konnte er sich entspannen.

Als der Aufzug langsam zu Syds Stockwerk fuhr, lächelte Leon in den Spiegel an der Wand. Es war eine erfolgreiche Nacht gewesen. Er hatte seine gesamte Ware verkauft, war weder bestohlen noch ausgeraubt worden und war sich sicher, dass Syd ihm eine Tüte schenken würde, damit er nicht ständig seinen Notvorrat rauchen musste.

Eines wusste Leon ganz sicher: Er war auf dem Weg nach oben.

38

Caleb blickte zu den beiden Ungetümen vor ihm auf. Sie überragten die kleinen Häuser in der Siedlung, obwohl sie nur zwölf Stockwerke hoch waren. In Houston gab es Geschäfte mit mehr Stockwerken als diese Gebäude. Die Wände waren mit einer Art Verkleidung versehen, die sie zweifellos verschönern sollte, aber sie sahen trotzdem grau und feucht aus. Er erinnerte sich an einen Brand in London vor einigen Jahren, bei dem viele Menschen ums Leben gekommen waren, weil sich das Gebäude aufgrund der Verkleidung selbst entzündet hatte, und er sprach ein stilles Gebet für die Betroffenen aus.

Er war sich nicht sicher, welches Hochhaus er sich ansehen sollte. Wenn es darum ging, was er sehen wollte, würden beide für seine Bedürfnisse ausreichen, da sie beide den rechten Teil der Siedlung überblickten, der einer der Straßen war, die er gerade entlanggegangen war. Als er an einem der Häuser vorbeikam, sah er es von der Seite an, um es sich einzuprägen. Schließlich musste er das Haus nebenan als Anhaltspunkt nehmen, denn das Haus, das ihn als erstes Ziel interessierte, war ziemlich unauffällig.

Caleb ging auf die Tür des Hochhauses zu, das ihm am nächsten war. Als er näher kam, wurde das Licht immer schlechter, da das riesige Gebäude das wenige Mondlicht am Himmel verdunkelte. Das einzige Licht, das noch übrig war, kam von den orangefarbenen Straßenlaternen, von denen nur etwa die Hälfte zu funktionieren schien. Er hatte das Gefühl, dass er von irgendwoher beobachtet wurde, aber das war Caleb egal. Man konnte einem Menschen nicht wehtun, indem man ihn nur ansah.

Die Tür des Wohnhauses war aus schwerem Metall, an einigen Stellen verbeult, aber ansonsten intakt. Die Hälfte der Tür und die angrenzende Betonwand waren mit einer Art Graffiti beschmiert. In die Metalloberfläche war eine Notiz eingekratzt, in der es um die Fähigkeit einer vermutlich hier lebenden Frau namens Jayne ging, Oralsex zu praktizieren. Caleb fragte sich, ob sie in dem Gebäude wohnte und sich diese Worte jedes Mal ansehen musste, wenn sie nach Hause kam. Er schüttelte den Kopf und drückte gegen die Tür, aber sie war verschlossen.

Neben der Tür befanden sich zwei schmale Bedienfelder, eines mit einer Zahlentastatur und eines mit einer Reihe von Klingeltasten. Nur wenige der Knöpfe hatten lesbare Beschriftungen, aber Caleb arbeitete sich durch die Reihe und drückte nacheinander ein paar Sekunden lang auf jeden Knopf. Durch das dünne Metallgitter, das den Lautsprecher abdeckte, drangen eine Reihe von Stimmen, die ihm sagten, er solle sich verpissen, oder die ihn fragten, was er wolle.

»Essenslieferung«, rief Caleb in den Lautsprecher und gab sich Mühe, englisch und nicht amerikanisch zu klingen. Ein paar Sekunden später gab es ein summendes Geräusch und er stieß die Tür auf. Ob es jemand war, der nur den

Knopf drückte, oder ob es jemand war, der auf eine Pizza wartete, war ihm unklar und egal.

Caleb verzog das Gesicht, als er die Lobby des Wohnblocks betrat. Die Luft war sauer und stank nach einer Art menschlicher Ausscheidungen. Der Linoleumboden war stark verschmutzt und die Art und Weise, wie das Neonlicht einige der Flecken reflektierte, verriet ihm, dass zumindest einige von ihnen frisch waren. Auf dem Boden lagen Flyer von Imbissbuden sowie feuchte Zeitungen herum.

Auf der anderen Seite der Lobby befanden sich zwei Aufzüge neben einer Tür. Caleb achtete darauf, die Flüssigkeitspfützen auf dem Boden zu vermeiden, ging zu den Aufzügen und drückte den Aufwärts-Knopf zwischen ihnen. Irgendwo über seinem Kopf setzten sich schwere Maschinen in Bewegung, aber er konnte nicht hören, wie der Aufzug nach unten fuhr. Selbst wenn er funktionierte, würde er an diesem Ort auf keinen Fall einen Aufzug benutzen. Als die Maschinen über seinem Kopf verstummten, drückte Caleb gegen die Tür. Er ignorierte eine weitere Notiz über Jaynes sexuelle Fähigkeiten und trat ein. Wie er vermutet hatte, führte die Tür zu einem Treppenhaus.

Die Luft darin war etwas sauberer als in der Lobby, ebenso wie der Boden. Caleb bezweifelte, dass viele Leute die Treppe benutzten, wenn der Aufzug in Betrieb war. Er begann die Treppe hinaufzusteigen und trat dabei über einige gebrauchte Nadeln und Spritzen. Je höher er stieg, desto sauberer wurde die Luft. Es war, als ob sich die widerliche Atmosphäre am unteren Ende des Wohnblocks sammelte. Als er oben im Treppenhaus ankam, atmete Caleb schwer, aber er hatte es bis zur Spitze des Gebäudes geschafft und war niemandem begegnet.

Ganz oben im Treppenhaus befand sich eine Zugangstür

zum Dach. Sie war mit einem verrosteten Vorhängeschloss gesichert, das aussah, als wäre es seit Jahren nicht mehr geöffnet worden. Caleb griff in seine Tasche nach einem Satz Dietriche und kniete sich neben das Schloss. Nachdem er die richtige Größe ausgewählt hatte, benutzte er eine kleine Dose Bienenwachs, um den Dietrich zu schmieren, bevor er ihn in das Schloss einführte und einen Spannschlüssel daneben schob. Er schloss die Augen, um sich zu konzentrieren, damit er spüren konnte, wie der Pick über die Stifte glitt. Einen Moment später sprang das Schloss auf. Als er die Tür aufzog, strömte ein Schwall frischer Luft in das Treppenhaus, während die Scharniere sich beschwerten. Caleb atmete die Brise dankbar ein.

Er trat durch die Tür und in das fahle Mondlicht. Das Dach war voll mit großen Rohren und anderen Geräten, die das Gebäude versorgten. Caleb drehte sich um und betrachtete die Tür, die er hinter sich geschlossen hatte. Musste er sie sichern? Er glaubte nicht. Wenn jemand sie öffnete, würde er es am Geräusch der Scharniere merken.

Caleb stieg über das Dach und kletterte über einige der Maschinen, bis er die Seite des Wohnblocks erreichte, zu der er wollte. Um das Dach herum gab es eine niedrige Brüstung, hinter der er sich hinkniete und die Ellbogen auf die Kante stützte.

Unter ihm lag die gesamte Siedlung Lark's Cross, die wie ein Modelldorf angelegt war.

»Aufklärungszeit«, murmelte Caleb vor sich hin, »ist selten vergeudet.«

39

Suzys Augen rissen in der Dunkelheit auf. Sie blinzelte zweimal kurz hintereinander und hielt dabei den Atem an. Da war noch jemand im Schlafzimmer. Sie hörte sie atmen, konnte aber wegen der Verdunkelungsvorhänge nichts sehen.

»Mami?« Suzy atmete erleichtert auf, als sie Leannes Stimme hörte. »Ich hatte einen bösen Traum.«

Suzy streckte die Hand aus und tastete nach dem Lichtschalter auf dem Nachttisch. Als das Licht anging, sah sie Leanne ein paar Meter vom Bett entfernt stehen. Sie hielt Boo Boo locker an ihrer Seite und ihr Gesicht war vom Kissen zerknittert.

»Hey, Baby«, sagte Suzy, warf die Decke zurück und tätschelte das Laken. »Kuschel dich hier rein. Ich dachte, wir hätten das Licht angelassen, als du ins Bett gegangen bist?«

»Die Schatten waren gruselig«, antwortete Leanne, während sie sich auf den Weg zum Bett machte. »Ich habe es ausgemacht.«

Einen Moment später, als Leanne neben ihr zugedeckt war, fragte Suzy ihre Tochter nach dem Traum.

»Da war ein böser Mann«, flüsterte Leanne. »Er war hinter uns her.« Suzy versteifte sich im Bett. Sie war so vorsichtig gewesen, Leanne den wahren Grund für ihre Reise zu verschweigen und beschrieb sie stattdessen als großes Abenteuer. Irgendwann würden sie darüber reden müssen, warum Vince nicht mit ihnen gekommen war und warum Leanne Vince nie wieder sehen würde, aber Suzy wollte sicher sein, bevor sie dieses Gespräch führten.

Sie hatten an diesem Abend in Joans Wohnzimmer ferngesehen. Suzy hatte Leanne kurz allein gelassen, um ihr vor dem Schlafengehen eine Tasse heiße Schokolade zu machen. Als sie zurückkam, sah Leanne zu ihrem Entsetzen einen Nachrichtenbericht über einen schrecklichen Angriff auf eine Frau in Nordlondon. Suzy hatte den Fernseher so schnell wie möglich ausgeschaltet, aber sie erkannte an Leannes Gesichtsausdruck, dass es zu spät war.

»Konntest du sehen, wer der böse Mann war?«, fragte Suzy ihre Tochter und hoffte, dass es die Nachrichten waren, die Leannes Albtraum ausgelöst hatte, und nicht die Tatsache, dass sie mitbekommen hatte, dass sie auf der Flucht vor Vince waren. »Konntest du sein Gesicht sehen?« Wenn sie antwortete ›Es war Vince‹, würde ihr das Herz brechen.

»Nein«, antwortete Leanne. »Er war irgendwie im Dunkeln.«

»Du weißt, dass es nur ein Traum war, oder?«, beruhigte sie Suzy und streichelte ihre Haare. »Und dass es den bösen Mann nicht wirklich gibt?« Sie hoffte, dass Leanne die Lüge in ihrer Stimme nicht hören würde.

»Aber ich habe ihn gesehen.«

»Wo warst du, als er dich gejagt hat?«

»In einem Wald.«

»Der, in dem wir gestern Abend waren?«

»Nein«, antwortete Leanne. »Nicht in dem. Das war ein sicherer Wald. Der in meinem Traum war es nicht.« Suzy strich weiter über Leannes Haar. Es war möglich, dass ihre Tochter mitbekommen hatte, was vor sich ging, aber Suzy glaubte nicht, dass sie es wusste. Sie hoffte, dass sie es nicht tat. »Kannst du mir eine Geschichte erzählen? Ein Märchen?«

»Klar. Welches?«

»Das Mädchen mit der roten Kapuze.«

Suzy seufzte. Sie wollte Leanne diese Geschichte eigentlich nicht erzählen. Nicht, wenn es um ein kleines Mädchen ging, das von einem Raubtier gejagt wurde, auch wenn das Ende zu Gunsten des Mädchens ausfiel. Sie zerbrach sich den Kopf über ein Märchen, in dem ein Kind nicht in Gefahr geriet, aber es fiel ihr keins ein.

»Wie wäre es mit der Prinzessin auf der Erbse? Das haben wir schon lange nicht mehr erzählt.« Leanne nickte zustimmend, sehr zu Suzys Erleichterung. »Es war einmal ein Prinz, der war sehr einsam. Er reiste um die Welt, um jemanden wie ihn zu finden. Eine richtige Prinzessin, die sein Leben mit ihm teilt.«

»Wie hieß die Prinzessin?«, fragte Leanne. Suzy konnte an ihrer Art zu sprechen hören, wie müde sie war.

»Ich glaube, sie hieß Leanne«, antwortete Suzy mit einem Lächeln. In jedem Märchen, das sie erzählten, kam eine Leanne vor.

Sie erzählte die Geschichte weiter und ihre Stimme wurde dabei immer klangvoller. Als sie zu der Stelle kam, an der die Prinzessin mit blauen Flecken und Schmerzen von der Erbse aufwachte, schlief Leanne bereits tief und fest, aber Suzy erzählte die Geschichte trotzdem weiter.

»Der Prinz und die Prinzessin heirateten und lebten in einem riesigen Schloss«, flüsterte Suzy, als sie das Licht ausmachte. Sie schloss ihre Augen und legte ihre Hand sanft auf Leannes Kopf. »Und sie lebten glücklich bis ans Ende ihrer Tage.«

40

Leon betrat Syds Wohnzimmer und stellte die Tasche auf den Couchtisch, der mit Bierdosen und einem überquellenden Aschenbecher übersät war. Wie in Syds Wohnung üblich, lag ein Nebel aus Cannabisrauch in der Luft, aber als Leon Syd ansah, wirkte er nicht bekifft. Wenn überhaupt, dann sah er energiegeladen aus.

»Leon, mein Mann«, sagte Syd mit einem breiten Grinsen. »Wie war's?«

»Alles weg, Syd«, antwortete Leon und deutete auf die Tasche. »Da ist nichts mehr drin, außer kaltem, hartem Geld.«

»Ausgezeichnet. Du hast den Haufen ziemlich schnell verkauft.« Syds Grinsen wurde noch breiter. Er griff nach der Tasche und holte eine Handvoll Scheine heraus. Leon wartete, während er zehn davon abzählte. »Hier, bitte sehr. Zweihundert, wie versprochen.«

»Super«, sagte Leon. »Äh, ich wollte fragen, ob ich ein Achtel für mich kaufen kann?« Er steckte das Geld in seine Tasche, hielt aber einen Schein für Syd heraus.

»Klar. Du hättest dir aber auch einfach eine Packung

davon verkaufen können.« Syd nickte mit Blick auf die Tasche.

»Aber ich hatte kein Bargeld, bis du mich bezahlt hast.«

»Ah, ich verstehe.« Syd schaute Leon mit einem merkwürdigen Blick an. »Ich gebe dir einfach ein bisschen was, damit du über die Runden kommst. Nimm es als Trinkgeld, weil du den Haufen so schnell verkauft hast.«

Leon wartete, während Syd den Raum durchquerte und in der Ecke eine Kühlbox öffnete. Als er eine kleine Tüte mit Gras herauszog, konnte Leon sehen, dass die Kühlbox bis zum Rand gefüllt war. Syds Besorgung von Nachschub war offensichtlich erfolgreich gewesen.

»Danke, Syd«, sagte Leon und fing die Tüte auf, als er sie in seine Richtung warf. »Gut gemacht.« Er wartete einen Moment, unsicher, was er tun sollte. Sollte er anbieten, einen Joint für ihn und Syd zu bauen, oder sollte er warten, bis er eingeladen wurde? Am Ende beantwortete Syd die Frage für ihn. »Hast du es eilig, Bruder?«

»Nein, nicht wirklich«, meinte Leon. »Soll ich einen bauen?«

»Mir ist nicht danach. Aber wenn du willst, kannst du dir einen bauen.« Syd zuckte mit den Schultern, als ob es ihm egal wäre, aber Leon hatte den Eindruck, dass es ihm wirklich nichts ausmachte. »Ich wollte dir etwas vorschlagen.«

»Klar.«

Syd drehte sich um und ging auf die andere Seite des Wohnzimmers, wo sich eine Tür mit einem Zahlenschloss befand. Leon hatte die Tür schon einmal gesehen, aber er vermutete, dass Syd dort den Großteil seiner Vorräte und seines Geldes aufbewahrte. Leon folgte ihm und wartete, bis Syd die Kombination in das Schloss eingegeben und die Tür geöffnet hatte.

»Komm rein, Leon«, forderte Syd, als er den Raum betrat.

Leon folgte dem Mann in ein Zimmer, das ursprünglich eines der Schlafzimmer der Wohnung gewesen war. Seine Augenbrauen gingen nach oben, als er eine Art Kontrollzentrum sah. Riesige Zwillingsmonitore standen auf einem großen Schreibtisch, unter dem ein leistungsstarker Tower-Computer vor sich hin summte. Ein verstellbarer Stuhl vervollständigte die Einrichtung. Die Luft in dem Raum war frisch und rauchfrei und die Oberfläche des Schreibtisches unterschied sich deutlich von dem Couchtisch im Wohnzimmer. Außer einer Tastatur und einer kabellosen Maus befand sich nichts darauf.

»Nette Spielkonsole, Syd«, sagte Leon und pfiff bewundernd durch die Zähne. Er hatte keine Ahnung, wie viel die Ausstattung gekostet haben musste, aber billig war sie sicher nicht.

»Das ist keine Spielkonsole«, erwiderte Syd und beugte sich vor, um mit der Maus zu wackeln. »Obwohl ich glaube, dass es das sein könnte.«

Die Bildschirme erwachten zum Leben und erfüllten den Raum mit einem warmen Licht. Auf dem linken Bildschirm war eine Art Übersicht mit einer kompliziert aussehenden Reihe von Diagrammen zu sehen. Leon sah, wie Syd seinen Blick über den Bildschirm schweifen ließ, und er sah ein paar Beschriftungen, bevor Syd das Fenster minimierte und ein Sternenhintergrundbild sichtbar wurde. Es gab eine Anzeige für die Temperatur und eine für die Luftfeuchtigkeit, aber das Fenster war verschwunden, bevor Leon mehr sehen konnte. Auf dem anderen Bildschirm war eine Karte zu sehen.

»Was meinst du?«, fragte Syd und deutete auf ein Gebiet auf der Karte.

Leon beugte sich vor, um die Karte genauer zu betrachten. Er brauchte einen Moment, um sich zu orientieren, wo sich die Kartenansicht befand, aber er erkannte bald, dass es die Hauptstraße zwischen Norwich und Ipswich war.

»Denkst du über einen Busjob nach?«, erkundigte sich Leon. Syd nickte als Antwort.

»Gleich hier ist ein Rastplatz«, erklärte er und zeigte mit dem Finger auf den Bildschirm. »Der Bus von Norwich nach Ipswich hält dort oft an. Der Bus hat keine Toilette, deswegen halten sie dort an, damit die Fahrgäste aussteigen können.«

»Ist da viel los?«

»Nein, ich glaube nicht. Ich wollte es mir morgen anschauen, wenn du Lust hast? Ich habe ein paar Nummernschilder, die am Flughafen gefunden werden müssen, aber ich kann einen der Jüngeren schicken.« Das Finden von Kennzeichen war leicht verdientes Geld. Syd gab Leon eine Liste mit gestohlenen Automarken, Modellen und Farben. Dann musste er nur noch auf dem Langzeitparkplatz des Flughafens nach Autos suchen, die mit den gestohlenen übereinstimmten, ein Foto des Kennzeichens machen und es an Syds Werkstatt schicken. Bolt, der Besitzer der Werkstatt, der eigentlich keine Autos reparierte, stellt dann die Nummernschilder für die gestohlenen Autos her. Mit einem legalen Nummernschild waren die Autos für die Polizei unsichtbar und konnten nach Belieben im ganzen Land bewegt werden. Mit zwanzig Pfund pro Nummernschild war es leicht verdientes Geld.

»Klar«, antwortete Leon. Er hatte nichts anderes vor, als so lange wie möglich im Bett zu bleiben. Danach war er den ganzen Tag frei. »Warum nicht?«

41

Caleb griff in seine Stofftasche und holte zwei Gegenstände heraus, die er an einer Tankstelle in der Nähe der Lark's Cross Siedlung gekauft hatte. Keiner der Gegenstände war besonders hochwertig, aber sie mussten reichen. Das erste war eine kleine Stifttaschenlampe, die, wenn Caleb den Schalter drückte, eher ein schwaches Leuchten als einen Lichtstrahl erzeugte. Das zweite war ein Fernglas mit einer zehnfachen Vergrößerung und fünfundzwanzig Millimeter großen Linsen. Genauso wie die Taschenlampe war es funktionstüchtig, aber mehr nicht. Das machte Caleb aber nichts aus. Sie würden die Aufgabe erfüllen, für die er sie brauchte.

Er legte das Adressbuch mit der Karte von Vater Martin auf den Rand der Brüstung und schaute abwechselnd auf die Seite, die er markiert hatte, und den Straßen vor ihm. Caleb drehte die Karte ein paar Mal, bis sie in die gleiche Richtung wie die Straßen vor ihm zeigte. Sein Blick wanderte zwischen der Karte und den Straßen hin und her. Als er die Straße gefunden hatte, in der seine Zielperson wohnte, hob er das Fernglas an seine Augen. Caleb begann am unteren Ende der Straße und arbeitete sich entlang, bis er das Nachbarhaus seiner Zielperson sah. Es war leicht zu finden, denn im Vorgarten stand ein verlassenes Auto, das mit einer hellblauen Plane abgedeckt war. Als er vorhin an dem Haus vorbeigegangen war, sah die Plane genauso alt aus wie das Auto, das längst platte Reifen hatte.

Das Haus, für das er sich interessierte, war ein Reihenhaus. Es hatte zwei Fenster, eines auf jeder Seite der Eingangstür, und zwei Fenster im Obergeschoss, die er sehen konnte. In einem der Fenster im Erdgeschoss brannte Licht. Von seinem Aussichtspunkt aus konnte Caleb in den Garten sehen. Im Gegensatz zu den meisten Häusern in der Siedlung waren das Haus und der Garten der Zielperson in einem guten Zustand. Hinter ihm verlief eine kleine Gasse, die mit anderen, noch kleineren Gassen zwischen den Häusern verbunden war.

Caleb nahm das Fernglas von seinen Augen und sah sich die Umgebung des Hauses an. Wenn er eine Einheit zum Angriff hätte, wusste er, wo er sie einsetzen würde. Eine Einheit mit zwei Feuerteams an der Vorderseite und eine an der Rückseite. Sie könnten sich über die Häuser auf beiden Seiten nähern und bis zu den letzten Sekunden außer Sichtweite des Hauses bleiben, bis sie an die Türen klopfen würden. Ein weiteres Feuerteam an beiden Enden der kleinen Straße und ein weiteres mobiles Team ein paar Straßen weiter für eventuelle Aufräumarbeiten oder die Kontrolle einer Menschenmenge. Sein Kommandoposten würde hier oben sein, wo er die Operation mit einem fast perfekten Überblick koordinieren konnte.

Er nahm sich einen Moment lang Zeit, um über andere Vorgehensweisen nachzudenken. Er könnte Männer auf dem Dach der Terrasse positionieren, die sich entlang des gefliesten Dachfirsts bewegen und sich dann mit Blendgranaten schnell durch die Fenster abseilen könnten. Caleb erlaubte sich ein Lächeln bei diesem Plan. Für einen Angriff auf ein kleines Haus war das ein bisschen übertrieben. Dann überlegte er spaßhalber, wie er als dritte Möglichkeit ein Artilleriefeuer einleiten könnte.

Caleb nahm sich ein paar Augenblicke Zeit, um sich die Siedlung unter ihm anzuschauen, wobei er zunächst seine Augen benutzte, um jede Bewegung zu erkennen. Sobald er sie geortet hatte, setzte er das Fernglas an seine Augen, um sie einzugrenzen. Er wollte sich nur einen Überblick über die normalen Lebenszeichen in der Gegend verschaffen. Er sah eine ältere Frau, die mit einem Hund Gassi ging, der nicht ausgeführt werden wollte. In der Gasse hinter einer kleinen Gruppe von Häusern hatte ein Paar Sex. War das vielleicht Jayne? Caleb lächelte, als er darüber nachdachte und an das Graffiti im Erdgeschoss zurückdachte. Dann sah er zwei junge Männer auf Fahrrädern, ähnlich wie die beiden, die er zuvor gesehen hatte. Es waren andere Männer, aber sie verhielten sich auf die gleiche Art und Weise: Sie fuhren langsam mit ihren Fahrrädern im Kreis.

Ein Auto näherte sich ihnen und sie umrundeten auch dieses. Es sah so aus, als ob die Männer und der Fahrer ein paar Worte miteinander wechselten. Dann fuhr das Auto weiter die Straße hinunter und Caleb sah, wie einer der jungen Männer ruhig auf seinem Fahrrad saß und telefonierte. Das Auto fuhr vielleicht noch hundert Meter weiter, bevor es anhielt. Caleb sah einen weiteren Mann aus einer der Gassen kommen, eine Tasche über der Brust. Er näherte sich dem Fenster des Fahrers und Caleb sah, wie etwas ausgetauscht wurde. Das Fernglas war nicht stark genug, um zu sehen, was, aber das machte nichts.

Caleb nickte anerkennend, als der Mann mit der Tasche wieder in der Gasse verschwand. Die beiden Männer auf den Fahrrädern waren die Aufpasser, die sich vergewisserten, dass es sich um einen echten Kunden handelte, so dass der Dealer selbst nicht gesehen werden konnte. Die Gassen würden ihm unzählige Fluchtmöglichkeiten bieten, falls er sie brauchen sollte.

»Sehr gut«, murmelte Caleb vor sich hin.

Er richtete seine Aufmerksamkeit wieder auf das Haus seiner Zielperson und überlegte sich, wie er vorgehen wollte. Caleb hatte keine Einheit, keine Trupps mit Feuerteams. Er verfügte auch nicht über ein Artilleriegeschütz oder einen Hubschrauber, der ihn schnell vom Dach holen konnte. Alles, was er hatte, war er selbst und sein Verstand.

Aber das war alles, was er seit Jahren gebraucht hatte.

42

———

Vince trommelte mit den Fingern auf das Lenkrad seines Land Rover Discovery und starrte auf die lange Spur der roten Bremslichter vor ihm. Hinzu kam ein leuchtend oranger Himmel, an dem sich die Kondensstreifen der Flugzeuge kreuzten. Es war noch nicht einmal sechs Uhr morgens und schon waren die Straßen rund um London völlig überfüllt. Er konnte sich nicht vorstellen, dass jeden Tag machen zu müssen, so wie es die meisten Menschen im Stau vermutlich taten. Sie waren wie Lemminge, die in ihren Autos saßen und den unfassbar lustigen Idioten im Radio zuhörten, nur damit sie zu ihren sinnlosen Jobs kommen konnten. Dann, am Ende des Tages, würden sie das Ganze noch einmal in die entgegengesetzte Richtung machen. Einen Tag näher am Tod.

Er erinnerte sich an den letzten Abend und fuhr mit der Hand über eine tiefe Schramme in seinem Nacken. Samantha war anfangs nicht so scharf darauf gewesen, mit ihm zu spielen, wie er gehofft hatte, und hatte einen beherzten, wenn auch vergeblichen Versuch unternommen, ihn abzuwehren. Vince machte sich keine Gedanken darüber, dass er forensische Spuren wie DNA hinterlassen haben könnte, obwohl er ihre Nägel mit einer Bürste und sauberem Bleichmittel geschrubbt hatte. Da sie bewusstlos gewesen war, hatte es Samantha nichts ausgemacht. Außerdem gab es keine Spur von Vince in den verschiedenen Systemen, die die Strafverfolgungsbeamten benutzten. Keine DNA, auch nicht die seiner Familie. Keine Fingerabdrücke. Nichts, nicht einmal ein Fleckchen von ihm, existierte irgendwo. Dafür hatte Vince gesorgt.

Als er am Abend zuvor ihre Wohnung verlassen hatte, obwohl es schon weit nach Mitternacht gewesen war, bevor er völlig gesättigt gewesen war, hatte Vince dem eifrigen Alex eine SMS von Samanthas Handy geschickt.

Ich bin einsam. Komm jetzt vorbei. Der Schlüssel liegt unter der Fußmatte.

Der junge Mann hatte nur einen Moment gebraucht, um zu antworten und Samantha mitzuteilen, dass er auf dem Weg war und etwas zum Drüberziehen dabei hatte. Vince war versucht, noch ein wenig zu warten, um sein Gesicht zu sehen, wenn er den Zustand seiner ruinierten Freundin sah, aber das wäre zu weit gegangen. Stattdessen hatte er einfach seine Kamera geholt, den Schlüssel unter die Matte gelegt und der Frau vom Pret A Manger zum Abschied gewunken.

Vince hätte sie umbringen können. Das hätte er sogar mehrmals fast getan, aber er hatte sich jedes Mal zurückgehalten. Wo war da der Spaß? Ein paar kurze Momente des Leidens im Vergleich zu einem ganzen Leben? Er trommelte wieder mit den Fingern auf das Lenkrad und fragte sich, was die Zukunft für Alex und Samantha bringen würde. Vince bezweifelte sehr, dass es eine gemeinsame Zukunft sein würde. Während er darauf wartete, dass der Verkehr weiterging, überlegte er, was er hätte tun können, um die Sache ein wenig aufzupeppen. Er hätte Alex' DNA an einem strategischen Ort hinterlassen können. Männer in Alex' Alter hinterließen überall Abdrücke, also wäre es nicht schwer gewesen, sie zu bekommen. Wenn die Polizei sie gefunden hätte, wäre Alex der Hauptverdächtige gewesen, auch wenn er die Frau nie angefasst hatte. Zumindest nicht so, wie er es gewollt hatte. Vielleicht wäre so etwas beim nächsten Mal amüsant?

Da er wusste, dass er vor dem Job in London mit dem kahlköpfigen Idioten und seinem irischen Kollegen noch ein paar Tage Zeit hatte, hatte Vince an diesem Morgen eine E-Mail an seinen Boss geschickt, in der er um ein paar Tage Sonderurlaub gebeten hatte, weil er gestresst war und eine Auszeit brauchte. Obwohl er noch nichts von dem Mann gehört hatte, wusste er, dass das kein Problem sein würde. Die Personalabteilung des MI5 war sehr empfänglich für solche Anträge – nicht, weil sie sich Sorgen machten, sondern weil die Abteilung sowohl von Agenten als auch von Maulwürfen und allen dazwischen verklagt worden war. Die Tatsache war niemandem entgangen, schon gar nicht Vince.

Seinem Laptop zufolge war das Wegwerfhandy, das er verfolgte, mindestens zweimal angemacht worden, seit der ursprüngliche Standort aufgetaucht war. Einmal in Haymarket und ein anderes Mal in Chapelfield Gardens, einem Park neben einem der beiden Einkaufszentren von Norwich. Beide Orte waren beliebte Treffpunkte für Menschen, die zu den Randgruppen der Stadt gehörten, und Vince machte sich ein Bild von der Person, die er jagte. Es war definitiv ein Mann. Er ließ die Audiodatei des ursprünglichen Anrufs durch eine weitere Software laufen und es gab keine Hinweise darauf, dass sie verändert oder moderiert worden war. Als der Standort am Abend zuvor in Haymarket aktiviert worden war, hatte es dort eine Suppenküche gegeben, bei der Liberale und Linke versuchten, sich besser zu fühlen, indem sie denjenigen halfen, die weniger Glück hatten als sie selbst. Wahrscheinlich war ihnen nicht klar, dass sie selbst nur ein paar Gehaltsschecks von der gleichen Situation entfernt waren.

Die Sonne begann gerade über dem Horizont zu erscheinen, als sich der Verkehr zu lichten begann und Vince endlich Gas geben konnte, um schneller voranzukommen. Er warf einen Blick auf seine Uhr. Bis Norwich waren es nur noch ein paar Stunden Fahrt – vorausgesetzt, er musste nicht hinter einem Traktor herfahren. Sein erster Anlaufpunkt sollte das gemietete Haus sein, das er mit Suzy und Leanne geteilt hatte. Im Kofferraum seines Wagens befand sich eine Reihe von Reinigungsprodukten. Vince musste das Haus so weit wie möglich putzen, auch das Netzwerk der Kameras, bevor er sich dem eigentlichen Grund seines Besuchs zuwandte.

Vince wusste, dass er viel Zeit totschlagen musste, bevor er ernsthaft mit der Suche nach dem mysteriösen Anrufer beginnen konnte.

Schließlich kamen Tiere nur nachts raus.

43

Naomi blinzelte auf den Bildschirm ihres Laptops. Es war fast sieben Uhr morgens. Jennifer schlief noch tief und fest, aber Naomi war früh aufgewacht, weil sie auf die Toilette musste, und wusste, dass es keinen Sinn hatte, wieder ins Bett zu gehen. Das Sonnenlicht strömte durch das Küchenfenster und reflektierte auf den drei leeren Weinflaschen neben der Spüle.

Die Website, die Naomi anschaute, war ihr vertraut. Sie hatte sie in der Vergangenheit schon einige Male besucht, aber nicht als richtige Benutzerin. Sie hieß CourtNav und war ein Online-System, mit dem man eine einstweilige Verfügung beantragen konnte. Heutzutage lief alles online. Kfz-Steuer. Bankgeschäfte. Rechnungen. Sogar häusliche Gewalt. Sie seufzte, als sie auf den Bildschirm blickte, der sie aufforderte, ein Konto anzulegen. Es fühlte sich ganz anders an, als jemand anderem zu zeigen, wie man die Felder ausfüllte.

Naomi schob den Küchenstuhl zurück und stand auf, um sich einen Kaffee zu kochen. Musste sie das wirklich tun? Im kalten Licht des Tages erschien es ihr extrem.

Immerhin hatte Mark sie nur einmal geschlagen und es war eine Ohrfeige gewesen, kein Schlag. Sie wartete, bis das Wasser kochte, holte zwei Tassen aus dem Schrank und füllte in jede einen Löffel Instantkaffee-Granulat, was alles war, was Jennifer hatte.

»Was wäre, wenn es Jennifer wäre?«, fragte Naomi sich selbst. »Was wäre, wenn sie es wäre?« Sie seufzte erneut und wusste die Antwort auf ihre Frage, ohne überhaupt darüber nachzudenken. Ihr Rat wäre, das Formular auszufüllen.

Naomi füllte eine Tasse mit kochendem Wasser, stellte die andere für Jennifer bereit und kehrte an ihren Platz am Küchentisch zurück. Sie starrte auf den Bildschirm und fragte sich, was wohl im Restaurant passiert wäre, wenn Dave und Sarah nicht da gewesen wären. Oder am Tag zuvor, als sie um Hilfe hatte rufen müssen. Wäre Mark in ihre Wohnung eingebrochen? War er so gewalttätig? Naomi wies jeden ihrer Mandanten in einer ähnlichen Situation darauf hin, dass die Gefahr einer Eskalation immer gegeben war. Sie trommelte mit den Fingern auf den Tisch. Was war so schwierig daran, ihren eigenen Rat zu befolgen?

Sie presste die Lippen aufeinander und begann, das Formular auf der Website auszufüllen. Naomi wusste, dass es sich bei ihrem Fall nicht um eine dringende Angelegenheit handelte, so dass es ein paar Tage dauern würde, bis Mark die Papiere zugestellt werden würden. Sie könnte einen Gefallen beim Gericht einfordern und dafür sorgen, dass sie Mark die Formulare schneller zustellten. Da sie nicht wusste, wo er wohnte, müsste er sie auf der Arbeit erhalten. Das würde überhaupt nicht gut ankommen. Weder bei seinen Chefs noch bei seinen Kollegen, von denen die meisten männlich waren. Aber das war nicht Naomis Problem. Es war das von Mark.

Naomi nahm sich ein paar Minuten Zeit, um die

Zeugenaussage zu schreiben, und versuchte, sie sachlich und emotionslos zu halten. Sie war im Laufe der Jahre bei genug Anhörungen gewesen, um zu wissen, dass die Richter förmlichere Formulierungen bevorzugten, die vielen Frauen und auch einigen Männern unangenehm waren. Als sie das Formular ausgefüllt hatte, klickte Naomi auf der Website auf die Schaltfläche *Als Entwurf speichern* und war gerade dabei, den Laptop zu schließen, als Jennifer in der Tür erschien.

»Oh, entschuldige, habe ich dich geweckt?«, fragte Naomi und schaute ihre Schwester an. Sie sah erschöpft aus, als ob sie kaum geschlafen hätte.

»Nein, hast du nicht«, antwortete Jennifer mit einem Gähnen. »Ich glaube, es war der Geruch des Kaffees, der mich geweckt hat.«

»Der Wasserkocher hat gerade erst gekocht.«

»Prost.« Jennifer ging durch die Küche und nickte Naomis Laptop zu. »Du arbeitest doch nicht schon, oder?«

»Nein, ich fülle gerade das Formular für die einstweilige Verfügung aus.«

»Die was?«

»Das Annäherungsverbot«, seufzte Naomi. »Aber wenn ich so darüber nachdenke, kommt mir das ein bisschen extrem vor.«

»Naomi«, mahnte Jennifer. »Du hattest noch tagelang einen Handabdruck im Gesicht, nachdem er dir eine Ohrfeige verpasst hat.«

»Aber es war doch nur eine Ohrfeige.«

»Hör auf.« Jennifer starrte Naomi an, ihr Gesicht hart und unnachgiebig. »Hörst du dir eigentlich selbst zu? Es fängt immer nur mit einem Klaps an. Weißt du, wie viele Frauen nach einem Vorfall, der mit einer Ohrfeige begann, bei mir in der Notaufnahme landen?« Naomi sah Jennifer an und spürte, wie sich ein Kloß in ihrem Hals bildete. Sie schluckte ihn hinunter und war entschlossen, nicht zu weinen.

»Ich weiß. Das Gespräch habe ich schon geführt.« Als Naomi sah, dass Jennifer die Stirn runzelte, fuhr sie fort. »Mit mir selbst.«

»Hast du es denn ausgefüllt? Das Formular?«

»Ja.«

»Und hast du es eingereicht?« Jennifer verschränkte die Arme und Naomi wusste, dass es sinnlos war, zu lügen. Ihre Schwester würde es sofort durchschauen.

»Ich habe es als Entwurf gespeichert. Ich werde es später einreichen.«

Daraufhin ging Jennifer ein paar Schritte auf den Tisch zu, klappte den Laptop auf und drückte auf den Einschaltknopf.

»Du machst es jetzt«, befahl sie und legte beide Hände auf Naomis Schultern. Als der Laptop wieder zu surren begann, knetete Jennifer Naomis Nacken.

»Du bist so herrisch.« Naomi lehnte sich in Jennifers Hände zurück und genoss die improvisierte Massage.

»Dafür sind große Schwestern doch da, oder? Ich gehe hier nicht weg, bevor du das Formular abgeschickt hast.« Jennifer drückte auf Naomis Trapezmuskeln und ließ sie aufstöhnen. »Okay?«

»Okay«, sagte Naomi. »Für ein ruhiges Leben tue ich alles.«

44

Leon lief über das Schulgelände und nahm eine Abkürzung zu dem Ort, an dem er mit Syd verabredet war. Es war seltsam, an einem Samstagmorgen auf einem Schulgelände zu sein, wo nicht Hunderte von Kindern herumliefen. Er dachte an seinen ersten Tag hier zurück, als seine Mutter ihm eine gebrauchte Uniform angezogen hatte, die sie im Secondhandladen gekauft hatte. Selbst jetzt, Jahre später, war sie immer noch knapp bei Kasse. Seine Mutter hatte kein Geld, das sie nicht entweder von der Sozialhilfe oder von Leon selbst bekam.

Er warf einen Blick auf die schäbigen Gebäude, die den Spielplatz umgaben. Leon hatte so ziemlich jede Minute gehasst, die er dort verbracht hatte. Der Tag, an dem er sechzehn werden würde, würde sowieso der letzte Tag sein, an dem er einen Fuß an diesen Ort setzen würde. Das wusste er. Seine Lehrer wussten es. Sie alle wollten nur die Zeit bis zu diesem Tag überbrücken.

Leon schlüpfte durch die Lücke im Zaun, die fast wöchentlich vom Hausmeister der Schule repariert wurde. Er ging auf einem schmalen Pfad durch den kleinen Wald hinter der Schule und trat dabei über Hunderte von Zigarettenkippen und Joints. Leon hatte viele schöne Erinnerungen an diesen Wald. Hier hatte er seine erste sexuelle Erfahrung gemacht. Nicht wirklich Sex, aber nahe daran. Es war mit einem Mädchen namens Sandy gewesen, einer ehemaligen Schülerin der Schule, und Leon grinste, als er sich daran erinnerte. Es waren die besten dreißig Pfund, die er je ausgegeben hatte, dachte er, als er sich auf den Weg zur Straße machte, wo Syd warten würde, und es war ihm egal, ob die Hälfte der Jungs in seinem Jahrgang dasselbe dachte.

Syd saß in einem Auto an der Straße, einem kleinen, dunkelblauen Peugeot 307, der aussah wie der einer älteren Dame. Solche Autos zu benutzen war Teil von Syds Strategie, um nicht aufzufallen. Er könnte, so hatte er Leon eines Abends erklärt, ein aufgemotztes Rennauto mit einem Auspuff fahren, der den Leuten die Knochen bricht. Aber dann würde jeder Polizist in Norwich wissen, wer er war, und das wollte er nicht. Syd hatte zwar einen umgebauten Ford Focus, der sein ganzer Stolz war, aber er fuhr ihn nur selten. Leon verstand nicht, wozu man ein Auto hatte, wenn man es nicht genießen konnte, aber das hatte er Syd gegenüber nicht erwähnt.

»Alles klar, Leon?«, fragte Syd, als Leon sich auf den Beifahrersitz setzte. »Bist du bereit?«

»Ja«, antwortete Leon. »Los geht's.«

Syd legte den Gang ein und fuhr los. Wenige Augenblicke später konnte Leon die Kläranlage am Stadtrand von Norwich riechen, als Syd auf die äußere Ringstraße fuhr, die die Stadt umgab. Der stechende Geruch der Klärbecken ließ ihn nach einer Schachtel Zigaretten greifen.

»Scheiße, stinkt das hier«, fluchte Leon und bot Syd eine Zigarette aus der Packung an.

»Ein Weg, um sicherzustellen, dass hier nicht zu viele

Häuser gebaut werden«, antwortete Syd und nahm eine Zigarette aus der Packung. Leon beugte sich vor und zündete Syds Zigarette an, bevor er sich selbst eine anzündete. Schnell füllte sich das Auto mit feinem, weißem Rauch, aber Leon zögerte, das Fenster zu öffnen, um nicht den schrecklichen Geruch ins Auto zu lassen. Als sie ein paar Meilen hinter der Kläranlage waren, öffnete Syd sein eigenes Fenster, um etwas Asche heraus zu schnippen, und Leon tat dasselbe.

»Kannst du heute Abend arbeiten, Leon?«, fragte Syd. »Du hattest doch gestern einen guten Abend, oder?«

»Klar.« Leon zuckte mit den Schultern und versuchte, seine Freude darüber zu verbergen, dass er wieder das Drogenhaus leiten sollte. »Darf ich dich etwas fragen, Syd?«, meinte er einen Moment später.

»Klar, Bruder, schieß los.«

»Ich bin mir über diesen Ort nicht sicher.«

»Ist das eine Frage?«, sagte Syd und warf Leon einen scharfen Blick zu.

»Irgendwie schon.« Leon dachte ein paar Sekunden lang nach. »Okay, eigentlich ist es keine. Es ist eher eine Beobachtung.«

»Gut, dann beobachte weiter, Grashüpfer.«

Leon schaute zu Syd hinüber und versuchte zu erkennen, ob er sarkastisch war. Als er sah, wie ein Lächeln über die Lippen des anderen Mannes kam, fuhr er fort.

»Also, es gibt zwei Dinge. Erstens müssen wir sicherstellen, dass der Bus dort anhält. Das geht nur, wenn wir jemanden in den Bus setzen, was das Risiko erhöht.« Leon schnippte seine Zigarette aus dem Fenster und beobachtete den Funkenflug im Außenspiegel.

»Ich glaube, er hält dort öfters an«, antwortete Syd. »Wie

ich am Busbahnhof gesehen habe, steigen viele alte Leute ein. Das habe ich dir schon gesagt.«

Leon nickte zustimmend. »Also, wie hoch ist die Wahrscheinlichkeit? Fünfzig-fünfzig? Sechzig-vierzig? Dafür, dass er anhält?« Syd zuckte nur mit den Schultern. »Das bringt mich zum zweiten Punkt. Der Bus ist voll mit alten Leuten.«

»Komm zur Sache, Leon«, drängte Syd. »Mir wird langsam langweilig.«

»Das ist die falsche Art von Kunden. Wir brauchen Leute, die in den Urlaub fahren. Die einen Haufen Geld haben. Pässe. Kreditkarten. Gute Handys.« Leon unterstrich jede Aussage, indem er mit seiner Hand auf das Armaturenbrett klopfte. Er hatte am Abend zuvor lange und intensiv darüber nachgedacht. »Nicht ein Haufen alter Knacker, die nach Ipswich fahren, um ihre Rente beim Bingo zu verspielen.« Bei seiner letzten Aussage musste Syd laut lachen.

»Also, oh Weiser, was schlägst du vor?«, sagte Syd, immer noch lachend. Leon holte sein Handy heraus und öffnete seine Karten-App. Er wischte zu der Stecknadel, die er am Vorabend gespeichert hatte und zeigte sie Syd.

»Wo ist das?«, erkundigte sich Syd, als das Auto auf den Streifen am Straßenrand geriet. Er korrigierte seine Spure und fluchte leise vor sich hin.

»Es liegt ein paar Meilen westlich von deinem Haus.«

»Und was ist daran so besonders?«

»Nun, es ist die Route des National Express Busses von Lincoln zum Stansted Airport«, erklärte Leon und schaute auf den Bildschirm. »Der Bus wird also voll mit Leuten sein, die in den Urlaub fliegen.«

»Okay, ich höre. Aber wie können wir den Bus anhalten?« Syd schaute kurz zu Leon hinüber. »Hast du dir das gut überlegt, Leon?«

Leon ließ ein Lächeln auf sein Gesicht huschen.

»Wir müssen ein paar leere Koffer mitbringen«, sagte er. »So können wir einfach am Straßenrand warten.«

»Ach, und der Bus hält dann einfach an?«

»Ja«, prahlte Leon und strahlte. »Ich zeige es dir, wenn wir anhalten, aber es gibt eine Bushaltestelle am Arsch der Welt. Sie liegt ein paar hundert Meter von einem Rastplatz auf der anderen Straßenseite entfernt.«

»Okay, Grashüpfer«, meinte Syd und warf einen Blick in Leons Richtung. »Lass uns mal nachsehen. Mal sehen, ob du so schlau bist, wie du denkst.«

Suzy starrte aus dem Küchenfenster und beobachtete Leanne, die alleine im Garten ein Spiel spielte. Ihre Tochter war eigentlich gar nicht allein, denn sie hatte Boo Boo dabei, und so wie sie mit dem Elefanten sprach, war er genauso in das Spiel vertieft wie sie. Suzy hatte keine Ahnung, worum es bei dem Spiel ging, nur dass es anscheinend darum ging, Eicheln zu sammeln, die von der großen Eiche in der Mitte des Gartens gefallen waren.

»Ist alles in Ordnung, Suzy?«, erklang eine Frauenstimme hinter ihr. Suzy drehte sich um und sah Agnesa, die junge Frau, die Joan aushalf, am Türrahmen stehen. Sie trug einen rosafarbenen Trainingsanzug und hatte ihr tiefschwarzes Haar zu einem wilden Pferdeschwanz hochgebunden, der ihre Stirn zu überdehnen schien. Wenn Suzy die gleiche Frisur ausprobieren würde, hätte sie in wenigen Minuten Kopfschmerzen.

»Ja, es geht uns gut«, bestätigte Suzy und lächelte Agnesa an. Im Gegensatz zu früheren Gesprächen, die alle kurz und schroff gewesen waren, machte Agnesa keine

Anstalten, den Raum zu verlassen. »Ich hatte noch keine Gelegenheit, dir für deine Hilfe zu danken.«

»Das ist kein Problem«, entgegnete Agnesa, wobei ihr abgehackter Akzent ausgeprägter war als sonst. »Möchtest du eine Tasse Tee?« Suzy zögerte, weil sie nicht wollte, dass Agnesa auf sie wartete, aber dann fuhr die junge Frau fort. »Ich trinke auch einen.«

»Ja, danke.« Suzy richtete ihre Aufmerksamkeit wieder auf Leanne, die nun um den Stamm der Eiche herumhüpfte.

Wenige Augenblicke später saßen zu Suzys Überraschung beide Frauen am Küchentisch. Sie hatte sich so positioniert, dass sie Leanne über Agnesas Schulter hinweg immer noch draußen spielen sehen konnte. Suzy schlang ihre Hände um ihre Tasse Tee und spürte, dass Agnesa über etwas reden wollte. Die junge Frau brauchte ein paar Augenblicke und als sie sprach, war ihre Stimme gedämpft.

»Ich habe mit Joan gesprochen«, meinte Agnesa und sah Suzy mit einem leeren Blick an. »Über deine Pläne?«

»Ah, okay«, antwortete Suzy. »Sie sagte, wir würden in eine andere Unterkunft gehen. Weiter südlich?«

»Ja, ich glaube schon. Aber sie hat mir gesagt, dass deine, ähm, wie hieß das nochmal?« Agnesa hielt inne und runzelte die Stirn. »Zukunftspläne?«

»Ja«, sagte Suzy, nickte mit dem Kopf und wartete darauf, dass Agnesa fortfuhr.

»Mein Bruder arbeitet für Balkan Trans. Er fährt LKWs.« Agnesa hielt inne. »Ich spreche mit ihm. Habe mit ihm gesprochen. Er sagte mir, dass der Lkw nie kontrolliert wird, wenn er über den Kanal fährt. Zurück nach Europa.« Sie hielt wieder inne. »In die andere Richtung? Hunde. Röntgengeräte. Alles. Aber England verlassen? Nichts.«

»Okay«, antwortete Suzy, die sich nicht sicher war,

worauf Agnesa mit dem Gespräch hinauswollte.

»Er fährt Ende dieser Woche nach Polen. Er sagt, er wird dich und deine Tochter in seinem Auto mitnehmen.«

»Über den Kanal?«, fragte Suzy und konnte kaum glauben, was sie da hörte.

»Ja. Nach Frankreich. Oder nach Deutschland. Oder Polen. Keine Passkontrollen. Er kann dich dorthin bringen, wo du hinwillst.«

Suzy hielt einen Moment inne und ließ das Angebot auf sich wirken. Agnesa starrte auf ihre Tasse Tee, ihr Gesichtsausdruck war neutral. Schließlich blickte sie auf und sah Suzy in die Augen.

»Das ist wirklich nett von ihm«, sagte Suzy, »aber ich habe kein Geld, um ihn für die Reise zu bezahlen.«

»Er will kein Geld«, antwortete Agnesa und schüttelte den Kopf. »Er macht die Reise sowieso. Du wirst bei ihm sicher sein. Er ist ein großer Mann. Ein guter Mann. Er wird sich um dich und Leanne kümmern.«

Als sie den Namen ihrer Tochter hörte, schaute Suzy aus dem Fenster, um sich zu vergewissern, dass Leanne immer noch im Garten spielte. Als sie Leanne und Boo Boo an der Eiche sitzen sah, lächelte sie kurz.

»Das ist unglaublich großzügig, Agnesa«, sagte Suzy. »Bitte danke ihm von uns.« Sie sah, wie Agnesa die Stirn runzelte.

»Das verstehe ich nicht.«

»Das ist sehr nett.« Agnesa nickte verständnisvoll. Suzy hielt einen Moment inne, bevor sie fortfuhr. »Was ist deine Geschichte, Agnesa?« Sie sah, dass die andere Frau die Stirn runzelte. »Ich bin nicht aufdringlich. Ich bin nur neugierig.«

Suzy dachte, dass sie vielleicht die Worte aufdringlich oder neugierig erklären müsste, als Agnesa sprach.

»Ich bin mit einem kleinen Boot nach England gekommen.« Suzy sah ein Lächeln auf ihrem Gesicht aufblitzen, aber es war nur kurz. »Um in einem Hotel zu arbeiten. Aber das war eine Lüge.« Suzy wartete, während Agnesa einen Schluck von ihrem Tee nahm. »Sie wollten, dass ich als Laivre arbeite.« Sie spuckte das ungewohnte Wort aus. »Eine Hure. Also bin ich weggelaufen.« Agnesas Gesicht verhärtete sich. »Ich bin keine Laivre.«

Suzy musste der Versuchung widerstehen, ihre Hand zu ergreifen. »Was für eine furchtbare Geschichte«, sagte sie. »Ich kann mir nicht vorstellen, wie schrecklich das gewesen sein muss.«

»Es war nicht schlimmer als deine Situation«, erwiderte Agnesa. »Aber nicht alle Männer sind schlecht. Es gibt Männer wie Vater Martin und der Pfarrer, der mich hierher gebracht hat.« Suzy nickte zustimmend, während Agnesa aus dem Fenster schaute.

»Hast du Kinder?«, fragte Suzy. Bei dieser Frage sah sie, wie Agnesa einen gequälten Gesichtsausdruck aufsetzte.

»Nein«, sagte sie mit scharfer, schneidender Stimme. »Ich wollte. Aber ich kann nicht. Nicht jetzt.« Agnesa richtete sich auf. Das Gespräch war zu Ende. »Mein Bruder fährt in drei Tagen nach Folkestone. Die andere Unterkunft wird dich zu einer Autobahnraststätte bringen, um ihn dort zu treffen.«

»Agnesa?«, sagte Suzy, als sie ebenfalls aufstand. Die junge Frau blieb stehen und drehte sich zu Suzy um, die Augenbrauen hochgezogen, als wolle sie sie herausfordern, ihr eine weitere Frage zu stellen. »Ich wollte mich nur bei dir bedanken. Für alles, was du für mich und Leanne getan hast. Für alles, was du tust.«

Auf Agnesas Gesicht flackerte ein kurzes Lächeln auf.

»Das ist kein Problem«, sagte sie. »Wir werden auf dich aufpassen. Das verspreche ich.«

46

Caleb verließ die Lark's Cross-Siedlung, unbehelligt von jungen Männern auf Fahrrädern, während um ihn herum die Bewohner ihrem Alltag nachgingen. Die Mülleimer wurden herausgestellt. Hunde wurden Gassi geführt. Für ihn sah das alles fast normal aus, abgesehen von den verzweifelten Gesichtsausdrücken der Bewohner. Es war, als hätten sie das Leben bereits aufgegeben und wollten nur noch die Zeit bis zum Tod abwarten, was – so vermutete Caleb – bei vielen von ihnen der Fall war.

Es war nicht die bequemste Nacht auf dem Dach des Wohnblocks, aber es war warm genug gewesen und es hatte nicht geregnet, was es unermesslich angenehmer machte als viele der Aufklärungsmissionen, die er in der Vergangenheit durchgeführt hatte. Er glaubte, dass er alles, was er für den kommenden Abend brauchte, hatte, und das war nicht viel.

Von seinem Aussichtspunkt auf dem Dach des Blocks aus hatte er gesehen, wie seine Zielperson in der vergangenen Nacht gegen dreiundzwanzig Uhr zu seinem Haus zurückgekehrt war, bevor sie fast acht Stunden später wieder auftauchte. Zu seiner Überraschung war seine Zielperson viel jünger, als er gedacht hatte. Das änderte nichts an Calebs bevorzugter Vorgehensweise. Es könnte aber das Ergebnis ändern. Nicht Calebs Ziel, sondern das Ergebnis für sein Ziel.

Laut der Karte von Vater Martin war Caleb etwa zwei Meilen vom Stadtzentrum entfernt. Da er an diesem Tag nichts anderes zu tun hatte, beschloss er, ein Tourist zu sein. Mit dem hohen Turm der Kathedrale als Orientierungspunkt ging er langsam weiter und nahm dabei die Umgebung in sich auf. Sie veränderte sich innerhalb weniger Schritte, wie Caleb schon überall auf der Welt gesehen hatte. Armut und Reichtum konnten tatsächlich nebeneinander leben und taten sie es auch oft. Die schäbigen Reihenhäuser wichen viel schöneren Häusern. Sie waren nicht größer als die in der Siedlung, aber sie waren gepflegt und hatten keine Küchengeräte in den Vorgärten. Nach ein paar Häuserblocks machten die Reihenhäuser Platz für Doppelhaushälften und diese wiederum für viel größere Einfamilienhäuser.

Während er ging, dachte Caleb an Suzy und Leanne. Zwar vertraute er Vater Martin, aber das lag daran, dass er ein Geistlicher war. Und Caleb wusste nur zu gut, dass nicht alle Geistlichen über jeden Vorwurf erhaben waren. Ganz im Gegenteil. Aber in Vater Martins Fall gab es nichts, was Caleb beunruhigte, außer der Tatsache, dass hinter seiner und Joans Beziehung mehr steckte, als man auf den ersten Blick annahm. Caleb hatte gesehen, wie sie miteinander umgingen, und ihre Beziehung war mehr als nur platonisch. So sehr sie sich auch bemühten, sie konnten die Intimität, die er zwischen ihnen in Joans Haus beobachtet hatte, nicht verbergen. Es war immer subtil gewesen, ein Blick hier, ein Blick da. Aber es war genug. Es ging Caleb nichts an. Er war selbst kaum ein Mönch und sie würden alle gerichtet werden, wenn die Stunde kam.

Was Caleb beunruhigte, war die Tatsache, dass er sich in einiger Entfernung von Suzy und Leanne befand. In ihrem Umfeld herrschte eine gewisse Bösartigkeit, deren Nähe Caleb nicht spüren konnte. Aber sie war da, daran gab es keinen Zweifel. Während er spazierte, ging Caleb die spärlichen Informationen durch, die Suzy über ihren Partner gegeben hatte. Er war eine Art Geheimagent. Caleb hatte im Laufe der Jahre schon einige gekannt. Manche waren so dumm, dass es kaum zu glauben war. Aber manche waren so scharfsinnig, dass man sich an ihnen beim bloßen Hinschauen schneiden konnte. Caleb konnte nur hoffen, dass Suzys Partner zu den Ersteren und nicht zu den Letzteren gehörte.

Caleb verlangsamte seinen Schritt, als er sich einer Reihe von mit Feuerstein verkleideten Mauern näherte. Sie hatten fensterlose Torbögen und bildeten einen starken Kontrast zu den modernen Gebäuden, die sie umgaben. Er hielt an einer Informationstafel an, die mit Graffiti beschmiert war, aber Caleb konnte ein paar Fakten über sie herausfinden. Zum Beispiel, dass sie im dreizehnten Jahrhundert erbaut wurden, fast dreihundert Jahre bevor Kolumbus über den Ozean segelte. Caleb ging ein paar Schritte vorwärts, um den Müll und den Hundekot im Gras um die Gebäude herum zu vermeiden, und drückte seine Hand auf die nächstgelegene Wand, während er seine Augen schloss.

Ein paar Sekunden später zog Caleb seine Hand mit einem Keuchen von dem Feuerstein zurück. Die Bilder, die vor seinem inneren Auge auftauchten, waren zahlreich und deutlich. Es war, als ob Hunderte von Jahren an Erinnerungen in seinem Kopf aufgetaucht wären. Liebe. Lachen.

Leben. Und Verzweiflung. Armut. Mord. Er nahm einen tiefen Atemzug. Das war nichts Neues. Es war nur die Menge der Geschichte, die ihn überraschte. Caleb seufzte erneut. Nicht jedes Geschenk war willkommen.

Näher am Zentrum der Stadt lag Calebs eigentliches Ziel. Die Kathedrale. Jede Stadt, jeder Ort auf der Welt hatte ein spirituelles Herz. In manchen war es ein einfaches Gebäude, das die Spiritualität eher repräsentierte, als sie zu verkörpern. Aber diese Kathedrale dominierte die Umgebung, ihr riesiger Turm ragte hundert Meter in den blauen Himmel. Je näher er dem Gebäude kam, desto imposanter wurde es.

Caleb blieb stehen und betrachtete die Kathedrale. Er staunte sowohl über die Fähigkeit der Menschen, in einer Zeit lange vor der Industrialisierung etwas so Beeindruckendes zu bauen, als auch über ihre Notwendigkeit, ein solches Bauwerk zu errichten. Er drehte dem Gebäude den Rücken zu und eine plötzliche Welle der Traurigkeit überkam ihn.

Auch wenn die Menschen ihren Gott ehrten, machten Gesten wie große Kirchen letztlich keinen Unterschied. Das Böse lebte immer noch auf der Erde, Tag für Tag, Jahr für Jahr, Jahrtausend für Jahrtausend.

Und solange das Böse die Menschheit verfolgte, würde auch sie verfolgt werden. Caleb verließ die Kathedrale, tief in Gedanken versunken.

Er hatte eine Aufgabe zu erledigen.

47

Vince nahm seinen überteuerten Kaffee von der Bedienung entgegen, die ihn wortlos servierte, und machte sich auf den Weg zur Treppe in der Ecke des Cafés. Er ging die Treppe hinauf und wählte einen leeren Tisch am Fenster. Unter normalen Umständen hätte er einen Tisch in der Ecke genommen, damit er den ganzen Raum und seine Gäste sehen konnte, aber das waren keine normalen Umstände. Vince ignorierte das unangenehme Gefühl, das er dabei hatte, und setzte sich an einen Tisch neben dem Fenster.

Er befand sich in einem Café an der Ecke des Haymarket, einem Viertel in Norwich, das er für einen öffentlichen Raum hielt. Von seinem Aussichtspunkt aus konnte er das gesamte Viertel überblicken, das von teils modernen, teils weniger modernen Geschäften und Restaurants umgeben war. Auch ein paar Marktstände waren hier und da zu sehen. Einer davon hatte eine rot-weiße Plane, die seine Inhaber abdeckte, die entschlossen waren, das Wort des Herrn Jesus Christus zu verbreiten, aber nur wenige der Einwohner Norwichs schienen sich dafür zu begeistern. Auf der anderen Seite des kleinen Platzes stand eine Statue eines nachdenklich dreinblickenden Mannes, bei dem es sich zweifellos um einen örtlichen Würdenträger handelte. Es gab einen weiteren Stand, an dem Handyzubehör verkauft wurde. Die Kontemplation der Statue schien von dem Verkehrskegel auf seinem Kopf und dem Vogelkot, der seine Schultern bedeckte, unbeeindruckt zu sein. Vince interessierte sich mehr für die Gruppe von Männern, die sich um den Sockel der Statue versammelt hatte, als für den Würdenträger.

Es waren vier von ihnen. Vince schätzte den Jüngsten auf Mitte zwanzig und den Ältesten auf Mitte sechzig. Was sie einte, war ihr ungepflegtes Äußeres und ihre gemeinsame Vorliebe für billigen, aber starken Cider. Vince beobachtete, wie einer von ihnen, der eine lange, stark befleckte Militärjacke trug, eine Plastikflasche an die Lippen hielt und daraus trank. Es war noch nicht einmal sechzehn Uhr und sie sahen alle schon ziemlich fertig aus. Er beobachtete sie und überlegte seine nächsten Schritte. In einer idealen Welt würde einer von ihnen in seine Tasche greifen, ein Handy herausziehen und es benutzen. Schon das Einschalten würde reichen, um Vinces Systeme auszulösen, aber er wusste, dass dies alles andere als eine ideale Welt war.

Stattdessen versuchte Vince herauszufinden, auf welche der vier Personen Suzy am ehesten zugehen würde. Er wusste, dass es weit hergeholt war, anzunehmen, dass es einer dieser Männer war. Es gab mehr als vier Obdachlose in Norwich. Das hatte er aus den vielen Lumpenbündeln, plattgedrückten Pappkartons und anderen Abfällen herausgelesen, die fast jeden leeren Ladeneingang übersäten. Würde sie mit dem Jüngsten von ihnen sprechen, weil er ihrem Alter am nächsten zu sein schien? Oder würde sie mit dem Ältesten sprechen, in der Hoffnung, dass er Mitleid mit ihr haben würde?

Er nippte an seinem Kaffee, der nicht so gut schmeckte, wie sein Preis vermuten ließ, und griff nach seinem Handy. Vince wechselte zur Kamera-App und zoomte sie so weit wie möglich, bevor er Fotos von den vier Männern schoss. Er konnte sie später durch seine Software laufen lassen, obwohl er sich nicht sicher war, ob sie ihm helfen würde, sie zu identifizieren. Aber alte Gewohnheiten ließen sich nur schwer ablegen.

Wenigstens war das Haus, das er gemietet hatte, jetzt sicher. Jede Spur von seiner, Suzys und Leannes Aktivität war beseitigt worden. Ihre Kleidung lag in Müllsäcken vor verschiedenen Wohltätigkeitsläden in der Stadt. Suzys und Leannes Habseligkeiten waren ebenfalls in Säcken verpackt und befanden sich nun tief in den Eingeweiden eines Recyclingzentrums ein paar Meilen von der Stadt entfernt. Vince hatte dort gewartet, um sicherzustellen, dass die Säcke in die Zerkleinerungsmaschine kamen und nicht von den Angestellten geöffnet und ausgeplündert wurden. Schließlich hatte er das Haus von oben bis unten geschrubbt. Es war zwar nicht kriminaltechnisch sauber, aber sauber genug. Der Mietvertrag lief noch ein paar Monate weiter, aber er konnte ihn auslaufen lassen. Wenn die Immobilienmakler kamen, würden sie nichts als ein leeres Haus vorfinden. Selbst wenn sie versuchten, die ursprünglichen Mieter ausfindig zu machen, würde sie das zu einer Scheinfirma führen, die inzwischen aufgelöst war. Sie gehörte einer anderen nicht existierenden Firma mit Sitz in Jersey, die wiederum einer anderen Scheinfirma mit Sitz auf den Kaimaninseln gehörte.

Auf dem Platz unter Vince waren aus den vier Männern, die billigen Cider tranken, fünf geworden. Der letzte Neuzugang war ein wildhaariger Mann mit einem kleinen Hund. War er derjenige mit dem Handy? Vince beobachtete ihn, aber der Neuankömmling setzte sich nur hin und holte eine Dose Bier aus einer seiner Taschen. Der Hund, der genauso zerlumpt aussah wie sein Besitzer, setzte sich einfach auf die Stufen, wo auch die anderen Männer jetzt saßen. Ein kleines Kind, vielleicht ein Jahr jünger als Leanne, näherte sich dem Hund, unbemerkt von seiner Mutter. Vince sah, wie der Schwanz des Hundes auf die Stufen schlug, als sich das Mädchen näherte. Gerade als das Kind den Hund streicheln wollte, bemerkte es die Mutter und rannte hinüber, um das Handgelenk des Kindes zu packen. Es war ein Bild, das Vince schon einmal gesehen hatte, als Leanne sich einmal einem Hund am Strand genähert hatte.

Vince beobachtete, wie die Frau, deren Tochter jetzt sicher hinter den Beinen ihrer Mutter war, mit dem Mann mit dem Hund sprach. Aus dieser Entfernung sah es nicht nach wütenden Worten aus und während er zusah, sah er, wie die Frau in ihre Handtasche griff. Sie reichte dem Mann einen Zettel und deutete dabei auf den Hund. Vince glaubte nicht einen Moment lang, dass der Mann das Geld tatsächlich für seinen Hund ausgeben würde.

Aber er konnte sich sehr gut vorstellen, mit welchem der Obdachlosen Suzy gesprochen haben könnte.

48

Leon pfiff vor sich hin, als sich der Aufzug näherte, und beobachtete, wie die Zahlen vom Stockwerk von Syd bis zum Erdgeschoss herunterzählten. Auf seiner Schulter trug er eine volle Tasche mit Ware. Syd hatte ihm mehr anvertraut als beim letzten Mal, weil er es so schnell verkauft hatte. Auch wenn Leon wusste, dass das mehr Glück als Verstand war, war er froh, dass Syd ihm vertraute.

Ihr Tag, an dem sie sich die potenziellen Standorte für zukünftige Busüberfälle angeschaut hatten, war gut verlaufen. Sehr gut sogar. Zu Leons Freude hatte sich der von Syd gewählte Ort, obwohl er es gut verbarg, als Reinfall herausgestellt. Als sie ankamen, war der Platz voller Lastwagen – so viele, dass der Bus sich kaum noch durchzwängen konnte, als er ankam. Dazu kamen noch viele Familien, die die Toiletten benutzten. Syd hatte nicht einmal gewartet, bis die Fahrgäste aus dem Bus ausgestiegen waren, bevor er losgefahren war.

Im Gegensatz dazu war Leons Standort ideal. Er war buchstäblich abgelegen, eine Bushaltestelle mitten im

Nirgendwo. Nicht weit entfernt auf der anderen Straßenseite gab es einen Parkplatz für einen schnellen Abzug. Und da es sich um eine Bedarfshaltestelle handelte, brauchten sie nur die Hand auszustrecken, um den Bus zu stoppen. Sie blieben dort fast fünfzehn Minuten lang, während nur ein paar Autos vorbeigefahren waren. Als Syd Leon ein paar Stunden später wieder zu Hause abgesetzt hatte, war schon alles geplant, bis auf einen Termin für den nächsten Überfall. Es war ein viel produktiverer Tag gewesen, als auf einem Parkplatz herumzulaufen und nach Autokennzeichen zu suchen, auch wenn er ein bisschen Geld an einen jungen Mann verloren hatte.

Leon pfiff weiter, während der Aufzug nach unten fuhr, und hörte erst auf, als er den Wohnblock verließ und auf die Straße trat. Er schaute sich um, mehr aus Gewohnheit, aber er konnte nichts Ungewöhnliches wahrnehmen. Er ging ein paar Schritte weiter, bis er den ihm zugeteilten Platz erreichte. Es war ein anderer Platz als am Abend zuvor, aber direkt neben einer Gasse zwischen Häusern. Leon ging an der Gasse vorbei, warf einen kurzen Blick hinein und ging auf die beiden Jungen auf Fahrrädern am Ende der Straße zu.

»Alles klar?«, fragte er, als er sie erreichte. Sie nickten ihm als Antwort beide zu. Leon erkannte die beiden Jugendlichen, konnte sie aber nicht beim Namen nennen. Er griff in seine Tasche und holte zwei Handys heraus, die Syd ihm gegeben hatte. Als er sie den jungen Männern reichte, sagte er ihnen, dass seine Nummer die Kurzwahlnummer sei. Der jüngere der beiden, der wie ein Teenager aussah, grinste, als er die Taste drückte. Eine Sekunde später begann Leons Handy in seiner Tasche zu summen.

»Okay«, sagte der junge Mann, als er das Handy in seine Tasche schob. »Lass uns loslegen.« Er schwang sich auf sein

Fahrrad und fuhr los, gefolgt von seinem Kollegen, der kein Wort gesagt hatte. Nicht, dass es Leon interessierte.

Keine zehn Minuten später tauchte der erste Kunde auf. Das System funktionierte so, dass sich die Aufpasser am Ende der Straße positionierten, neben einer Straße, die um die gesamte Siedlung führte. Die Kunden fuhren mit dem Auto, mit dem Fahrrad oder gingen sogar zu Fuß um die Ringstraße herum, bis sie auf die Aufpasser trafen, die sie nach einer Überprüfung zu dem Mann mit der Tasche führten. Das bedeutete, dass sie ihre Routine an jedem Abend, an dem Syds Laden geöffnet war, ändern konnten, was das Risiko minimierte – zumindest laut Syd –, aber Leon wusste, dass es nur eine begrenzte Anzahl von Straßen gab, die in die Siedlung führten. Leons erster Kunde, ein Stammkunde, von dem er annahm, dass er die Ware wahrscheinlich mit einem Aufschlag an der University of East Anglia weiterverkaufte, nahm zehn Tüten mit. Leon begann wieder leise zu pfeifen, weil sein Abend so gut begonnen hatte.

Die Geschäfte liefen gut und Leons Tasche war vielleicht nur eine Stunde später halb leer, als sich die Dinge änderten. Das erste, was Leon mitbekam, war, dass ein Fahrzeug am Ende der Straße auftauchte. Es war kastenförmig, eine Art Geländewagen, aber er war zu weit weg, um die Marke und das Modell zu erkennen. Er beobachtete aus dem Schatten heraus, wie es zum Stehen kam. Das war normal. Dann öffneten sich beide Vordertüren und zwei Männer stiegen aus. Instinktiv machte Leon ein paar Schritte in die Gasse, aber er vergewisserte sich, dass er die beiden Männer aus dem Auto noch sehen konnte.

Eines der Fahrräder entfernte sich etwa sechs Meter vom Auto. Leon nickte anerkennend. Er konnte sehen, dass der Junge auf dem Fahrrad seine Hand in der Tasche hatte und mit seinem Finger zweifellos die Kurzwahl seines

Handys wählen wollte. Die beiden Männer schienen sich mit dem anderen Aufpasser zu unterhalten. Dann stürzte einer von ihnen nach vorne und schien den Jungen auf dem Fahrrad zu schlagen. Beide Männer rannten dann zu ihrem Auto und legten den Rückwärtsgang ein, während der geschlagene Aufpasser zurücktaumelte und sein Fahrrad auf den Bürgersteig knallte, bevor sie zurück in Richtung Ringstraße rasten.

Leon trat vor, um besser sehen zu können, was vor sich ging. Der Junge, der geschlagen worden war, machte ein paar Schritte auf seinen Kollegen zu, bevor er zu Boden sackte.

Als das Geschrei losging, rannte Leon los.

49

Naomi schaute aus dem Fenster der Wohnung ihrer Schwester auf die untergehende Sonne hinter dem Fluss. Der Himmel fing gerade an, sich zu verdunkeln, und ein Lichtstrahl, der wie ein Pfad aussah, wurde von der stillen Oberfläche des Wassers reflektiert. Sie konnte verstehen, warum Jennifer so gerne hier lebte. Es war eine ruhige Aussicht, die ihr nie langweilig werden würde. Vielleicht sollte Naomi sich nach einer anderen Wohnung in einer ähnlichen Lage umsehen? Sie dachte kurz darüber nach, bevor sie beschloss, dass der Gedanke, dass Mark gewinnen würde, sie immer ärgern würde, wenn sie umzog.

Ein Freund aus dem Gericht hatte ihr eine Nachricht geschickt, in der er ihr mitgeteilt hatte, dass die Papiere für die einstweilige Verfügung an seinem Arbeitsplatz angekommen waren – er sagte jedoch nichts darüber, wie es gelaufen war, nur dass sie erfolgreich zugestellt wurden. Naomi griff nach ihrem Handy. Sie sollte Dave über die einstweiligen Verfügung informieren. Wenn Mark sie brach, würde seine Handynummer die zweite sein, die sie anrief. Die erste wäre der Notruf.

»Hi, Naomi«, sagte Dave einen Moment später. Seine Stimme klang angestrengt und im Hintergrund waren andere Stimmen zu hören. »Bist du okay?«

»Ja, mir geht es gut«, antwortete Naomi. »Entschuldige, bist du beschäftigt?«

»Ein wenig, aber gib mir ein paar Sekunden.« Suzy hörte, wie die Stimmen im Hintergrund verstummten und ein paar Sekunden später wurden Daves Schritte deutlicher. »Wie geht's dir?«

»Wie ich schon sagte«, antwortete Suzy. »Alles gut. Ich habe gerade angerufen, um dir mitzuteilen, dass ich eine einstweilige Verfügung gegen Mark erlassen habe.« Sie machte eine Pause, aber Dave sagte nichts. »Sie wurde ihm heute zugestellt.«

»Das sind tolle Neuigkeiten, Naomi«, sagte Dave und sie konnte das Lächeln in seiner Stimme hören. »Sarah und ich haben vorhin auf dem Weg hierher im Auto darüber gesprochen. Wir dachten schon, du würdest dich davor drücken.«

»Das hätte ich auch fast«, antwortete Suzy und lachte. »Jennifer hat mich als Geisel gehalten, bis ich das Formular eingereicht hatte.«

»Gute Schwester. Bist du noch in ihrer Wohnung?«

»Ja, nur bis zur Anhörung.« Mark hatte zwei Tage Zeit, von der Zustellung der Papiere bis zur Anhörung vor Gericht.

»Ich habe deine Schwester seit Monaten nicht mehr gesehen. Arbeitet sie immer noch in der Notaufnahme?«

»Sie arbeitet immer noch da«, bejahte Naomi. »Du solltest sie besuchen, wenn du das nächste Mal im Krankenhaus bist. Sie würde sich sicher freuen, dich zu sehen.«

»Meinst du?« In seiner Stimme lag ein leises Zögern, als er antwortete. Naomi runzelte die Stirn. Hatte sie hier etwas übersehen? Dave war nicht gerade der subtilste Mann und Naomi glaubte, in seiner Stimme mehr als nur beiläufiges Interesse zu erkennen. Sie grinste vor sich hin. Vielleicht war es an der Zeit, ein bisschen zu verkuppeln?

»Ich weiß, dass sie es tun würde. Ich habe ihr erzählt, dass du neulich wie ein richtiger Held zur Rettung gekommen bist. Sie hat gefragt, ob es der fitte, gut aussehende Detective aus Wymondham war.«

»Hat Jennifer das gesagt?«

»Das hat sie.« Naomi spürte, wie sie lächelte. »Ich sagte, nein, der war es nicht. Es war Dave.«

»Sehr witzig. Zwei Sekunden.«

Naomi hörte, wie Daves Stimme gedämpft wurde, als er mit jemandem sprach. Es klang wie eine weibliche Stimme, also war es wahrscheinlich Sarah, seine Partnerin. Als sich seine Stimme wieder meldete, klang er besorgt.

»Musst du gehen?«, fragte Naomi ihn.

»Nein, ist okay. Das war Sarah. Sie sagte mir, ich solle hier auf die Spurensicherung warten.«

»Du bist an einem Tatort?«

»Ja«, antwortete Dave, gab aber keine weiteren Auskünfte, und Naomi wusste, dass sie besser nicht nach Einzelheiten fragen sollte. »Worüber haben wir noch mal gesprochen?«

Naomi lächelte, als sie hörte, wie er versuchte, lässig zu klingen. Er mochte ein guter Polizist sein, aber er war ein schlechter Lügner.

»Wir haben über meine Schwester geredet.«

»Haben wir?«

»Das haben wir, Dave.« Sie wartete, aber Dave sagte mehrere Sekunden lang nichts.

»Hast du Jennifer wirklich von neulich Abend erzählt?«

»Ja, das habe ich.«

»Und was hat sie wirklich gesagt?«

Naomi hielt inne. Jennifers Antwort war genau die, die sie Dave erzählt hatte, aber sie hatte es als Scherz abgetan. Jetzt war sich Naomi nicht mehr sicher, aber sie wollte weder Dave noch Jennifer in Verlegenheit bringen, falls sie die Dinge falsch interpretiert hatte.

»Ich bin mir nicht sicher«, antwortete sie und hoffte, dass Dave sie nicht bedrängen würde. »Ich kann mich nicht wirklich erinnern, um ehrlich zu sein.« Am anderen Ende der Leitung gab es eine Pause, die unangenehm zu werden drohte. »Wo ist denn dein Tatort?«

»Im Stadtzentrum«, erklärte Dave und klang erleichtert über den Wechsel des Themas. »Die Unterführung an der Saint Stevens. Es ist allerdings eine üble Sache. Ein Obdachloser.«

»Hast du was für mich?«, fragte sie. Haben sie jemanden erwischt? Im Hintergrund hörte Naomi einen Hund bellen.

»Nein, davon sind wir noch weit entfernt. Wir glauben es war ein Raubüberfall, der schief gelaufen ist.« Naomi hörte das Geräusch von Autoreifen in der Leitung. »Ich muss los, Naomi.«

»Ist die Spurensicherung schon da?«

»Ähm, nein«, meinte Dave. »Es ist der Gerichtsmediziner.«

Naomi verabschiedete sich von Dave, beendete das Gespräch und starrte auf ihr Handy. Es gab nur einen Grund, warum ein Gerichtsmediziner an den Tatort eines Raubüberfalls kommen würde, nämlich wenn es sich nicht um einen Raubüberfall, sondern um etwas anderes handeln würde.

Zum Beispiel einen Mord.

50

Nach ein paar Stunden im Zentrum von Norwich hatte Caleb den größten Teil des Nachmittags wieder in seinem inoffiziellen Gefechtsstand auf dem Dach des Wohnhauses verbracht und das Haus seiner Zielperson durch sein Fernglas beobachtet. Nachdem er die Stadt verlassen hatte, kehrte er in einem Pub in der Nähe der Siedlung zum Mittagessen ein und fragte die Barkeeperin nach etwas traditionell Britischem. Die Frau hinter dem Tresen hatte nur mit den Schultern gezuckt und auf einen Abschnitt der Speisekarte mit der Aufschrift ›Hauptgerichte‹ gezeigt. Zehn Minuten nach seiner Bestellung hatte sie ihm einen Teller mit Würstchen und Kartoffelpüree gebracht, zusammen mit einem Krug Soße, die so dick war, dass er den Löffel aufrecht halten konnte. Das Essen ähnelte dem, was er bestellt hatte, nur flüchtig, aber zu Calebs Überraschung schmeckte es viel besser, als es aussah.

Auf dem Rückweg in die Lark's Cross Siedlung hatte er in einem Supermarkt angehalten, um ein paar Vorräte einzukaufen, und in der internationalen Abteilung sogar ein paar vertraute Artikel von zu Hause gefunden. Caleb war darauf vorbereitet, notfalls die ganze Nacht auf seinem Hochsitz zu bleiben, aber kurz vor vier Uhr kam seine Zielperson aus seinem Haus heraus. Anfangs war es noch einfach, ihn zu verfolgen, aber als sich seine Zielperson dem benachbarten Hochhaus näherte, hatte Caleb Mühe, sie im Auge zu behalten, als sie durch den Haupteingang verschwand.

In den nächsten Momenten durchsuchte Caleb methodisch jedes Fenster des Gebäudes, von links nach rechts und von oben nach unten, aber es gab keine Spur von ihm. Er konzentrierte sich wieder auf die Eingangstür und etwa zwanzig Minuten später, als Caleb gerade den letzten Erdnussbutterbecher aus der Packung genoss, kam seine Zielperson mit einer Tasche über der Schulter heraus. Caleb verfolgte ihn, während der junge Mann durch die Siedlung lief und sich an einer Straße in Position brachte. Caleb überprüfte seine Karte, um sicherzustellen, dass er wusste, in welcher Straße sich seine Zielperson befand, und machte sich auf den Weg zum unteren Stockwerk des Hochhauses.

Als er sich der Position seines Ziels näherte, blieb Caleb ein- oder zweimal stehen, um sich den Verlauf der Gassen, die die Häuser durchzogen, in Erinnerung zu rufen. Er hatte vor, sich seiner Zielperson durch eine dieser Gassen zu nähern und sie, falls nötig, in die Gasse zurück zu ziehen, um sie zu verstecken. Caleb bahnte sich einen Weg durch die weitläufige Siedlung und nutzte die Gassen als Deckung, bis er sich dem jungen Mann bis auf dreißig Fuß genähert hatte. Caleb hockte sich in den Schatten und beobachtete, wie mehrere Autos kurz hintereinander anhielten. Keiner von ihnen blieb lange, gerade lange genug, um ihre Transaktion abzuschließen.

Caleb erstarrte, als seine Zielperson in der Gasse ein paar Schritte auf ihn zuging. In der Gewissheit, dass er in der Dunkelheit nicht gesehen werden konnte, blieb Caleb regungslos stehen und hielt den Atem an. Wenn seine Zielperson zu ihm kam, war das umso besser.

Dann ertönte ein Schrei von weiter unten auf der Straße. Caleb sah, wie seine Zielperson in seine ursprüngliche Position zurückkehrte und ein paar Sekunden später in einen Lauf überging, der auf die Geräuschquelle zusteuerte. Caleb schob sich bis zum Ende der Gasse vor und hob den Kopf, um die Straße hinunter zu sehen. Sein Ziel rannte auf eine Gestalt auf dem Boden zu. Der Schrei verstärkte sich und wurde fast animalisch. Caleb hatte ihn schon mehr als einmal gehört. Es war das Geräusch von jemandem, der in Schwierigkeiten steckte – in sehr großen Schwierigkeiten.

Caleb verließ seine Deckung und rannte die Straße entlang, um sein Ziel zu verfolgen. Als er sich der Gestalt auf dem Boden näherte, sah Caleb ein Fahrrad auf der Seite liegen, dessen Rad sich noch drehte. Am Ende der Straße stand ein großes schwarzes Fahrzeug, dessen Reifen quietschten, als es um die Ecke bog und dann aus dem Blickfeld verschwand. Die Gestalt hielt sich den Unterschenkel und selbst in der Dunkelheit konnte Caleb Blut sehen. Er verlangsamte seine Schritte, bis er direkt neben seinem Ziel stand.

»Was ist passiert?«, fragte Caleb. Seine Zielperson sah ihn an, die Angst stand ihm ins Gesicht geschrieben.

»Er ist niedergestochen worden.« Die Antwort kam von einem anderen jungen Mann, der immer noch rittlings auf seinem eigenen Fahrrad saß. »Sie haben ihm ins Bein gestochen.«

Caleb hockte sich neben die Gestalt auf dem Boden. Als er sein Gesicht betrachtete, erkannte Caleb, dass es sich nicht um einen Mann handelte. Er war nicht einmal wirklich ein Jugendlicher. Als Caleb ankam, waren seine Schreie in Schluchzen verklungen.

»Lass mich mal sehen«, sagte Caleb und legte seine Hände auf die des jungen Mannes. »Ich kann dir helfen.« Als er seine Hände vorsichtig wegzog, wurde er mit einer Blutspritze belohnt, die die Vorderseite seines Kapuzenpullis bedeckte. Caleb brauchte die Farbe des Blutes nicht zu sehen. Er wusste, dass es leuchtend rot sein würde. Arteriell.

»Knie dich neben mich«, rief Caleb seiner Zielperson zu. »Mach eine Faust und drück hier. Fest.« Er deutete auf die Leiste des verletzten Jungen, aber sein Ziel starrte ihn nur mit demselben ängstlichen Blick an wie zuvor. »Leon!«, brüllte Caleb. Als seine Stimme ertönte, sah Caleb, wie Leon ihn mit seinen Augen anblitzte. »Komm schon! Er verblutet.« Leon hielt eine Sekunde inne, vielleicht auch zwei, bevor er aufsprang und sich neben Caleb kniete.

»Woher kennst du meinen Namen?«, fragte Leon und drückte seine Faust auf die Stelle, auf die Caleb gezeigt hatte.

»Erzähl ich dir später, aber ich heiße Caleb, also sind wir jetzt quitt«, antwortete er. »Drück fester.«

Der zweite Jugendliche stieg von seinem Fahrrad ab und kniete sich neben Leon.

»Was kann ich tun?«, fragte er mit hoher Stimme.

»Ruf 911, antwortete Caleb, bevor er sich selbst überprüfte. »Ruf einen Krankenwagen, aber gib mir erst deinen Gürtel.«

»Was?«, fragte der Jugendliche und zog die Augenbrauen hoch.

»Deinen Gürtel. Gib ihn mir.« Caleb sah zu, wie er seinen Stoffgürtel unsicher öffnete. Dann wandte er sich dem verletzten Jungen auf dem Boden zu. »Du wirst wieder gesund. Hast du mich verstanden?« Der junge Mann nickte, sein Gesicht war bereits aschfahl.

Als Caleb den Gürtel hatte, wickelte er ihn um den oberen Teil des Oberschenkels des jungen Mannes, aber er brauchte etwas, mit dem er ihn festziehen konnte. Caleb schaute sich um, konnte aber in unmittelbarer Nähe nichts entdecken. Dann bemerkte er einen kleinen schwarzen Beutel unter dem Sattel eines der Fahrräder.

»Was ist da drin?«, fragte Caleb. »Gib es mir. Schnell!« Er beobachtete, wie der junge Mann, dessen Gürtel er in der Hand hielt, zu dem Fahrrad rannte, sein Handy ans Ohr gedrückt.

»Ja, der Patient atmet«, hörte Caleb ihn sagen. Er öffnete den Beutel und warf ihn Caleb zu, der ihn mit der anderen Hand öffnete und den Inhalt auf den Boden warf. Mehrere Gegenstände fielen heraus, darunter auch das, was Caleb gehofft hatte, darin zu finden. Unter den verschiedenen Gummiflicken befanden sich drei Reifenheber aus Metall. Er schnappte sich einen, schob ihn in den Gürtel und begann zu drehen.

»Es tut mir leid«, sagte Caleb, als der verletzte Junge wieder zu schreien begann. »Das wird wehtun.«

Caleb drehte den Reifenhebel eine weitere volle Umdrehung und steckte ihn unter den Stoff des Gürtels. Dann legte er seine Hand auf die von Leon.

»Lass den Druck langsam los.« Leon tat wie ihm befohlen, und Caleb beugte sich vor, um die Wunde zu untersuchen. Es gab kein arterielles Spritzen, was ihm zeigte, dass die behelfsmäßige Aderpresse ihre Aufgabe erfüllte. »Ich brauche auch deinen Gürtel.«

»Warum?«, fragte Leon, aber er war schon dabei, seinen Gürtel zu öffnen.

»Wenn die Arterie komplett durchtrennt ist, könnte sie zusammenschrumpfen und zurück in den Körper wandern. Wenn sie an der Aderpresse vorbeikommt, wird die Blutung wieder einsetzen.«

Als Caleb den zweiten Druckverband ein paar Zentimeter über dem ersten angelegt hatte, konnte er in der Ferne Sirenen hören. Vielleicht war es der Schall, der von den Gebäuden reflektiert wurde, aber er glaubte, mehr als eine zu hören.

»Ich muss los«, verkündete Leon und stand auf. Calebs Arm schnellte hervor und packte sein Handgelenk.

»Ich komme mit dir«, sagte er und vergewisserte sich mit seinem Tonfall, dass Leon verstand, dass es keine Bitte war.

»Wer bist du, Mann? Und woher kennst du meinen Namen?«, fragte Leon. Calebs Griff wurde fester, als er versuchte, sein Handgelenk zu befreien.

»Ich habe gerade das Leben deines Freundes gerettet«, sagte Caleb und starrte Leon an. »Ich komme mit dir, ob du willst oder nicht. Oder sollen wir beide hier auf die Polizei warten?« Er legte den Kopf auf eine Seite und starrte auf Leons Tasche. »Ich nehme an, dass du das nicht willst.«

Leon brauchte nur eine Sekunde, um zu antworten. Er nickte Caleb zu, bevor er antwortete.

»Lass uns abhauen.«

51

Vince starrte auf seinen Laptopbildschirm und ballte dabei seine rechte Faust. Die Nähte an seinem Unterarm zogen und er zuckte bei dem Gefühl zusammen. Er hätte den verdammten Hund töten sollen, aber er mochte Hunde – bis zu dem Moment, als er ihn gebissen hatte. Irgendwann würde er sich die Wunde an seinem Arm richtig ansehen lassen müssen, aber er war mit der vorübergehenden Lösung ganz zufrieden.

Auf dem Laptop vor ihm befand sich der Startbildschirm der nationalen Polizeidatenbank, einer riesigen Informationsquelle. Sie enthielt Details über jedes Verbrechen, jeden Verbrecher und viele andere Informationen, von denen die Öffentlichkeit nichts wusste. Vince hatte irgendwo gelesen, dass sie über zwei Milliarden Datensätze enthielt und jeden Monat zwanzigtausend weitere hinzukamen. Aber Vince interessierte sich nur für einen Datensatz im System.

Der Mann mit dem Hund hatte sich geweigert, irgendwelche Informationen über Suzy und Leanne preiszugeben. Vince war ihm zu einer Unterführung gefolgt, die mehrere belebte Straßen in Norwich unter einem großen Kreisverkehr verband, den die Stadtverwaltung alle paar Jahre ausgrub und renovierte. Sie war ein beliebter Treffpunkt für Drogendealer, Alkoholiker und Obdachlose. Wer ihn nach Einbruch der Dunkelheit benutzte, tat dies auf eigene Gefahr.

In dem Moment, in dem Vince dem Mann ein Foto von Suzy gezeigt hatte, sah er das kleinste Aufflackern von Anerkennung in seinen Augen. Die Geste machte alle nachfolgenden Leugnungen des Mannes nutzlos. Vince versuchte es mit Geld, dann mit Alkohol. Als der Mann mit dem Hund beide Angebote ablehnte, versuchte Vince es mit Gewalt. Das funktionierte, wie immer, aber es provozierte auch den Hund, der versuchte, seinen Besitzer zu beschützen.

Das war für Vince jetzt egal. Er verdrängte den Gedanken an den gebrochenen Körper des Mannes, der in der Unterführung lag und dessen dummer Hund ihn angebellt hatte, und richtete seine Aufmerksamkeit auf den Bildschirm. Der Obdachlose hatte Vince schließlich erzählt, dass eine Frau, die genauso aussah wie Suzy, ihm Geld und ein Handy gegeben hatte. Sie hatte ihn gebeten, zwei Dinge zu tun. Die erste war, zwei Bustickets von Norwich nach London zu kaufen, und zwar gegen Bargeld. Ein Erwachsener und ein Kind. Zweitens sollte er einen Anruf tätigen und ein Skript ablesen. Der Zeitpunkt des Anrufs war ihr wichtig. Es musste am Morgen getan werden. Nein, sagte der Mann, er hatte keine Kopie des Skripts. Aber die Frau hatte darauf bestanden, dass er es wortwörtlich vorlas.

»Sie hatte eine Menge Geld«, hatte der Mann ihm mit zusammengebissenen Zähnen gesagt, kurz bevor Vince ihm das Genick brach wie einen Zweig. »Ich habe es in ihrer Tasche gesehen.«

Vince hatte die Website des Busunternehmens aufgerufen, um herauszufinden, wann die Schlampe und ihr Kind in London angekommen waren. Aber es gab eine Unregelmäßigkeit auf der Website, und es sah so aus, als hätte der Bus nicht die ganze Strecke zurückgelegt. Dann überprüfte er die Website der Eastern Daily News, um zu sehen, was passiert war. Vielleicht war er abgestürzt oder hatte eine Panne auf dem Weg gehabt. Einen Moment später las er einen Bericht über einen bewaffneten Raubüberfall. Vince musste lachen, als er sich vorstellte, wie Suzy im Bus saß und sich in Sicherheit wähnte, nur um dann mit vorgehaltener Waffe ausgeraubt zu werden und das Geld zu verlieren, das sie zur Seite gelegt hatte. Die Tatsache, dass sie es geschafft hatte, etwas Geld beiseite zu legen, irritierte Vince. Er hatte gedacht, dass er diesem Unsinn ein Ende gesetzt hatte.

Mit einem Blick auf den Bildschirm vor ihm navigierte Vince zu der Liste der Zeugen im Bus. Derjenige, der sie zusammengestellt hatte, hatte das Alter der Zeugen in Klammern gesetzt, aber Vince konnte keine Fahrgäste sehen, die auch nur annähernd so alt waren wie Suzy und Leanne. Waren sie also tatsächlich in diesem Bus gewesen?

Vince wechselte das System und loggte sich in die Backend-Server des Busunternehmens ein. Es dauerte ein paar Augenblicke, aber er fand das digitale Archiv der Überwachungskameras in den Bussen selbst. Wenige Augenblicke später sah er sich das Filmmaterial des Überfalls an. Vince nickte anerkennend über die Art und Weise, wie die beiden Männer die Fahrgäste überwältigten und sich methodisch durch den Bus bewegten. Ungefähr auf halbem Weg sah er Suzy und Leanne nebeneinander sitzen. Obwohl beide eine Mütze trugen, brauchte er sie nicht durch seine Gesichtserkennungssoftware laufen zu lassen. Der Mann mit der Pistole bahnte sich seinen Weg durch den Bus und sammelte Gegenstände von den Fahrgästen ein, bevor er bei Suzy stehen blieb. Vince beobachtete, wie sie sich um die Tasche stritten, die sie in der Hand hielt, bevor Suzy sie aufgeben musste. Gerade als der Bewaffnete etwas zu seinem Kollegen im vorderen Teil des Busses sagte, sah Vince, wie sich der Fahrgast hinter Suzy auf seinem Sitz bewegte, obwohl er scheinbar schlief.

Er spulte das Filmmaterial auf dem Bildschirm zurück und spulte es Bild für Bild vor. Der andere Fahrgast, der ein graues Gewand trug, schien den Bewaffneten zu berühren. Vince fror den Bildschirm ein und zoomte auf die Hand des Fahrgastes.

»Du hinterhältiger Bastard«, murmelte Vince, als er den Gegenstand in der Hand des Fahrgastes sah. Dann lachte er über den Gedanken, dass einem bewaffneten Räuber die Brieftasche von einem Mann gestohlen worden war, der nicht einmal die Augen geöffnet hatte.

Er zoomte die Kamera auf das Gesicht des Fahrgastes heran.

»Wer bist du, mein Freund?«, sagte er zu sich selbst.

52

Mit vollem Magen saß Suzy im Wohnzimmer von Joans Haus und fühlte sich so zufrieden wie seit Monaten nicht mehr. Sogar seit Jahren. Draußen im Garten konnte Suzy die aufgeregten Rufe von Leanne hören, während Agnesa mit ihr durch den Garten ging. Es dämmerte bereits und Agnesa hatte Leanne beim Abendessen gefragt, ob sie schon einmal eine Fledermaus gesehen habe. Alle drei Frauen hatten über Leannes Antwort gelächelt. Außer in einem Zoo, was laut Leanne nicht zählte, hatte sie keine gesehen. Dann hatte Agnesa ihr angeboten, nach dem Abendessen mit ihr im Garten spazieren zu gehen und ihr zu zeigen, wo sie in Joans Garten herumflogen.

»Sie klingt glücklich«, sagte Joan, als sie den Raum betrat. In ihren Händen hielt sie zwei kleine Gläser, die beide mit einer bernsteinfarbenen Flüssigkeit gefüllt waren, die fast wie Whiskey aussah. Sie bot Suzy eines davon an. »Sherry?«

Suzy nahm das Glas und bedankte sich bei Joan. Sherry

hatte sie noch nie probiert, aber zu ihrer Überraschung war er sehr süß.

»Es ist lange her, dass ich sie so lachen gehört habe«, meinte Suzy und stellte das Glas auf einem kleinen Tisch neben ihrem Sessel ab.

»Weiß sie es?«, fragte Joan und nahm den Sessel gegenüber ein. »Über das, was hier los ist?«

»Nicht direkt, nein«, antwortete Suzy. »Ich habe ihr nur gesagt, dass es ein großes Abenteuer ist. Aber sie bekommen alles mit, nicht wahr?«

»Ja, das tun sie«, bestätigte Joan mit einem schiefen Lächeln. Suzy überlegte, ob sie Joan fragen sollte, ob sie Kinder hatte, aber als sie sich an Agnesas Antwort auf die gleiche Frage erinnerte, ließ sie es lieber bleiben. »Wie willst du es ihr denn sagen, wenn ich fragen darf?«

Suzy seufzte. Es machte ihr nichts aus, aber gleichzeitig war sie sich nicht sicher, was sie sagen sollte.

»Ich dachte mir, ich bringe uns beide erst einmal in Sicherheit«, erklärte sie nach ein paar Augenblicken. »Agnesa sagte, dass ihr Bruder uns helfen kann, über den Kanal zu kommen. Vielleicht, wenn wir dort sind und uns irgendwo niedergelassen haben. Dann werde ich es ihr sagen, aber ich glaube nicht, dass sie überrascht sein wird.« Suzy hielt einen Moment inne. »Sie hat sich in den letzten Monaten in der Nähe von Vince immer unwohl gefühlt. Sie wollte nicht mit ihm allein sein und so weiter.«

»Ich verstehe«, antwortete Joan und ihr Gesicht verfinsterte sich. »Glaubst du, dass er jemals, ähm...« Ihre Stimme verstummte.

»Nein, das glaube ich nicht. Aber es war nur eine Frage der Zeit.«

»Wo willst du dich denn niederlassen? Du hast gesagt, vielleicht in Frankreich?«

»Ja, ich glaube schon.«

»Sprichst du Französisch?«

»Nun, ich kann fragen, wo die Post ist«, schmunzelte Suzy und war dankbar für den Themenwechsel. Sie spürte ihr erstes unwillkürliches Lächeln seit langem. »Und wenn eine Katze an der Wand hängen würde, könnte ich die Leute darauf aufmerksam machen.«

»Très bien«, sagte Joan und spiegelte Suzys Lächeln wider. »Sehr gut.«

Die beiden Frauen saßen eine Weile schweigend da und Joan fummelte an dem goldenen Kruzifix, das um ihren Hals hing. Wenige Augenblicke später stürmte Leanne ins Zimmer, gefolgt von Agnesa, die strahlend lächelte.

»Mami, Mami«, rief Leanne und krabbelte auf Suzys Schoß. »Da waren Hunderte von ihnen. Eine von ihnen ist Agnesa fast ins Haar geflogen.«

»Oh, nein!« erwiderte Suzy. »Das wäre nicht gut gewesen. Was hättest du dann getan?«

»Ich hätte geholfen, sie zu befreien«, flüsterte Leanne. »Ganz, ganz sanft. Wusstest du, dass die Flügel von Fledermäusen wie Papier sind?«

»Nun, jetzt weiß ich es.« Suzy zerzauste Leannes Haare. »So, meine Kleine. Zeit fürs Bett.«

Agnesa machte ein paar Schritte nach vorne, als Leanne sich beschwerte, dass sie nicht müde war.

»Wie wäre es, wenn ich dir eine Tasse heiße Schokolade für dein Zimmer mache?«, fragte sie Leanne. »Vielleicht liest dir deine Mama dann eine Geschichte vor, wenn du sie ausgetrunken und dir die Zähne geputzt hast?« Agnesa warf einen Blick auf Suzy, die zustimmend nickte.

»Danke, Agnesa«, sagte Suzy. Einen Moment später saßen nur noch sie und Joan im Wohnzimmer und Suzy merkte, dass die ältere Frau mehr reden wollte.

»Suzy, es gibt eine Organisation, mit der wir zusammenarbeiten, sie heißt Disciples de Jésus. Wir haben ein Netzwerk mit ihnen aufgebaut, um Frauen wie dich zu vermitteln.« Joan beugte sich vor und drückte ihr ein Stück Papier in die Hand. Suzy blickte darauf hinunter und sah eine Adresse in krakeliger Handschrift. »Das ist eines ihrer Anwesen in einer Stadt namens Faulquemont, nahe der Grenze zur Schweiz. Agnesas Bruder wird dich ganz in der Nähe absetzen, aber er kennt die genaue Adresse nicht. Das sollte er auch nicht.«

Suzy spürte, wie sich ein Kloß in ihrem Hals bildete, als Joan fortfuhr.

»Sie werden sich um dich kümmern, während du dich einlebst. Aber wenn du bei ihnen bleiben möchtest, können sie dich so lange unterbringen, wie du es benötigst.« Joan wickelte Suzys Hand um das Stück Papier. »Sie erwarten dich, aber sie wissen nichts über dich. Nicht einmal deinen Namen.«

Suzy versuchte, sich zu bedanken, aber alles, was sie herausbrachte, war ein Schluchzen. Die Tränen liefen ihr über das Gesicht, als sie weinte, und die ganze Anspannung der letzten Tage brach über sie herein. Joan saß nur in ihrem Sessel und sagte nichts, ließ aber Suzys Hand nicht los.

»Wie kann ich dir danken, Joan?«, sagte Suzy einen Moment später und tupfte sich mit einem Taschentuch, das Joan von irgendwoher hervorgezaubert hatte, die Augen ab.

»Wenn du einer anderen Person helfen kannst, Suzy«, erklärte Joan mit einem freundlichen Lächeln im Gesicht, »dann ist das für mich Belohnung genug.«

53

Mit Caleb nur einen Meter hinter sich bahnte sich Leon einen Weg durch die Gassen zwischen den Häusern und nahm einen Umweg zum Hochhaus. Kurz bevor sie den verletzten Jungen verlassen hatten, drückte ihm sein Kollege ein uraltes Handy in die Hand.

»Das haben sie mir gegeben«, hatte er gesagt. »Sie sagten, es sei für den Boss.« Als am Ende der Straße blaue Blinklichter auftauchten, trat der junge Mann so schnell er konnte in die Pedale und fuhr in die entgegengesetzte Richtung. Leon hatte das Handy in seine Tasche gesteckt und führte Caleb in die Gasse, wobei sich beide Männer so schnell wie möglich bewegten.

Hinter ihm hörte Leon, wie sich mehrere Fahrzeuge näherten und beschleunigte sein Tempo, ebenso wie sein neuer Begleiter.

»Wir müssen uns beeilen«, keuchte Leon über seine Schulter. »Uns in Sicherheit bringen.« Caleb antwortete nicht.

Fünf, vielleicht sechs Minuten später standen Leon und

Caleb vor der Tür des Hochhauses, in dem Syd wohnte. Leon tippte einen Code ein, um die Tür zu öffnen, und machte sich, gefolgt von Caleb, auf den Weg zum Aufzug. Als sich die Tür öffnete, betrat er den Aufzug und schaute zu der Kamera in der Ecke hoch. Ein paar Sekunden später begann sein Handy zu klingeln.

»Wer zum Teufel ist da bei dir?«, brüllte Syds Stimme in der Leitung, als er den Anruf entgegennahm. »Und warum wimmeln die Bullen überall auf dem Grundstück herum?«

»Einer der Aufpasser wurde niedergestochen«, antwortete Leon und sah Caleb an. »Dieser Typ hat ihm das Leben gerettet. Er ist koscher, Syd. Lass uns hoch, ja?«

Es gab eine Pause, bevor sich die Fahrstuhltüren surrend schlossen. Leon atmete erleichtert auf, als der Aufzug nach oben fuhr.

»Sagst du mir, woher du meinen Namen kennst, Bruder?«, fragte Leon einen Moment später.

»Ja«, antwortete Caleb. Leon schaute ihn an und erwartete, dass er noch etwas sagen würde, aber er tat es nicht.

»Wo hast du diesen Scheiß gelernt?«, wollte Leon wissen und versuchte einen anderen Weg. Caleb antwortete nicht, sondern starrte Leon nur mit kalten Augen an. Obwohl er keine Angst vor dem Mann hatte, war Leon klar, dass vielleicht doch mehr in ihm steckte, als er zunächst angenommen hatte. »Woher kommt dieser Akzent? Bist du Amerikaner?« Wieder gab es keine Antwort.

Die beiden Männer gingen vom Aufzug aus den Korridor zu Syds Wohnung hinunter. Dabei bemerkte Leon, wie Caleb mit der Handfläche die Türen zu den anderen Wohnungen auf der Etage berührte.

Wenige Augenblicke später standen sie vor Syds Tür. Leon klopfte mit den Fingerknöcheln an die Tür, obwohl Syd sie schon erwartete. Er sah, wie sich das Guckloch verdunkelte, als Syd hindurchschaute, was Caleb ein kurzes Lächeln entlockte, das Leon nicht verstand. Schließlich öffnete sich die Tür, aber Syd hatte die Sicherheitskette dran gelassen. Er ignorierte Leon und richtete seine Frage direkt an Caleb.

»Wer zum Teufel bist du?«, fauchte er.

»Mein Name ist Caleb. Ich muss mit dir sprechen.«

»Ich nehme an, ich will nicht mit dir sprechen?«

»Das wäre eine schlechte Wahl.« Der Tonfall von Calebs Stimme ließ Leon kalt werden.

»Syd, komm schon«, meinte Leon. »Dieser Bruder hat unserem Jungen das Leben gerettet.«

»Ich will nur mit dir sprechen, Mr. Syd«, sagte Caleb. »Es sind nur Worte und die können einem Mann doch nicht wehtun, oder?« Leon wartete, während Syd ein paar Sekunden über Calebs Aussage nachdachte, bevor er die Tür schloss. Als sie sich wieder öffnete, hing die Kette lose am Türpfosten.

»Ich bin noch nie Mr. Syd genannt worden«, meinte Syd, als er zurücktrat, um die beiden in den Raum zu lassen.

Leon blieb zurück, als Caleb Syds Wohnung betrat. Der Amerikaner blieb stehen und schaute sich um, als würde er die Wohnung scannen, während Syd die beiden in das Wohnzimmer führte.

»Setz dich, Bruder«, sagte Syd und deutete auf das Sofa. Leon setzte sich dankbar hin und das Adrenalin der letzten Momente verflog, als Caleb sich neben ihn setzte. »Also, sprich.« Syd schaute Caleb erwartungsvoll an.

»Du hast etwas, das einer Freundin von mir gehört«, antwortete Caleb. »Ich bin gekommen, um es zurückzuholen.«

»Und was könnte das sein?«, erwiderte Syd. Leon konnte

sehen, wie er grinste, aber gleichzeitig konnte er die Unsicherheit in seinen Augen sehen.

»Eine Tasche. Aus dem Bus.« Leon sah, wie Caleb sich auf dem Sofa zurücklehnte und sich scheinbar entspannte. »Da war etwas Geld drin, das sie braucht. Ich hätte sie also gerne zurück. Bitte.«

»Welcher Bus?«, fragte Syd. »Ich weiß nicht, wovon du redest, Bruder.«

Caleb beugte sich vor und Leon bemerkte, dass sich seine Augen verfinstert hatten.

»Ich bin nicht dein Bruder, Mr. Syd«, erklärte er. »Weder jetzt noch irgendwann. Hör jetzt auf mit dem Scheiß. Ich habe dich höflich um die Tasche mit den zehn Riesen darin gebeten und ich möchte, dass du sie zurückgibst.«

»Da waren keine zehn Riesen drin«, sagte Leon lachend, bevor ihm klar wurde, was er gesagt hatte. Sein Blick fiel auf seine Füße und er fluchte leise vor sich hin.

»Ich habe es aufgerundet«, antwortete Caleb. Als Leon aufblickte, starrten Syd und Caleb ihn an. »Sollen wir mit diesem Tanz aufhören?«, fragte Caleb und hob seine Augenbrauen um einen halben Zentimeter. »Die Tasche?«

»Oder was?«, schoss Syd zurück. »Es ist mir scheißegal, was du da draußen mit meinem Jungen gemacht hast.« Er neigte den Kopf zum Fenster, bevor er seine Aufmerksamkeit wieder auf Caleb richtete. »Ich bin dir nichts schuldig.«

»Wenn man sich etwas leiht, sollte man es zurückzahlen. Wenn das Geliehene verloren geht oder zu Schaden kommt, muss volle Restitution bezahlt werden«, sagte Caleb. »Das steht in der Bibel. Exodus, falls es dich interessiert. Du hast die Wahl. Zahle es zurück oder erleide Restitution.«

Leon, der nicht einmal wusste, was Restitution war, schwieg und fragte sich, wie das wohl ausgehen würde. Er wusste, dass Syd nicht leicht einzuschüchtern war, aber

Leon schätzte Caleb so ein, dass hinter seinen kalten Augen eine Gefahr lauerte.

»Wer sind Sie, Mr. Caleb?«, fragte Syd, lehnte sich in seinem Stuhl zurück und betrachtete Caleb mit halb geschlossenen Augen. Leon hatte ihn schon öfter so gesehen und erkannte, dass er damit auf Zeit spielen wollte.

»Ich kann dein bester Freund sein, Mr. Syd«, antwortete Caleb. »Oder ich kann dein schlimmster Albtraum sein. Du scheinst mir ein vernünftiger Mann zu sein, also entscheide dich – was soll es sein?«

54

Caleb schwieg und beobachtete, wie Syd sich wieder auf seinem Sofa zurücklehnte und die Hände vor sich verschränkte, als ob er tief in Gedanken versunken wäre. Caleb mochte keine Theatralik, aber er gab sich damit zufrieden, diesem seltsamen Mann Zeit zu geben, seine Optionen zu überdenken. Obwohl Syd beim letzten Mal, als er ihn gesehen hatte, eine Sturmhaube getragen hatte, dachte Caleb, dass er die richtige Entscheidung treffen würde. Irgendwann. Und wenn er das nicht tat? Nun, auch dafür hatte Caleb einen Plan.

»Oder was, Caleb?«, sagte Syd einen Moment später. Caleb bemerkte, dass er das ›Mr.‹ fallen gelassen hatte und spiegelte Syds Theatralik mit einem übertriebenen Seufzer wider.

»Wie wäre es, wenn ich einen anonymen Tipp an die Polizei gebe?«, sagte Caleb und beobachtete Syd aufmerksam. »Um sie über die Cannabisplantagen ganz oben eines Hochhauses in der Lark's Cross Siedlung zu informieren.« Caleb musste sich zwingen, nicht zu lächeln, als er sah, wie sich Syds Kiefer fast unmerklich anspannte. Leon, der rechts neben Syd saß, schaute nur verwirrt. Offensichtlich war er nicht so weit in Syds inneren Kreis eingeweiht. »Ich meine, es ist wirklich gut gemacht«, fuhr Caleb fort. »Die anderen Wohnungen auf dieser Etage? Keine Anzeichen von Leben von außen. Kein Licht in den Fenstern, keine Bewegung. Ich weiß nicht, wie euer Sozialversicherungssystem funktioniert, aber ich vermute, dass du die Wohnungen irgendwie erworben hast.« Ein kleines Zucken in einem von Syds Augen sagte Caleb, dass er auf der richtigen Spur war. »Aber die Türen sind warm, also geht da drinnen etwas vor sich. Wie mache ich mich bisher?«

Syd antwortete nicht. Er schaute zu Leon hinüber, der weiterhin ratlos dreinschaute, bevor er sich wieder Caleb zuwandte.

»Erzähl weiter«, sagte Syd nach ein paar Sekunden. »Ich liebe gute Geschichten.«

»Da sie nicht bewohnt sind, sieht der Strom- und Wasserverbrauch für jeden Beobachter wahrscheinlich normal aus. Und es ist ja nicht so, dass jemand in einem Hochhaus nach einer Plantage suchen würde, nicht wahr? Wahrscheinlich nutzt du die Innenräume als Hauptanbauräume, so dass von außen keine Wärmesignatur zu sehen sein wird. Keine neugierigen Nachbarn, die vorbeigehen und sich fragen, was da los ist. Ich nehme an, es ist ein hydroponisches System. Hauptsächlich automatisiert. Wie viele Wohnungen nutzt du?«

Caleb sah, wie sich ein langsames Grinsen auf Syds Gesicht ausbreitete. »Weißt du, das ist keine schlechte Idee. Was denkst du, Leon?« Syd sah Leon an, der nur respektvoll nickte.

»Äh, ja«, antwortete Leon. »Warum nicht?«

Caleb stützte seine Hände auf die Knie und beugte sich vor. »Wenn ich mich irre, wird die Polizei natürlich nichts finden. Oder?« Er machte Anstalten, sich aufzurichten. »Also, es ist nichts passiert. Ich lasse dich in Ruhe, während ich kurz telefoniere.«

»Warte«, sagte Syd und hielt Caleb eine Hand hin. »Warte einen Moment.« Er zischte Leon etwas zu. Caleb verstand die Worte nicht, aber er erkannte die Absicht. Kein einziges Wort davon sollte wiederholt werden. »Woher weißt du das?«

Jetzt war es an Caleb, zu lächeln.

»Terpene«, sagte er. »Ungesättigte Kohlenwasserstoffe, die vor allem von Pflanzen produziert werden. Die, die Cannabispflanzen produzieren, sind besonders charakteristisch.« Caleb lehnte sich zurück und verschränkte seine eigenen Finger. »Ich nehme an, dass du Kohlefilter verwendest, bevor du die Plantagen auf das Dach des Hochhauses entlüftest. Das ist schlau, denn so hoch oben wird sich der Geruch in den Wind verflüchtigen, bevor ihn jemand bemerkt. Aber ich bin nicht irgendwer.«

»Ernsthaft?«, sagte Leon und warf einen Blick auf Syd. »Hat er Recht? Du baust deine eigenen Produkte an?«

»Halt die Klappe, Leon«, schoss Syd zurück und ließ Caleb nicht aus den Augen.

»Die Tasche meiner Freundin?«, fragte Caleb. »Wenn du so nett wärst?«

»Den Bullen ist das völlig egal, Mr. Caleb«, antwortete Syd. »Du kannst sie anrufen, wie du willst. Ich habe einen Notfallplan für ihren Besuch. Sie würden eine Stunde brauchen, um ins Hochhaus zu kommen, wenn ich alles abschalte. Bis sie so weit oben sind, werden sie nichts mehr finden.«

»Ich bezweifle, dass sie nichts finden würden, es sei denn, du hast eine industrielle Verbrennungsanlage in einer der Wohnungen?« Er verhärtete seine Augen und sah Syd an. »Nein, das hätte ich auch nicht gedacht. Wenn ich ein Bulle wäre, würde ich einfach einen Hubschrauber auf dem Dach landen und ein taktisches Team über die Feuerleiter runterschicken, aber ich nehme an, du hast auch an diese Möglichkeit gedacht, oder?« Der Ausdruck auf Syds Gesicht sagte alles.

Caleb wollte gerade wieder nach Suzys Tasche und dem Geld darin fragen, plus dem, was er als Trinkgeld für die Unannehmlichkeiten betrachtete, als ein Summen ihn ablenkte. Er wartete, als Leon in eine Tasche griff und ein altes Handy herauszog.

»Das müssen sie sein«, sagte er, während er auf den Bildschirm starrte.

»Wer?«, erwiderte Syd.

»Die Typen, die den Aufpasser aufgeschlitzt haben. Was soll ich tun?«

»Gib mir das.« Syd schnappte sich das Handy von Leon und Caleb sah zu, wie er auf eine Taste drückte. »Was?«, sagte er und drückte das Handy an sein Ohr.

Caleb wartete, fasziniert von der unerwarteten Wendung der Ereignisse. Er war zwar nur wegen Suzys Geld hier, aber das war eine seltsame Entwicklung.

»Wann?«, knurrte Syd einen Moment später. Dann ein paar Sekunden später. »Wo?«

Als Syd den Anruf beendete, konnte Caleb die Angst in seinen Augen sehen, obwohl er sich bemühte, sie zu verbergen.

»Wer war das?«, fragte er Syd.

»Sie sagen, sie sind eine albanische Familie, die mit uns Geschäfte machen will«, antwortete Syd mit zitternder Stimme.

»Was wollten sie?«, fragte Leon und blickte zwischen Syd und Caleb hin und her.

»Sie wollen sich treffen«, sagte Syd und starrte auf das Handy in seiner Hand. »Um die Bedingungen zu besprechen. Morgen Abend im Zentrum der Siedlung.«

»Klingt, als hättest du einen ganzen Haufen Probleme, Mr. Syd«, sagte Caleb, als er aufstand und mit seinen Händen über die Jeans von Vater Martin strich. »Dein Imperium könnte kurz vor dem Zusammenbruch stehen. Kein Produkt und kein Gebiet.«

»Scheiße«, flüsterte Syd. »Was soll ich denn jetzt tun?«

»Du kannst damit anfangen, mir die Tasche meiner Freundin zu geben.«

55

Die Sonne begann gerade unterzugehen, als Vince an einem verwitterten Dorfschild vorbeifuhr, das ihn in Ranworth willkommen hieß. Es war nicht das aufwendigste Schild, das er je gesehen hatte und. Es zeugte nur den Namen des Dorfes und die einfache Silhouette eines Bootes und einer Kirche darüber. Vince konnte nicht verstehen, warum Menschen so weit draußen in der Provinz lebten. Er fuhr durch das Dorf und sah sich dabei um. Es gab einen kleinen Laden mit einer Post, einen Pub mit Blick auf eine Anlegestelle, die voller Mietboote war, und am anderen Ende des Dorfes eine Kirche.

Nachdem er sich die Aufnahmen des Busüberfalls angesehen hatte, saß Vince einige Zeit schweigend in seinem Auto und dachte darüber nach. Seine Konzentration wurde durch einen Anruf von Hùng, einem Mann, der für Vince arbeitete, auf einem seiner Wegwerfhandys unterbrochen. Hùng wollte wissen, wann Vince das Mädchen bei ihm und seiner Frau absetzen würde.

»Es gibt eine Verzögerung«, hatte Vince geantwortet, sehr zu Hùng's Verärgerung. Vince war es egal, ob der Mann verärgert war. Er bezahlte dem Mann und seiner Frau eine Menge Geld für ihre Dienste. Sie alle wussten, dass nicht nur die Dienste des Paares bezahlt wurden, sondern auch ihre absolute Diskretion. Vince besaß einen Wohnwagen an der Küste von Norfolk, der ein perfekter Ort war, um alle möglichen Dinge zu verstecken. Zum Beispiel Kinder, die darauf warteten, dass jemand kam und sie holte.

Nachdem er Hùng versichert hatte, dass er vollständig bezahlt und für die Verzögerung entschädigt werden würde, legte Vince auf. Seine Gedanken drehten sich um Leanne und das Geld, das sie ihn bereits gekostet hatte. Es waren nicht die Kosten für die Immobilie in Norwich oder seine Zeit, die ihm Sorgen machten. Für Vince gehörte das alles zum Spaß, aber die Gewebetypisierung, die er bei Leanne hatte durchführen lassen, hatte ein Vermögen gekostet. Die erste Stufe, der Test auf humane Leukozytenantigene, kostete über tausend Pfund, aber wie bei Hùng gab es einen Aufschlag für Diskretion. Vince wollte sich nicht so viel Zeit und Mühe mit Suzy machen, wenn ihre Tochter nicht seinen Vorstellungen entsprach. Zum Glück für Vince und weniger für Leanne hatte sich herausgestellt, dass das Mädchen perfekt zu einem Kind in Russland passte, das ähnlich alt war. Ein Kind mit einem angeborenen Herzfehler, der auf eine Operation nicht ansprach. Ein Kind mit extrem reichen Eltern.

Nach dem Anruf hatte Vince Google Maps benutzt, um die nächstgelegene Zivilisation in der Nähe des Ortes zu finden, an dem der Busüberfall stattgefunden hatte. Das wäre der logischste Ort, an den sie hätten gehen können. Er hatte die Karte einige Augenblicke lang studiert, um herauszufinden, wohin sie gehen würde. Eine Internetrecherche hatte ergeben, dass zu dem Zeitpunkt, an dem sie dort angekommen waren, der letzte Bus im Dorf bereits abgefahren war. Sie müssten also sicher im Dorf übernachtet haben. Aber wo?

Vince wendete das Auto und fuhr zurück zum Pub, wo er auf dem Parkplatz parkte, nachdem er nach Überwachungskameras gesucht hatte. Er warf einen Blick auf die Boote, von denen einige beleuchtet waren, während ihre Bewohner das taten, was Menschen auf Booten am Abend taten. Vielleicht konnte er ein Boot kaufen, wenn die Russen ihn bezahlt hatten? Mit der Summe, die sie für die Lieferung von Leanne aufbrachten, könnte Vince wahrscheinlich mehrere kaufen. Er machte sich auf den Weg in den Pub und stieß gegen die schwere Tür.

»Was kann ich dir bringen?«, fragte die Barkeeperin, eine große Frau in den Fünfzigern, die für Vinces Geschmack viel zu viel Make-up trug. Vince schaute sich nach Kameras um und sah eine junge Familie an einem der Tische essen. Die Mutter war besonders auffällig, zumindest nach Vinces Meinung.

»Ich suche nach einer Freundin von mir«, sagte Vince und wandte sich an die Barkeeperin. »Ich glaube, sie war am Donnerstagabend mit ihrer Tochter hier?«

»Nicht hier, Schätzchen«, antwortete die Frau. Sie warf einen Blick auf die Zapfanlagen vor ihr, bevor sie Vince wieder ansah.

»Bist du sicher?«, fragte Vince. »Sie müssten ziemlich spät hier angekommen sein? Es gab wohl Probleme mit ihrem Transport.«

»Nein.« Die Barkeeperin verschränkte die Arme über ihrer breiten Brust und sah Vince mit gerümpfter Nase an. »Unsere Unterkunft ist ausgebucht. Das ist um diese Jahreszeit immer so. Mitten in der Bootssaison, verstehst du?«

»Okay, danke.« Vince schaute zurück zu der Familie, wo die Mutter versuchte, ihr Kleinkind dazu zu überreden, wenigstens einen Löffel zu essen. »Könnte ich bitte ein Pint Lagerbier und eine Speisekarte bekommen?«

Die Barkeeperin breitete ihre Arme aus und grinste Vince an, wobei sie einige stark verfärbte Zähne zeigte.

»Setz dich an einen Tisch, Schätzchen, und ich bringe dir dein Bier.« Sie griff nach einer laminierten Speisekarte und reichte sie ihm mit einem theatralischen Zwinkern. »Das Lamm ist heute besonders gut.«

Ein paar Augenblicke später nippte Vince an seinem Lagerbier und beobachtete die Mutter, die wieder versuchte, ihr Kind zu füttern. Ihr Mann war in sein Handy vertieft, sehr zu ihrem Ärger. Sie erhob sich halb und lehnte sich über den Tisch, schlug nach der Hand ihres Mannes und gab Vince einen perfekten Blick auf ihren Hintern.

»Dreckige Schlampe«, murmelte Vince unter seinem Atem. »Du dreckige Schlampe.«

»Tut mir leid, was war das?«, sagte eine weibliche Stimme. Es war die Barkeeperin, die einen Teller mit Essen in der Hand hielt. Vince schaute zu ihr auf und war sowohl über die Unterbrechung als auch über die Schnelligkeit des Essens überrascht.

»Tut mir leid, ich habe nur laut gedacht«, antwortete Vince. Die Frau stellte den Teller ab und warf ihm einen seltsamen Blick zu. Sie ging ohne ein weiteres Wort weg. Vince fluchte leise vor sich hin. Wenn sie gehört hatte, was er gerade gesagt hatte, würde sie sich an ihn erinnern, und er wollte nicht, dass man sich an ihn erinnerte.

Vince aß langsam und starrte dabei auf die Mutter. Die Barkeeperin hatte Recht gehabt, was das Lammfleisch anging, aber der Kartoffelbrei, der dazu gereicht wurde, war nichts Besonderes. Er zwang sich, sich zu konzentrieren und wandte seinen Blick nur widerwillig von der Mutter ab. Wo waren Suzy und der Mann, der nach ihr ausgestiegen war, hingegangen, vorausgesetzt, er war bei ihr?

Er beendete sein Essen, holte sein Handy hervor und wischte über den Bildschirm, um ein Bild des Mannes in dem grauen Gewand aufzurufen. Er zoomte sein Gesicht heran und versuchte, sich ein Bild von dem Mann zu machen. Auf der anderen Seite des Pubs machte sich die junge Familie bereit, das Lokal zu verlassen. Die Mutter schien wütend auf ihren Mann zu sein und Vince grinste, als er sich vorstellte, wie sie eine Lektion erteilt bekommen würde, wenn das Kind im Bett war. Er wusste, wie er ihr eine Lektion erteilen würde, und es würde nicht schön werden.

Die Barkeeperin kam zurück, um seinen Teller zu holen, und Vince nutzte die Gelegenheit, um sie zu fragen, wo seine Freundin und ihre Tochter sonst noch geblieben sein könnten.

»Eigentlich nirgendwo«, antwortete die Frau. »Wir sind der einzige Ort im Dorf, der Zimmer hat. Es gibt einen Laden und einen Pub und sonst gar nichts.« Als sie davonwatschelte, trank Vince sein Bier aus und schaute wieder auf sein Handy. Wohin würde ein Geistlicher gehen, um Schutz zu suchen? Als die Antwort kam, war sie eindeutig.

»Oh, vergib mir, Vater«, murmelte Vince, als er aufstand, »denn ich habe gesündigt und es ist lange her, dass ich das letzte Mal gebeichtet habe.«

Vince war auf dem Weg zur Kirche.

56

»Du willst uns wirklich helfen?«, fragte Leon und schaute Caleb an, als sie mit dem Aufzug in das untere Stockwerk des Hochhauses fuhren. Über Calebs Brust war ein Stoffbeutel geschlungen und in seiner Hand befand sich die Tasche mit dem Geld, das Leon der Frau bei dem Busüberfall abgenommen hatte.

»Liest du die Heilige Schrift, Leon?«, erkundigte sich Caleb. Er hielt inne, aber Leon war sich nicht sicher, was er sagen sollte. »Im Evangelium nach Lukas gibt es einen Vers über das Verhandeln. Wenn dein Feind stärker ist als du, so schlägt es vor eine Botschaft auszusenden und um Friedens-bedingungen zu bitten. Kapitel vierzehn, wenn du es nach-schlagen willst?«

»Was hat die Bibel damit zu tun?«, erwiderte Leon.

»Alles, Leon«, sagte Caleb. »Ich bin ziemlich erfahren im Verhandeln. Ich denke, meine Friedensbedingungen wären für denjenigen, der deinen Freund Mr. Syd zu Fall bringen will, ziemlich attraktiv.«

»Für einen Preis«, murmelte Leon leise vor sich hin.

»Alles hat seinen Preis, Leon. Besonders die Freiheit.

Aber mein Preis wird dazu beitragen, meine Freunde zu schützen.« Caleb tätschelte die Tasche der Frau und Leon betrachtete das Geld darin. »Und das hier auch.«

Leon hatte fasziniert zugehört, als Syd und Caleb sich auf ihre Bedingungen geeinigt hatten. Syd würde das Geld zusammen mit einer Entschädigung für die Unannehmlichkeiten zurückgeben, wenn Caleb ihm bei der Suche nach den Männern helfen würde, die den Aufpasser erstochen hatten. Die beiden Männer schwiegen einige Augenblicke lang. Dann griff Caleb in seine Tasche und holte etwas heraus. »Das hätte ich fast vergessen.... das gehört dir.«

Leon schaute nach unten und sah eine abgenutzte braune Brieftasche in Calebs Hand. Seine Brieftasche.

»Woher hast du die?«, fragte er und nahm sie dem Mann ab.

»Du hast sie fallen lassen.« Leon sah ein halbes Lächeln auf Calebs Gesicht. »Im Bus.«

»Du hast sie mir gestohlen?« Er sah, wie Caleb auf den Stoffbeutel hinunterblickte.

»In der Bibel steht auch etwas über das Stehlen, Leon«, erklärte Caleb. »Es ist etwas verpönt. Es lohnt sich, es mal zu lesen. Hast du ein Auto?«

»Nein«, antwortete Leon lachend. »Ich habe keins. Warum? Brauchst du eins?«

»Ja.«

»Ich kann dir helfen, eins zu besorgen.«

»Was habe ich gerade über das Stehlen gesagt?« Leon sah, dass er immer noch ein halbes Lächeln im Gesicht hatte.

»Steht in deiner Bibel etwas über das Ausleihen?«

»Bestimmt.«

»Ich habe einen Kumpel, der ein Auto hat. Er wohnt ganz in meiner Nähe. Ich bin sicher, er wird es dir leihen.«

Leon warf einen Blick auf die Tasche auf Calebs Brust. »Für einen Preis.«

Als die beiden Männer das Hochhaus verließen, führte Leon Caleb durch eine andere Gasse zurück und erklärte ihm, dass nach der Messerstecherei von vorhin vielleicht noch Polizisten unterwegs sein könnten. Es war stockdunkel und sie kamen nur langsam durch die Gassen voran, bis sie schließlich Leons Straße erreichten.

»Warte hier«, sagte Leon zu Caleb, als sie einen Laternenpfahl in der Nähe seines Hauses erreichten. Er beobachtete, wie Caleb sich langsam im Kreis drehte und seine Umgebung musterte. Dann nickte er einmal. Leon schüttelte den Kopf, während er sich auf den Weg zu seiner Haustür machte. Als er sie erreicht hatte, ging er weiter zu einem Haus ein paar Häuser weiter und klopfte an. Während er darauf wartete, dass sein Freund öffnete, schaute Leon zu Caleb. Der Mann stand immer noch unter dem Laternenpfahl und starrte Leon durch die Dämmerung an.

»Leon, mein Freund«, grüßte eine Stimme, als sich die Tür öffnete.

»Alles klar, Matty«, sagte Leon und sah seinen Freund an. So wie er leicht schwankte, sah es so aus, als hätte Matty die Party früh begonnen. Die beiden waren zusammen zur Schule gegangen, als Leon noch regelmäßig zur Schule ging, aber Matty war ein paar Jahre älter als Leon. »Was gibt's?«

»Alles cool, Bruder«, antwortete Matty. »Kommst du rein? Ich habe ein paar coole Freunde da.«

»Ne, lass mal, Matty. Hey, hör mal, ich habe einen Kumpel, der sich dein Auto ausleihen möchte.« Leon nickte in Calebs Richtung und Matty beugte sich vor, um die Straße hinunterzusehen.

»Wer zum Teufel ist das?«, fragte Matty.

»Er ist ein Kumpel von mir. Kann er es ausleihen? Er zahlt auch dafür.«

»Und wenn er es klaut?«

»Er würde dir einen Gefallen tun. Er muss nur nach Thorpe und zurück fahren, es wird sich also nicht einmal die Nadel bewegen. Eine Stunde, höchstens.«

»Wie viel?«

»Zwanzig«, antwortete Leon. Der Preis, auf den er und Caleb sich geeinigt hatten, war fünfzig, also hatte Leon noch etwas Spielraum, um zu gewinnen. Er beobachtete, wie Matty über den Deal nachdachte, aber er brauchte nicht lange. Wenige Augenblicke später ging Leon mit den Schlüsseln zu Mattys beschissenem kleinen Fiesta in der Hand und dreißig Pfund mehr in der Tasche zu Caleb zurück. Er reichte Caleb die Schlüssel und sah zu, wie er den Knopf betätigte. Auf der anderen Seite der Straße leuchtete Mattys Auto auf und zwei der vier Blinker blinkten.

»Du bringst es zurück, ja?«, versicherte sich Leon, als sie sich auf das Auto zubewegten. Er sah, wie Caleb das kleine Fahrzeug mit einer Mischung aus Neugier und Nervosität betrachtete, bevor er sich hinunterbeugte und durch das Fahrerfenster schaute.

»Ah«, sagte Caleb mit einem Seufzer. Er drehte sich um und sah Leon an. »Kannst du fahren?«

»Nicht legal, aber ja«, antwortete Leon. »Warum? Du nicht?«

»Nicht mit einem Schaltgetriebe. Hast du Lust, mich zu fahren?«

Leon grinste, bevor er antwortete.

»Klar«, sagte er und nickte mit dem Kopf. »Für einen Preis.«

57

»**A**nstrengende Schicht, Jennifer?«, fragte Naomi ihre Schwester, als sie das Wohnzimmer betrat und dabei ihre Schuhe von den Füßen streifte.

»Ein verdammter Albtraum«, antwortete Jennifer. Sie setzte sich schwerfällig in einen der Sessel, bevor sie tief durch die Nase einatmete. »Wow, das riecht aber gut.«

»Ja, ich habe gerade etwas für uns gezaubert.« Naomi gab ihr Bestes, um lässig zu wirken. Sie war nicht gerade für ihre kulinarischen Fähigkeiten bekannt. »Ich muss nur ein paar Nudeln in einen Topf werfen. Soll ich den Tisch decken, wenn sie fertig sind?«

»Gib uns eine Minute. Zuerst ein Glas Wein, glaube ich.«

»Kommt sofort.«

Naomi stand auf und ging in die Küche, wo ein großer Topf mit Rinderbolognese in Ragùsoße auf dem Herd köchelte. Sie ging am Herd vorbei, öffnete den Kühlschrank und holte eine halbe Flasche Weißwein heraus, die sie in zwei Gläser füllte. Nachdem sie die Flasche ausgespült hatte, ging sie zur Mülltonne und vergrub sie darin, um die Tüte, in der der Deliveroo-Fahrer die Bolognese gebracht hatte, zu verbergen. Die Aluschale, in der sich das eigentliche Essen befunden hatte, war bereits in Jennifers Mülltonne vor der Wohnung vergraben.

»Bitte sehr, Süße«, sagte Naomi, als sie zurück ins Wohnzimmer ging und Jennifer ihr Glas reichte. Sie setzte sich hin, verschränkte die Beine unter sich und wartete, während Jennifer mit der Fernbedienung herumfuchtelte, um den Fernseher einzuschalten.

»Prost«, murmelte Jennifer und nippte an ihrem Getränk.

»Also, warum war es ein Albtraum auf der Arbeit?«

»Es war einfach sehr viel los.«

»Irgendetwas Interessantes?«

»Das Übliche. Eine Auswahl der besten Leute aus Norfolk sind durch die Tür gekommen. Es gab einen Unfall auf der A47, aber nichts Ernstes, und einen Mann, der mit einer Stichwunde durch die Gegend lief.«

»Wirklich?«, meinte Naomi und beugte sich vor. Obwohl Norfolk nicht das verschlafene Hinterland war, für das es manche Leute hielten, waren solche Dinge selten. »Was ist mit ihm passiert?«

»Keine Ahnung«, antwortete Jennifer und schaltete auf den Nachrichtensender um. »Er sprach kein Wort Englisch. Aber ich habe deinen Polizistenfreund getroffen. Derek, stimmt's?«

Naomi schaute Jennifer über ihr Glas hinweg an.

»Du meinst Dave? Den großen Kerl?«

»Ja, den. Er hat versucht, einen Dolmetscher für den Kerl zu finden, aber er konnte nicht einmal herausfinden, welche Sprache der Mann sprach. Blödmann.«

»Er ist kein Blödmann«, entgegnete Naomi und lächelte. »Hast du mit ihm gesprochen?«

»Nicht wirklich«, meinte Jennifer. »Ich habe einen alten

Herren für eine Operation vorbereitet. Ein Fremdkörper steckte in ihm.«

»Wo in ihm?«

»Das willst du gar nicht wissen.« Naomi konnte sehen, wie Jennifers Mundwinkel zuckten.

»Was für ein Fremdkörper?«

»Eine Kartoffel.«

»Steckte fest?«

»Tief.« Jennifer fing an zu lachen. »Anscheinend ist er nackt durch die Küche gelaufen und dabei ausgerutscht. Die Maris Piper lag auf dem Boden und ist einfach reingeknallt.«

Naomi, die gerade einen Schluck Wein nehmen wollte, brach in Gelächter aus und verschüttete etwas auf ihre Hand.

»Jennifer, das ist ja furchtbar«, sagte sie, während sie sich die Finger abschleckte. »Das ist nicht wirklich passiert.«

»Doch, das ist passiert«, antwortete Jennifer grinsend. »Okay, nicht heute, aber so etwas passiert öfter, als du denkst.«

Naomi stellte, immer noch lachend, ihr Weinglas ab und stand auf. »Ich werde die Nudeln aufsetzen.«

»Wusstest du, Naomi, dass manche Männer Küchenutensilien benutzen, um zu versuchen, ihre...« Naomi hielt sich kichernd die Hände über die Ohren.

»La! La! La!«, sang sie lautstark. »Ich höre nichts!«

Dreißig Minuten später lagen beide Frauen wieder in ihren Sesseln und balancierten leere Teller auf den Armlehnen. Eine weitere halb leere Weinflasche stand auf dem Boden zwischen ihnen. Naomi blieb, wo sie war, während Jennifer schnaufend aufstand, um die Teller abzuräumen. Als sie einen Moment später wieder in die Küche kam, grinste sie Naomi an.

»Lügende Kuh«, sagte Jennifer, als sie sich wieder hinsetzte.

»Was meinst du?«, fragte Naomi und presste ihre Lippen zusammen, um nicht zu lachen.

»Du erwartest ernsthaft, dass ich glaube, dass du gekocht und hinter dir aufgeräumt hast? Das letzte Mal, als du gekocht hast, habe ich wochenlang vertrocknete Gemüsestücke gefunden und die Küche sah aus wie ein Tatort.«

»Ich habe gekocht«, antwortete Naomi und versuchte, verletzt auszusehen. Wenigstens hatte sie die Nudeln gekocht.

»Natürlich hast du das«, scherzte Jennifer mit einem süffisanten Lächeln in Naomis Richtung. »Aber danke für das Essen, es war sehr lecker. Genau das, was ich gebraucht habe. Wo auch immer du es bestellt hast.«

Als Antwort darauf nahm Naomi ein Kissen und warf es Jennifer zu, wobei sie darauf achtete das Weinglas nicht umzustoßen. Auf dem Fernsehbildschirm vor ihnen sprach eine düster aussehende Frau in die Kamera. Hinter ihr war ein großes Haus zu sehen, an dessen Eingangstür ein einzelner Polizist Wache stand, während Ärzte in weißen Anzügen mit Kisten voller Ausrüstung in das Gebäude gingen. Dann wechselte die Aufnahme zu einer anderen Person.

»Hey, das ist er«, schrie Jennifer und griff nach der Fernbedienung. »Derek.«

»Dave«, korrigierte Naomi sie, als Jennifer die Lautstärke aufdrehte. »Er heißt Dave.«

»Sei still. Ich will hören, was er sagt.«

Naomi beugte sich vor und beobachtete, wie Dave sichtlich nervös von einem Zettel vor ihm ablas. Hinter ihm befand sich eine nagelneue Polizeistation, die vor kurzem am Stadtrand von Norwich eröffnet wurde.

»Die Polizei sucht dringend nach Zeugen, die sich zwischen heute Mittag und etwa vierzehn Uhr in der Nähe des Pfarrhauses von Ranworth aufgehalten haben. Jeder, der sich zu dieser Zeit in der Gegend aufgehalten hat, wird gebeten, sich direkt bei Crimestoppers zu melden, einer unabhängigen Wohltätigkeitsorganisation, die Ihre Informationen streng vertraulich behandeln wird.«

»Was ist passiert?«, fragte Naomi Jennifer, die auf ihr Handy tippte, während auf dem Bildschirm eine Vorschau auf das nächste Spiel der örtlichen Fußballmannschaft angezeigt wurde.

»Ich schaue gerade nach. Das verdammte Internet ist Mist«, klagte Jennifer. »Hey, dieser Dave. Ist er, na ja, ein guter Freund von dir?«

»Warum fragst du, Jennifer?«, fragte Naomi und sah ihre Schwester an, die in ihr Handy lächelte.

»Ich bin nur neugierig, das ist alles. Er ist ziemlich gut aussehend.«

Naomi grinste und öffnete den Mund, um zu antworten, aber als sie das tat, sah sie, wie Jennifers Lächeln in einem Augenblick verschwand.

»Oh, das ist ja furchtbar«, sagte ihre Schwester, runzelte die Stirn und scrollte mit dem Finger über den Bildschirm.

»Was ist passiert?«, fragte Naomi und vergaß dabei alle Gedanken an Dave.

»Bei der Sache in Ranworth soll es sich um einen Raubüberfall handeln, der zu einem Mord eskaliert ist.« Als Jennifer Naomi ansah, waren ihre Augen groß. »Jemand hat den örtlichen Pfarrer ermordet.«

58

Zu Calebs Überraschung war Leon tatsächlich ein sehr guter Fahrer, wenn man bedenkt, dass er noch zu jung war, um eine offizielle Fahrausbildung zu haben. Aber vielleicht, so dachte Caleb, als der junge Mann sich seinen Weg durch die Straßen der Lark's Cross Siedlung und hinaus in die Stadt bahnte, ging es ihm eher darum, die Aufmerksamkeit der Behörden zu vermeiden. Er hatte einen Umweg genommen, um die Siedlung zu verlassen, weil er davon ausging, dass dort immer noch Polizisten unterwegs sein könnten, aber als sie auf den Hauptstraßen waren, schien Leons Selbstvertrauen zu wachsen.

»Warum hast du eigentlich nie richtig fahren gelernt?«, fragte Leon, während er das Auto über einen komplizierten Kreisverkehr manövrierte, bei dem Caleb dankbar war, dass er nicht selbst fuhr.

»Ich kann richtig fahren«, antwortete Caleb, »nur nicht mit einer Gangschaltung. Ich habe es einfach nie gelernt.«

»Woher kommst du?«

»Aus Texas, ursprünglich.«

»Warum bist du hierher gekommen? Texas ist doch meilenweit weg.«

»Das ist eine lange Geschichte, Leon«, antwortete Caleb, während er die Häuser vorbeiziehen sah. Der Unterschied zwischen den Häusern, an denen sie gerade vorbeifuhren, und den Häusern in der Siedlung war gewaltig. »Ich muss irgendwo sein.« Sie fuhren weiter und die Häuser wichen einer Reihe von Geschäften, die alle geschlossen waren, bis auf einen kleinen Laden zwischen einem Wohltätigkeitsladen und einem Wettbüro. »Warst du schon mal in den Staaten?«

»Nein«, gestand Leon und lachte. »Ich war einmal in Frankreich, auf einer Klassenfahrt, aber es war scheiße.«

»Ja.« Caleb lächelte und dachte an seine eigenen Abenteuer in der Schule zurück. »Schulausflüge können so sein.«

»Nicht die Reise«, antwortete Leon. »Das ganze Land. Es hat nach Pisse gestunken.«

Calebs Lächeln wurde noch breiter, während Leon den nächsten Nachbarn seines Landes analysierte, aber der junge Mann sagte nichts weiter zu diesem Thema.

Außerhalb des Autos wichen die Häuser und vereinzelten Läden der offenen Landschaft, aber die Zahl der offenen Grundstücke, an denen sie in der Dunkelheit vorbeikamen, ließ darauf schließen, dass der grüne Gürtel von Norwich schnell schrumpfte. Sie brauchten nur zwanzig Minuten, wenn überhaupt, aber sie erreichten bald das Dorf, in dem Suzy und Leanne wohnten. Caleb erkannte das Dorfschild, das wichtig genug war, um einen eigenen Scheinwerfer zu haben. Es zeigte einen Mann und eine Frau, die anscheinend bei der Gartenarbeit waren. Leon verlangsamte das Auto bis zum Schritttempo.

»Wohin soll ich fahren?«, fragte er und beugte sich vor, um durch die Windschutzscheibe zu schauen. Caleb antwortete zunächst nicht, da er den Standort des Heimes nicht verraten wollte. Es lag weiter unten an der Straße, vielleicht ein paar hundert Meter entfernt. Dahinter befand sich eine Tankstelle, deren Lichter noch an waren.

»Fahr zur Tankstelle«, sagte Caleb. Leon würde am Heim vorbeifahren und damit Caleb die Gelegenheit geben, es zu sehen, und er konnte von der Garage aus zurücklaufen, ohne dass der junge Mann den genauen Standort seines Ziels sehen konnte.

Leon tat wie ihm befohlen und als sie am Heim vorbeifuhren, hielt Caleb seinen Kopf nach vorne gerichtet, während er das Tor aus dem Augenwinkel betrachtete. Irgendetwas stimmte nicht und er spürte, wie er sich versteifte, bevor er sich zwang, sich zu entspannen. Das Tor war nur ein paar Zentimeter offen, aber es war nicht gesichert. Leon hatte den Wagen noch nicht einmal auf dem Tankstellenparkplatz angehalten, als Caleb die Tür öffnete.

»Hey, Caleb?«, rief Leon ihm hinterher. Caleb, der schon ein paar Schritte vom Auto entfernt war, drehte sich um. »Du hast die Tasche deiner Freundin vergessen.«

»Ich komme sie gleich holen. Warte hier.«

Ohne auf eine Antwort zu warten, begann Caleb zu laufen, als er die Hauptstraße erreichte. Er legte den Weg zum Heim in weniger als einer Minute zurück und als er am Tor ankam, sah er, dass er Recht gehabt hatte. Das Tor war offen. Caleb schaute sich um, um sicherzugehen, dass er allein war, bevor er das Tor aufdrückte und hindurchschlüpfte. Langsam, um nicht zu viel Lärm auf dem Kies zu machen, betrat er den Rasen und begann zu rennen. Es war nicht nur das Tor, das offen war, auch die Haustür war offen. Licht strömte auf die Einfahrt.

Caleb betrat das Heim, hielt inne und schloss für ein paar Sekunden die Augen. Er hatte nicht das Gefühl, dass jemand im Haus war, aber er tat so, als ob es jemand wäre, nur für den Fall. Im Haus brannten fast alle Lichter, und er ging einen Flur mit Ölgemälden auf beiden Seiten entlang, wobei seine Schritte durch den dicken Teppich gedämpft wurden. Er kam an einem Wohnzimmer, einem Arbeitszimmer und einer Küche vorbei. Die Türen standen offen, das Licht in den Räumen war an und sie waren leer. Caleb bemerkte einen großen Fleck auf dem dunklen Teppich des Arbeitszimmers, aber er verweilte nicht lange. Er war auf der Suche nach Suzy und nicht auf der Suche nach Kritik an der Haushaltsführung.

Am Ende des Flurs befand sich eine Treppe mit verschnörkelten Holzgeländern. Caleb ging die Treppe hinauf, im Vertrauen darauf, dass die untere Etage leer war, und fand sich in einem ähnlichen Flur wieder wie im Erdgeschoss. Die Türen zu den Zimmern waren alle geschlossen, mit Ausnahme von einer. Er machte sich auf den Weg zur Tür und blieb kurz davor stehen. Wie in den anderen Zimmern im Erdgeschoss war auch hier das Licht an. Er hörte das leise Geräusch von Reifen auf Schotter, das von außerhalb des Hauses kam.

Caleb drückte gegen die Tür, die sich ohne ein Geräusch öffnete. Seine Brust zog sich zusammen, als er eine Gestalt auf einem Bett liegen sah. Es war Suzy.

Sie hatte die Hände auf der Brust verschränkt, als ob sie beten würde, aber Caleb wusste durch den metallischen Geruch in der Luft, dass sie nicht betete. Er machte ein paar Schritte nach vorne und die Welt schien sich um ihn herum zu schließen. Alles, was er hören konnte, war sein eigenes Blut, das in seinen Ohren rauschte.

Als er sich dem Bett näherte, konnte Caleb einen dunklen Schatten auf dem Bettzeug um Suzys blondes Haar sehen. Es war Blut. Sehr viel Blut. Die tiefe, klaffende

Wunde in ihrem Hals war wie ein grausames Lächeln. Die Welt zog sich weiter zusammen, als Caleb auf die Knie sank. Er streckte die Hand aus und nahm Suzys Hand. Sie war noch warm. Wäre er früher hier gewesen, hätte er sie beschützen können. Caleb schloss seine Augen und schlang seine Finger um Suzys. Durch das rauschende Blut in seinen Ohren konnte Caleb Schritte hören. Er beschloss, sie zu ignorieren. Es könnte ein Rettungsteam sein, das sich näherte, aber sie würden nichts tun können.

»Durch diese heilige Salbung möge der Herr in seiner Liebe und Barmherzigkeit dir mit der Kraft des Heiligen Geistes helfen. Möge der Herr, der dich von der Sünde befreit, dich retten und aufrichten«, flüsterte er unter seinem Atem.

Caleb holte tief Luft und wollte gerade das Vaterunser sprechen, als er von einem Schlag in den Rücken getroffen wurde, der sich wie ein Vorschlaghammer anfühlte. Ein schießender, unerträglicher Schmerz schüttelte sein Gehirn wie eine Erdnuss im Glas und er spürte, wie ein Bienenschwarm unter seiner Haut krabbelte. Unfähig, Suzys Hand weiter zu halten, spürte Caleb, wie seine Welt zu kippen begann. Dann merkte er, dass es nicht seine Welt war, die zu kippen begann. Es war er selbst. Kurz bevor er das Bewusstsein verlor, hörte Caleb eine tiefe Männerstimme rufen.

»Taser! Taser! Taser!«

59

Vince zog seine Kapuze hoch und beugte sich vor, als ein weiteres Polizeifahrzeug ein paar Straßen weiterfuhr und mit seinen blauen Lichtern die Häuser beleuchtete, an denen es vorbeirauschte. Er war beeindruckt von der Schnelligkeit, mit der die Polizei reagiert hatte. Als er die Stromzufuhr zum Haus unterbrochen hatte, musste es einen automatischen Anruf gegeben haben, den er nicht erwartet hatte. Aber das war nicht wichtig. Als das erste Einsatzfahrzeug eintraf, hatte er seine Aufgabe bereits erledigt und war auf dem Weg durch die Seitenstraßen. Er hatte sein Auto auf dem Parkplatz eines geschlossenen Dorfladens abgestellt, einem heruntergekommenen Gebäude ohne Kameras, das nur ein paar Minuten Fußweg entfernt war.

»Vince!«, schrie Leanne. »Du tust mir weh.« Er blickte auf das Kind hinunter, das glücklicherweise alles verschlafen hatte. Vince wusste, dass es viel schwieriger gewesen wäre, sie zu kontrollieren, wenn sie gesehen hätte, was er im Haus getan hatte. »Wohin gehen wir? Ich will zu meiner Mami.«

»Ich habe dir doch gesagt, dass wir einen kurzen Urlaub machen«, antwortete Vince und versuchte, seine Stimme unter Kontrolle zu halten. »Deine Mutter wird bald nachkommen.«

»Aber ich habe Boo Boo vergessen«, jammerte Leanne. »Er ist noch im Haus.«

»Sie wird Boo Boo mitbringen, keine Sorge«, antwortete Vince mit zusammengebissenen Zähnen.

Sich Zugang zum Grundstück zu verschaffen, war viel einfacher gewesen, als er anfangs gedacht hatte. Der Zugriff auf den Router des Hauses war ein Kinderspiel und sobald er Zugang dazu hatte, hatte er auch Zugriff auf das gesamte Sicherheitsnetzwerk. Vince hatte sich an der Wand in die Hocke begeben und einige Augenblicke damit verbracht, seinen Angriff zu planen. Es schien keinen Notstromgenerator zu geben, weswegen ein Stromausfall die Kameras ausschalten würde. Das Sicherheitssystem verfügte über einen *Feueralarmmodus*, der, wenn er aktiviert wurde, die Türen und Fenster öffnete, um den Bewohnern die Flucht zu ermöglichen. Nachdem er sich vergewissert hatte, dass der Modus nicht auch einen Alarm auslöste, aktivierte er ihn, öffnete das Haupttor zum Grundstück und schaltete den Strom ab.

Er hatte nicht annähernd so viel Zeit, wie er wollte, um das Grundstück, das er gerade verlassen hatte, gründlich zu untersuchen. Unter normalen Umständen hätte er das Haus ein paar Tage lang von einem ganzen Team umstellen lassen, um die normalen Lebensmuster zu beobachten. Wer lebte dort? Wer besuchte es und wann? Wie lange blieben sie? Aber als er am Haus ankam und die erhöhten Sicherheitsvorkehrungen sah, wusste er instinktiv, dass Suzy sich dort mit Leanne versteckt hatte. Was Vince nicht wusste, war, wie lange sie dort bleiben würde, und da ein Überwachungsteam nicht in Frage kam, war entschlossenes Handeln gefragt. Vince hatte zwar nicht mit der alten Frau gerechnet, aber sie hatte auch nicht mit einem Messer an ihrer Kehle gerechnet.

Die Polizei würde nicht lange brauchen, um eine Verbindung zwischen seinen Aktivitäten im Pfarrhaus der St. Helen's Church und dem Heim herzustellen, das er gerade verlassen hatte. Obwohl der Pfarrer sich als viel entschlossener erwiesen hatte als der Obdachlose, hatte die Aufzeichnung, die die Dashcam in seinem Auto unauffällig gesammelt hatte, Vince genau gezeigt, wo der Mann gewesen war. Vince hatte die letzte Fahrt des Pfarrers Stück für Stück nachgestellt und den Weg mit einer Karte auf seinem Schoß nachgezeichnet. Sie hatte das letzte Reiseziel des Pfarrers gezeigt und obwohl er es vor seinem Tod geleugnet hatte, waren die Chancen groß, dass es auch das Ziel von Suzy und Leanne war.

Vince war enttäuscht, dass seine Zeit mit Suzy früher zu Ende gegangen war, als er ursprünglich geplant hatte. Ihr endgültiges Ende war zwar befriedigend, aber nicht annähernd so aufregend, wie es hätte sein können, doch die Zeit drängte.

Als er sich dem Parkplatz näherte, verlangsamte Vince sein Tempo, um sich einen Überblick über die Umgebung zu verschaffen. Es war eine Angewohnheit, mehr nicht, aber er konnte nichts Ungewöhnliches sehen. Er ging zu seinem Auto und öffnete es auf die altmodische Art mit dem Schlüssel, um zu vermeiden, dass die Blinker und die Scheinwerfer eingeschaltet wurden. Er hatte eine Route geplant, die ihn zu dem Wohnwagen führen würde, in dem Hùng und seine Frau auf Leanne warten würden. Die Route, die keine ANPR-Kameras oder andere Überwachungssysteme hatte, die ihn sehen könnten. Es würde vielleicht dreißig Minuten dauern, weniger, wenn die Straßen frei waren.

Er schnallte Leanne auf dem Rücksitz an und ignorierte ihr Jammern. Mit etwas Glück würde sie innerhalb weniger Augenblicke einschlafen. Er musste seine Kleidung wechseln und das Blut der älteren Frau abduschen. Er nörgelte leise vor sich hin. Arterien konnten so schmutzig sein.

Vince dachte einen Moment lang nach, bevor er den Motor anließ. Sobald Leanne sicher in den Händen von Hùng war, war Vinces Arbeit erledigt. Es gab noch andere, die die Arbeit von da aus übernehmen würden. Leanne würde auf das europäische Festland und von dort nach Estland gebracht werden. Vince kümmerte sich nicht um diesen Teil der Reise oder darum, wohin Leanne von Estland aus gebracht werden würde. Solange Leanne von Hùng abgeholt wurde, würde Vince großzügig bezahlt werden.

Vince wusste, dass seine Zeit in Norfolk vorbei war und er nicht die Absicht hatte, zurückzukehren. Es war an der Zeit, sich irgendwo neu niederzulassen. Es war an der Zeit, jemand Neues zu finden. Jemand, der zerbrechlich war, eine alleinerziehende Mutter mit einem Kind, die beide so geformt werden konnten, wie er es wollte. Solange die DNA des Kindes mit der von jemand anderem übereinstimmte, konnte er neu anfangen.

Vince startete das Auto mit einem Lächeln. Er freute sich darauf, eine neue Jagd zu beginnen.

60

———

»Ich verarsch dich nicht, Bruder«, sagte Leon zu Syd. »Genau so ist es passiert.« Syds Gesicht hatte sich endlich von Unglauben in Schock verwandelt. Leon lehnte sich in Syds Sessel zurück und blies den Atem aus seinen Wangen. »Was zum Teufel machen wir jetzt?«

Leon hatte die letzten zehn Minuten damit verbracht, Syd zu erzählen, was vorhin passiert war. Wie er und Caleb nach Thorpe gefahren waren und an einer Tankstelle geparkt hatten. Wie Caleb das Auto verlassen und seine Sachen zurückgelassen hatte. Und wie ein paar Minuten später jeder Polizist in Norfolk, so schien es zumindest, aufgetaucht war.

»Bist du sicher, dass sie ihn geschnappt haben?«, fragte Syd und griff nach seinen Papieren.

»So sicher wie ich nur sein kann«, antwortete Leon. »Sie sind direkt an mir vorbeigefahren. Er saß auf dem Rücksitz eines Streifenwagens und sah aus, als wäre er gefesselt.«

»Aber weswegen?«

»Keine Ahnung, aber nach der Anzahl der Bullen, die aufgetaucht sind, war es etwas Großes.«

Leon nickte auf die beiden Taschen zwischen ihnen. Die eine gehörte der Frau, in der sich noch das Geld befand. Die andere war eine Stofftasche, die Caleb gehörte. Syd schnippte Blättchen und eine Tüte mit Gras über den Tisch in Leons Richtung.

»Bau mal einen, Bruder«, sagte Syd und griff nach Calebs Tasche. »Ich will wissen, was da drin ist.«

Leon hob die Blättchen auf und begann, einen Joint zu drehen, während Syd Calebs Tasche auf den Boden kippte. Es war nicht viel drin. Eine Art graues Gewand, eine kleine Bibel und ein Rasiermesser purzelten auf den fleckigen Teppich, gefolgt von einem Paar schäbiger Ledersandalen. Dann griff Syd in die Tasche und zog einen ramponierten marineblauen Reisepass heraus. Auf der Vorderseite befand sich ein kompliziertes Wappen mit den Worten Vereinigte Staaten von Amerika. In dem Pass steckten ein paar frische Hundertdollarscheine, die auf den Teppich flatterten. Die letzten Gegenstände, die aus der Tasche geschüttelt wurden, waren ein rechteckiger Stein, vielleicht zwei Zentimeter groß, und ein Gegenstand, der für Leon wie ein Ledergürtel aussah.

»Der reist mit leichtem Gepäck«, stellte Syd fest, während er den Pass durchblätterte. »Er ist auch schon ein bisschen rumgekommen. Hier sind mehr Stempel drin, als Seiten frei sind.« Leon sah zu, wie Syd die Scheine in den Pass steckte, bevor er auf das graue Kleidungsstück stieß.

»Das ist das Gewand, das er im Bus getragen hat«, erklärte Leon und fuhr mit den Fingern über den Joint, um zu prüfen, ob er fest genug war. »Er war angezogen wie ein Mönch oder so.«

»Willst du mich verarschen?«, sagte Syd und seine Augen funkelten. »Er war wie ein Mönch gekleidet?«

»Ja, wie dieser Dally Lammy-Typ.«

»Du meinst den Dalai Lama«, antwortete Syd, während er Leon den Joint abnahm. »Er trägt aber ein orangefarbenes. Keine schmutziges graues.«

Leon zuckte daraufhin nur mit den Schultern. Er beobachtete, wie Syd den Joint anzündete, ein paar Mal paffte und dann einen tiefen Zug nahm. Winzige Glutreste fielen vom Ende auf Syds Hemd, bevor er sie wegwischte.

»Was machen wir jetzt?«, fragte Leon, nachdem Syd ihm den Joint gereicht hatte.

»Wir müssen gar nichts tun«, antwortete Syd. »Wir haben unser Geld zurück und er ist von der Bildfläche verschwunden.«

»Ja, aber er wollte uns doch helfen.«

»Er wollte für uns arbeiten, erinnerst du dich?«, schoss Syd zurück, »solange wir ihn bezahlen«. Leon hielt für ein paar Sekunden die Luft an und atmete aus, wobei er eine blasse Rauchwolke in Richtung Decke schickte. »Seit wann seid ihr eigentlich beste Freunde?«

»Er ist ein ziemlich einfallsreicher Kerl«, gestand Leon und nahm einen weiteren Zug vom Joint. »Ich meine, er hat unseren Jungen da draußen gerettet. Er hat deine Cannabisplantagen ziemlich schnell auseinandergenommen.« Er lachte und das Lachen wurde zu einem Husten. »Er hat uns gefunden, nicht wahr?«

»Nein, Leon«, antwortete Syd, beugte sich vor und hielt ihm die Hand hin. »Er hat dich gefunden und du hast ihn zu mir geführt. Das ist ein Unterschied, mein Freund.«

Leon gab den Joint ab und lehnte sich zurück, während der erste Hauch des starken Grases in seinem Gehirn zu kribbeln begann. Syd hatte nicht ganz Unrecht. Caleb hatte seine Brieftasche geklaut, ohne dass er es bemerkt hatte. Wenn das nicht gewesen wäre, hätte Caleb ihn nicht finden können.

»Ich sage, wir tun nichts«, wiederholte Syd mit einem Hauch von Endgültigkeit. »Wenn er wegen des Geldes in der Tasche zurückkommt, kann er es haben. Wir behalten es und den Scheiß in seiner eigenen Tasche und schauen, was passiert. Stimmt's?«

Leon wusste, dass es keinen Sinn hatte, das Thema weiter zu diskutieren. Er konnte an Syds Gesichtsausdruck erkennen, dass er sich entschieden hatte.

»Was ist mit dem Treffen morgen Abend?«, fragte Leon ihn. »Was werden wir da machen?«

»Mir wird schon etwas einfallen«, antwortete Syd. Seine Augen waren geschlossen und er lehnte seinen Kopf zurück auf das Sofa. Leon hob die Reste des Joints auf, der im Aschenbecher schwelte, paffte ihn wieder auf und nahm ein paar schnelle Züge, bevor er ihn ausmachte.

Leon verabschiedete sich von Syd und stand auf. Syd antwortete nicht und Leon fragte sich, ob er schlief oder einfach nur bekifft war. Er schloss die Wohnungstür hinter sich und machte sich auf den Weg zum Aufzug, wobei er einen Blick auf die Türen zu den anderen Wohnungen warf. Irgendwann wollte er unbedingt die Plantagen sehen, die Caleb beschrieben hatte.

Er hatte Syd nichts gesagt, weil er befürchtete, dass der ältere Mann ihn auslachen würde, aber Leon mochte Caleb. Der Mann hatte etwas an sich, das schwer zu fassen war, etwas, das Leon dazu brachte, ihm zumindest irgendwie helfen zu wollen. Immerhin hatte Caleb schon einmal einem jungen Mann das Leben gerettet.

Leon drückte den Knopf, um den Aufzug zu rufen und seufzte. Es muss doch etwas geben, was er tun konnte?

Naomi sperrte ihren roten Mini ab und ging auf den Haupteingang des Gebäudes zu, vor dem sie geparkt hatte. Wenn ihr Auto auf dem Besucherparkplatz einer Polizeistation nicht sicher war, dann war es nirgendwo sicher. Sie schob die schweren Türen auf und war dankbar für die Wärme im Foyer. Da die Sonne schon vor ein paar Stunden untergegangen war, lag eine gewisse Kälte in der Luft.

Der Polizeibeamte hinter dem Schreibtisch, den Naomi nicht erkannte, tat so, als würde er sie erst beachten, als sie schon fast dreißig Sekunden vor dem Schreibtisch stand. Das war ein belangloses Spiel, das manche Polizisten spielten, um ihren Besuchern zu zeigen, wer das Sagen hatte, und es war, wie Naomi fand, ziemlich sinnlos. Der Mann hinter dem Schreibtisch war vielleicht Ende fünfzig, hatte Sergeant Chevrons Abzeichen auf seinen Schultern und sah nicht so aus, als würde er in nächster Zeit einen Fitnesstest bestehen können.

»Kann ich bitte Detective Constable Hetherington sprechen?«, fragte sie den Wachtmeister.

»Ich weiß nicht, ob er im Moment da ist«, antwortete der Polizist.

»Sein Auto steht auf dem Parkplatz, deswegen vermute ich, dass er wahrscheinlich da ist.« Naomis Antwort ließ den Polizisten eine Augenbraue hochziehen.

»Und Sie sind?«, fragte er, während seine Augenbraue hochgezogen blieb.

»Naomi Tipton«, antwortete Naomi. »Anwältin. Hier wegen dem Fall in Thorpe?«

»Der Doppelmord?«, fragte der Sergeant. Naomi blinzelte, um ihre Überraschung zu verbergen. Leon hatte das nicht erwähnt, als er sie angerufen hatte, weil er sie verzweifelt gebeten hatte, einem Freund von ihm zu helfen. »Das ging aber schnell. Der Verdächtige wird noch überprüft.«

»Hey Naomi«, sagte eine vertraute tiefe Stimme von der anderen Seite des Schreibtischs. Daves Gesicht erschien durch eine Seitentür. »Ich dachte, ich hätte deine Stimme gehört. Können Sie sie durchlassen, Sergeant?«

Mit einem tadelnden Geräusch drückte der Wachtmeister einen Knopf unter seinem Schreibtisch und das Sicherheitstor, das das Foyer vom Rest der Polizeiwache trennte, klickte. Naomi ging hindurch zu Dave und blieb am Röntgengerät stehen, falls der Wachtmeister ihre Tasche durchleuchten wollte. Als sie ihn ansah, war er in seinen Papierkram vertieft, der, wie sie feststellte, ein Sudoku-Puzzle war.

»Ich wusste nicht, dass du heute Abend die Pflichtverteidigerin bist«, sagte Dave und führte sie in das Innere der Polizeiwache. Für ein modernes Gebäude war es erstaunlich schmuddelig, sobald die Besucher die Sicherheitsschleuse passiert hatten. »Wer hat dich gerufen?«

»Ich bin heute Abend nicht die Pflichtverteidigerin, Dave«, antwortete Naomi, als sie an einem schwarzen Brett vorbeikamen, auf dem Flyer für Pflichtschulungen, dringende Mitteilungen und mehrere Anzeigen für die Police Federation hingen. »Ich bekam einen Anruf.«

Dave hielt an und drehte sich zu Naomi um.

»Wer hat dich angerufen?«, fragte er. Sie sah ihn an und bemerkte die frischen Tränensäcke unter seinen Augen. Er sah so müde aus, wie sie ihn noch nie gesehen hatte.

»Ein Freund des Angeklagten, der anonym bleiben möchte«, erklärte Naomi und bemerkte, dass ihre Stimme trotz der Tatsache, dass sie mit einem Freund sprach, in den Anwaltsmodus gewechselt hatte.

»Hat dein Freund zufällig den Namen des Verdächtigen erwähnt?«, fragte Dave, wobei sich der Anflug eines Lächelns auf seinem Gesicht abzeichnete. »Ich frage, weil er seit seiner Verhaftung kein Wort mehr gesagt hat.« Er machte einen Schritt auf Naomi zu und sie nahm den schwachen Geruch von Schweiß wahr, der von ihm ausging. »Nicht einmal, dass er einen Anwalt will.« Sie sahen sich ein paar Sekunden lang an. »Das ist nicht gut, Naomi. Bist du sicher, dass du da mitmachen willst?«

»Was ist passiert?«, fragte Naomi. »Der Wachtmeister sagte, es war ein Doppelmord.«

»Ja, zwei Frauen in einem großen Haus in Thorpe«, sagte Dave und ging weiter den Flur entlang. Naomi musste sich beeilen, um mit ihm Schritt zu halten. »Beiden wurde die Kehle durchgeschnitten. Eine lag in einem Schlafzimmer und die andere fanden wir in einem Schrank. Das Haus hatte einen Notruf, der mit uns verbunden war und den jemand ausgelöst hatte. Es hätten aber auch drei Frauen sein können. Es gab noch eine andere, die dort wohnte, aber sie war heute Abend ausgegangen. Glückliche Frau.«

»Verdammte Scheiße«, fluchte Naomi und schluckte den Kloß in ihrem Hals hinunter. Sie hatte noch nie mit einem

Mordfall zu tun gehabt. Am nächsten daran war ein Fall vor etwa einem Jahr, bei dem es um eine Kneipenschlägerei gegangen war, bei der ein Mann durch einen einzigen, unglücklichen Schlag getötet worden war.

»Als die Einsatzkräfte eintrafen, war dein Mandant da und betete über einer der Leichen.« Dave stieß die Tür am Ende des Flurs auf und führte Naomi in den Personalraum. »Seit Monaten gab es in Norfolk keinen Mord mehr und jetzt haben wir vier innerhalb weniger Tage. Wie die verdammten Londoner Busse. Ewig kommt keiner und dann tauchen zwei zur gleichen Zeit auf.«

»Stehen sie in Verbindung?«, fragte Naomi. »Die Fälle?«

»Wir sind uns nicht sicher«, antwortete Dave und schaltete den Wasserkocher ein. »Unterschiedliche Vorgehensweisen. Der Priester wurde gefoltert, bevor er getötet wurde. Ich meine richtig gefoltert. So etwas habe ich noch nie gesehen.« Naomi kämpfte gegen den Drang an, Dave zu umarmen. Sie hatte diesen Ausdruck in seinem Gesicht noch nie gesehen. Es war nicht nur Erschöpfung. Es war Entsetzen. »Die beiden Frauen wurden mit einem Messer getötet, während der Priester zu Tode geprügelt wurde, wie der Obdachlose in Norwich. Es gibt keine offensichtliche Verbindung, aber die Ermittlungen stehen noch ganz am Anfang. Dein stummer Freund ist da nicht gerade hilfreich.« Er legte die Hände auf seinen Rücken und streckte sich. »Du wartest hier. Ich schaue nach, ob er bereit ist.«

»Möchtest du einen Tee?«, fragte Naomi. Dave lächelte, aber das ließ ihn nur noch müder aussehen.

»Ich dachte schon, du würdest nie fragen, Naomi«, antwortete er.

Caleb setzte sich in einen Schneidersitz auf die dünne, gummibeschichtete Matratze, die seine Liege auskleidete. Das einzige andere Möbelstück in der Zelle war eine Toilette aus rostfreiem Stahl mit einem kleinen Waschbecken. Wenigstens hatte er seine eigene Zelle, ganz im Gegensatz zu den Arrestzellen in seinem Heimatland. Die Wände waren lindgrün gestrichen und frei von Graffiti, und die einzige Lichtquelle war eine kleine Glühbirne in einem Metallkäfig an der Decke. Selbst wenn es draußen hell gewesen wäre, gab es kein Fenster, durch das natürliches Licht hätte eindringen können.

Er schloss die Augen und ließ die letzten Stunden Revue passieren. Seit er im Heim getasert worden war, wurde Caleb entkleidet, durchsucht, untersucht, abgetastet und seine Fingerabdrücke wurden genommen. Seine Kleidung wurde durch einen weißen Einweganzug, der auf der Haut juckte, und passende Socken ersetzt. Er war jeder Aufforderung der Polizei nachgekommen, nur auf ihre vielen Fragen hatte er nicht geantwortet. Er hatte ihnen nicht einmal seinen Namen gesagt, denn er wusste, dass sie in dem

Moment, in dem er den Mund aufmachen würde, wissen würden, dass er kein Brite war. Caleb hatte nichts bei sich, was ihn hätte identifizieren können. Er war sich nicht sicher, wie das Rechtssystem in diesem Land funktionierte, aber in den Vereinigten Staaten gab es einen ganzen Zusatzartikel über das Recht zu schweigen und er glaubte nicht, dass es hier anders sein würde.

Caleb neigte nicht dazu, sich Gedanken darüber zu machen, was wäre wenn, aber unter diesen Umständen konnte er nicht anders. Als er Suzy fand, war ihre Hand noch warm. Ihr Angreifer muss nur wenige Augenblicke vor seiner Ankunft dort gewesen sein. Nachdem er gefesselt und auf den Rücksitz eines Polizeiautos gesetzt worden war, hatte Caleb gesehen, wie die Polizisten das Heim durchsucht und die Lichter in den Zimmern nach und nach angeknipst hatten. Er hatte gehofft, zu sehen, wie Leanne in den Krankenwagen gebracht werden würde, der kurz nach der Polizei eintraf, vielleicht in eine Decke gewickelt und Boo Boo unter den Arm geklemmt, aber er wusste auch, dass das eine vergebliche Hoffnung war. Was wäre, wenn er zehn Minuten früher gekommen wäre? Dann hätte nicht Suzys Leiche auf dem Bett gelegen, da war sich Caleb sicher. Stattdessen würde dort derjenige liegen, der sie getötet hatte.

Zu schweigen war nach Calebs Meinung die beste Vorgehensweise. Es könnte seine Freilassung verzögern, wenn er nichts sagte, aber er wusste, dass er irgendwann freigelassen werden würde. Aus kriminaltechnischer Sicht gab es nichts, was ihn mit dem Mord an Suzy in Verbindung bringen konnte. Keine Mordwaffe mit seinen Fingerabdrücken, keine blutgetränkte Kleidung. Alles, was er getan hatte, war, die Leiche zu entdecken, und das war zwar kein Verbrechen, aber es würde schwer zu erklären sein, wenn er anfing zu reden. Caleb wusste, dass es die beste Lösung war, zu schweigen, während die verschiedenen gerichtsmedizinischen Tests durchgeführt wurden, um ihn – hoffentlich – aus den Ermittlungen auszuschließen. Das einzige Problem dabei war, dass mit jedem Moment, den er in einer Zelle eingesperrt war, Leanne immer weiter weggebracht werden konnte.

Caleb schloss erneut die Augen und ging in Gedanken noch einmal alles durch, was Suzy ihm über ihren Partner Vince gesagt hatte. Er wusste, dass er für den Sicherheitsdienst arbeitete. Er wusste, dass der Mann ein Monster war, aber darüber hinaus – so stellte Caleb fest, als er das Gespräch im Wald noch einmal Revue passieren ließ – hatte Suzy ihm wenig über diesen Vince erzählt. Caleb kannte nicht einmal seinen Nachnamen. Er kannte nicht einmal Suzys Nachnamen. Das würde die Suche nach Vince und damit auch nach Leanne sehr schwierig gestalten. Jedoch hatte Caleb schon schwierigere Missionen als diese übernommen und erfolgreich abgeschlossen. Es würde einen Weg geben. Es musste einen Weg geben. Er hatte Leanne ein Versprechen gegeben und Caleb hatte noch nie ein Versprechen gebrochen, egal ob mit oder ohne kleinen Finger.

Die Zellentür klapperte metallisch und Caleb öffnete die Augen, um zu sehen, dass die Inspektionsluke aufgestoßen worden war. Ein Paar dunkler Augen starrte ihn durch die briefförmige Öffnung an.

»Brauchst du etwas?«, fragte eine männliche Stimme. »Essen? Wasser?« Caleb schüttelte nur den Kopf als Antwort. Die Augen starrten ihn ein paar Sekunden lang an. »Steh auf. Du hast Besuch.«

Caleb streckte seine Beine aus und stand auf, die Fäuste vor sich gestreckt und die Handgelenke zusammengelegt, bereit, sich Handschellen anlegen zu lassen. Der Polizist, der die Tür öffnete, schaute sie an.

»Ich bringe dich in einen Nebenraum«, erklärte der Polizist. »Du bekommst keine Handschellen angelegt.« Er beugte sich vor und packte Calebs Arm knapp oberhalb des Ellenbogens, wobei sein fester Griff zweifellos zeigen sollte, wer hier das Sagen hatte. Caleb kümmerte sich nicht darum, sondern ließ sich einfach aus der Zelle führen.

Der Polizist führte Caleb den Flur der Arrestzellen entlang und öffnete eine Tür. Dann legte er eine Hand auf Calebs Rücken und schob ihn in den Raum. Der Raum war größer als seine Zelle, obwohl er die gleiche schreckliche grüne Farbe hatte. In dem Raum standen ein Stuhl in der Ecke und ein Tisch mit einem weiteren Stuhl davor. Das Einzige, was Caleb sonst noch sehen konnte, war ein schwarzer Gummistreifen, der in Hüfthöhe an der Wand des Raumes entlanglief.

»Setz dich in die Ecke und rühr dich nicht vom Fleck«, befahl der Polizist. Er deutete auf den Gummistreifen. »Ich bin draußen und wenn der Alarm losgeht, komme ich sofort rein und verprügle dich, bevor die anderen Polizisten im Gebäude kommen und das Gleiche tun. Hast du verstanden?«

Caleb setzte sich auf den Stuhl, schob seine Hände unter seine Beine und nickte dem Polizisten zu. Er war ein Tyrann, mehr nicht, und Caleb hasste Tyrannen, aber die Chancen standen in diesem Moment nicht gerade gut für ihn. Er beobachtete, wie der Polizist den Flur hinunterblickte und dann einen Schritt von der Tür wegging, um von Calebs Besucherin abgelöst zu werden.

»Hallo«, grüßte die Frau mit einem strahlenden Lächeln. Sie betrat den Raum, als der Polizist die Tür hinter ihr schloss. Sie streckte ihm die Hand entgegen. »Ich bin Naomi

Tipton.« Caleb betrachtete ihre Hand neugierig und fragte sich, ob das Schütteln der Hand eine Aktion von dem Affen draußen hervorrufen würde. Er wölbte die Augenbrauen zu der Frau. »Ich bin deine Anwältin«, erklärte sie und lächelte ihn immer noch an.

63

Naomi hielt ein Grinsen im Gesicht, das wie ein verzerrtes Grinsen ausgesehen haben muss, während der Mann im Nebenraum sie anschaute. Nach einer gefühlten Minute, die in Wirklichkeit aber viel kürzer war, stand er halb auf und schüttelte ihr die Hand. Dabei sah sie ihm direkt in die Augen und fragte sich, ob sie in die Augen eines Mannes blickte, der zwei Frauen kaltblütig umgebracht hatte, vielleicht auch noch andere. Sie waren grau. Ausdruckslos. Aber gleichzeitig auch unendlich tief.

»Bitte, mach es dir bequem«, sagte sie und wies auf den Stuhl. Dann setzte sie sich auf die andere Seite des Tisches und holte ihr Notizbuch aus der Tasche, gefolgt von einem Stift. Sie wusste, dass ihre Finger zitterten. Das lag nicht an der Angst. Naomi wusste, dass in der Sekunde, in der sie den Alarmstreifen berührte, die Tür auffliegen würde, aber sie war immer noch allein in einem Raum mit einem Mann, der wegen Mordes verhaftet worden war. Es waren die Nerven bei dem Gedanken an die Situation, in der sie sich befand. Wie hoch die

Chancen standen. »Brauchst du etwas? Etwas zu essen oder zu trinken?«

Der Mann in der Ecke schüttelte daraufhin den Kopf. Naomi nahm sich einen Moment Zeit, um ihn zu betrachten. Seine Augen waren sein markantestes Merkmal, dicht gefolgt von seinem rasierten Kopf. Er war nicht übermäßig muskulös, aber an dem dünnen Papieranzug, den er trug, konnte sie erkennen, dass er in guter Form war. Sein Händedruck war fest und selbstbewusst, was sie immer zu schätzen wusste. Sie vermutete, dass er älter war als sie, aber nur ein paar Jahre, was ihn auf Mitte dreißig bringen würde.

»Also«, sagte Naomi und versuchte, ihre Stimme professionell und nicht piepsig zu halten. »Ich bin im Nachteil.« Die Augenbrauen des Mannes gingen hoch. »Nun«, fuhr sie fort, »du kennst meinen Namen, aber ich kenne deinen nicht.« Naomi beobachtete, wie die Augen des Mannes den Raum durchstreiften und abwechselnd von einer Ecke zur anderen gingen. Schließlich ruhte sein Blick auf der Tür, bevor er zu ihr zurückkehrte. »Wir können nicht belauscht werden, falls du dir deswegen Sorgen machst. Dies ist ein Raum für Gespräche zwischen Anwälten und ihren Mandanten, deswegen sind keine Aufnahmegeräte erlaubt.« Naomi versuchte ein weiteres Lächeln, aber es fühlte sich falsch an, also ließ sie es wieder fallen. »Wie soll ich dich nennen?«

»Mein Name ist Caleb«, sagte der Mann. Jetzt war Naomi an der Reihe, die Augenbrauen hochzuziehen. Sie hatte nicht damit gerechnet, einen amerikanischen Akzent zu hören.

»Du klingst nicht wie ein Einheimischer«, stellte Naomi fest und kritzelte den Namen in ihr Notizbuch. »Hast du einen Nachnamen?«

»Nur Caleb und nein, ich bin nicht von hier.«

»Wurdest du schon einmal verhaftet?«

»Nicht in diesem Land, nein. Ihr habt doch hier eine Offenbarungspflicht, oder?«

Naomi hielt mit ihrem Stift über ihrem Notizblock inne. Seine Frage überraschte sie.

»Ja, haben wir«, antwortete sie.

»Die Polizei wird dir also gesagt haben, dass sie nichts gegen mich in der Hand hat?«

Sie sagte einen Moment lang nichts. Als sie mit Dave im Personalraum gesprochen hatte, hatte er ihr von den Umständen erzählt, unter denen dieser Mann gefunden worden war, und der Wachtmeister hatte ihr eine Kopie von Calebs Gewahrsamsprotokoll gegeben, aber das war keine formelle Offenlegung.

»Es gibt eine Menge forensischer Tests, die gemacht werden müssen«, sagte sie schließlich und spielte auf Zeit.

»Sie werden nichts finden«, antwortete Caleb mit zuversichtlicher Stimme. »Ich war natürlich da, aber ich habe sie nicht getötet. Die Spurensicherung wird das zeigen. Hatten die Polizisten, die da waren, Kameras am Körper?«

»Das hatten sie, ja.«

»Es lohnt sich vielleicht, die Aufnahmen zu überprüfen. Ich bin mir ziemlich sicher, dass die Polizei eine Warnung aussprechen muss, bevor sie einen Taser an einem Menschen verwendet, nicht danach.«

»Sie haben dich getasert?« Naomi antwortete, ihre Stimme war viel höher, als sie erwartet hatte. Dave hatte diesen Teil nicht erwähnt.

»Ja«, antwortete Caleb. »Von hinten, als ich neben meiner Freundin kniete und für ihre Seele betete.«

Naomi kritzelte wütend in ihr Notizbuch. Wenn das, was

Caleb ihr gerade erzählt hatte, der Wahrheit entsprach, war das eine ganz neue Situation.

»Brauchst du medizinische Hilfe?«, fragte Naomi.

»Nein«, antwortete Caleb. »Mir geht es gut, danke.«

Naomi verbrachte die nächsten Momente damit, mehr über Caleb herauszufinden. Er beantwortete einige ihrer Fragen, aber nicht alle. Er erzählte ihr, dass er aus Texas kam, aber nicht, warum er in England war. Das Einzige, was er dazu sagte, war, dass er irgendwo sein musste. Er erzählte ihr, dass er Prediger sei, wollte sich aber nicht zu seiner Konfession äußern. Auch über seine Beziehung zu der Frau, neben der man ihn gefunden hatte, hielt er sich bedeckt und sagte nur, dass er sie im Bus getroffen hatte. Das Gespräch war äußerst frustrierend, aber gleichzeitig wuchs ihr dieser seltsame Mann ans Herz.

Ein paar Augenblicke später, als Naomi gerade versuchte, Fragen zu finden, die Caleb tatsächlich beantworten würde, warf er sie mit einer seiner eigenen Fragen aus der Bahn.

»Willst du mich nicht fragen, wer Suzy getötet hat?«, fragte er und schaute sie mit seinen grauen Augen an.

»Du weißt, wer es war?«

»Ja.«

»Dann wäre es wahrscheinlich eine gute Idee, es mir zu sagen, ja. So etwas würde die Polizei wahrscheinlich gerne wissen.«

»Sein Name ist Vince. Er scheint ein Missbrauchstäter und schlimmstenfalls psychotisch zu sein. Er arbeitet für den britischen Geheimdienst. Das Haus, in dem sie war, ist ein Frauenheim, aber er muss sie dort aufgespürt und getötet haben, bevor er ihre Tochter entführt hat.«

Naomi unterdrückte bei seinen Worten ein Stöhnen. Obwohl das Gespräch nicht so verlaufen war, wie sie es sich erhofft hatte, hatte sie nicht gedacht, dass Caleb in einer Fantasiewelt lebte. Bisher war kein Kind erwähnt worden, geschweige denn eines, das entführt worden war. Sie blätterte die Seite in ihrem Notizbuch um und begann eine neue.

»Okay, Caleb«, meinte Naomi und verlieh ihrer Stimme einen Hauch von Professionalität. »Warum fängst du nicht am Anfang an?«

»Das ist einfach«, antwortete Caleb und ein langsames Lächeln erschien auf seinem Gesicht. »Am Anfang schuf Gott den Himmel und die Erde.«

Sie schaute ihn an und schüttelte fast unmerklich den Kopf hin und her. Der Mann war ein kompletter Spinner.

64

Caleb sah Naomi aufmerksam an, während sie den Stift zwischen ihren Fingern hin- und herbewegte. Als sie kurz zu ihm aufsah, hatte sie einen verwirrten Gesichtsausdruck, als ob sie nicht sicher war, ob sie ihm glauben sollte oder nicht.

»Okay, lass uns zurück zum Bus gehen. Das war das erste Mal, dass du Suzy getroffen hast, ist das richtig?«, fragte sie ihn und machte sich eine Notiz auf ihrem Block.

»Ja, das ist richtig. Es gab einen bewaffneten Raubüberfall im Bus.«

Er beobachtete, wie sie lachte und den Block auf den Tisch legte. Sie hob die Hände vor ihr Gesicht und rieb sich die Augen. Naomi murmelte etwas vor sich hin, von dem Caleb dachte, dass es *Ich brauche diesen Scheiß nicht* bedeutete, aber er war sich nicht hundertprozentig sicher.

»Genau«, sagte Naomi, verschränkte die Arme vor der Brust und grinste. »Wir haben also einen bewaffneten Raubüberfall, einen verrückten Geheimdienstler, zwei Morde und eine Entführung. Ist das richtig?«

Caleb antwortete nicht. Niemand hatte von zwei

Morden in dem Haus gesprochen. Er hatte die ältere Frau nicht gesehen, die an die Tür gegangen war, als sie Suzy und Leanne abgesetzt hatten, und er hoffte, dass sie nicht im Haus gewesen war, als Vince dort gewesen war. Dann erinnerte er sich an den Fleck auf dem Boden des Arbeitszimmers. Er schloss die Augen und sprach ein kurzes Gebet für die Ruhe ihrer Seele und hoffte, dass sie zusammen mit Suzy Frieden gefunden hatte. Als er sie wieder öffnete, starrte er Naomi an, bis ihr Grinsen verschwand.

»Alles, was ich dir sage, ist wahr«, sagte Caleb mit entschlossener Stimme. »Du kannst dich bei deinen Polizeikollegen über den Überfall erkundigen. Suzy und Leanne sind aus dem Bus gestiegen, bevor sie ankamen. Ich bin ihnen in den Wald gefolgt.«

»Warum?«

»Ich war um ihre Sicherheit besorgt.«

»Sehr nobel von dir«, antwortete Naomi und zog die Augenbrauen hoch.

»Als ich mit Suzy sprach, erzählte sie mir von ihrem Partner Vince. Wie er sie missbraucht hat. Sie geschlagen hat.« Er sah, wie Naomi zusammenzuckte, als er das sagte. Es war kurz, aber spürbar. »Sie behauptete, dass er in der Lage war, nach Belieben auf Computersysteme und Datenbanken zuzugreifen. Die einzige Möglichkeit, ihm zu entkommen, war die Flucht aus dem Netz, weshalb sie den Bus verließ, bevor die Polizei eintraf.« Caleb hielt inne und überlegte, ob er dem Anwalt von dem Geld erzählen sollte, das Leon gestohlen hatte, aber er entschied sich vorerst dagegen. »Wir gingen in ein Dorf und suchten Hilfe. Die Person, mit der wir sprachen, brachte uns beide zu dem Haus in Thorpe, das ein Frauenheim ist. Ich ließ Suzy und ihre Tochter dort zurück, weil ich dachte, dass sie dort sicher wären. Wie sehr habe ich mich da geirrt?«

»Erzähl mir von der Tochter«, forderte Naomi, nahm ihren Stift zur Hand und machte sich weitere Notizen. Wenigstens hatte Caleb jetzt ihre Aufmerksamkeit.

»Ihr Name ist Leanne und sie ist sieben oder acht Jahre alt. Suzy war besorgt, dass ihr Partner sie missbrauchen würde.«

»Dieser Vince scheint ein fieser Kerl zu sein. Kennst du seinen Nachnamen?«

»Nein«, gestand Caleb.

»Du bist also zum Heim zurückgegangen und hast Suzy ermordet vorgefunden?«

»Ja. Das Einzige, was ich berührt habe, war ihre Hand. Deshalb wird die Spurensicherung keine Hinweise darauf finden, dass ich sie getötet habe. Das Tor zum Heim war offen, die Haustür stand offen. Ich bin nur hineingegangen und habe Suzy gefunden.« Caleb kämpfte gegen den Drang an, Naomis Hand zu nehmen. Er wollte ein Gefühl dafür bekommen, wie ernst sie ihn nahm. »Wie lange kann mich die Polizei hier festhalten?«

»Normalerweise vierundzwanzig Stunden, bevor sie dich anklagt, aber bei einem schweren Verbrechen kann das bis zu sechsundneunzig Stunden dauern.«

»Wie Mord?«

»Wie Mord.«

Caleb seufzte. Das waren vier volle Tage, in denen Leanne und Vince überall im Vereinigten Königreich sein könnten. Sie könnten sogar im Ausland sein. Caleb spürte, wie sich sein Herz bei dem Gedanken verhärtete, warum Vince Leanne entführt hatte. Das war undenkbar. Er musste sie finden.

»Spulen wir noch einmal zurück, nachdem Suzy und ihre Tochter den Bus verlassen hatten. Du bist in ein Dorf gegangen?«

»Ja. Um Hilfe zu finden.«

»Und wer hat dir geholfen?«

»Der örtliche Pfarrer«, antwortete Caleb. Er sah, wie Naomi die Stirn runzelte, während sie in ihr Notizbuch kritzelte.

»Wie hieß das Dorf?«

»Ranworth, glaube ich«, antwortete Caleb und erinnerte sich an das Schild vor der Kirche. »St. Helen's war der Name der Kirche. Der Pfarrer heißt Vater Martin. Er wird mir helfen können.«

Caleb schaute zu Naomi, die aufgehört hatte zu schreiben. Ihre Hand hielt über ihrem Notizblock inne und Caleb konnte sehen, wie die Feder des Stiftes zitterte.

»Geht es dir gut, Naomi?«, fragte Caleb und beugte sich vor. Die Farbe war aus ihrem Gesicht gewichen und sie sah aus, als würde sie gleich ohnmächtig werden. Als sie ihn ein paar Sekunden später ansah, waren ihre Augen weit aufgerissen.

»Ich muss mit jemandem sprechen«, sagte sie und stand auf. Caleb beobachtete besorgt, wie sie aus dem Zimmer stürmte.

Caleb lehnte sich in seinem Stuhl zurück und blies die Luft durch seine Wangen. Was um alles in der Welt war hier los?

65

Naomi war nervös, viel nervöser als sonst, wenn sie bei einem Polizeiverhör dabei war. Sie saß neben Caleb in einem der formellen Befragungsräume. In der Ecke des Raums blinkte alle paar Sekunden eine kleine Kamera mit einem winzigen roten Licht. Falls Caleb ihre Nervosität teilte, so ließ er sich das nicht anmerken. Im Gegenteil, der Mann sah entspannt aus. Viel entspannter, als er es sein sollte, wenn man bedenkt, dass er dreier Morde verdächtigt wurde.

Nach seiner Enthüllung, dass er in Ranworth gewesen war und den ermordeten Pfarrer kannte, war Naomi auf die Damentoilette gerannt und dachte, sie müsse sich übergeben. Hatte sie gerade in einem Raum mit einem mehrfachen Mörder gesessen?

»Dieses Gespräch wird aufgezeichnet, sowohl in Bild als auch in Ton«, sagte Daves monotone Stimme. Sie hörte ihm nicht zu, als er die Befragung durchführte, und sah Caleb an, während er die meisten von Daves ersten Fragen beantwortete. Nachdem sie nach einem längeren Gespräch mit Dave in den Nebenraum zurückgekehrt war, in dem Caleb festgehalten wurde, war Naomi mit Caleb alles bis ins kleinste Detail durchgegangen. Ihr einziger Rat an ihn war, die Wahrheit zu sagen. Je mehr sie mit ihm sprach, desto mehr kam sie zu der Überzeugung, dass er nur zur falschen Zeit am falschen Ort gewesen war. Wenn er die Wahrheit sagte, dann war die Zeit ein entscheidender Faktor. »Naomi?«, hörte sie Dave sagen.

»Wie bitte?«, sagte sie. Dave sah sie mit einem Stirnrunzeln an.

»Ich sagte, auch anwesend sind.«

»Oh, Entschuldigung. Naomi Tipton, Anwältin.« Sie zwang sich, aufmerksam zuzuhören, während Dave einleitende Fragen stellte. Nein, Caleb hatte in letzter Zeit keine Drogen oder Alkohol genommen. Nein, Caleb nahm keine verschriebenen Medikamente ein. Nein, es gab keinen Grund, warum er jetzt nicht befragt werden konnte.

»Sie haben das Recht auf einen kostenlosen und unabhängigen Rechtsbeistand und werden von Miss Tipton vertreten«, erklärte Dave und las das Skript von seinem Notizblock ab. »Hatten Sie genug Zeit, sich mit Ihrer Anwältin zu beraten, bevor wir mit dem Verhör beginnen?«

»Ja«, antwortete Caleb. Er drehte sich zu Naomi um und lächelte sie zu ihrer Überraschung an. »Sie ist sehr gut.« Zu ihrem Entsetzen spürte sie, wie sich ihre Wangen färbten.

Wenige Augenblicke später begann Dave mit dem eigentlichen Verhör.

»Der Grund für das Verhör ist, dass Sie wegen Mordverdachts verhaftet wurden«, erklärte Dave. »Normalerweise würde ich Ihnen an dieser Stelle die sogenannte Verantwortungsfrage stellen. Ich würde Sie fragen, ob Sie an der Tat schuldig sind?« Er holte tief Luft, bevor er fortfuhr, und Naomi merkte, dass sie selbst den Atem anhielt. »Sind die schuldig, einen Mord begangen zu haben?«

Das rote Licht in der Ecke des Raumes blinkte mindestens dreimal, bevor Caleb antwortete.

»Nein«, sagte er mit fester und entschlossener Stimme. »Nein, das bin ich nicht.«

»Okay, Caleb«, meinte Dave und sein Ton wurde gesprächiger, als das eigentliche Verhör begann. »Fangen wir mit dem Bus an, ja?«

Naomi hörte zu, während die beiden Männer sich unterhielten. Ab und zu machte sie eine Notiz auf ihrem Block, aber es gab nicht viel zu notieren. Dave überließ Caleb den größten Teil des Verhörs und stellte nur gelegentlich Fragen, um Klarheit zu schaffen. Ihr Mandant beschrieb, wie er Suzy und ihre Tochter zum Pfarrhaus in Ranworth gebracht hatte und wie der dortige Pfarrer den Platz in der Unterkunft in Thorpe organisiert hatte.

»Er hat uns hingefahren«, sagte Caleb, wobei sein Blick zwischen Naomi und Dave hin- und herging, »aber ich habe im Auto gewartet. Ich habe das Heim nicht betreten.«

»Was ist danach passiert?«, wollte Dave wissen.

»Vater Martin hat mich an den Stadtrand von Norwich mitgenommen. Er setzte mich dort ab, um einen Freund zu besuchen.«

»Wer ist dieser Freund?«

»Ein Bekannter. Ich habe seinen Namen vergessen.«

»Waren Sie schon einmal in Norwich?«

»Nein.«

»Woher kennen Sie dann diesen Freund?« Dave stimmte das letzte Wort seiner Frage mit einem sarkastischen Tonfall an.

Naomi sah, wie Caleb seinen Blick in ihre Richtung richtete und die Augenbrauen hochzog. Als sie vor dem Verhör miteinander gesprochen hatten, hatte er versprochen, dass er Dave nicht anlügen würde. Aber, so hatte

Caleb betont, es gäbe Dinge, die er ihm nicht sagen würde.

»Ich bin mir nicht sicher, was Calebs Freund mit den Ermittlungen zu tun hat, DC Hetherington?«, sagte Naomi und ignorierte den finsteren Blick, den Dave bei ihren Worten aufsetzte. »Mein Mandant möchte, dass es bei dieser Befragung nur um ihn und seine Taten geht, nicht um die seines Freundes.«

»Wo waren Sie gestern, Caleb?«, fragte Dave und blätterte in seinen Notizen, um eine frühere Seite zu finden. »Zwischen ungefähr zwölf Uhr mittags und halb eins?« Naomi sah, wie Caleb die Stirn runzelte, aber das hielt nur ein paar Sekunden an.

»Ich bin am Morgen nach Norwich gefahren, aber auf dem Rückweg zu meinem Freund habe ich in einem Pub angehalten, um etwas zu essen. Das war ungefähr um dreizehn Uhr.«

»Welcher Pub?«

»Ich weiß den Namen nicht mehr, aber auf dem Schild war eine Blume.«

»Das Heartsease?«, sagte Naomi. »In der Plumstead Road?« Caleb zuckte nur mit den Schultern.

»Könnte sein«, antwortete Caleb. »Es ist direkt neben einem großen Supermarkt.«

»Das ist das Heartsease«, bestätigte Dave. »Sie sind ein mutigerer Mann als ich, wenn Sie da drin essen.«

»Ich kann die Würstchen und Kartoffeln nicht empfehlen.« Caleb lächelte kurz, als er das sagte, was die Stimmung auflockerte, aber es hielt nicht lange an. »Was ist zwischen zwölf und halb zwei passiert?«

Naomi und Dave hatten darüber gesprochen, Caleb im Voraus zu erzählen, was in Ranworth Vicarage passiert war, aber Dave hatte darauf bestanden, dass sie vor dem Verhör nichts sagen sollte. Wenn Caleb irgendwie involviert war und da er bei seiner Verhaftung Kleidung des Pfarrers trug, war er es mit Sicherheit, dann könnte seine Reaktion wichtig sein.

»Die Leiche eines Mannes, von dem wir jetzt wissen, dass es sich um Vater Martin handelt, wurde gestern im Pfarrhaus von St. Helen in Ranworth entdeckt«, sagte Dave, wobei sein Blick nicht von Caleb abwich. »Er wurde ermordet und der Todeszeitpunkt wird auf zwölf bis dreizehn Uhr dreißig geschätzt.«

Naomi beobachtete, wie Caleb seine Augen schloss. Seine Lippen bewegten sich lautlos und sie sah, wie die Knöchel seiner beiden Hände weiß wurden. Als er ein paar Sekunden später seine Augen wieder öffnete und sie ansah, spürte sie, wie sich die Haare in ihrem Nacken aufstellten. Es war, als wäre die Temperatur im Raum gerade um einige Grad gesunken.

»Ich möchte mit meiner Anwältin sprechen«, sagte Caleb, während sich auch auf Naomis Armen die Haare aufstellten.

»Das Verhör endet um«, Dave schaute auf seine Uhr, »zwölf Uhr drei«. Er stand auf und blickte Naomi mit hochgezogenen Augenbrauen an. Sie nickte ihm zu, um ihn wissen zu lassen, dass sie gerne mit Caleb allein sprechen würde. Dave ging und sowohl Naomi als auch Caleb starrten auf das rot blinkende Licht in der Ecke, bis es erlosch.

Naomi sah Caleb an, dessen Augen sie immer noch durchbohrten. Sie fühlte sich unter seinem Blick fast nackt. Er legte beide Hände mit den Handflächen nach oben auf den Tisch, bevor er sprach.

»Naomi«, sagte Caleb, seine Stimme war so sanft, dass sie fast ein Flüstern war. »Würdest du mit mir beten?«

66

Vince führte die üblichen Sicherheitskontrollen durch, als er seine Wohnung betrat, auch wenn er wusste, dass das übertrieben war. Es gab genug Sicherheitssysteme, die dafür sorgten, dass nicht einmal eine Maus unbemerkt umherwandern konnte, und im Gegensatz zu den Systemen in seinem Haus in Norfolk konnten seine nicht so leicht ausgeschaltet werden. Als er sicher war, dass alles so war, wie es sein sollte, ging er in die Küche und holte eine Flasche Wein aus dem Kühlschrank. Einen Moment später fuhr er seinen Laptop hoch, während er an einem Glas nippte.

Die Fahrt von Norfolk zurück nach London, nachdem er Leanne bei Hùng und seiner Frau abgesetzt hatte, war ereignislos verlaufen. Während der Fahrt ging er die Ereignisse der letzten Tage noch einmal im Kopf durch. Vince war mit seiner Leistung zufrieden. Er hatte sein Ziel ausfindig gemacht, es neutralisiert und auf dem Weg dorthin alle zusätzlichen Verbindungen beseitigt. Das Ergebnis war immer noch nicht perfekt, aber es war zufriedenstellend. Die stille Resignation, die Suzy gezeigt hatte, als er ihr das

Messer an die Kehle gesetzt hatte, war ein Höhepunkt. Diese Resignation war sein Erfolg. Und er hatte sein Wort gehalten. Es ging um Suzys oder Leannes Leben und Leanne war noch am Leben. Vince war ein Mann, der zu seinem Wort stand.

Er fuhr seinen Laptop hoch und legte ihn auf sein Knie. Dann öffnete Vince ein Browserfenster und navigierte zu einer Website für Alleinerziehende, die er überwachte. Für ein kommerzielles Unternehmen waren die Sicherheitsvorkehrungen erbärmlich und er dachte, dass er auch ohne das Spielzeug, das der MI5 zur Verfügung stellte, auf die Datenbanken zugreifen konnte. Im Moment brauchte er jedoch keinen Zugang zu ihren Datenbanken, also loggte er sich in sein gefälschtes Konto ein und begann zu surfen.

Er hatte beschlossen, dass der Ort für seine nächste Jagd an der Südküste Englands liegen würde. Abgesehen von ein paar Urlauben kannte er diese Gegend nicht besonders gut, aber sie war nicht weiter als zwei Autostunden von London entfernt. Er hätte den Nordosten Englands bevorzugt, da dort die höchste Rate an Alleinerziehenden im Land zu finden war, aber das war einfach zu weit. An der Südküste waren Brighton, Hastings und sogar Eastbourne gut zu erreichen. Von den Städten war Brighton wahrscheinlich der beste Standort. Es war eine große Stadt mit viel Anonymität und wie er jetzt in seinem Browser sah, gab es viele einsame Frauen.

Vince schränkte die Suchparameter für seine Browsing-Sitzungen so ein, dass nur die Profile von Frauen unter zweiunddreißig Jahren angezeigt wurden. Dann schränkte er die Suche weiter ein, um das Wort ›alleinerziehend‹ in das Profil aufzunehmen. Es gab dreihunderttausend Menschen, die in Brighton lebten. Davon waren über dreißig unter zweiunddreißig Jahre alt und gaben in ihren Profilen an, alleinerziehend zu sein. Vince überprüfte sie und filterte diejenigen heraus, die nicht blond waren, deren angegebene Kleidergröße nicht seinen Vorstellungen entsprach und schließlich diejenigen, die ihm einfach nicht gefielen.

So blieben ihm nur drei Möglichkeiten.

»Ene, mene, miste«, murmelte Vince, während er sich die Profile anschaute. »Pack dir eine Frau in die Kiste. Ene, mene, meg, wenn sie schreit, lass sie weg.«

Vince starrte auf das Profilfoto, das vor ihm aufgetaucht war, als er das letzte Wort, weg, gesprochen hatte. Die Frau, die ihn anstarrte, schaute über einen Cocktail hinweg in die Kamera, ein halbes Lächeln im Gesicht. Sie trug ein tief ausgeschnittenes Kleid, das er missbilligte, und stand in einer Bar oder einem Nachtclub. Im Hintergrund konnte er die verschwommenen Figuren von tanzenden Menschen sehen.

»Hallo, Rachel«, sagte Vince, als er das Profil las. Er suchte nach einem Hinweis auf das Alter ihres Kindes. Ein paar Zeilen weiter unten im Profil fand er es. Rachel hatte eine Tochter, die zwölf Jahre alt war, aber aussah wie dreißig. Perfekt. Er las weiter, was Rachel Parmenter, neunundzwanzig Jahre alt und wohnhaft in Portslade, von ihrem Traummann erwartete. Vince lachte, als er ihren Wunschzettel las. Wenn es solche Männer tatsächlich gäbe, dann wäre Rachel nicht so eine einsame Schlampe, oder? Er wechselte zu einem neuen Browserfenster und fragte sich, wie oft am Tag Rachel sich wünschte, sie hätte als Teenager ihre Beine zusammenhalten können.

Rachels Facebook-Profil war eine sorgfältig konstruierte Lüge, die eine selbstbewusste, glückliche junge Frau zeigte. Jedes Foto zeigte sie, wie sie sich amüsierte. Sie saß am Strand mit einem dämlichen Grinsen und einem riesigen Eis. Sie lacht auf einer Hochzeitsfeier und wünscht sich zweifellos, es wäre ihre eigene. Sie hält ihr schulterlanges blondes Haar in Position, während jemand, dem Blickwinkel des Fotos nach wahrscheinlich ihre Tochter, sie auf den steilen Klippen von Beachy Head bei Eastbourne fotografierte. Die Ironie, dass dieser Ort einer der beliebtesten Selbstmordorte des Landes war, war ihm nicht entgangen. Trotz des Lächelns konnte Vince die Traurigkeit in ihren Augen sehen, die dahinter steckte. Sie war perfekt.

Er öffnete ein neues Fenster und begann, ein Profil zu erstellen. Innerhalb weniger Augenblicke erstellte er ein Profil von Rachel Parmenter. Vince wechselte während der Arbeit die Fenster und saugte so viele Informationen über die Frau in das Dokument, wie er konnte. Einige der Details, die er brauchte, wie z. B. ihre Telefon- und Finanzdaten, musste er von den Computern im Thames House abrufen, aber es gab auch viele Informationen, die öffentlich zu finden waren.

Vince pfiff, während er arbeitete. Er genoss diesen Teil der Jagd fast so sehr wie das Ende der Jagd.

67

Leon war nicht nur nervös. Er hatte keine Angst. Die Wahrheit war, dass er sich in die Hose machte.

Es war fast einundzwanzig Uhr und er saß auf einer kleinen Bank in der Nähe eines kleinen Spielplatzes in der Mitte der Lark's Cross Siedlung. Dort gab es eine Schaukel, eine Rutsche, ein Klettergerüst und eine Sammlung leerer Bierdosen, die von den Teenagern zurückgelassen worden waren, die den Spielplatz mehr nutzten als die kleineren Kinder der Siedlung. In Leons Rücken drückte sich das harte Metall seiner Glock 17 in seine Haut. Syd hatte ihm gesagt, dass es wichtig sei, die Waffe zu diesem Treffen mitzubringen, nicht um sie tatsächlich zu benutzen, sondern für den Fall, dass sie als Zeichen der Stärke gebraucht werden würde. Er warf einen Blick auf die Uhrzeit auf seinem Handy. Würden die Albaner pünktlich sein?

Leon erinnerte sich an das Gespräch, das er mit Caleb geführt hatte und in dem der ältere Mann über Verhandlungen gesprochen hatte. Er konnte sich nicht mehr an die genauen Worte erinnern, die Caleb benutzt hatte, aber es ging um die Bedingungen des Friedens. Nur dass die Waffe, die in seinem Rücken steckte, nicht sehr friedlich war. Auf einer anderen Bank, in der Nähe von Leons Bank, saß Syd. Auch er schaute auf sein Handy und Leon fragte sich, ob er genauso verängstigt war wie er selbst.

Sie hatten darüber gesprochen, einige der anderen Jungs aus der Siedlung miteinzubeziehen, aber Syd wollte das nicht tun.

»Das ist ein Geschäftstreffen, Leon«, hatte Syd gesagt, als sie vorhin darüber gesprochen hatten. »Wir können doch nicht als Bande auftauchen, oder?« Leon hatte dem widersprochen und darauf hingewiesen, dass die Albaner nicht nur mit Waffengewalt aufgetaucht waren, sondern auch einen ihrer Aufpasser niedergestochen hatten. Das war wohl kaum der Auftakt zu einem Geschäftstreffen. »Wir werden uns einfach mit ihnen treffen und sehen, was sie zu sagen haben.« Als Syd das gesagt hatte, hatte Leon ernsthaft überlegt, einfach Nein zu sagen, aber er wusste, was das Ergebnis wäre. Sofortige Entlassung, und all seine harte Arbeit wäre umsonst gewesen.

Leon schaute auf, als sich Scheinwerfer von einer der Straßen näherten, die zum Zentrum der Siedlung führten. Leon war sich ziemlich sicher, dass es derselbe Geländewagen war, den er gesehen hatte, kurz bevor Syds Aufpasser verletzt worden war. Er hielt an und blieb ein paar Sekunden lang stehen, während der Motor lief. Dann öffneten sich die vorderen Türen und zwei Männer stiegen aus, gefolgt von zwei weiteren Männern an den hinteren Türen.

»Verdammt«, murmelte Leon. Es waren vier Personen im Auto, was bedeutete, dass er und Syd zwei zu eins in der Überzahl waren. Er beobachtete, wie Syd aufstand, seine Hände mit den Handflächen nach oben ausstreckte und auf die Männer zuging. Als sich sein Boss näherte, sah Leon, wie ein Mann aus dem Auto einen Schritt nach vorne machte und die anderen drei sich hinter ihm verteilten. Einen Moment später waren Syd und der vordere Mann in ein Gespräch vertieft. An der Art, wie Syd seinen Kopf hin und her schüttelte, konnte Leon erkennen, dass das Gespräch nicht in seinem Sinne verlief. Er konnte laute Stimmen hören, aber er konnte nicht verstehen, was sie sagten.

Während Leon zusah, griff einer der drei Männer, die hinter ihrem Boss standen, in seine Jacke. Als er seine Hand herauszog, sah Leon die Silhouette einer Handfeuerwaffe in seiner Hand. Sie sah anders aus als die, die er bei sich trug. Der Lauf sah länger aus und er erkannte, dass am Ende ein Schalldämpfer angebracht war. Der Mann, der die Waffe hervorgeholt hatte, reichte sie dem Mann, der mit Syd gesprochen hatte.

»Was zum Teufel?«, fragte Leon. Was sollte er jetzt tun? Wenn einer von ihnen eine Waffe hatte, konnten sie alle eine haben. Er sah, wie Syd einen verzweifelten Blick in seine Richtung warf. Leons Mund war im Nu trocken geworden und er spürte, wie das Adrenalin durch ihn floss. Ein klassischer Kampf-oder-Flucht-Reflex. Leons Problem, das eigentlich auch Syds Problem war, bestand darin, dass er mehr an die Flucht als an den Kampf dachte. Er war fünfzehn und trug eine Waffe, die er noch nie abgefeuert hatte. Wie sollte er es mit vier erwachsenen Männern aufnehmen? Vier Männer, die ziemlich sicher bewaffnet waren?

Syd warf Leon einen weiteren, noch verzweifelteren Blick zu, als die Männer aus dem Auto ihre Position änderten und den Mann mit der schallgedämpften Waffe vor Leons Blicken verbargen. Falls die Männer aus dem Auto wussten, dass Leon da war, ignorierten sie ihn. Vielleicht konnte er den Überraschungsmoment ausnutzen? Leon wusste, dass dies sein entscheidender Moment wäre. Er schluckte, sein Mund war wie Sandpapier, und griff hinter seinem Rücken nach seiner eigenen Glock. Als er daran zog, verfing sich der Lauf in seinem Hosenbund. Er hatte sie zu weit hinten in seine Hose geschoben.

Leon fluchte, schaute auf seinen Hosenbund hinunter und wandte seinen Blick für den Bruchteil einer Sekunde von der schrecklichen Szenerie vor ihm ab. Dann hörte er ein lautes Husten, gefolgt von dem Geräusch eines Körpers, der zu Boden fiel.

Er schaute auf, aber alles, was er sehen konnte, waren drei der Männer aus dem Auto.

Leon konnte Syd nirgends sehen.

68

Caleb beobachtete, wie die Waffe zu Boden fiel und unter dem Auto verschwand. Einen Sekundenbruchteil später folgte das Stück Holz, das er nach dem Mann geworfen hatte, der die Waffe in der Hand gehalten hatte. Als er das Holz warf, ein Stück Holz, das er sich in der Gasse geschnappt hatte, dachte er zuerst, dass er es nicht hart genug geworfen hatte, aber als es den Bewaffneten seitlich am Kopf traf, fiel er wie ein Stein um.

Als er zu Boden sackte und ein Geräusch von sich gab, das zwischen einem Stöhnen und einem Husten lag, reagierten die anderen drei Männer bei ihm. Caleb trat vor und stürzte sich auf den Mann, der ihm am nächsten stand. Dabei hob Caleb sein linkes Bein zu einem niedrigen Sidekick an und rammte die Spitze seines großen Zehs in die Kniekehle seines Gegners. Als der Mann zu Boden ging und sein Bein in weniger als einer Sekunde keine Kraft mehr hatte, nutzte Caleb seinen Schwung und rammte sein rechtes Knie in den Nasenrücken des Mannes, wo es mit einem befriedigenden Knall aufschlug.

Das Nächste, was Caleb wahrnahm, war ein blendendes

weißes Licht hinter seinen Augen und ein stechender Schmerz in der Seite seines Kopfes. Einer der anderen Männer hatte sich viel schneller bewegt, als er erwartet hatte, und ihm einen Schlag verpasst. Und zwar einen harten. Caleb zog instinktiv die Unterarme vor sein Gesicht und spürte einen knochenbrechenden Aufprall auf seinem Unterarm, während er den nächsten Schlag abwehrte. Er holte mit dem Fuß aus und zielte mit einem schrägen Tritt auf den unbeweglichen Fuß seines Angreifers, aber der Mann wich dem Tritt aus. Caleb störte es nicht, dass sein Schlag nicht ankam. Er hatte etwas Platz zwischen ihnen geschaffen.

Caleb ging ein paar Schritte zurück und hockte sich hin. Er spürte, wie ein warmes Rinnsal an seinem Kopf entlanglief, direkt über seinem Ohr. Der Mann, der ihn geschlagen hatte, musste Ringe getragen oder einen Schlagring benutzt haben. Er betrachtete seine beiden verbliebenen Gegner und konzentrierte sich auf denjenigen, der ihm den Schlag versetzt hatte. Er war der Nächste. Calebs Fuß stieß gegen das Holzstück, mit dem er den Bewaffneten zu Fall gebracht hatte. Ohne die beiden Männer aus den Augen zu lassen, griff Caleb nach dem Stück Holz und hielt es fest. Während er das tat, griff der Mann, der noch nicht involviert war, in seine Jackentasche. Caleb verkrampfte sich, weil er eine Waffe erwartete, aber als er seine Hand wieder hervorholte, sah er einen kurzen Lichtschimmer von einer Klinge. Das war gut. Das würde bedeuten, dass er sich auf die Waffe konzentrieren würde und nicht auf Caleb.

Der Mann kam näher und hielt das Messer vor sich. Er ging ein paar Schritte zur Seite und neigte seinen Körper in einem Winkel von etwa fünfundvierzig Grad. Er hielt die Hand ohne die Waffe senkrecht. Caleb hob das Holz in seiner Hand und versuchte, beide Männer gleichzeitig im

Blick zu behalten. Wenn sie vernünftig wären, würden sie sich noch weiter voneinander entfernen, als sie es bereits waren. In seinem Blickfeld konnte Caleb sehen, wie Leon von einem Fuß auf den anderen hüpfte und nicht wusste, was er tun sollte. Caleb hoffte, dass er bleiben würde, wo er war. Er wollte nicht, dass der Junge ihm in die Quere kam oder versuchte, sich einzumischen.

Der Mann mit dem Messer bewegte sich zuerst. Er stürzte nach vorne und streckte seine freie Hand nach Calebs Gesicht aus. Es war ein klassischer Angriff im Gefängnisstil. Caleb trat auf ihn zu und bemerkte den überraschten Gesichtsausdruck des Mannes, während er dies tat. Er ließ das Holzstück fallen, griff mit einer Hand nach dem Oberarm des Mannes und schlang seine andere Hand um sein Handgelenk, um das Messer zu kontrollieren. Dann trat Caleb zur Seite, um eine Zwei-gegen-Eins-Position einzunehmen, in der er den Arm des Mannes vollständig unter Kontrolle hatte.

Er drehte sich, um den Mann mit dem Messer zwischen sich und den anderen Angreifer zu bringen, gerade als der andere Mann mit einem wilden Schlag zustieß, der an Calebs Kopf abprallte, bevor er am Hals des anderen Mannes landete. Als der Schlag von Calebs Kopf abprallte, hatte er schon viel von seiner Wucht verloren, aber der Mann, den Caleb festhielt, schrie trotzdem auf.

Caleb schwang sein Bein herum, hakte es hinter den Knöcheln des Mannes mit dem Messer ein und fegte sie unter ihm weg. Als Caleb sich umdrehte, legte er seine Hand auf den Hinterkopf des Mannes und rollte ihn von seiner Hüfte in die Luft. Dann drückte er seinen Kopf so fest wie möglich nach unten, damit das Gesicht des Mannes zuerst auf dem Boden aufschlug. Caleb sprang zur Seite, um das Holzstück zu holen, bevor er auf die Füße sprang und es mit einer Bewegung schwang, auf die Nolan Ryan stolz gewesen wäre.

Das Holz flog an dem verbliebenen Angreifer vorbei und verfehlte sein Gesicht nur um Zentimeter. Er wölbte seinen Rücken, um seinen Kopf vom Holz wegzubewegen, was genau das war, was Caleb von ihm wollte. Wenn das Holz tatsächlich den Kopf des Mannes getroffen hätte, wäre er wahrscheinlich gestorben, und heute sollte niemand sterben. Caleb nutzte den Schwung, um das Holz zurückzuschleudern, bevor er es wie ein Schwert in den Solarplexus des Mannes stieß.

Der Gesichtsausdruck des Mannes war einer, den Caleb schon oft gesehen hatte. Völliger Schock. Der Schlag gegen sein Zwerchfell hätte einen sofortigen Krampf ausgelöst, der ihm vorübergehend die Luft zum Atmen genommen hätte. Er machte ein paar Schritte rückwärts, bevor er sich auf den Boden setzte. Caleb hätte mit einem Tritt gegen den Kopf eingreifen können, um ihn völlig auszuschalten, aber er konnte an seinem Gesichtsausdruck erkennen, dass der Kampf vorbei war.

69

Naomi beobachtete durch das Fenster der Mikrowelle, wie der Käse auf dem Makkaroni-Notfallgericht schmolz, das sie auf dem Rückweg zur Wohnung ihrer Schwester mitgenommen hatte. Eine Flasche Weißwein kühlte im Kühlschrank und sie war versucht, sie zu öffnen. Es war ein langer Tag gewesen, aber das Risiko war, dass die Flasche leer sein würde, bis Jennifer von der Arbeit zurückkam.

»Scheiß drauf«, murmelte sie leise vor sich hin. Sie könnte Jennifer eine Nachricht schicken, dass sie eine neue Flasche holen soll. Gerade als Naomi im Schrank nach einem Glas griff, vibrierte ihr Handy auf der Küchenarbeitsplatte.

»Hey, Jennifer«, sagte Naomi, als sie den Anruf entgegennahm. »Ich wollte dir gerade eine Nachricht schicken.«

»Lass mich raten«, antwortete ihre Schwester. »Du wolltest mir sagen, dass du den Wein aufmachst, und wenn ich welchen will, soll ich ihn auf dem Heimweg mitbringen?«

»Bin ich so vorhersehbar?«, erwiderte Naomi mit einem Lachen.

»Ja, immer. Kannst du mir trotzdem einen Gefallen tun?«

»Ja, klar.«

»Kannst du zum Laden an der Ecke gehen und mir eine Flasche und etwas für die Mikrowelle holen? Ich komme später von der Arbeit und dann hat der Laden schon zu.«

»Klar«, sagte Naomi und warf einen Blick auf die Mikrowelle. Es würde keine zwei Minuten dauern, um die Straße hinunterzulaufen. »Was ist denn los?«

»In Norwich gab es einen größeren Zwischenfall. Vier Männer wurden in einer der Siedlungen verprügelt. Das und die Tatsache, dass die Hälfte der Nachtschicht nicht aufgetaucht ist. Aber das ist nicht der Grund, warum ich zu spät komme. Ich gehe nach der Arbeit noch schnell mit jemandem etwas trinken.«

»Und wer mag das sein?«, fragte Naomi und ein langsames Lächeln breitete sich auf ihrem Gesicht aus.

»Das geht dich nichts an, du neugierige Kuh«, antwortete Jennifer. »Hör zu, ich muss gehen. Hier ist wirklich viel los.«

»Okay, keine Sorge«, antwortete Naomi. Sie wusste nicht, wie ihre Schwester es schaffte, mit dem Druck in einer so geschäftigen Notaufnahme zu arbeiten. Wenn Naomi einen schlechten Tag hatte, bedeutete das zumindest nicht viel. In Jennifers Fall bedeutete ein schlechter Tag, dass Menschen starben. »Natürlich. Geht es dir gut?«

»Mir geht es gut«, sagte Jennifer, aber Naomi konnte den Stress in ihrer Stimme spüren. »Zwei Sekunden.«

Naomi hörte eine männliche Stimme im Hintergrund, die Jennifer etwas fragte. Von der anderen Seite der Küche ertönte ein lautes Klingeln, als die Mikrowelle ihr Abendessen ankündigte. Ihr Magen grummelte daraufhin.

»Tut mir leid«, sagte Jennifer, als sie wieder in der Leitung war. »Das war dein Kumpel Derek.«

»Dave?«

»Derek, Dave, wie auch immer«, antwortete Jennifer und Naomi war dankbar, dass sie weniger gestresst klang als noch wenige Sekunden zuvor. »Er macht mir einen Tee, Gott segne ihn.« Naomi stöhnte auf. Dave hatte viele Stärken, aber Tee kochen gehörte nicht dazu.

»Sei einfach nett und tu so, als ob er schmeckt«, sagte sie, woraufhin ihre Schwester lachte.

»Keine Sorge, sobald er sich umdreht, geht er direkt in die Spüle«, antwortete Jennifer.

»Ist das der, mit dem du etwas trinken gehen willst?«, fragte Naomi. »Ist es zufällig Dave?«

»Hattest du einen guten Tag?«, antwortete Jennifer, und Naomi konnte an ihrer Stimme erkennen, dass sie lächelte. Wenn sie das nächste Mal richtig mit ihr sprach, würde sie alle Details erfahren, deswegen sagte Naomi nichts über den Themenwechsel.

»Er war ganz okay«, sagte Naomi. »Viel zu tun, du weißt ja, wie das ist.« Sie dachte an den Tag zurück und erinnerte sich an den erleichterten Gesichtsausdruck von Caleb, als Dave ihm gesagt hatte, dass er gehen könne. Die Überwachungsaufnahmen aus dem Supermarkt bestätigten Calebs Bewegungen und die Tatsache, dass er zum Zeitpunkt der Ermordung des Pfarrers nicht in der Nähe des Pfarrhauses gewesen war. Das und ein Standbild von einer vorbeifahrenden Dashcam, das einen Mann zeigte, der eindeutig nicht Caleb war, als er das Heim betrat, in dem die Frauen ermordet worden waren, hatten die Sache erledigt. Da es keine aussagekräftigen forensischen Beweise gab, hatte Dave ihr gesagt, dass es keinen Grund gab, Caleb in Gewahrsam zu nehmen.

»Natürlich«, sagte Jennifer. Im Hintergrund hörte Naomi das scharfe, beharrliche Klingeln eines Festnetztelefons. »Hey, hör zu. Ich muss los. Das Telefon der Ambulanzleitung läutet. Du holst mir doch etwas aus dem Laden an der Ecke, oder?«

»Natürlich«, antwortete Naomi. Sie wollte den Anruf gerade beenden, als ihr noch etwas einfiel. »Jennifer? Diese vier Männer? Wo wurden sie verletzt?«

»Ähm, Lark's Cross. Der Krankenwagen musste auf eine Polizeieskorte warten, um sie zu holen.«

Naomi beendete das Telefonat und war in Gedanken versunken. Als Caleb aus dem Polizeigewahrsam entlassen worden war, hatte Naomi angeboten, ihn mitzunehmen, wo immer er hin musste. Sie erinnerte sich, wie sich sein Gesicht verhärtete, als er antwortete.

»Kannst du mich in der Nähe der Lark's Cross Siedlung absetzen?«, fragte Caleb mit einem steinernen Gesichtsausdruck. »Ich habe noch etwas zu erledigen.«

Ohne an ihr Abendessen zu denken, machte sich Naomi auf den Weg zu Jennifers Wohnungstür und schnappte sich dabei ihre Autoschlüssel.

»Caleb«, flüsterte Leon. »Komm schon, Mann. Wir müssen hier weg.« In der Ferne konnte er herannahende Sirenen hören. Leon wusste nicht, um welche Art von Einsatzfahrzeugen es sich handelte, aber selbst wenn es Krankenwagen waren, würden sie nicht ohne die Polizei in die Siedlung kommen.

Er legte seinen Arm um Caleb und zog ihn in die Gasse zwischen zwei Häusern. Caleb sah ihn mit einem fast ausdruckslosen Blick an. Es sah nicht so aus, als würde er Leon wiedererkennen und ein dünner Blutstrahl bahnte sich langsam seinen Weg an der Seite seines Kopfes hinunter. Hatte er eine Gehirnerschütterung?

»Das war echt krass«, sagte Leon, als sie in die Gasse stolperten. »Wo hast du das gelernt?« Caleb antwortete nicht. Er rutschte aus und fiel fast hin, was Leon dazu veranlasste, seinen Arm fester zu umklammern.

Leon war sich nicht sicher, was er tun sollte. Seine Priorität war es, von den ankommenden Krankenwagen wegzukommen. Er wollte sich auf keinen Fall mit einer Waffe erwischen lassen, die immer noch in seinem Hosenbund steckte. Er war nicht in der Lage gewesen, sie zu lösen, aber das war auch nicht nötig gewesen, nachdem Caleb sich eingemischt hatte. Auch ohne die Waffe hatte Leon nicht versucht, Caleb bei dem Kampf zu helfen, und deswegen fühlte er sich schlecht, obwohl der Mann gar keine Hilfe gebraucht hatte. Nur den Bruchteil einer Sekunde, nachdem der Kampf begonnen hatte, hatte Syd den Schwanz eingezogen und war geflohen, sehr zu Leons Überraschung.

»Hier entlang, Kumpel«, sagte Leon und zog Caleb tiefer in den Schatten. Wohin sollte er gehen? Er drückte Caleb sanft gegen eine Wand auf der einen Seite der Gasse und zog, nachdem er sicher war, dass er nicht umkippen würde, sein Handy aus der Tasche.

»Was?«, sagte Syd ein paar Sekunden später, als er abnahm. Für Leon hörte es sich so an, als würde der Mann rennen oder zumindest schnell gehen. Er war außer Atem und keuchte fast.

»Wo bist du, Mann?«, sagte Leon mit leiser Stimme. Die Sirenen wurden immer lauter.

»Ich halte mich für eine Weile bedeckt«, antwortete Syd. »Ich gehe für ein paar Tage zu einem Kumpel, bis sich die Lage etwas beruhigt hat.«

»Ernsthaft?«, erwiderte Leon ungläubig. Syd läuft weg?

»Was geht dich das an, Bruder?«, schoss Syd zurück. »Wenn du vernünftig bist, verschwindest du auch aus der Siedlung. Die Bullen werden nach uns beiden suchen.«

»Was ist mit Caleb?«

»Was ist mit ihm?«

»Er ist verletzt«, sagte Leon und blickte zu Caleb, der immer noch so dastand, wie er ihn an die Wand gedrückt hatte. »Er hat eine Kopfverletzung.« Am anderen Ende der Leitung herrschte Stille und Leon schaute auf den Bildschirm, um zu sehen, ob Syd die Verbindung getrennt hatte.

»Dann bring ihn ins Krankenhaus«, hörte Leon Syd sagen, bevor ein elektronisches Klicken ihm verriet, dass er den Anruf beendet hatte.

»Meine Güte«, murmelte Leon. Er streckte die Hand aus und packte Caleb wieder am Arm. »Komm schon, Mann. Lass uns gehen.« Er musste ihn in sein eigenes Haus bringen und ihn sauber machen. Seine Mutter würde ausrasten. Sie würde wissen wollen, warum Caleb keine medizinische Hilfe bekommen konnte, und die vielen blauen Lichter, die zwischen den eng gebauten Häusern der Siedlung zu blinken begannen, würden ein eindeutiges Zeichen sein.

Leon führte Caleb durch die Gassen, die die Häuser kreuzten, und nahm einen Umweg zu seiner Straße. Caleb folgte ihm wortlos, aber solange er sich noch bewegte, war Leon nicht übermäßig besorgt. Sollte er zusammenbrechen oder ähnliches, würde er ihn dort lassen müssen, wo er war, aber er konnte zumindest Calebs Standort durchgeben. Das war Leon ihm schuldig, genauso wie Syd, aber sein Mentor hatte eine andere Seite seiner Persönlichkeit gezeigt. Eine, die Leon nicht wirklich mochte. Wenn es darauf ankam, traten anständige Männer vor und liefen nicht weg.

Wenige Augenblicke später führte Leon Caleb zum Eingang der Gasse, die direkt gegenüber von seinem Haus lag. An den Lichtern in den Fenstern konnte er sehen, dass seine Mutter zu Hause war. Leon würde einiges zu erklären haben, aber er konnte Caleb nicht allein lassen. Er hatte immer noch kein Wort gesagt und die Wunde an seinem Kopf sah im schwachen Licht der Straßenlaternen schlimm aus.

Leon schaute die Straße auf und ab. Ganz am Ende

stand ein Polizeiauto quer über die Straße und verhinderte den Zugang zum zentralen Teil der Siedlung. Der Weg zu seinem Haus war jedoch frei. Er ging ein paar Schritte vorwärts und zog Caleb hinter sich her, als er hörte, wie eine Autotür geöffnet wurde.

»Leon?«, sagte eine Frauenstimme. »Leon Brockwell?«

Leon blickte auf und sah die Anwältin, die ihn aus dem Gefängnis geholt hatte, neben einem kleinen roten Auto stehen. Sie hatte die Hände vor der Brust verschränkt und sah ihn mit einem Blick an, der zwischen Neugier und Wut lag. Er sah, wie ihr Blick zu Caleb und dann wieder zu ihm wanderte.

»Willst du mir sagen, was zum Teufel hier los ist?«

71

Vince starrte entsetzt auf den Bildschirm vor ihm. Darauf war ein einzelnes Bild zu sehen, das von der Dashcam eines sich einmischenden Bürgers aufgenommen worden war. Es war unscharf und nicht die beste Qualität, aber man konnte ihn sehen. Daran gab es keinen Zweifel. Auf dem Bildschirm war zu sehen, wie er gerade das Tor des Hauses betrat, in dem sich Suzy und die alte Frau versteckt hatten.

Er konnte das Bild nicht löschen. Selbst die Zugriffsrechte, die er für den Law Enforcement Data Service hatte, erlaubten ihm das nicht. Das Einzige, was er tun konnte, war, das Bild dezent zu verändern. Der Cursor huschte über den Bildschirm, während er den Abstand zwischen den Augen des Mannes auf dem Bildschirm um einen Bruchteil vergrößerte und das Kinn um ein paar Zentimeter nach unten zog. Das war alles, was er tun konnte, und es sollte jede Gesichtserkennungssoftware auf die falsche Fährte locken, wenn auch nur kurz. Er hatte so sehr darauf geachtet, nicht von einer der vielen Kameras zwischen dem Parkplatz und dem Haus selbst erwischt zu werden. Es schien, als hätte jedes zweite Haus Überwachungskameras mit Türklingeln, die Passanten aufzeichneten. Es war ja nicht so, dass er mit einer Sturmhaube die Straße entlanglaufen konnte.

Vince verließ das Bild und blätterte zu dem eigentlichen Kriminalbericht. Die örtliche Polizei hatte einen Mann am Tatort gefunden und ihn wegen Mordverdachts verhaftet. Als er das zum ersten Mal gelesen hatte, hatte Vince gelächelt. Er hätte die Irreführung nicht besser hinbekommen können, wenn er es versucht hätte. Vince schaute sich die Körperkamera des verhaftenden Beamten an.

»Unartig, unartig«, sagte er, als er sah, wie der Polizeibeamte Sekunden vor der Verwarnung seinen Taser einsetzte. Vince kehrte zum Polizeibericht zurück und sah, dass der Mann, den sie festgenommen hatten, Caleb hieß und keinen Nachnamen hatte. Er klickte auf das kleine Foto des Verdächtigen, um es zu vergrößern. Wie er vermutet hatte, war es der Mann aus dem Bus, aber zumindest hatte er jetzt einen Namen. »Hallo, Caleb«, murmelte Vince. »Also, wer zum Teufel bist du?«

Er schaltete zurück zum Kriminalbericht und begann, die forensische Zusammenfassung zu lesen. Ein Lächeln breitete sich auf seinem Gesicht aus, als er den Bericht las. Verdammt, er war gut. Es gab ein forensisches Prinzip, welches als Locard'sche Regel bekannt war. Jeder Kontakt hinterlässt eine Spur. Es sei denn, du bist Vince. Es gab überhaupt keine nennenswerten forensischen Spuren. Sie hatten ein paar Fasern von Handschuhen, die jetzt in einer Mülltonne im Zentrum Londons lagen, und einen teilweisen Fußabdruck von einem Paar Turnschuhen, die jetzt in zwei verschiedenen Mülltonnen lagen, ebenfalls in London. Das Messer, das er benutzt hatte, lag auf dem Grund der Themse, wo es nie gefunden werden würde. Und

selbst wenn das Messer, die Handschuhe oder die Turnschuhe gefunden werden würden, gäbe es keine offensichtliche Verbindung zwischen ihnen und dem Verbrechen,
geschweige denn zwischen ihnen und ihm.

Vince rief die Aufzeichnung des Verhörs mit Caleb auf.
Er drückte auf ›Abspielen‹ und während er den Gorilla
beobachtete, der das Verhör durchführte, dachte Vince an
Caleb. Wie gefährlich war er? Er kannte Suzy aus dem Bus,
hatte mit ihr den Bus verlassen und sie an einen sicheren
Ort gebracht.

»Nein«, sagte Caleb auf dem Bildschirm, als der Polizist
ihn fragte, ob er des Mordes schuldig sei. »Nein, das bin ich
nicht.« Vince zog die Augenbrauen hoch. Er war
Amerikaner?

Der Polizist fuhr fort, über den Mord im Pfarrhaus zu
sprechen. Vince runzelte die Stirn. Er hatte nicht damit
gerechnet, dass sie diese Verbindung so schnell herstellen
würden. Das war aber auch nicht wichtig. Er hatte sich den
LEDS-Eintrag für diese Ermittlung angesehen und der war
sauberer als dieser. Aber der gemeinsame Nenner, der sie
verband, war dieser Amerikaner auf dem Bildschirm. Was
hatte Suzy ihm tatsächlich erzählt? Vince verengte seine
Augen und starrte den Mann an. Vielleicht musste er
zurück nach Norwich fahren und diese Sache klären. Das
wäre schade – er freute sich sehr darauf, die junge Rachel
Parmenter kennenzulernen und hatte bereits einige Vorkeh-
rungen getroffen, um das zu ermöglichen – aber Vince war
der Meinung, dass seine Reise an die Südküste warten
konnte. Rachel hatte es nicht eilig.

Vince wechselte erneut den Bildschirm, um sich die
Verhaftungsakte von Caleb anzusehen. Zu seiner Verärgerung stellte er fest, dass die Polizei ihn am frühen Abend
freigelassen hatte. Er überprüfte die Notizen des ermit-

telnden Beamten und die Kommentare der Staatsanwaltschaft. Beide Behörden waren sich ziemlich sicher, dass Caleb mehr mit der Sache zu tun hatte, als er zugeben wollte, aber sie hatten keine stichhaltigen Beweise, um ihn zu behalten, und mussten ihn deshalb freilassen. Vince ärgerte sich darüber, dass die Gesetze so strikt eingehalten wurden.

Er musste diesen Caleb finden. Ihn zur Strecke bringen, herausfinden, was er wusste. Und wenn nötig, was mit ziemlicher Sicherheit der Fall sein würde, musste er ihn ausschalten. Vince wusste, dass er über die nötigen Mittel verfügte, um den Mann zu finden, auch wenn er nur einen Vornamen hatte. Aber das würde Zeit brauchen und diesen Luxus hatte Vince nicht. Es musste eine Abkürzung her, und Vince wusste genau, welche er brauchte. Er überprüfte das Protokoll des Verhörs, um sicherzustellen, dass er die richtigen Informationen hatte. Der geheimnisvolle Caleb war vielleicht verschwunden, aber seine Anwältin war es nicht und sie würde wissen, wo er war.

Vince loggte sich bei LEDS aus und öffnete ein neues Dokument. Es war an der Zeit, ein neues Profil zu erstellen. Seine Finger schwebten über der Tastatur, bevor er zu tippen begann.

Naomi Tipton

72

Naomi beobachtete, wie Leons Mund sich öffnete und schloss wie ein Goldfisch. Neben ihm betrachtete Caleb sie mit einem verwirrten Blick. Er blutete, ein dünnes Rinnsal aus Blut lief an der Seite seines Kopfes hinab.

»Und?«, sagte sie und machte einen Schritt auf Caleb zu. »Was ist passiert?« Sie griff mit ihrer Hand nach Calebs Gesicht und neigte seinen Kopf zur Seite, damit sie seine Verletzung sehen konnte. Er hatte einen Schnitt an der Schläfe, nicht weit von seiner Augenbraue entfernt. Er war vielleicht einen Zentimeter breit, nicht besonders tief, und das Blut begann bereits zu trocknen.

»Ich bin gestürzt«, sagte Caleb und sah sie mit einem schwachen Lächeln an. Seine Stimme war sanft.

»Natürlich bist du das«, antwortete Naomi mit einem Stirnrunzeln, »und ich werde die nächste Königin von England sein.« In der Ferne konnte Naomi einen uniformierten Polizisten sehen, der bei seinem Auto stand, dessen Lichter noch immer die Häuser anstrahlten. Er schaute in ihre Richtung. »Was ist denn da drüben los?«, fragte sie und sah Leon dabei an.

»Äh, ich glaube, es gab eine Schlägerei«, antwortete Leon. »Ich wollte Caleb zu mir nach Hause bringen, aber meine Mutter wird ausrasten.« Er wippte mit den Füßen und Naomi konnte die Anspannung spüren, die von ihm ausging. Mit einem kurzen Blick auf den Polizisten traf sie eine Entscheidung.

»Okay«, sagte Naomi und richtete ihre Aufmerksamkeit wieder auf Caleb. Hinter ihm ging der Polizist die Straße entlang auf sie zu. »Caleb, steig ins Auto. Und Leon? Geh nach Hause.« Sie nickte dem Polizeibeamten zu. »Schnell, bevor er hier ist.«

Naomi sah, wie Leons Kopf zuckte und er auf die Straße starrte. Er murmelte etwas vor sich hin und schoss mit einem dankbaren Nicken in Naomis Richtung über die Straße. Ein paar Sekunden später schlug die Haustür hinter ihm zu. Sie hielt Caleb am Arm fest, führte ihn zum Beifahrersitz ihres Autos und wartete, bis er sich gesetzt hatte. Der Polizeibeamte war vielleicht zwanzig Meter entfernt. Naomi wollte nicht, dass er Caleb aus der Nähe sah, also ging sie auf den herannahenden Mann zu.

»Guten Abend, Officer«, grüßte Naomi mit einem Lächeln, als sie den Polizisten erreichte. Er war ein älterer Mann, vielleicht Ende vierzig, und hatte das gezeichnete Gesicht eines Mannes, der schon alles gesehen hatte. Die Ausrüstung, die an seinem Gürtel hing, verbarg seine Wampe nicht und Naomi fragte sich, wann er das letzte Mal an einer Verfolgungsjagd teilgenommen hatte. Wann auch immer es gewesen war, es hatte vermutlich nicht lange gedauert. »Was ist denn da drüben los?«

»Guten Abend, Ma'am«, antwortete er. Naomi beobachtete, wie er sie mit geübtem Blick von oben bis unten musterte, bevor er zu ihrem Auto sah. Sie ließ ihn nicht aus den Augen, um seine Aufmerksamkeit nicht auf Caleb zu lenken. »Sie kommen mir bekannt vor. Kenne ich Sie?«

»Nicht offiziell, nein«, sagte Naomi und zwang sich zu einem leichten Lächeln. »Ich bin Naomi Tipton, eine der diensthabenden Anwältinnen. Sie haben mich vielleicht schon auf dem Revier gesehen.«

Die Miene des Polizisten veränderte sich zu einem Erkennen. Er schnippte mit den Fingern und grinste.

»Genau daher kenne ich Sie«, bestätigte er. »Ich wusste, dass ich Ihr Gesicht schon einmal gesehen habe.« Naomi konnte dem Mann nicht dasselbe sagen. Sie erkannte ihn überhaupt nicht. »Sie wohnen nicht hier in der Nähe, oder?«

»Nein«, sagte Naomi. »Ich musste nur ein paar Papiere für einen Mandanten vorbeibringen.«

»Ja, das macht Sinn«, antwortete der Polizist. »Ich wette, Sie haben hier in der Siedlung eine Menge Mandanten.« Sie tauschten ein verschwörerisches Lächeln aus und er nickte zum Auto hin. »Es macht Sinn, etwas Schutz mitzunehmen. Ist das Ihr Freund?«

»Ähm, ja«, antwortete Naomi. Sie schaute sich um und sah, dass Caleb seinen Kopf gegen den Sicherheitsgurt gelehnt hatte. Seine Augen waren geschlossen und er versteckte das Rinnsal aus Blut hinter dem Stoff des Gurtes. »Er hat aber schon ein paar Bier getrunken.«

Der Polizist hob die Hand an seinen Kopfhörer und runzelte die Stirn. Ein paar Sekunden später beobachtete sie, wie er mit dem Mikrofon, das vorne an seiner Weste befestigt war, antwortete.

»Ich muss jetzt los«, sagte er. »Wenn Sie das nächste Mal auf der Wache sind, kommen Sie auf jeden Fall vorbei und sagen Hallo.« Der Polizist nickte Caleb zu. »Sie bringen ihn besser nach Hause und ins Bett.«

Naomi beobachtete den Polizisten, als er zurück zu seinem Streifenwagen schlenderte. Was auch immer er über Funk gesagt hatte, es konnte nicht dringend sein, oder vielleicht war es einfach die Geschwindigkeit, die er normalerweise wählte. Sie stieg ins Auto und setzte sich hinter das Lenkrad. Sie beobachtete den Polizisten einen Moment lang, bevor sie den Wagen startete.

»Danke«, hörte Naomi Caleb sagen.

Sie schaute zu ihm, aber er hatte seinen Kopf noch immer gegen den Sicherheitsgurt gelehnt und die Augen geschlossen. Er war offensichtlich in den Kampf verwickelt gewesen, was bedeutete, dass sie, je nachdem, was tatsächlich passiert war, mit ziemlicher Sicherheit gegen das Gesetz verstoßen hatte. Naomi grübelte über das Gesetz nach. Die Hilfeleistung für einen Straftäter setzte voraus, dass dieser eine relevante Straftat begangen hatte. Sie hatte schon mit mehr als einer Person vor Gericht gestanden, die sich einer solchen Straftat schuldig gemacht hatte, und wusste aus bitterer Erfahrung, dass die Gerichte diese Art von Verhalten nicht gerne sahen, wenn sie schuldig gesprochen wurden. Drei Jahre Gefängnis waren der Beginn.

»Was zum Teufel mache ich hier?«, murmelte Naomi vor sich hin, als sie den Gang einlegte.

73

Während Naomi fuhr, ließ Caleb den Kampf mit den vier Männern in der Siedlung Revue passieren. Er wusste, dass er mehrere Fehler gemacht hatte, und der Schmerz in seinem Kopf erinnerte ihn an einen davon. Caleb war seit Jahren nicht mehr so hart geschlagen worden und hatte vergessen, wie schmerzhaft das war. Auch die linke Seite seiner Brust schmerzte, aber er konnte sich nicht daran erinnern, dass er dort getroffen worden war. Das muss passiert sein, als er noch benommen war von dem Schlag auf die Seite seines Kopfes. Wenigstens waren zu diesem Zeitpunkt der Schlägerei noch keine Klingen im Spiel gewesen. Wären sie es gewesen, hätte es anders ausgehen können. Direkt unter seinen Rippen, wo der Schmerz war, befanden sich viele wichtige Dinge, die nicht gut auf ein Messer reagiert hätten.

Caleb spulte in Gedanken die Bilder in seinem Kopf ab, bis die vier Männer vor ihm standen. Er passte seine Bewegungen an, da mindestens einer der Männer – derjenige, der ihn geschlagen hatte – viel schneller war, als er aussah. Caleb probierte ein paar Varianten seiner Choreografie aus, bis er diejenige fand, die zu dem gewünschten Ergebnis führte. Ohne dass er am Ende Kopfschmerzen bekam.

»Wie geht es dir?«, fragte Naomi vom Fahrersitz aus. Caleb drehte sich, um sie anzusehen, aber sie hatte ihren Blick auf die Straße vor ihnen gerichtet.

»Es tut weh«, antwortete er, »aber ich werde es überleben.«

»Was ist passiert?«

»Es gab einen Zusammenstoß.«

»Offensichtlich.« Naomi schaute kurz zu Caleb hinüber, bevor sie sich wieder der Windschutzscheibe zuwandte. »War Leon daran beteiligt?«

Caleb dachte an den Anblick von Leon zurück, der sich abmühte, die Waffe aus seiner Hose zu ziehen. Es gab einen Grund dafür, warum das ein schlechter Ort war, um eine Pistole aufzubewahren.

»Er war da«, sagte Caleb. »Aber er war nicht in den Zusammenstoß verwickelt.«

»Wer war der andere Typ?«, fragte Naomi. Caleb sagte zunächst nichts, weil er davon ausging, dass Naomi irgendwann merken würde, dass es mehr als einer von ihnen gewesen war.

»Nur ein Möchtegern-Straßenräuber. Er hat einen von Leons Freunden bedroht, deswegen bin ich eingeschritten. Große Klappe, nichts dahinter. Es gab nicht mal einen wirklichen Kampf, um ehrlich zu sein.«

»Du bist ein wahrer Samariter, nicht wahr?« Ein schallendes Lachen entwich Naomis Lippen. »Ist es das, was du tust? Durch die Welt ziehen und Menschen in Not retten wie Jack Reacher?«

»Jack Reacher ist viel größer als ich«, sagte Caleb mit einem langsamen Lächeln im Gesicht. »Aber er ist nur aufgepumpt. Ich glaube, ich könnte ihn zur Strecke bringen, wenn es dazu käme.«

»Das bezweifle ich sehr«, antwortete Naomi. »Es sei denn, er ist die Tom Cruise-Version und nicht der andere Typ.« Als Caleb sie ansah, lächelte sie ebenfalls. Sie hielt einen Moment inne, ihr Lächeln verblasste, bevor sie ihm eine weitere Frage stellte. »Also, woher kennst du Leon?«

»Ich bin vor ein paar Tagen mit ihm zusammengestoßen«, sagte Caleb und ließ weitere Informationen, wie zum Beispiel die Umstände, weg. »Du?«

»Er ist ein Mandant, offensichtlich. Aber mehr kann ich dir nicht sagen.«

»Sonst müsstest du mich umbringen?« Calebs Antwort löste ein weiteres Lächeln aus. Das waren zwei, kurz hintereinander, die Caleb gerne gesehen hatte. »Warum hast du getan, was du vorhin getan hast? Leon in sein Haus schicken und den Polizisten anlügen?«

»Ich habe den Polizisten nicht angelogen«, antwortete Naomi. »Ich war nur sparsam mit der Wahrheit.«

»Das ist keine Antwort, Miss Tipton«, sagte Caleb und sprach ihren Namen in einem ausgeprägten texanischen Tonfall aus. Drei Lächeln.

»Ich weiß es nicht«, sagte Naomi einen Moment später, verlangsamte das Auto und setzte den Blinker. »Ich habe wohl aus dem Bauch heraus gehandelt. Meine Schwester sagt mir immer, dass ich das öfter tun soll. Ein bisschen spontaner sein.«

»Meinst du, dein Instinkt ist richtig?«, fragte Caleb sie, als sie das Auto an den Straßenrand fuhr. Sie hielt den Wagen an und nahm die Hände vom Lenkrad, bevor sie sich zu ihm umdrehte und ihn ansah. Im Gegensatz zur Lark's Cross Siedlung war die Straße, auf der sie sich befanden, gut beleuchtet und er konnte ein leichtes Stirnrunzeln auf ihrem Gesicht erkennen.

»Du bist irgendwie in drei Morde verwickelt, Caleb.« Er öffnete den Mund, um zu protestieren, aber sie hob die Hand, um ihn zum Schweigen zu bringen. »Ich weiß, ich weiß, du bist an allen unschuldig, aber du bist irgendwie darin verwickelt und das nächste Mal, als ich dich sah, hast du dich auf der Straße geprügelt.« Sie legte ihre Hände wieder in den Schoß und sah ihn mehrere Sekunden lang an.

»Ich hoffe irgendwie, dass da ein Aber kommt«, sagte er. Vier Lächeln.

»Es wird ein Aber geben, ja«, antwortete Naomi. »Ich bin mir nur nicht sicher, was es ist.« Sie biss sich auf die Unterlippe. »Du hast etwas an dir, das mich dazu bringt... Ich weiß nicht genau, wie ich es ausdrücken soll. Dir helfen zu wollen, vielleicht?«

»Das hätte ich nicht von dir erwartet«, sagte Caleb und zog die Augenbrauen hoch. Es war Jahre her, dass jemand gesagt hatte, er wolle ihm helfen, wenn überhaupt. Normalerweise war es genau andersherum. »Aber ich weiß es zu schätzen.« Er nickte einmal und sah durch das Beifahrerfenster auf das kleine Wohnhaus, neben dem Naomi geparkt hatte. »Ist das dein Zuhause?«

»Ja«, antwortete Naomi, als sie die Autotür öffnete. »Ich habe eine Zeit lang bei meiner Schwester gewohnt, aber jetzt wohne ich hier. Ich glaube nicht, dass es meiner Schwester gefallen würde, wenn ich einen seltsamen Prediger mit nach Hause bringen würde. Außerdem hat sie heute Abend ein Date, also ist es wahrscheinlich besser, wenn ich sie in Ruhe lasse. Ich schreibe ihr besser eine SMS.«

»Jetzt bin ich seltsam?« Caleb wollte ein fünftes Lächeln,

aber alles, was er dafür bekam, war ein kurzes Kopfnicken von Naomi. Sie war in ihr Handy vertieft und er mochte es, wie das Licht des Bildschirms ihr Gesicht erhellte. »Wie kommt es, dass du bei deiner Schwester gewohnt hast?«

Naomis Gesichtsausdruck veränderte sich leicht, als sie antwortete. Er verhärtete sich fast unmerklich. Es war nur ein kurzer Blick, aber Caleb bemerkte ihn. Das tat er meistens.

»Ich hatte ein Rattenproblem«, antwortete sie, »aber das ist jetzt alles geklärt.« Sie sah ihn nicht an, sondern kramte in ihrer Handtasche und holte einen Schlüsselbund heraus. »Komm mit hoch. Wir machen dich erst mal sauber.«

Leon lehnte sich auf seinem Bett zurück und starrte auf den grün leuchtenden Bildschirm seines Handys. Er scrollte ziellos durch die Icons und überprüfte dabei seine WhatsApp-Nachrichten. Es gab keine Nachricht von Syd. Leon hatte ihm im Laufe des Abends mehrere Nachrichten geschickt, die laut den beiden blauen Häkchen gelesen worden waren – aber keine Antwort.

»Meine Güte«, murmelte Leon leise vor sich hin. Warum ignorierte ihn Syd? Was hatte er falsch gemacht?

Wie sich herausgestellt hatte, gab es keinen Grund, warum Leon Caleb nicht zurück ins Haus hätte bringen können. Seine Mutter war unterwegs, höchstwahrscheinlich in einem Pub, um sich zu besaufen. Sie würde nach der letzten Runde nach Hause taumeln und sich ins Bett schleppen oder sie würde morgens verkatert und beschämt auftauchen und behaupten, sie hätte auf dem Sofa einer Freundin geschlafen und es wäre ihr egal, ob Leon ihr glaubte oder nicht.

Was würde als Nächstes passieren, fragte sich Leon, als er sein Handy weglegte. Irgendwann würde Syd zurückkommen und zweifellos den Sieg für sich beanspruchen. Aber was, wenn die Albaner zurückkamen? Mehr von ihnen und besser vorbereitet? Caleb würde beim nächsten Mal vielleicht nicht mehr da sein und selbst wenn, er war nur ein Mann. Ein Lächeln breitete sich auf Leons Gesicht aus, als er sich daran erinnerte, wie er die vier Männer, die aus dem Auto gestiegen waren, ausgeschaltet hatte. Vielleicht könnte er Leon beibringen, wie man so kämpft?

Leon nahm sein Handy wieder in die Hand, öffnete seinen Browser und suchte nach Kampfsportschulen in seiner Nähe. Er könnte einer beitreten und lernen, auf sich selbst aufzupassen, so wie Caleb es konnte. Vielleicht würde er sich dabei auch noch ein bisschen stärken. Wenige Augenblicke später hatte er einen Typen namens Ian gefunden, der ein Fitnessstudio hinter einem der Industriegebiete am Rande der Stadt betrieb. Als er sich das Foto von Ian auf der Website ansah, war er ein wirklich gut aussehender Typ und Leon wurde durch das Angebot einer kostenlosen Schnupperstunde in Versuchung geführt.

Er legte sein Handy wieder weg und starrte an die Decke. In ein paar Monaten würde er die Schule abschließen. Leon hatte nicht vor, weiter zur Schule zu gehen oder eine beschissene Ausbildung zu machen, die so gut wie nichts einbrachte. Sein ursprünglicher Plan war es gewesen, zu sehen, ob er Vollzeit für Syd arbeiten könnte, sozusagen als sein Stellvertreter. Das war der einzige Grund, warum er den Busjob gemacht hatte. Um Syd zu beweisen, dass er fähig war. Und nicht nur das. Er hatte auch einige Ideen, wie sie ihre Gewinnspanne maximieren könnten. Und wenn Syd sein eigenes Produkt anbaute? Nun, es gab keinen

Grund, warum Leon es sich nicht auch selbst beibringen könnte.

Leon ließ seine Gedanken schweifen, denn er wusste, dass er nach der Aufregung des Abends zu aufgedreht war, um zu schlafen. Er stellte sich ein Szenario vor, in dem er und Syd gleichberechtigte Partner waren. Wo er nicht für Syd arbeitete, sondern mit ihm. Sie könnten nach und nach die Plantagen ausbauen und weitere Wohnungen in dem Hochhaus übernehmen. Wenn es stimmte, was Caleb vorhin gesagt hatte, könnten sie weitere Mieter zum Auszug überreden und zwei Stockwerke übernehmen. Sogar drei. In Norwich gab es viele weitere Orte, an denen sie Gras verkaufen konnten, und London war nur ein paar Stunden entfernt. Wenn sie auf Widerstand stießen, konnte Leon sie mit ein paar gut platzierten Tritten oder Schlägen erledigen, genau wie Caleb.

Ein paar Augenblicke später war Leons Tagtraum verflogen. Wem wollte er etwas vormachen? Er war fünfzehn, kaum alt genug, um sich zu rasieren. Die Chancen, dass er in Norwich oder anderswo zum Drogen-Dreh- und Angelpunkt wurde, waren gering. Draußen hörte er einen Mann schreien. Das war in der Siedlung nicht ungewöhnlich, vor allem, wenn die Pubs geschlossen waren. Als Antwort ertönte ein gackerndes Frauengelächter. Leons Herz sank. Seine Mutter war zurück.

Leon blieb ruhig liegen, als er hörte, wie die Haustür geöffnet und dann leise geschlossen wurde. Das war ein gutes Zeichen. Wenn seine Mutter richtig betrunken war, würde sie die Tür zuknallen. Er hörte sie unten rumlaufen und sich ein Glas Wasser holen. Dann knarrte die Treppe. Er schloss die Augen und drehte sich um, für den Fall, dass sie nach ihm sehen wollte, aber das tat sie nicht. Einen

Moment später hörte er, wie sich ihre Schlafzimmertür schloss.

Er seufzte und fluchte dabei leise vor sich hin. Vor ein paar Tagen schien es noch gut zu laufen. Jetzt, an einem einzigen Abend, war alles den Bach runtergegangen.

75

Vince trommelte frustriert mit den Fingern auf seinem Schreibtisch. Naomi Tipton war eine schwer zu fassende Frau und er hatte nicht viel über sie herausfinden können, abgesehen von den Grundlagen. Nichts über LEDS, aber da sie eine Anwältin war, war das auch keine Überraschung. Er hatte ihre Adresse aus ihrem Führerschein, aber in den sozialen Medien war nichts zu finden. Sie nutzte keine der üblichen Plattformen und auch keine der diskreteren. Nicht, dass Vince diese Details gebraucht hätte. Es machte ihm einfach Spaß, im Internet in das Leben der Menschen einzutauchen, um es mit ihrer tristen Realität vergleichen zu können, wenn er sie schließlich traf. Vince hatte bereits alles, was er brauchte. Er brauchte nur noch einen Plan.

Vince klappte den Laptop zu, stand auf und schenkte sich ein Glas Wodka ein. Laut dem Mann, der ihm die Flasche geschenkt hatte, war es einer der besten Wodkas, die jemals die ursprüngliche Stolichnaya-Destillerie verlassen hatten, als sie noch im Moskauer Staatlichen Weinlager untergebracht war. Der Mann fing an, Vince eine verworrene Geschichte über Putins Machtübernahme zu erzählen, aber Vince ließ ihn nicht zu Wort kommen. Er hatte kein Interesse an der Geschichte des Mannes und auch nicht an dem Wodka, aber der Mann hatte Vince gerade eine horrende Summe für einen inoffiziellen Auftrag gezahlt, also musste er das Geschenk zumindest annehmen.

Das Hauptproblem, das Vince hatte, war die Zeit. Er konnte sich nicht noch mehr Urlaubstage nehmen, zumal andere Teams einem Ziel, das sie schon seit Monaten verfolgten, immer näher kamen. Wenn das Ziel bestätigt war, würde nur Vinces Team an der Ausschaltung beteiligt sein und es würde nicht viel Zeit bleiben. So schnell nach Norwich zurückzukehren, wäre ein Risiko. Aber noch riskanter war, was Vince nicht wusste. Er wusste nicht, wie viel Suzy diesem Caleb über ihn erzählt hatte, und das konnte er nur herausfinden, wenn er Caleb fand.

Vince war immer noch verärgert über die Geschwindigkeit, mit der Caleb freigelassen worden war, vor allem, weil er der Polizei außer seinem Vornamen nichts verraten hatte. Vince nippte an seinem Wodka, während er darüber nachdachte, wie Naomi Tipton das angestellt hatte. Er dachte an die Körperkamera, die Calebs Verhaftung zeigte, zurück. Sie muss mit ihnen verhandelt haben und darauf hingewiesen haben, dass es weder notwendig noch verhältnismäßig gewesen war, einem betenden Mann einen Taser an den Rücken zu halten. Eine Art Gegenleistung.

Selbst wenn er nach Norwich fuhr und die junge Naomi besuchte, gab es keine Garantie, dass sie wissen würde, wo Caleb war. Es machte Vince nichts aus, dass sie es ihm nicht sagen würde, wenn sie es wüsste – er konnte ziemlich überzeugend sein, wenn es nötig war –, aber vielleicht wusste sie es tatsächlich nicht. Oder er könnte sie einfach in Ruhe lassen. Das schlimmste Szenario war, dass Suzy Caleb von ihm erzählt hatte und dieser wiederum Naomi, die wiederum die Polizei informiert hatte. Aber welche Informationen hätte dann die Polizei? Eine fantasievoll klingende Geschichte über einen Mann, der im Schatten lebte.

Vince füllte sein Glas nach und überlegte noch eine Weile. Als er sich bei den Sicherheitsdiensten beworben hatte, musste er im Rahmen des Bewerbungsverfahrens eine Belbin-Übung absolvieren, um herauszufinden, welche Rolle er im Team spielen würde. Obwohl Vince damals der Meinung gewesen war, dass das eine Zeit- und Geldverschwendung war, musste er zugeben, dass seine Rolle als Perfektionist gar nicht so abwegig gewesen war. Dem Bericht zufolge war er derjenige, der die Arbeit polierte und auf Fehler überprüfte – das Streben nach Perfektion in einer unvollkommenen Welt. Der Gedanke, dass Suzy jemandem von ihm erzählt haben könnte, gehörte zu diesen Unvollkommenheiten. Caleb musste gefunden und aus dem Spiel genommen werden – und das konnte er nur durch Naomi.

Er legte den Kopf in den Nacken, leerte das Glas in einer Bewegung und zog eine Grimasse angesichts des bitteren Geschmacks. Wenn das das war, was die Leute in Russland zum Vergnügen tranken, konnten sie es behalten, dachte Vince, während er in seine Tasche griff, um zu prüfen, ob seine Autoschlüssel noch da waren.

Es war an der Zeit, Miss Tipton einen Hausbesuch abzustatten. Im besten Fall würde sie wissen, wo Caleb war und es Vince sagen. Im schlimmsten Fall wusste sie nicht, wo er war, und Vince würde wieder am Anfang stehen.

Aber in beiden Fällen konnten er und Naomi Spaß miteinander haben. Vince würde sie aber nicht umbringen. Das würde nur noch mehr unerwünschte Aufmerksamkeit auf sich ziehen. Außerdem waren Frauen so viel befriedigender, wenn sie verletzt waren.

76

Caleb neigte seinen Kopf zur Seite, damit er die Wunde in dem kleinen Spiegel sehen konnte, den er in der Hand hielt. Er balancierte den Spiegel auf Naomis Couchtisch, indem er ihn gegen eine Weinflasche lehnte, und drückte mit einer Hand die Ränder der Haut zusammen. Mit der anderen Hand drückte er die Tube Sekundenkleber vorsichtig zusammen, so dass eine Raupe des flüssigen Klebers am Ende der Tube erschien. Dann berührte er die Raupe oben auf der Wunde und beobachtete im Spiegel, wie sie an den Hauträndern herunterrollte. Caleb wiederholte die Bewegung für den unteren Rand der Verletzung und hielt die Hautränder etwa zwanzig Sekunden lang fest. Als er seine Finger entfernte, war die Wunde fast unsichtbar. Er nickte seinem Spiegelbild zufrieden zu, bevor er den Deckel wieder auf die Tube setzte, obwohl er bezweifelte, dass Naomi sie für etwas anderes benutzen wollte. Die Tasse in der Spüle würde wohl kaputt bleiben.

Er saß im Wohnzimmer ihrer kleinen Wohnung, frisch geduscht und bekleidet mit einer Jogginghose und einem T-

Shirt, die Naomi für ihn gefunden hatte. Es waren männliche Kleidungsstücke, aber sie gab ihm keine Erklärung, wem sie gehörten, und er hatte auch nicht danach gefragt. Naomi stand unter der Dusche und er konnte das Wasser durch die dünnen Wände hören.

Naomis Wohnung war für amerikanische Verhältnisse winzig. Er hatte nur das Wohnzimmer, in dem er sich gerade befand, das Badezimmer und die Küche gesehen, in der er die Tube mit dem Kleber gefunden hatte. Es gab noch zwei weitere Türen, also nahm er an, dass es zwei Schlafzimmer gab, aber das war's auch schon. Caleb gefiel es. Naomi hatte sich offensichtlich viel Mühe bei der Auswahl der Einrichtung gegeben und sie war geschmackvoll dekoriert. Die sanften Pastellfarben an den Wänden ließen eindeutig auf eine Frauenwohnung schließen. Das Wohnzimmer war nur groß genug für ein einzelnes Sofa, den Couchtisch und einen großen Flachbildfernseher.

Caleb stand auf und ging zum Kaminsims, um sich die Fotos über dem modern aussehenden Gaskamin anzuschauen. Es gab nicht viele. Eines zeigte Naomi mit einer Frau, von der er annahm, dass es sich um ihre Schwester handelte, die Krankenschwester war. Naomi hatte ihm zuvor gedroht, sie zu bitten, nach der Arbeit vorbeizukommen, um nach ihm zu sehen. Auf dem Foto befanden sich die beiden Frauen an einem Strand vor einem tiefblauen Himmel und einem türkisen Meer. Mit ziemlicher Sicherheit kein britischer Strand. Sie lächelten beide in die Kamera, mit kompliziert aussehenden Getränken in der Hand. Auf einem anderen Bild war nur Naomi zu sehen, wie sie eine Absolventenkappe und eine Papierrolle in den Händen hielt. Sie hatte einen aufgeregten Gesichtsausdruck, halb lachend und halb erleichtert. Die einzigen anderen Fotos, die er sehen konnte, waren ein kleines von einem älteren Paar und eines von einem schwarzbraunen Dackel, der traurig in die Kamera schaut. Caleb neigte seinen Kopf leicht zur Seite. Der feinen Staubschicht auf dem Kaminsims nach zu urteilen, hatte dort bis vor kurzem noch ein weiteres Foto gestanden.

»Das sind meine Eltern und der Hund hieß Biscuit«, sagte Naomis Stimme hinter ihm. »Falls du dich das gefragt hast.« Caleb drehte sich um und sah sie an. Sie trug eine Jogginghose, die seiner ähnlich war, aber viel besser saß, und ein lockeres T-Shirt. Ihr Haar war noch feucht von der Dusche und sie hatte es zu einem lockeren Pferdeschwanz gebunden. Naomi nickte der Weinflasche auf dem Tisch zu, an der noch immer der kleine Spiegel lehnte. »Ich werde mir ein Glas Wein einschenken. Willst du auch eins?«

»Warum nicht?« Caleb antwortete mit einem Lächeln. Er sah, wie sie das Gesicht verzog.

»Oh, ich habe nicht nachgedacht. Vielleicht solltest du mit einer Kopfverletzung nicht trinken?«

»Ich glaube nicht, dass mich ein Glas Wein umbringen wird, Naomi«, scherzte Caleb. »Und wenn du eins trinkst, wäre es unhöflich, dir keine Gesellschaft zu leisten.«

Naomi brauchte ein paar Augenblicke, um Calebs selbst vorgenommene Behandlung zu bemerken. Da saßen sie bereits nebeneinander auf dem Sofa. Ihre Augen weiteten sich und ihre Augenbrauen schossen in die Höhe.

»Oh, mein Gott«, sagte sie. »Was hast du getan?«

»Ich hoffe, es macht dir nichts aus, aber ich habe den Sekundenkleber in der Küche benutzt.«

»Du hast dir den Kopf zugeklebt?« Naomi lachte und ihre Augenbrauen hoben sich noch mehr. »Ist das dein Ernst? Lass mich mal sehen.«

Naomi breitete ihre Beine aus und kniete sich neben Caleb auf das Sofa. Er neigte seinen Kopf leicht, um ihr einen besseren Blick zu gewähren. Sie rutschte nach vorne und legte ihre Fingerspitzen neben die Wunde an der Seite seines Kopfes. Caleb zuckte zusammen.

»Oh, tut mir leid«, flüsterte Naomi. »Tut das weh?«

»Nein«, antwortete Caleb. »Deine Fingerspitzen sind eiskalt.«

»Das kommt sicher vom Weinglas.«

Er hatte aber nicht nur wegen ihrer Fingerspitzen gezuckt. Als sie nach vorne gerutscht war, um sich neben ihn zu knien, hatte sie eine ihrer Brüste gegen seinen Oberarm gedrückt. Er konnte ihre Festigkeit durch den dünnen Stoff hindurch noch immer spüren, aber sie machte keine Anstalten, sich zu entfernen.

Caleb saß still, während Naomi seinen Kopf untersuchte. Aus den Augenwinkeln konnte er eine kleine Ader an ihrem Hals pulsieren sehen. Er konnte nicht anders als ihren Herzschlag zu zählen. Er lag bei über hundertzwanzig Schlägen pro Minute. Viel zu schnell, um normal zu sein.

Einen Moment später rutschte sie wieder weg und drehte sich zu ihm um.

»Bist du sonst noch irgendwo verletzt?«, fragte sie, während ihre Augen zwischen seinen hin und her flogen. »Du hast dir im Auto die Brust gerieben.«

»Ich glaube, ich habe irgendwann einen Schlag in die Rippen bekommen.«

Naomis Augen flackerten zu seinem T-Shirt hinunter.

»Komm schon, zieh es aus. Lass mich mal sehen.«

»Mir geht es gut.«

»Keine Widerrede. Ich muss Jennifer sagen können, dass ich dich gründlich untersucht habe.«

Caleb hielt einen Moment inne, bevor er das T-Shirt langsam über seinen Kopf zog. Er sah, wie sich Naomis Augen weiteten, als sie seine rechte Schulter berührte.

»Ist das ein Einschussloch?«, fragte sie ihn, als ihre Finger kurz vor seiner Haut stoppten.

»Nicht mehr.«

»Darf ich es anfassen?«

»Natürlich.« Caleb zuckte zusammen, als ihre Fingerspitzen seine Haut berührten, woraufhin Naomi dasselbe tat. Er fing an zu lachen. »Tut mir leid, ich konnte nicht widerstehen.« Die Ader in ihrem Nacken pulsierte immer noch.

»Und das hier?« Naomis Finger strichen über seinen Bauch, wo eine dünne Linie von Narbengewebe mit kleinen, hässlichen Löchern übersät war. »Was ist hier passiert?«

»Ich habe mich beim Rasieren geschnitten«, antwortete Caleb mit einem schiefen Grinsen. »Ich dachte, du interessierst dich für frische Verletzungen, nicht für meine alten.«

»Ja, tut mir leid«, antwortete Naomi und wurde leicht rot auf den Wangen. »Wo bist du noch verletzt? Tut es irgendwo weh?«

Caleb presste die Lippen zusammen, um das Lächeln zu unterdrücken, das er aufkommen spürte. Wenn er diese Frage ehrlich beantworten würde, würde er wahrscheinlich eine Ohrfeige bekommen.

77

Naomi half Caleb, sein T-Shirt wieder über den Kopf zu ziehen, bevor sie sich wieder in ihre ursprüngliche Position auf der Couch setzte. Es juckte sie in den Fingern, Caleb mehr über die verschiedenen Narben an seinem Körper zu fragen, aber sie spürte, dass er nicht darüber reden wollte. Die einzige frische Verletzung, die sie gesehen hatte, war eine leichte Rötung der Brustwand auf Calebs rechter Seite. Naomi hatte gedrückt und gestupst, ohne zu wissen, wonach sie suchte, aber Caleb schien es nicht zu stören, also war sie sicher, dass es nichts Ernstes war.

»Willst du noch ein Glas Wein?«, fragte sie ihn. Er nickte zur Antwort.

Sie stand auf und ging in die Küche, wo sie den Thermostat an der Wand um ein paar Grad herunterdrehte. Als sie mit einer kalten Flasche Weißwein aus dem Kühlschrank zurückkam, saß Caleb mit geschlossenen Augen da und hatte die Hände auf den Schoß gelegt. Sie nahm ihre Position am anderen Ende des Sofas wieder ein und nahm sich einen Moment Zeit, ihn zu betrachten. Er sah sehr gelassen aus, fast friedlich. Dann, als ob er ihren Blick auf sich spürte, öffnete er seine Augen und sah sie an.

»Tut mir leid«, sagte Naomi. »Du sahst aus, als würdest du beten, deshalb wollte ich dich nicht unterbrechen.«

»Das ist sehr rücksichtsvoll, Naomi, danke.«

»Hast du? Ich meine, gebetet?«

»So in der Art. Mehr nachgedacht als gebetet.« Naomi lehnte sich vor und füllte ihre Weingläser auf. »Schenkst du allen deinen Mandanten Wein ein, Naomi?«, fragte er sie.

»Du bist kein Mandant mehr«, antwortete Naomi lachend. »Wenn du einer wärst, würde ich dir dieses Gespräch in Rechnung stellen. Und den Wein.« Sie nahm einen Schluck aus ihrem Glas und sah Caleb über den Rand hinweg an. »Erzähl mir ein bisschen mehr von dir.«

»Was möchtest du denn wissen?« Caleb hob sein eigenes Glas, aber Naomi war sich nicht sicher, ob er tatsächlich einen Schluck daraus nahm. Sie hielt inne, bevor sie antwortete. Es gab vieles, was sie wissen wollte, und vieles, was sie sich nie trauen würde zu fragen.

»Woher kommst du?«

»Texas.«

»Wo genau?«

»Aus einem Kaff mitten im Nirgendwo, von dem du noch nie gehört hast.«

Naomi nahm noch einen Schluck und überlegte, was sie ihn als nächstes fragen sollte.

»Warst du schon immer ein Prediger?«

»Nicht immer, nein. Ich bin da irgendwie reingerutscht.«

»Was hast du vorher gemacht?«

»Nichts Wichtiges.«

»Verdammt, du bist aber anstrengend, Caleb.« Naomi fing an zu lachen. »Du bist nicht der Typ, der gerne erzählt, schätze ich.«

»Nein, das ist es nicht«, antwortete Caleb und griff schließlich nach seinem Glas. »Aber das liegt alles in der Vergangenheit. Und die Zukunft ist noch nicht passiert, also bleibt nur das Jetzt. Liest du die Heilige Schrift, Naomi?«

»Ähm, nein. Nicht wirklich.« Naomi schaute Caleb an und fragte sich, worauf er mit dem Gespräch hinaus wollte. Er hatte einen fast spielerischen Ausdruck im Gesicht.

»Lukas, Kapitel neun, Vers zweiundsechzig.«

»Okay«, antwortete Naomi und lächelte dabei halb. »Du musst mir vielleicht ein bisschen auf die Sprünge helfen?«

»Keiner, der seine Hand an den Pflug legt und zurückschaut, ist für das Reich Gottes geeignet.«

»Okay«, sagte Naomi. »Das macht Sinn. Mach dir keine Gedanken über die Vergangenheit.«

»Es gibt auch Matthäus, Kapitel sechs, Vers vierunddreißig.« Naomi hob ihre Augenbrauen zu Caleb. »Darum sorgt euch nicht um den morgigen Tag, denn der morgige Tag wird sich um sich selbst sorgen. Jeder Tag hat genug eigene Sorgen.«

»Hast du die ganze Bibel auswendig gelernt?«

»Nur die wichtigen Stellen«, antwortete Caleb und sein Lächeln wurde breiter, »und die Stellen, die sagen, was ich sagen will.«

Naomi lachte über seine Antwort. »Das ist keine schlechte Art zu leben, denke ich.«

»Für mich funktioniert es.«

»Du lebst also dein Leben nach dem Motto carpe diem. Stimmt's?«, fragte Naomi. »Keine Vergangenheit, keine Zukunft. Nur das Jetzt.« Sie leerte ihr Weinglas und stellte es auf den Teppich neben dem Sofa, während sie ihre Beine unter sich verschränkte.

»Das ist nicht ganz das, was carpe diem bedeutet, Naomi«, sagte Caleb. »Darf ich deine Hände nehmen?«

Naomi hielt einen Moment inne und schaute auf Calebs Hände, die ihr entgegengestreckt waren.

»Wohin gehen wir, Caleb?«, antwortete sie, während sie ihre Hände in seine legte. Seine Haut war warm. Tröstlich.

»Während wir sprechen, ist die neidvolle Zeit bereits verflogen. Nutze den Moment und vertraue so wenig wie möglich auf die Zukunft.« Calebs Stimme war sanft, fast wie ein Flüstern.

»Steht das in der Bibel?« Naomi antwortete, ebenfalls mit leiser Stimme.

»Nein, es stammt von einem römischen Dichter.«

»Wohin gehen wir, Caleb?«, fragte Naomi erneut.

»Nirgendwohin, wo du nicht hinwillst, Naomi. Vertraue einfach dir selbst.«

Calebs Augen waren geschlossen. Sie saßen einen Moment lang schweigend da, während Naomi versuchte, die Gedanken zu unterdrücken, die ihr durch den Kopf schossen. Sie spürte eine Wärme in ihrem Inneren, die von Sekunde zu Sekunde größer wurde. Ihr Herz pochte heftig in ihrer Brust. Sie wollte ihn küssen, aber sie konnte nicht – oder doch?

Dann lösten sich die Gedanken in ihrem Kopf auf und hinterließen nichts als ein angeborenes Verlangen, von dem sie glaubte, es noch nie erlebt zu haben.

»Carpe diem«, flüsterte sie und beugte sich vor.

78

Leon fluchte leise, als das Klingeln von seinem Nachttisch ertönte. Er öffnete die Augen, als er merkte, dass es draußen noch dunkel war, und griff nach dem Handy. Laut Display war es kurz vor sechs Uhr morgens und es war Syd, der versuchte, ihn zu erreichen.

»Was ist los, Mann? Weißt du, wie früh es ist?«, sagte Leon, als er den Anruf entgegennahm. Es war nicht nur die Tatsache, dass es früh war, die ihn beunruhigte. Es war die Tatsache, dass er die ganze Nacht kaum ein Auge zugetan hatte. Jedes Mal, wenn er die Augen geschlossen hatte, schossen ihm Gedanken und Bilder durch den Kopf. Solche, in denen das Ergebnis des vergangenen Abends anders ausgegangen war. Ein Bild, das ihn immer wieder verfolgte, sah Leon mit seiner Glock vor sich, aus deren Lauf Rauch aufstieg, während ein Albaner tot auf dem Boden lag. Dieselbe Glock, die gerade unter seiner Matratze lag.

»Ich brauche deine Hilfe, Bruder«, sagte Syd. Seine Stimme war schnell und abgehackt, und Leon fragte sich, was er geschnupft hatte. »Du musst zu den Wohnungen gehen und die Wasserbehälter für die Pflanzen auffüllen.« Calebs Verdacht hatte sich also doch bewahrheitet.

»Ich habe etwas zu tun, Syd«, antwortete Leon. Noch vor ein paar Tagen hätte er diese Bitte als einen großen Schritt nach vorne gesehen. Eine Annäherung an Syds inneren Kreis des Vertrauens. Aber jetzt war er sich nicht mehr so sicher.

»Du wirst nicht lange brauchen, Kumpel«, versicherte Syd. »Ich werde dich für deine Zeit vernünftig bezahlen.«

»Warum kannst du das nicht tun?«

»Ich mache Business.« Die Art, wie Syd das Wort ›Business‹ aussprach, hörte sich wie ›Bidness‹ an.

»Was für Business machst du um diese Zeit, Syd?«, fragte Leon. Am anderen Ende der Leitung herrschte Schweigen. Syd war es nicht gewohnt, befragt zu werden, schon gar nicht von einem Mitarbeiter, aber das war Leon egal. Der Blick von Syds Gesicht, kurz bevor er ihn und Caleb verlassen hatte, ging ihm nicht mehr aus dem Kopf.

»Mein Business, Leon, ist mein Business. Nicht dein Business.« In Syds Stimme lag eine Schärfe, die früher eine Warnung gewesen wäre, aber Leon spürte sie nicht. »Kannst du mir helfen oder nicht? Denn es gibt genug andere, die es tun können.«

»Warum bist du weggelaufen, Syd?«, fragte Leon, der sich auf die Bettkante setzte und sich mit der freien Hand die Schläfen massierte. »Wir hatten einen Verwundeten und du bist einfach geflohen.«

»Ich musste aus der Siedlung weg, Mann«, schoss Syd zurück, die Anspannung in seiner Stimme war deutlich zu hören. »Die Bullen waren überall. Das weißt du doch. Nach der Messerstecherei und dem, was letzte Nacht passiert ist, ist es im Moment nicht sicher für mich, dort zu sein.«

»Aber für mich ist es sicher, richtig?«

»Du bist noch ein Kind, Leon«, sagte Syd. »Du bist noch nicht einmal alt genug, um dich zu rasieren. Bei jemandem wie dir werden sie nicht zweimal hinschauen.«

Leon hielt inne, bevor er antwortete. Der Ausdruck »jemandem wie dir« klang nach Verachtung, aber es war nicht Leon, der weggelaufen war. Er war geblieben, um Caleb zu helfen und ihn in Sicherheit zu bringen. Wenn Syd verletzt gewesen wäre, hätte Leon ihm geholfen. Aber hätte Syd ihm auch geholfen? Leon schüttelte langsam den Kopf, denn er kannte die Antwort.

»Ich bin beschäftigt, Syd«, sagte Leon. »Du musst dir jemand anderen suchen.« Sein Finger schwebte über dem Bildschirm und bereitete sich darauf vor, das Gespräch zu beenden.

»Du verarschst mich«, brüllte Syd in die Leitung. »Nach allem, was ich für dich getan habe? Du undankbarer kleiner Mistkerl.« Seine Stimme veränderte sich, wurde versöhnlicher. »Komm schon, Mann, bitte? Es wird sich für dich lohnen.«

»Ich habe dir doch gesagt, Syd, dass ich heute noch etwas zu tun habe«, antwortete Leon. »Wir reden später, ja?«

Leon beendete das Gespräch, bevor Syd antworten konnte. Er starrte ein paar Sekunden lang auf sein Handy und fragte sich, ob er zurückrufen würde, und sei es nur, um ihn zu beschimpfen. Aber das Handy blieb stumm. Er legte das Handy zurück auf den Nachttisch und stützte den Kopf in die Hände. Hatte er gerade die Brücken abgebrochen, die er monatelang aufgebaut hatte?

Da er wusste, dass es keinen Sinn hatte, wieder einzuschlafen, ging er ins Bad und schlich auf Zehenspitzen an der Tür seiner Mutter vorbei. Das Letzte, was er um diese Zeit gebrauchen konnte, war, dass sie irgendwo zwischen betrunken und verkatert herumhämmerte.

Zwanzig Minuten später saß Leon am Küchentisch und knabberte an einem trockenen Toast. Er benutzte sein Handy, um durch seine sozialen Netzwerke zu scrollen, aber es gab nichts Interessantes. Er rief die Website der Lokalzeitung auf, aber die war wie immer voll mit Leuten, die sich über irgendetwas beschwerten. Seine Aufmerksamkeit wurde kurz auf einen Artikel über einen neuen Stürmer gelenkt, an dem sein lokaler Verein offenbar interessiert war, den er sich aber mit Sicherheit nicht leisten konnte.

Draußen vor dem Küchenfenster begann die Sonne gerade Lark's Cross zu beleuchten. Er ging zum Fenster, um seinen Teller in die Spüle zu stellen, und blickte auf die graue Eintönigkeit der Gebäude draußen. Leon nahm einen tiefen Atemzug und nickte. Er hatte gerade etwas beschlossen.

Irgendwie, irgendwann, würde er die Siedlung verlassen.

79

Caleb lehnte sich auf dem Bett zurück und verschränkte seine Finger hinter dem Kopf. Er befand sich in Naomis Gästezimmer, das kaum groß genug für das Einzelbett war, in dem er lag. Draußen vor dem Fenster hörte er Vögel singen, die den neuen Tag begrüßten. Seiner Einschätzung nach war es kurz nach sechs. Caleb streckte sich und genoss das Gefühl der Entspannung, das ihm die Bewegung verschaffte.

Seine Gedanken schweiften zurück zum letzten Abend und Caleb lächelte. Was passiert war, hatte er überhaupt nicht erwartet. Als Naomi ihn geküsst hatte, war sie zunächst zögerlich gewesen. Er hatte nicht wirklich protestiert, aber gleichzeitig hatte er auch nicht so reagiert.

»Bist du dir da sicher?«, hatte er sie mehr als einmal gefragt. Sie hatte nicht geantwortet und nach ein paar kurzen Augenblicken war es zu spät gewesen, sie zu fragen, ob sie sich sicher war. Sie war es offensichtlich. So sicher, dass sie sich nicht einmal vom Sofa bewegt hatten. Caleb war so sanft wie möglich gewesen, denn er wusste, dass sie mehr als nur Sex wollte. Naomi hatte nichts in diese Richtung gesagt oder getan, aber Caleb konnte es spüren. Langsam hatte er ihre Handlungen weg von seinem Vergnügen und hin zu ihrem verlegt. Falls Naomi es bemerkt hatte, so hatte sie nichts gesagt. Sie hatte nichts gesagt, bis sie einige Momente später fertig waren. Sie lagen ineinander verschlungen auf dem Sofa, sie rittlings auf ihm und immer noch schwer atmend, als sie ihm ins Ohr flüsterte.

»Lass uns ins Bett gehen.«

Caleb war erst vor ein paar Stunden aus ihrem Bett geklettert und hatte Naomi mit einem halben Lächeln im Gesicht im Schlaf zurückgelassen. Ihr zweites Mal, nachdem sie ins Schlafzimmer umgezogen waren, war viel langsamer, aber gleichzeitig auch vollkommener, wenn das überhaupt möglich war. Ein drittes Mal hatte es nicht gegeben. Zumindest nicht für Caleb, aber er hoffte, dass es für Naomi eines gegeben hatte. In dieser Hinsicht hatte er sein Bestes gegeben. Sein Grinsen wurde breiter, als er sich daran erinnerte, wie sich Naomis Körper anfühlte und wie sehr sie sich bemüht hatte, kein Geräusch zu machen. Seiner Meinung nach machte es die Sache nur noch erotischer, wenn ein leises Stöhnen herauskam. Er wollte bleiben, aber er wusste, dass es besser wäre, wenn sie alleine aufwachen würde.

Widerstrebend zwang sich Caleb, sich auf etwas anderes zu konzentrieren. Es war ein neuer Tag und er hatte zu tun. Sein Hauptziel war es, Leanne zu finden und ihre Sicherheit zu gewährleisten. Sein zweites Ziel war es, Vince zu finden und angemessen mit ihm umzugehen. Im Idealfall würden beide Ziele gleichzeitig erreicht werden, aber Leanne konnte überall sein und Caleb wusste nicht, wo er anfangen sollte.

Er versuchte, wie Vince zu denken. Wenn er ein Kind

entführen und verstecken wollte, wo würde er es dann hinbringen? Es fiel Caleb nicht leicht, auf diese Weise zu denken, aber er versuchte es so gut er konnte. Entweder war das Kind bei Vince oder er hatte einen oder mehrere Komplizen, die es für ihn versteckten. Es war eine unglückliche Tatsache, dass es Menschen gab, die so etwas taten. Caleb dachte, dass es aus logistischen Gründen ganz in der Nähe sein müsste. Vince hatte sie aus dem Heim geholt, vermutlich unter Zwang, und je länger der Transport dauerte, desto höher war das Risiko.

Caleb musste Vince finden, und zwar schnell. Das Problem dabei war jedoch, dass der Mann, wenn er tatsächlich ein Mitglied des Sicherheitsdienstes war, schwer zu finden sein würde. Caleb konnte ja nicht einfach zum Hauptquartier gehen und dort nach ihm fragen, oder? Wahrscheinlich hieß der Mann nicht einmal Vince. Caleb hatte keine Fotos von ihm als Referenz. Er hatte nicht einmal eine Beschreibung des Mannes.

Frustriert setzte er sich im Bett auf. Es war schon schwer genug, Menschen zu finden, aber einen Schatten zu jagen, war fast unmöglich.

Caleb hörte die Toilettenspülung durch die dünne Tür von Naomis Gästezimmer und einen Moment später übertönte das Geräusch der Dusche das Vogelgezwitscher draußen. Er schloss die Augen und überlegte kurz, ob Naomi ihm erlauben würde, zu ihr zu kommen, verwarf die Idee aber wieder. Sein Magen knurrte und ihm wurde klar, dass er seit dem letzten Nachmittag nichts mehr gegessen hatte. In Naomis Küche nach Essen zu stöbern, selbst wenn es sich um ein Frühstück für sie beide handelte, erschien ihm anmaßend.

Er stand auf und streckte sich erneut. Kaffee wäre gut. Oder würde Naomi Tee bevorzugen, wie so viele Briten es zu tun schienen? Das einzige Problem dabei war, dass er nicht wusste, wie er ihn auf ihre Art zubereiten sollte. Am Abend zuvor hatte er in Naomis Küche eine Kaffeemaschine gesehen, mit der er viel besser vertraut war.

Caleb machte sich auf den Weg in die Küche und hielt an der Badezimmertür für ein paar Sekunden inne, um seine frühere Fantasie wieder aufleben zu lassen, wenn auch nur kurz. In einem Schrank fand er Filterpapier und Tassen, aber es dauerte länger, bis er den Kaffeesatz gefunden hatte. Einen Moment später gluckerte die Kaffeemaschine.

Er setzte sich an den Küchentisch, um auf Naomi zu warten, und seine Gedanken kreisten wieder um Vince. Wenn er ihn nicht finden konnte, und das war das wahrscheinlichste Szenario, musste er einen anderen Weg einschlagen.

Caleb musste Vince dazu bringen, ihn zu finden.

80

Naomi schnappte nach Luft, als sie ihre Hand unter die Dusche hielt, bevor sie nach dem Wasserhahn griff, um die Wassertemperatur zu erhöhen. Sie zitterte ein paar Mal, während sie darauf wartete, dass der alte Heizkessel zum Leben erwachte. Einen Moment später umhüllte Dampf die Duschkabine, während die Rohre in ihrer Wohnung klapperten, und sie trat dankbar hinein.

Als sie aufgewacht war, hatte Naomi zunächst gedacht, sie hätte eine Art luziden Traum gehabt, in dem Caleb vorgekommen war. Als ihr Kopf wieder klar wurde, hatte sie festgestellt, dass es gar kein Traum gewesen war. Sie hatte nicht von den beiden geträumt. Es war tatsächlich passiert. Auf dem Kissen neben ihr war immer noch eine Vertiefung zu sehen, wo sein Kopf gelegen hatte. Naomi hatte sich aufgesetzt und die Bettdecke an ihre Brust gepresst, um zu sehen, wo Caleb war. Hatte er sich in der Nacht einfach davon geschlichen? Naomi hatte schon von Leuten gehört, die das taten, aber ihr hatte das noch nie jemand angetan.

Sie hatte sich noch nie in eine Situation begeben, in der das möglich gewesen wäre, aber sie konnte durch ihre Schlafzimmertür sehen, dass die Tür zum Gästezimmer geschlossen war. Naomi ließ sie immer offen, damit die Luft zirkulieren konnte, also wusste sie, dass er da drin sein musste.

Naomi hatte sich für einen Moment in ihrem Bett zurückgelehnt und die Bettdecke über ihren Kopf gezogen. Was hatte sie nur getan? Sie kannte den Mann kaum und hatte ihn trotzdem in ihrem Bett willkommen geheißen. Naomi grinste kurz, als sie sich daran erinnerte, was sie auf dem Sofa gemacht hatten, bis sie hierhin gekommen waren, bevor eine heftige Röte ihr Gesicht zum Brennen brachte. Er war verletzt. Verwundet. Und sie hatte ihn geradezu belästigt. Naomi hatte kurz gelacht, bevor sie sich vor Scham die Hände vors Gesicht gehalten hatte.

Während sie das heiße Wasser über sich laufen ließ, fragte sich Naomi, wie man sich am Morgen, nachdem man mit einem Fremden geschlafen hatte, zu verhalten hatte. Sollten sie beide ignorieren, was passiert war? Ein bisschen Smalltalk halten, aber es nicht erwähnen? Und dann, wenn der Smalltalk zu Ende war, getrennte Wege gehen? Jennifer würde es wissen, aber sie war die letzte Person, der Naomi erzählen wollte, was sie und Caleb getan hatten. Naomi konnte sich den entsetzten Gesichtsausdruck ihrer Schwester vorstellen, wenn ihre sonst so zurückhaltende Schwester ihr einen One-Night-Stand gestand.

Du hast was getan?, würde Jennifer sagen, bevor sie in Gelächter ausbrechen würde. *Du kleine Schlampe!* Dann würde sie alle Details wissen wollen. Was sie getan hatten. Wie sie es getan hatten. Und zwangsläufig auch, ob es ihr gefallen hat.

Naomi schäumte ihren Körper ein, fast so, als ob sie den vergangenen Abend abwaschen könnte. Aber das tat sie nicht. Naomi hatte es in der Tat sehr genossen, auch wenn das niemand je erfahren würde – außer vielleicht Caleb, der genau zu wissen schien, was sie wollte.

Wenige Augenblicke später wickelte sich Naomi mit feuchtem Haar in einen Morgenmantel und trat aus dem Badezimmer. Ein herrlicher Duft von frischem Kaffee lag in der Luft und sie ging in die Küche, wo sie Caleb am Tisch sitzen sah. Naomi begegnete seinem Blick, bevor sie beschämt und verlegen wegschaute. Als sie ihn ein paar Sekunden später wieder ansah, hatte er ein schiefes Lächeln im Gesicht.

»Morgen«, sagte Caleb und dehnte das Wort zu einem tiefen Tonfall aus.

»Guten Morgen«, antwortete Naomi automatisch, als wäre er jemand, den sie gerade an einer Bushaltestelle getroffen hätte.

Caleb stand auf und zog einen Stuhl heran. Er gab ihr ein Zeichen, sich zu setzen, während er ihr eine Tasse Kaffee einschenkte.

»Milch? Zucker?«, fragte er sie. Sie nickte, als sie sich setzte, ohne ihm in die Augen sehen zu können.

»Ja, bitte«, sagte Naomi. »Ähm, hör mal, Caleb. Wegen letzter Nacht?« Sie konnte es genauso gut ehrlich sagen. »Ich habe, ähm, ich habe sowas noch nie gemacht.«

»Ist das dein Ernst?«, antwortete Caleb und sie konnte das Lächeln in seiner Stimme spüren. »Für eine Jungfrau schienst du genau zu wissen, was du gemacht hast.«

Trotz der Unbehaglichkeit, die sie verspürte, lachte Naomi.

»Nein, ich bin keine Jungfrau. Ich meine, ich war keine.

Ich habe, äh, *das* schon mal gemacht.« Sie schaute ihn beschämt an. »Nur nicht mit jemandem, den ich kaum kannte.«

»Und?«, sagte Caleb und zog die Augenbrauen hoch.

»Wie meinst du das, und?«

»Na und. Das passiert öfters, glaube ich.«

»Oh, Gott, das ist schwierig. Was musst du von mir denken?« Naomi spürte, wie sich ein Kloß in ihrem Hals bildete, aber sie hatte keine Ahnung, warum. Caleb streckte seine Hände über den Tisch und nahm ihre Hände in seine. Naomi atmete tief durch und erinnerte sich daran, wozu die gleiche Geste am Abend zuvor geführt hatte.

»Was ich glaube, ist folgendes, Naomi.« Caleb hielt inne und sie sah zu ihm auf, diesmal hielt sie seinem Blick stand. »Ich glaube, dass du gestern Abend eine Gelegenheit für etwas Intimität gesehen hast, die du wolltest. Vielleicht sogar gebraucht hast.« Seine Augen bohrten sich in die ihren, wie sie es gestern Abend getan hatten, und sie fühlte sich unglaublich verletzlich und gleichzeitig sicher. »Und du hast diese Gelegenheit genutzt. Was ist daran so schlimm?«

Ihr Blick fiel auf die Wunde an der Seite seines Kopfes.

»Aber du bist verwundet. Ich habe das Gefühl, dass ich dich ausgenutzt habe. Ich meine, ich habe ja schließlich damit angefangen.«

»Ich war wohl kaum ein unwilliger Teilnehmer, Naomi«, sagte Caleb. Die Art und Weise, wie er ihren Namen aussprach, versetzte ihr ein Flattern in der Brust.

»Darf ich dich etwas fragen?«, fragte sie.

»Natürlich.«

»Ähm, war das eine einmalige Sache oder denkst du, es wird wieder passieren?«

»Darf ich erst meinen Kaffee austrinken?« Caleb lächelte und Naomi fing an zu lachen. Doch ihr Lachen wurde durch das Läuten der Türklingel unterbrochen.

»Oh, Scheiße«, sagte Naomi und starrte mit offenem Mund auf Caleb. »Da ist jemand an der Tür.«

81

Vince richtete seine Position im hinteren Teil seines Wagens so aus, dass er von der Frau, die er beobachtete, nicht gesehen werden konnte, falls sie sich umdrehte. Er parkte etwa hundert Meter von der Tür entfernt, die er seit etwa einer Stunde beobachtete. Abgesehen von ein paar Hundespaziergängern, die sich mehr dafür interessierten, was ihre Hunde produziert hatten, war die Frau die erste Person, die er sah.

Er hob sein Handy, zoomte mit den Fingern auf den Bildschirm und tippte ein paar Mal, um die Frau an der Tür zu erfassen. Obwohl die Fenster stark getönt waren, war die Kamera des Handys stark genug, um auch durch das dunkle Glas hindurch genügend Details zu erkennen. Er wusste, wer es war, weil sie auf ihrer Facebook-Seite war. Naomis Schwester Jennifer war viel weniger besorgt über ihre Online-Präsenz als ihre Schwester. Vince wartete, immer noch mit dem Handy in der Hand, darauf, dass die Tür geöffnet wurde. Als sie sich öffnete, machte Vince mehrere Fotos von Naomi selbst, die einen Morgenmantel trug und einen überraschten Gesichtsausdruck hatte. Dann schloss sich die Tür hinter Jennifer, nachdem sie die Wohnung betreten hatte. Laut der Uhr auf seinem Handy war es kurz vor sieben Uhr morgens. Dem Gesichtsausdruck von Naomi nach zu urteilen, war ein frühmorgendlicher Besuch ihrer Schwester ungewöhnlich.

Vince kletterte über den Sitz und setzte sich wieder vorne hin. Er trommelte ein paar Mal mit den Fingern auf das Lenkrad, bevor er den Motor anließ. Es würde nicht lange dauern, bis auf den umliegenden Straßen viel los sein würde. Er war zwar überrascht, dass so wenige Menschen unterwegs waren, aber ein Ortswechsel war nötig. Sein Plan war es, sein Auto auf dem Parkplatz eines Restaurants in der nächsten Straße zu parken und zurückzugehen, um sich an einer Bushaltestelle in der Nähe von Naomis Wohnung zu positionieren. Jennifer und hoffentlich auch Naomi würden keine andere Wahl haben, als an ihm vorbei zu fahren.

Während er fuhr, tippte Vince auf dem Display seines Handys herum, bis er die gesuchte Nummer gefunden hatte. Ein paar Sekunden später ertönte eine männliche Stimme aus den Lautsprechern seines Autos.

»Notaufnahme?«, sagte die Stimme.

»Hallo«, antwortete Vince und senkte seine Stimme um eine oder zwei Oktaven. »Ist Jennifer da, bitte?«

»Einen Moment.« Der Ton in den Lautsprechern wurde dumpf, aber er konnte den Mann hören, der ans Telefon gegangen war. »Sie ist erst um acht Uhr da. Kann ich ihr etwas ausrichten?«

»Nein, ich versuche es auf ihrem Handy«, antwortete Vince, bedankte sich und beendete das Gespräch.

Vince fand einen Parkplatz in der Nähe der Bushaltestelle, aber als er nachsah, warteten dort bereits mehrere Senioren. Da er im Auto relativ unauffällig war und einen guten Blick auf die Straße hatte, die von Naomis Wohnung wegführte, beschloss er, dort zu bleiben. Da auf beiden Seiten Autos parkten, war die Straße für ihre Schwester nicht breit genug, um ihr Auto zu wenden, also war dies die einzige Möglichkeit für sie, zu kommen.

Während er wartete, rief Vince den Browser seines Handys auf und navigierte zu einer Makler-Website, die er am Vorabend gefunden hatte. Die Seite war schon ein paar Jahre alt, aber sie zeigte Naomis Wohnung, bevor sie sie gekauft hatte. Neben Fotos von der Inneneinrichtung gab es auch einen Grundriss. Vince nahm sich einen Moment Zeit, um ihn sich anzuschauen, aber es gab nicht viel zu sehen. Zwei Schlafzimmer, ein Wohnzimmer, ein Bad und eine Küche. Ein Eingang und ein Ausgang, es sei denn, sie verließ das Haus durch den Garten, was Vince jedoch bezweifelte. Das kleinere der beiden Schlafzimmer grenzte an andere Räume, wenn er also laut sein musste, war das sein Zimmer der Wahl. Vince wollte nicht, dass neugierige Nachbarn ihn und Naomi durch die Wände hörten, wie sie sich vergnügten.

Aber so verlockend es auch war, Vince glaubte nicht, dass es sinnvoll war, sich auf diese Weise kennen zu lernen. Er musste seine Pläne neu überdenken. Naomi war eine Anwältin, nicht irgendeine niedergeschlagene Frau ohne Freunde oder Menschen, die sich um sie kümmerten. Jeder Angriff auf sie würde von den örtlichen Polizeibeamten mit viel mehr Enthusiasmus untersucht werden. Und wenn er den Besuch zu einem unheilvollen Ereignis machen würde, wäre der Druck, der damit verbunden wäre, sehr groß. Vince wollte oder brauchte dieses Maß an Aufmerksamkeit nicht. Er brauchte nur ein paar Informationen von ihr, also musste er etwas subtiler vorgehen.

Im Kofferraum seines Autos hatte Vince eine Tasche mit der gesamten Ausrüstung, die er brauchen würde. Dazu gehörten mehrere Abhörgeräte, darunter sein persönlicher Favorit, der Endura Black Box Rekorder. Der Rekorder war zwar nicht so gut wie die Geräte, die er bei der Arbeit benutzte, aber für seine Bedürfnisse war er mehr als ausreichend. Er ist etwa so groß wie eine Zigarettenschachtel und kann mit seinen integrierten sprachaktivierten Mikrofonen wochenlang aufzeichnen.

Er scrollte durch die Fotos von Naomis Wohnung. Ein Abhörgerät konnte in das Gehäuse des Ofens eingesetzt werden. Eines könnte in der Verkleidung der Badewanne untergebracht werden. Das Wohnzimmer und die Schlafzimmer wären nicht so einfach, aber wer schaut schon routinemäßig in den Rahmen seiner Sofas oder Betten? Ein paar Kabelbinder würden ausreichen. Der einzige Nachteil war, dass er sie herausholen musste, um Zugang zu den Aufnahmen zu bekommen, anstatt sie auf einem Server zu haben. Da sie jedoch online gekauft werden konnten, waren sie so gut wie unauffindbar. Wenn er eines seiner Arbeitsmittel für denselben Zweck verwenden würde, wären sie es nicht.

Vince machte sich darüber aber keine Gedanken. Er ging davon aus, dass er nur ein oder zwei Tage der Überwachung brauchen würde, um die benötigten Informationen zu bekommen. Das einzige Problem wäre, dass er sich eine andere Methode ausdenken müsste, wenn er Calebs Aufenthaltsort auf diese Weise nicht herausfinden könnte. Vielleicht wäre es doch nötig, zu Plan A zurückzukehren? Vince schmunzelte, als er sein Handy auf den Beifahrersitz legte. Er hatte auch für diesen Fall genügend Kabelbinder im Kofferraum.

82

»Wonach suche ich hier genau, Syd?« Leon drückte das Handy an sein Ohr und schaute auf das Gerät vor ihm. Er war in Syds Küche und starrte auf den Schrank unter seiner Spüle.

»Siehst du die Umkehrosmoseanlage?«, fragte Syd. Leon sah sich das Gerät unter der Spüle an. Mehrere große, leere Wasserfässer standen daneben.

»Ich glaube schon, ja.« Leon hatte beschlossen, Syd noch ein letztes Mal zu helfen, da er sich noch nicht bereit fühlte, ganz auszusteigen. Schließlich brauchte er immer noch Geld. Er hatte vor, mit seinem Berufsberater in der Schule zu sprechen und ihn zu fragen, ob es zu spät war, sich für einen Platz am College zu bewerben. Sobald er einen richtigen Plan hatte, würde er Syd sagen, dass er sein Geschäft dorthin stecken sollte, wo die Sonne nicht schien.

»Es gibt einen kleinen Hahn am Rohr und einen dünnen blauen Schlauch. Stecke den Schlauch in den Tank und drehe den Hahn auf. Das war's.«

Leon tat wie ihm befohlen und schaute ein paar

Sekunden später auf ein jämmerliches Tröpfeln, das aus dem Schlauch kam.

»Wie lange wird es dauern, bis der Tank voll ist?«, fragte er. »Es fließt nicht viel.«

»Das wird es auch nicht«, antwortete Syd. »Wahrscheinlich eine Stunde pro Tank. Dann musst du nur noch die leeren Tanks in der Wohnung gegen die vollen austauschen. Alles andere geht automatisch.«

Leon schaute auf seine Uhr. Er konnte diesen Tank füllen und dann den nächsten anschließen, während er zum Frühstück nach Hause ging. Für den letzten Tank würde er rechtzeitig zurück sein.

»Dafür bist du mir was schuldig, Syd«, sagte Leon. Er hörte Syd in der Leitung lachen.

»Ja, das bin ich. Du kennst mich, Leon. Ich zahle immer meine Schulden.« Leon vergewisserte sich, dass Syd den Anruf beendet hatte, bevor er antwortete.

»Ja, sicher tust du das.«

Leon schlenderte durch die Wohnung, während er darauf wartete, dass sich der Tank füllte. Es war das erste Mal, dass er dort war, ohne dass Syd oder einer seiner Kumpane dort herumlungerte. Ob das ein Zeichen für Syds gewachsenes Vertrauen in ihn war oder ein Zeichen dafür, dass der Mann verzweifelt war, wusste Leon nicht. Er schaute eine Weile fern, aber bald wurde ihm langweilig.

Er ging ins Wohnzimmer und zum Schlüsselschrank an der Wand. Leon suchte auf seinem Handy nach der Kombination, die Syd ihm per SMS geschickt hatte, und öffnete den Schrank. Er wollte einen Blick auf Syds Geschäft werfen. Vielleicht fielen ihm ein paar Möglichkeiten ein, es zu optimieren? Syd sollte an diesem Tag zurückkommen und Leon wollte mit ihm über seine College-Pläne sprechen.

Mit den Schlüsseln für die drei anderen Wohnungen auf der Etage in der Hand verließ Leon Syds Wohnung und machte sich auf den Weg zur ersten. Er erinnerte sich daran, dass Caleb eine Hand gegen die Tür gelegt hatte und Leon wiederholte die Geste. Im Gegensatz zu Caleb konnte er jedoch keinen Temperaturunterschied der Tür spüren. Leon öffnete die Wohnungstür und trat ein.

Das Innere war fast ein Spiegelbild von Syds Wohnung. Leon machte sich auf den Weg zum Hauptschlafzimmer, wo Syd ihm erzählt hatte, dass dort die Pflanzen wuchsen. Er stieß gegen die Tür, die sich mit einem leisen Zischen öffnete, als ob sie hermetisch verschlossen wäre.

»Verdammte Scheiße«, flüsterte Leon, als er den Anblick vor sich aufnahm. Es waren vielleicht zwanzig Pflanzen mit dichtem, üppigem Blattwerk. Sie waren zylindrisch und ihre Blüten reichten bis zu den LED-Lampen, die von der Decke hingen. In dem fensterlosen Raum stank es, die Luft roch fast schon faulig nach dem unverwechselbaren Geruch von Cannabis. In der Ecke des Raumes sah Leon den Wassertank, den er ersetzen sollte. Es gab ein Rohr, das zu der großen Schale führte, in der die Pflanzen standen, und ein Kabel, das vom Tank zu einem Verlängerungskabel führte, das voll mit Zeitschaltuhren war.

Leon nahm sich ein paar Minuten Zeit, um den kleinen Raum zu erkunden, und achtete darauf, dass die Tür geschlossen war, damit der Geruch im Raum blieb. An der Decke befanden sich große silberne Absaugkanäle, die von einem Ventilator gespeist wurden, der bis auf den Kohlefilter genauso aussah wie der Ventilator in Leons Badezimmer. Auf dem Boden befanden sich eine Reihe von Tischventilatoren, die die Luft im Raum zirkulierten. Die größte Einschränkung, die Leon erkennen konnte, war die

Tatsache, dass alle Geräte im Raum über eine einzige Steckdose mit Strom versorgt wurden.

Als er die Tür hinter sich schloss, schaute er sich im Rest der Wohnung um. Der Raum, der eigentlich ein Wohnzimmer sein sollte, war voller Trockengestelle, die zurzeit leer waren, und ein Luftentfeuchter stand still in der Ecke. Im zweiten Schlafzimmer gab es nur einen Schreibtisch und Kisten mit kleinen Plastiktüten, die Leon als die für den Verkauf des Produkts verwendeten erkannte. Auf dem Schreibtisch stand eine Digitalwaage. Sowohl die Küche als auch das Bad waren unbenutzt und leer.

Leon machte sich auf den Weg zurück zu Syds Wohnung und dachte angestrengt nach. In der Wohnung gab es eine Menge ungenutzter Flächen. Das zweite Schlafzimmer könnte, wenn die Fenster richtig abgedichtet wären, ein zweiter Anbauraum sein. Im Trockenraum gab es jede Menge Platz für weitere Gestelle, vor allem, wenn sie vertikal statt horizontal aufgestellt werden würden, wie er es gerade gesehen hatte. Die Küche könnte als Vorbereitungsraum genutzt werden, wenn sie eine blickdichte Folie an den Fenstern anbringen würden. Wenn die beiden anderen Wohnungen spiegelbildlich zu der waren, die er gerade gesehen hatte, könnten sie die Leistung verdoppeln. Warum nicht eine der Osmoseanlagen in den Küchen aufstellen, um die Pflanzen direkt zu bewässern, anstatt schwere Tanks mit Wasser herumzuschleppen?

Als er zurück in die Wohnung kam, hatte Leon mehrere Ideen, die er an diesem Abend mit Syd durchgehen wollte. Er machte sich ein paar Notizen auf seinem Handy, während er darauf wartete, dass sich der Wassertank bis oben hin füllte, bevor er den Schlauch in den nächsten Tank steckte.

Leon hatte seine Meinung über das College nicht geändert, aber vielleicht gab es einen Mittelweg? Er schmunzelte, als er die Haustür zu Syds Wohnung abschloss.

Vielleicht könnte er Gartenbau studieren?

83

»Hey Jen«, sagte Naomi, als sie ihre Schwester an der Tür stehen sah. »Komm doch rein.«

Sie trat zurück, um Jennifer hereinzulassen, und schloss die Tür hinter ihr.

»Ich dachte, ich schaue auf dem Weg zur Arbeit mal vorbei, Naomi«, sagte Jennifer, als sie in die Küche kam. »Ich wollte sichergehen, dass alles in Ordnung ist. Mein Gott, der Kaffee riecht fantastisch.«

»Willst du auch einen?«, fragte Naomi und folgte Jennifer in den kleinen Raum. Zu ihrem Entsetzen sah sie zwei Tassen in der Spüle neben der kaputten Tasse. Als sie durch die Wohnung gehuscht war, nachdem sie Caleb ins Gästezimmer geführt hatte, hatte sie sie übersehen. »Ich habe, äh, ich habe schon zwei Tassen getrunken.« Falls ihre Schwester es ihr nicht glaubte, so ließ sie es sich nicht anmerken.

»Das wäre zauberhaft«, antwortete Jennifer und setzte sich an den Tisch, an dem kurz zuvor noch Caleb gesessen hatte. »Und, geht es dir gut? Du siehst müde aus. Du hast riesige Tränensäcke unter deinen Augen.«

»Du siehst auch toll aus, Jennifer«, sagte Naomi seufzend. »Mir geht's gut.« Sie holte eine saubere Tasse aus dem Schrank. »Warum sollte es mir nicht gut gehen?«

»Ich wollte nur sichergehen. Nach deiner komischen Nachricht gestern Abend.«

»Ich wollte dir nur nicht im Weg stehen, das ist alles.« Naomi ließ ein Lächeln über ihr Gesicht huschen. »Wie lief das Date?«

»Es war nicht wirklich ein Date. Nur zwei Freunde, die sich nach der Arbeit auf einen Drink getroffen haben.«

»Natürlich«, antwortete Naomi. »Natürlich war es das. Siehst du ihn wieder?« Jetzt war es an Jennifer, zu lächeln.

»Das hoffe ich doch sehr«, sagte sie und grinste breit. »Wir waren im Last Pub Standing in der King Street. Wir haben ein paar Bier getrunken und dann hat er mich wie ein echter Gentleman nach Hause begleitet.«

»Dave ist ein guter Kerl, Jennifer«, sagte Naomi, als sie Jennifers Tasse vor ihr abstellte. »Du könntest es viel schlechter treffen.«

»Ich wünschte nur, ich hätte deine Nachricht, dass du hier bleibst, gesehen, bevor ich mich von ihm verabschiedet habe.« Jennifer fing an zu lachen, bevor sie über den Tisch griff und ihre Hand auf Naomis Hand legte. »Bist du sicher, dass es dir gut geht, Schwesterherz? Du siehst ziemlich fertig aus.«

Vor Naomis geistigem Auge tauchte ein Bild vom letzten Abend auf, als sie sich daran erinnerte, wie Caleb ihr T-Shirt hochgeschoben hatte, bevor er ihre Brüste geküsst hatte. Sie schüttelte den Kopf, um die Erinnerung an diesen Moment, die folgenden Momente und die folgenden Stunden zu verdrängen, aber sie spürte, wie ihr die Farbe in die Wangen stieg.

»Ich habe nur nicht viel geschlafen, Jen, das ist alles.«

Naomi schob ihre Hand unter der ihrer Schwester weg und stand auf. Sie hantierte einen Moment mit der Kaffeemaschine, um Jennifer den Rücken zuzuwenden. Naomi wusste, dass sie nichts Falsches getan hatte, aber sie wollte Jennifer nicht eingestehen, dass sie mit Caleb geschlafen hatte, einem Mann, den sie kaum kannte. Nicht, wenn er im Nebenzimmer saß.

»Solange alles in Ordnung ist, Schwesterherz«, meinte Jennifer. Naomi erlaubte sich ein Lächeln. Im Moment war alles mehr als in Ordnung.

Naomi und Jennifer unterhielten sich noch eine Weile und Naomi kehrte an den Tisch zurück, als sie dachte, dass sich ihr Gesicht wieder normalisiert hatte. Schließlich trank Jennifer ihren Kaffee aus und stand auf. Die beiden Frauen umarmten sich und Naomi begleitete ihre Schwester zur Tür und versprach, dass sie sich bald wiedersehen würden.

Als Naomi die Tür hinter Jennifer geschlossen hatte, atmete sie erleichtert auf.

»Oh, Gott sei Dank«, flüsterte sie. Naomi schloss kurz die Augen und stellte sich ein Szenario vor, in dem Jennifer und Caleb am Küchentisch miteinander sprachen. Wie beschämt wäre Naomi gewesen, wenn das passiert wäre? »Ist es aber nicht«, sagte sie sich und erinnerte sich daran, was Caleb am Abend zuvor darüber gesagt hatte, im Moment zu leben.

Naomi schlenderte zur Tür des Gästezimmers und riss sie auf. In dem kleinen Zimmer saß Caleb im Schneidersitz auf dem Bett und lächelte schief. Er trug Naomis Ersatz-Bademantel, der ihm zu klein war. In der Ecke des Zimmers lagen seine Klamotten fein säuberlich gefaltet auf einem kleinen Stapel.

»Wie ist es gelaufen?«, fragte Caleb sie und sein Lächeln wurde breiter. »Hat deine Schwester etwas geahnt?«

»Nein«, antwortete Naomi und zog den Gürtel ihres eigenen Morgenmantels enger. »Sie hat zumindest nichts gesagt. Bist du hungrig?«

»Ich verhungere«, gestand Caleb.

»Ich wollte ein Frühstück bestellen und liefern lassen. Hast du Lust auf ein Full English?«

»Klar, klingt gut. Was ist das?«

Naomi zählte die Zutaten auf.

»Eier, Speck, Würstchen, natürlich. Bohnen und Pilze. Toast und Blutwurst sind optional.«

»Blutwurst?«, fragte Caleb.

»Das ist eine Art Kuchen, der aus Schweineblut und ein paar anderen Zutaten hergestellt wird. Hauptsächlich aus Zwiebeln und Kräutern.« Sie sah, dass Caleb die Stirn runzelte, während sie sprach. »Ich nehme an, dir ist nicht nach Blutwurst?«

»Das klingt nicht nach meinem Geschmack«, antwortete Caleb und versuchte, einen englischen Akzent zu sprechen. Naomi lachte.

»Komm, lass uns zurück in die Küche gehen. Du kannst dich an der Kaffeemaschine austoben, während ich bestelle.«

Wenige Augenblicke später saßen sie wieder am Küchentisch, so wie sie es getan hatten, bevor Jennifer gekommen war.

»Also«, sagte Naomi. »Wo waren wir?« Sie beobachtete, wie Caleb einen Moment lang nachdachte.

»Du hast mich gefragt, ob die letzte Nacht eine einmalige Sache war oder ob es wieder passieren würde.«

Naomi spürte, wie ihr Gesicht rot wurde. Warum in aller Welt hatte sie den Mann das gefragt?

»Habe ich das?«, fragte sie. Caleb antwortete nicht. »Tut mir leid, ich weiß nicht, woher die Frage kam.«

»Du musst dich für nichts entschuldigen, Naomi«, sagte er mit einem freundlichen Lächeln. »Wenn es passiert, dann passiert es halt. Wenn nicht, dann nicht. Wie wäre es, wenn wir einfach sehen, was passiert?«

Naomi starrte auf ihren Kaffee, um ihre Verlegenheit zu verbergen. Im Moment zu leben war ja schön und gut, aber war das normalerweise auch so unangenehm wie jetzt? Sie schob ihren Stuhl zurück und stand auf.

»Ich sollte mich anziehen«, meinte sie, wobei sie fast flüsterte. Als sie an Caleb vorbeiging, streckte er seine Hand aus und nahm sie. Sie schaute zu ihm hinunter und sah, wie er sie anlächelte. »Warum grinst du so?«, fragte sie ihn, während ihre eigenen Mundwinkel zu zucken begannen.

»Haben sie gesagt, wann das Frühstück geliefert wird?«

84

Caleb verschränkte seine Finger und streckte sie. Dabei achtete er darauf, Naomis Laptop nicht zu verrücken, der unsicher auf seinem Knie balancierte. Er war es nicht gewohnt, ein Trackpad zu benutzen, und sein Unterarm schmerzte schon nach ein paar Minuten am Laptop.

Auf dem Bildschirm war eine Karte des Dorfes zu sehen, in dem Suzy und die Frau, die die Unterkunft leitete, getötet wurden. Caleb studierte sie einige Minuten lang, bevor er die Ansicht auf eine Satellitenansicht umstellte. Er zoomte heran, wobei er das Haus in der Mitte des Bildschirms behielt, und untersuchte die Umgebung.

»Wonach suchst du?«, fragte Naomi und schaute ihm über die Schulter. Sie stand direkt hinter ihm und er konnte das Shampoo in ihrem Haar riechen.

»Ich versuche, die Bewegungen dieser Vince-Figur herauszufinden«, antwortete Caleb. Ein paar Sekunden später zeigte er auf ein Stück Land auf dem Bildschirm. »Dort wird er sein Auto geparkt haben.«

»Woher weißt du das nur durchs Hinschauen?« Caleb

blickte zu Naomi auf, die sich nach vorne lehnte und ihr Kinn leicht auf seine Schulter stützte. Er zeichnete auf dem Bildschirm eine Route von dem hellbraunen Fleck Erde zum Haus und wieder zurück.

»Ich glaube, das ist die Route, die er genommen hätte. Es sieht nicht so aus, als gäbe es viel Straßenbeleuchtung und der Parkplatz ist nicht gerade besucht, also wäre es einfacher, Leanne ins Auto zu bekommen.« Caleb fügte nicht hinzu, dass dies der Weg wäre, den er genommen hätte. »Glaubst du, die Polizei wird es sich angeschaut haben?«

»Das bezweifle ich«, sagte Naomi. »Immerhin hatten sie einen Verdächtigen in Gewahrsam.« Er konnte an ihrer Stimme erkennen, dass sie lächelte. »Warum? Woran denkst du?«

»Es ist weit hergeholt, aber er hatte zu der Zeit mit einem Kind zu kämpfen. Er könnte etwas fallen gelassen haben.«

»Willst du da hin fahren? Dich mal umsehen?«

»Wahrscheinlich keine gute Idee.« Caleb zoomte die Karte heraus, bis fast ganz East Anglia zu sehen war. »Ich habe Schwierigkeiten, Naomi. Wo würde jemand ein Kind verstecken?« Er erwartete nicht, dass sie antwortet. Calebs Bauchgefühl sagte ihm, dass Vince versuchen würde, die üblichen Routen aus England heraus und auf das europäische Festland zu vermeiden. Er nahm an, dass Vince Leanne dorthin bringen wollen würde, aber selbst das war eine dünne Vermutung und beruhte nur auf dem, was Suzy ihm über den Pass erzählt hatte. Damit war ein Boot die wahrscheinlichste Option, aber von wo aus? Caleb nahm einen tiefen Atemzug. Er fühlte sich langsam überwältigt.

Caleb wollte Naomi gerade fragen, wo die größten Häfen in der Gegend waren, als es an der Tür klingelte.

»Das Frühstück ist da«, sagte Naomi und gab ihm einen Kuss auf die Wange. »Mach das aus und hol ein paar Teller raus.«

Während Naomi zur Haustür ging, um das Essen zu holen, starrte Caleb ein paar Sekunden lang auf den Laptop, bevor er ihn schloss. Er zwang sich, den Kopf frei zu bekommen, und nahm sich vor, eine Pause einzulegen und mit frischen Augen und vollem Magen wieder an das Problem heranzugehen. Er hörte, wie Naomi mit dem Lieferanten sprach, und seine Gedanken schweiften zu dem, was sie vorhin gemacht hatten. Es hatte nichts von der Dringlichkeit der letzten Nacht gehabt. Es war fast wie Sex am Sonntagmorgen gewesen. Langsam und verträumt. Caleb lächelte und erinnerte sich daran, wie Naomi zu kichern begonnen hatte, nachdem sie fertig gewesen waren.

»Sex ist wie eine Komödie«, hatte sie gesagt und ihre Wangen waren mit zwei zentimetergroßen roten Flecken übersät.

»Wie meinst du das?«, hatte Caleb sie gefragt.

»Es kommt nur auf das Timing an.« Sie schloss die Augen und holte tief Luft. »Und deines ist wirklich sehr gut.«

Calebs Tagtraum wurde von Naomi unterbrochen, die in das Wohnzimmer zurückkehrte.

»Du hast die Teller nicht geholt, stimmt's?«, sagte sie lachend. »Komm schon, stell das hin und lass uns essen. Ich bin am Verhungern und das ist alles deine Schuld.«

Er zwang sich zu einem Lächeln und stellte den Laptop auf dem Sofa ab, bevor er aufstand. Es war Zeit für eine neue kulturelle Erfahrung, aber als er das Essen sah, das Naomi in der Küche auftischte, hätte er fast abgelehnt.

Ein Full English sah weniger nach einer Mahlzeit und mehr nach einem Herzinfarkt auf einem Teller aus.

85

Vince machte sich auf den Weg zurück zu seinem Auto und dachte darüber nach, was er gerade gesehen hatte. Als kurz zuvor ein Roller mit einer großen orangefarbenen Kiste vorgefahren war, hatte der Fahrer nur zu gerne einen Zwanzig-Pfund-Schein angenommen, damit Vince das Essen in Naomis Wohnung liefern konnte. Es war fast eine Stunde vergangen, seit ihre Schwester allein gegangen war, und seitdem gab es keine Anzeichen von Bewegung.

»Es ist eine Überraschung für meine Freundin«, hatte er dem verwirrt dreinblickenden Jungen gesagt. Doch als Vince ihm die Tüte mit dem Essen abnahm, stellte er fest, dass mehr als eine Portion darin war. Das bedeutete, dass sich noch jemand anderes mit ihr in der Wohnung befand, was bedeutete, dass er seine Pläne ändern musste. Als er über Naomi recherchiert hatte, hatte er nichts über einen Partner gefunden.

Ursprünglich hatte Vince vorgehabt, sie mit einem Lächeln zu begrüßen und darauf zu bestehen, ihr das Essen in die Wohnung zu bringen. Diese Technik hatte er in der

Vergangenheit schon einige Male angewandt und sie hatte meistens funktioniert. Er wusste, dass sein Lächeln sehr entwaffnend sein konnte und die meisten Leute waren zu höflich, um etwas zu sagen. Wenn sie merkten, dass es ein schrecklicher Fehler gewesen war, war es schon zu spät. Vince war drinnen. Die Tür zur Außenwelt war hinter ihm geschlossen. Aber die Tatsache, dass noch jemand bei Naomi war, machte diesen Plan zunichte. Ganz egal, wer es war.

Als Naomi die Tür geöffnet hatte, hatte Vince sie genau betrachtet. Sie war nicht einmal richtig angezogen gewesen, was eindeutig bedeutete, dass derjenige, der in der Wohnung war, die Nacht dort verbracht hatte.

»Frühstück für zwei?«, hatte Vince sie gefragt und bemerkt, dass Naomi leicht errötete, als sie antwortete. Aus der Nähe sah sie viel attraktiver aus als auf den wenigen Bildern, die er im Internet gefunden hatte. Sie trug kein bisschen Make-up und ihr Haar war zerzaust, als wäre sie gerade aufgestanden. Vince spürte, wie er hart wurde, als er sich ihren nackten Körper unter dem Morgenmantel vorstellte, den sie trug.

»Ähm, ja«, antwortete Naomi, nahm das Essen und wollte gerade die Tür schließen, als hätte sie seine Gedanken gespürt. »Danke.« Und damit schloss sie die Tür vor seinen Augen.

Vince murmelte eine Obszönität vor sich hin. Er hielt neben ihrem Auto inne, bevor er sich hinkniete, um seine Schnürsenkel zu binden. In der Gewissheit, dass er von der Wohnung aus nicht gesehen werden konnte, steckte er einen magnetischen Peilsender in den Radkasten. Das war wenigstens etwas.

Als er sich wieder hinter das Steuer seines Autos setzte, überprüfte Vince sein Handy, um sicherzugehen, dass der

Tracker richtig funktionierte. Er starrte eine Weile aus der Windschutzscheibe und überlegte, was er als Nächstes tun sollte. Er musste Naomi allein erwischen. Aber mit wem war sie zusammen?

Vince griff in den Kofferraum seines Autos und holte seinen Laptop. Wenige Augenblicke später loggte er sich in seinen Arbeitsaccount ein und öffnete ein Browserfenster mit einem Tool namens AddSearch, einer maßgeschneiderten Software, die von ein paar Eierköpfen im GCHQ, der Kommunikationszentrale der britischen Regierung in Cheltenham, entwickelt worden war. Er gab Naomis Adresse ein und lehnte sich zurück, während die Software in einer Vielzahl von Datenbanken nach Aktivitäten im Zusammenhang mit der Adresse suchte. Die meisten Datenbanken erlaubten AddSearch den Zugriff aus Gründen der nationalen Sicherheit. Diejenigen, bei denen das nicht der Fall war, wurden einfach nicht über den Zugriff der Software informiert.

Während er darauf wartete, dass die Suche abgeschlossen wurde, dachte Vince wieder an Naomi. Er erinnerte sich an den Geruch des Essens, das er ihr vorhin geliefert hatte, und sein Magen knurrte. Jetzt, wo er den Tracker am Auto hatte, musste er sie nicht mehr im Auge behalten. Das war der Grund, warum er ihn angebracht hatte. Um ihm etwas Freiraum für eine weniger offensichtliche Überwachung zu geben. Ein paar Straßen weiter gab es ein schmieriges Café. Dort konnte er in wenigen Augenblicken einen Happen essen.

Wenige Augenblicke später hatte Vince eine vollständige Liste der Personen, die mit der Adresse der Wohnung in Verbindung standen, aber seit Naomi die Wohnung gekauft hatte, war nichts mehr auf einen anderen Namen eingetragen worden. Kein Handy, keine Stromrechnungen, keine Kreditrecherchen. Wer auch immer bei ihr war, es war keine langfristige Beziehung. Vince klappte den Laptop zu und war versucht, aus Frust auf das Lenkrad zu schlagen. Doch die Jahre, in denen er für den Sicherheitsdienst gearbeitet hatte, hatten ihn eines gelehrt.

Geduld ist vielleicht keine Tugend, aber sie ist eine Notwendigkeit. Vinces Problem war allerdings nicht wirklich eine Frage der Geduld. Es war eine Frage der Zeit und er wusste, dass er nur wenig davon hatte.

Naomi lächelte, als sie sah, wie Caleb den Teller von sich wegschob, besiegt von dem riesigen Frühstück.

»Oh mein Gott«, sagte er und rieb sich theatralisch den Bauch. »Ich dachte, die Mahlzeiten in Texas seien groß, aber das war ein Monster.«

»Hat es dir geschmeckt?«, fragte sie ihn. Ihr eigener Teller war leer, aber sie hatte sich eine viel kleinere Portion gegönnt. Je nachdem, was Caleb vorhatte, hatte Naomi vor, später ins Fitnessstudio zu gehen, um für den Wein am Vorabend und das Frühstück zu büßen. Obwohl, so dachte sie, als sie nach seinem Teller griff, hatte sie bereits einige der Kalorien des Weins abtrainiert.

»Ich spüre schon, wie sich meine Arterien verhärten«, sagte Caleb, während er sich in seinem Stuhl zurücklehnte. Naomi stand auf und räumte den Geschirrspüler ein, nachdem sie die Teller sauber gekratzt hatte. »Hast du heute schon etwas vor?«, fragte er sie.

»Ich wollte wahrscheinlich für eine Stunde ins Büro

gehen«, antwortete sie. »Vielleicht gehe ich danach ins Fitnessstudio. Du kannst aber auch gerne hier bleiben.« Sie sah ihn an und merkte, dass sie keine Ahnung hatte, wo er wohnte. »Der Pub, in dem meine Schwester gestern Abend war, ist nur die Straße runter. Wir könnten auf einen Drink hingehen?«

»Das könnten wir«, antwortete Caleb, aber Naomi fand, dass er nicht besonders begeistert klang.

»Er heißt The Last Pub Standing«, erklärte Naomi und versuchte, ihm die Idee zu verkaufen. »An der Straße, an der er liegt, gab es früher mehr als sechzig Pubs. Das war in den alten Zeiten. Jetzt ist er der Einzige, der noch übrig ist. Es sind nur zwei Minuten zu Fuß.«

»Ich wollte Leon und seinen, äh, Freund Syd besuchen.«

»In der Lark's Cross Siedlung?«

»Ja. Dieser Syd wohnt in einem der Hochhäuser.«

Naomi runzelte die Stirn bei dem Gedanken, dass Menschen in diesen Monstrositäten lebten, aber sie wusste, dass die meisten Bewohner kaum eine Wahl hatten. Sozialwohnungen waren Sozialwohnungen und die, die sie brauchten, hatten wenig Mitspracherecht bei der Wahl des Wohnorts.

»Ich nehme dich mit«, sagte sie. »Es liegt auf dem Weg. Na ja, so ungefähr.« Die Lark's Cross Siedlung lag in der Tat in der entgegengesetzten Richtung, aber das machte Naomi nichts aus.

»Bist du sicher?«, fragte Caleb. »Das wäre sehr freundlich, danke, Ma'am.« Naomi grinste über seine Wortwahl.

»Ich glaube, die Ma'am-Phase haben wir jetzt hinter uns, oder?«, fragte sie ihn und erntete ein Lächeln als Antwort.

Ein paar Augenblicke später saß Naomi in ihrem Schlafzimmer und schminkte sich. Sie trug eine marineblaue

Jeans, Baumwollturnschuhe und eine locker sitzende cremefarbene Bluse. Lässig und gleichzeitig schick. Ein Paar schlichte goldene Ohrstecker vervollständigten das Outfit. Obwohl sie nicht glaubte, dass sie jemand anderen im Büro sehen würde, wollte sie nicht in Sportklamotten gesehen werden, falls jemand da war. Die Firma, für die sie arbeitete, war davon noch einige Jahre entfernt. Während sie Foundation auf ihr Gesicht auftrug, konnte sie hören, wie Caleb sich im Nebenzimmer anzog. Nach dem wenigen, was sie über den Mann wusste, machte sie sich keine Illusionen, dass sie am Anfang einer langen Beziehung standen. Dafür schien er einen viel zu flüchtigen Lebensstil zu führen, aber sie erlaubte sich trotzdem, einen Moment lang zu träumen.

Da es ein Sonntagmorgen war, waren die Straßen zwischen Naomis Wohnung und der Lark's Cross Siedlung fast leer, und sie schafften die Strecke in kürzester Zeit. Selbst Naomis Navi überschätzte die Zeit, die sie brauchten um einige Augenblicke. Als sie sich der Siedlung näherten, war es, als würde sich der Himmel über ihnen verdunkeln.

»Nehmen Sie die nächste Abzweigung auf der linken Seite«, sagte das Navi, als sie in die Siedlung einbogen.

»Was für ein deprimierender Ort«, meinte Naomi, als sie auf Leons Straße fuhren. Unwillkürlich fröstelte sie. »Kannst du dir vorstellen, hier leben zu müssen?«

»Ich habe schon an schlimmeren Orten gelebt«, antwortete Caleb. Sie drehte sich zu ihm, aber er starrte nur aus dem Beifahrerfenster. Als das Navi anzeigte, dass sie am Ziel angekommen waren, fuhr Naomi vor Leons Haus an den Bordstein.

»Ich warte hier«, sagte sie. »Vergewissere dich, dass er da ist, bevor ich dich an den Toren der Hölle aussetze.« Caleb schenkte ihr ein kurzes Lächeln, als er aus dem Auto stieg.

Einen Moment später konnte Naomi sehen, wie er mit Leons Mutter sprach. Zwischen zwei Zügen an ihrer Zigarette zeigte Leons Mutter auf die Hochhäuser, die die triste Umgebung dominierten.

»Er ist in der Wohnung seines Freundes«, sagte Caleb, als er zum Auto zurückkehrte. »Ich kann von hier aus laufen.«

»Ruf mich an, wenn du fertig bist, dann hole ich dich wieder ab«, antwortete Naomi, während sie drei junge Männer in Kapuzenpullovern hundert Meter entfernt nervös beobachtete, die so taten, als würden sie sie nicht sehen. Calebs Lächeln kam zurück, als sie ihm eine ihrer Visitenkarten reichte. »Meine Handynummer steht auf der Rückseite. Bist du sicher, dass du von hier aus zu Fuß laufen möchtest?«

»Ja, ich bin sicher. Ist es in Ordnung, wenn ich heute Abend zu dir nach Hause komme?« Er sah sie an und sie spürte einen Schauer der Freude, als seine Augen ihre trafen. »Ich schulde dir ja noch ein Essen zum Mitnehmen.« Sie versuchte, einen lässigen Gesichtsausdruck zu machen und nickte als Antwort. Aber die Art und Weise, wie sein Lächeln breiter wurde, verriet ihr, dass ihr Versuch der Lässigkeit fehlgeschlagen war.

Sie wartete einige Augenblicke, bis Caleb unbehelligt an den drei Kapuzenpullis vorbeigelaufen war, bevor sie eine Kehrtwende vollzog, um die Siedlung zu verlassen. Als sie die Straße erreichte, die aus der Siedlung wegführte, atmete sie erleichtert auf und stellte ihr Autoradio auf einen lokalen Radiosender ein. Als sie merkte, dass ein Lied der Black Eyed Peas gespielt wurde, in dem es darum ging, dass heute eine *good, good night* ist, drehte sie die Musik auf und sang mit.

Falls Caleb chinesisches Essen mochte, wusste sie

genau, in welchem Restaurant sie bestellen würden. Sie könnten essen, entspannen und Wein trinken. Und dann?

Naomi erhob ihre Stimme zum Mitsingen und klopfte im Takt der Musik auf das Lenkrad. Die heutige Nacht würde wirklich eine *good, good night* werden.

Leon entspannte sich gerade auf Syds Couch, rauchte einen Joint und hörte etwas Bizarres aus seiner Plattensammlung, als Syds Türklingel ertönte. Stöhnend stand er auf und machte sich auf den Weg zu dem kleinen Bildschirm, der ihm zeigte, wer in der Lobby war. Als er sah, dass es Caleb war, der in die Kamera starrte, grinste er.

»Caleb, mein Mann«, sagte Leon in die Sprechanlage. »Komm hoch.« Er beugte sich vor und drückte den Knopf, um Caleb den Zugang zum Aufzug zu ermöglichen. Nachdem er die Haustür aufgeschlossen hatte, setzte sich Leon wieder auf die Couch und zündete seinen Joint erneut an.

Wenige Augenblicke später öffnete sich die Wohnungstür und Caleb kam herein. Das erste, was er tat, war, mit der Hand vor seinem Gesicht zu wedeln.

»Es stinkt hier drin, Leon«, klagte Caleb und rümpfte die Nase. »Kannst du nicht wenigstens ein Fenster öffnen? Du riechst, als wolltest du allein gelassen werden.«

Leon neigte seinen Kopf zu einem der Fenster in der

Wand.

»Da drüben«, sagte er, schloss die Augen und lehnte sich zurück. »Kannst es selbst machen.«

»Mach ihn aus, Leon«, hörte Leon Caleb ein paar Sekunden später sagen, als ein leichter Luftzug durch das nun offene Fenster hereinwehte. »Ich brauche deine Hilfe.«

Leon drückte den Joint aus und setzte sich auf. Caleb brauchte seine Hilfe?

»Okay«, sagte er und schüttelte den Kopf, um den Kopf frei zu bekommen. »Willst du etwas trinken?« Er hielt inne und suchte nach dem richtigen Wort. »Vielleicht eine Cola?«

»Danke.«

Leon machte sich auf den Weg in die kleine Küche und stolperte dabei fast über den Tank mit Wasser, der nun fast voll war. Er fluchte, als er merkte, dass er ihn vergessen hatte, und stieß sich das Schienbein an, als er sich hinkniete, um die Wasserversorgung abzustellen. Der stechende Schmerz in seinem Bein wirkte Wunder, um seinen Kopf frei zu bekommen, und als er mit ein paar Dosen Coca Cola zu Caleb zurückkehrte, fühlte er sich schon viel weniger durcheinander.

»Womit brauchst du Hilfe?«, fragte Leon ihn, als er sich wieder auf die Couch setzte und versuchte, wach auszusehen.

»Wenn du jemanden aus dem Vereinigten Königreich herausschmuggeln würdest, irgendwo in der Nähe, wie würdest du das machen?« Leon dachte einen Moment lang nach, bevor er antwortete.

»Wohin schmuggeln? Ich nehme an, du meinst, ohne dass es jemand weiß?«

»Estland, letztendlich«, antwortete Caleb. »Also zuerst auf das europäische Festland. Und ja, ohne dass es jemand weiß. Das ist es, was Schmuggeln bedeutet.«

»Lass mich kurz nachdenken.« Leon zerbrach sich den Kopf, weil er Caleb helfen wollte, aber nicht wusste, ob er es konnte. Er nippte an seiner Dose, um etwas Zeit zu gewinnen. »Es müsste auf einem Boot sein, glaube ich.« Caleb nickte und Leon fuhr ermutigt fort. »Ich meine, ich glaube nicht, dass es von hier aus Fähren zum europäischen Festland gibt. Ich glaube, dafür müsstest du nach Harwich fahren – das ist nicht gerade ortsnah oder subtil.« Er dachte noch einen Moment nach, aber ihm fiel nichts ein. »Warum zum Teufel schmuggelst du überhaupt Leute nach Estland?« Leon fing an zu lachen. »In was für eine verrückte Scheiße bist du verwickelt?«

»Leon, hör mir zu«, brüllte Caleb. Der Stahl in seiner Stimme stoppte Leons Lachen sofort. »Ich versuche zu verhindern, dass ein Kind gegen seinen Willen in ein anderes Land gebracht wird. Ein Kind, das möglicherweise von einem Pädophilenring verschleppt wurde.«

»Scheiße«, flüsterte Leon. »Ist das dein Ernst?«

»So ernst wie der Abzug einer Kaliber 45«, antwortete Caleb, seine Stimme war immer noch hart.

»Okay, okay«, erwiderte Leon und leckte sich die Lippen. »Also, wenn ich das machen würde, würde ich mir irgendwo einen Charter besorgen. Es gibt bestimmt viele Orte in Europa, an denen sich ein Boot unbemerkt einschleichen kann.«

»Wo kann ich ein Boot chartern?«

»Es müsste schon ein großes sein, um so weit zu kommen, also würden die meisten kleineren Orte hier in der Gegend nicht in Frage kommen. Wahrscheinlich Great Yarmouth. Vielleicht Lowestoft?«

»Ist das weit?«

»Etwa eine halbe Stunde bis Yarmouth«, antwortete Leon und nahm einen Schluck von seinem Getränk. Caleb hatte seins noch nicht einmal geöffnet. »Lowestoft ist ein bisschen weiter weg, aber nicht viel weiter. Wir sollten Syd fragen. Er transportiert gelegentlich Sachen von und nach Europa.«

»Ist er hier?«

»Er wird bald hier sein.« Leon hatte Syd kurz vor Calebs Ankunft eine Nachricht geschrieben und er hatte geantwortet, dass er in einer Stunde, vielleicht auch weniger, da sein würde.

»Okay«, meinte Caleb und nickte.

Die beiden Männer saßen ein paar Augenblicke schweigend da. Leon überlegte, ob er noch einen Joint drehen sollte, verwarf den Gedanken aber gleich wieder. Er glaubte nicht, dass Caleb das gefallen würde.

»Also, dieser Syd«, sagte Caleb nach einer Weile. »Er ist dein Freund, richtig?«

»Ja«, antwortete Leon. »Freund und, äh, Geschäftspartner.«

» Geschäftspartner?« Caleb lächelte schief. »Wie alt bist du? Sechzehn?«

»Fünfzehn«, murmelte Leon.

»Du willst bei den Großen mitspielen, richtig?« Leon beobachtete, wie Calebs Lächeln schwächer wurde. »Willst du wissen, was ich denke?« Aus Calebs Gesichtsausdruck ging hervor, dass er es Leon sowieso sagen würde.

»Klar«, antwortete Leon, seine Stimme war fast ein Flüstern. Caleb breitete seine Hände aus, um die Wohnung zu umschließen.

»Jetzt würde ich dich normalerweise fragen, ob du die Bibel liest«, sagte er. Calebs Lächeln kehrte fast zurück, aber seine Augen waren immer noch eiskalt. »Aber ich nehme an, dass du es wahrscheinlich nicht tust.« Leon nickte zustimmend. »Du bist besser als das, Leon. Du sitzt in der

Wohnung eines zwielichtigen Drogendealers und gießt seine Pflanzen. Du raubst Busse für ihn aus. Erledigst seine Drecksarbeit. Und für was? Ein bisschen Geld und die sehr realistische Aussicht auf Gefängnis?«

»Du kennst mich nicht, Mann«, sagte Leon und versuchte, sich gegen die Angriffe zu wehren. Calebs Augen bohrten sich weiter in ihn. »Du kennst mich kein bisschen. Ich habe Pläne. Große Pläne.«

»Ich bin ein sehr guter Menschenkenner, Leon«, antwortete Caleb. »Das ist eine Fähigkeit, die ich habe.« Er legte seine Hand auf Leons Brustbein und der jüngere Mann zuckte bei der Berührung zusammen. »Du hast ein gutes Herz hier drinnen.« Leon spürte, wie sich seine Brust unter Calebs Handfläche zu erhitzen begann. Dann hob er dieselbe Hand und tippte mit dem Zeigefinger seitlich an Leons Schläfe und die Hitze übertrug sich auf seinen Kopf. »Und du hast ein gutes Gehirn. Du musst beides nutzen, um neue Pläne zu machen.«

Leon holte tief Luft und dachte über das nach, was Caleb gerade gesagt hatte. Er sah ihn an, aber seine eiskalten Augen waren warm, fast weich geworden. Leon fühlte sich seltsam, fast wie benommen, und er fragte sich, ob das Cannabis für einen zweiten Rausch zurückgekommen war. Oder waren es die Worte von Caleb? War es Calebs Berührung?

»Versuchst du mich zu bekehren, Prediger?«, fragte Leon mit einem Lächeln. Er konnte immer noch die Hitze von Calebs Hand auf seiner Brust und an seinem Kopf spüren.

»Das ist nicht meine Art, Leon«, antwortete Caleb, während Leon seine Augen schloss und sich auf das ungewohnte Gefühl in seinem Körper einließ. »Du kannst deinen eigenen Weg finden.«

88

Wie schon hunderte Male zuvor fuhr Naomi ihr Auto rückwärts in den kleinen Parkplatz in der Tiefgarage, den sich ihre Kanzlei mit den anderen Mietern des kleinen Bürogebäudes teilte. In dem Gebäude gab es drei Firmen. Ihre eigene, einen Immobilienmakler im zweiten Stock und eine Marketingfirma im obersten Stockwerk. Das Durchschnittsalter in Naomis Firma war, abgesehen von ihr, viel höher als in den anderen beiden Firmen, aber die meiste Zeit kamen sie alle miteinander aus. Der einzige Konflikt, an den sich Naomi erinnern konnte, war ein kurzer Streit über die Parkplätze, aber da es ein Sonntag war, standen nur ein paar Autos auf dem Parkplatz.

Sie schloss ihr Auto und machte sich auf den Weg zur Ecke des Parkplatzes, wo ihre Schlüsselkarte ihr den Zugang zum Aufzug ermöglichte. Naomi summte immer noch das Lied, das sie im Auto gehört hatte, und als der Aufzug kam, fing sie in dem Moment, in dem sich die Türen geschlossen hatten, wieder an zu singen.

Lachend betrat Naomi ihr Büro, das zum Glück leer war. Wenn sie so gut gelaunt war, wollte sie keinen Smalltalk mit ihren Kollegen führen. Sie waren im besten Fall ein mürrischer Haufen und Naomi hatte schon mehr als einmal erfolglos versucht, die Partner davon zu überzeugen, ein paar Praktikanten einzustellen, um das Durchschnittsalter zu senken und den Laden ein bisschen zu beleben.

Nachdem sie sich in ihren Computer eingeloggt hatte, überflog sie schnell ihre E-Mails und markierte ein paar, die sie sich am nächsten Morgen genauer ansehen wollte. Dann sah sie sich ihren Terminkalender an. Sie würde am Montag und Dienstag im Büro sein und dann wahrscheinlich den Rest der Woche im Gericht. Einer ihrer Mandanten, ein fieser Kerl, der in der Nähe der Küste lebte, aber in der ganzen Gegend herumreiste, um zu stehlen, sollte wegen schweren Einbruchs vor Gericht erscheinen. Der Einbruch war nicht zu leugnen. Er war auf frischer Tat in einem leeren Haus, einem Zweitwohnsitz an der Küste von North Norfolk, ertappt worden, als die Nachbarn eine Taschenlampe herumflackern sahen. Die Polizei hatte in der Nähe des Grundstücks ein Messer mit seinen Fingerabdrücken gefunden. Naomis gesamte Verteidigung gegen den Tatbestand der schweren Körperverletzung bestand darin, dass er das Messer zum Zeitpunkt seiner Verhaftung nicht bei sich hatte.

Naomi ging zum Aktenschrank, um die Akte des Mannes zu holen. Sie sah sie und ihre Notizen für die Gerichtsverhandlung kurz durch, aber es gab nicht viel, was sie hinzufügen konnte. Sie hoffte nur, dass ihr Mandant eine Tasche mit ins Gericht bringen würde, denn die Chance, dass er nach Hause zurückkehren würde, war gering bis gar nicht vorhanden. Naomi war überrascht, dass der Mann auf Kaution freigelassen worden war, aber vielleicht würde er ihnen allen einen Gefallen tun und einfach abhauen. Sie sah sich sein Verbrecherfoto in der Akte an. Er hatte einen dicken Hals mit vielen Tattoos und breite Schultern, die ihn zusammen mit seinem kahlgeschorenen Kopf so schuldig wie die Sünde aussehen ließen.

Sie seufzte und legte die Akte zurück in den Schrank. Nachdem sie sich notiert hatte, dass sie vor der Gerichtsverhandlung mit einem der Seniorpartner sprechen wollte, um sicherzugehen, dass sie nichts Offensichtliches übersehen hatte, ließ sie ihre Gedanken zu Caleb schweifen. Sie wollte mit ihm sprechen, aber er hatte kein Handy. Sie könnte Leon anrufen und ihn bitten, mit ihm zu sprechen, aber das würde wahrscheinlich als bedürftig rüberkommen. Naomi legte ihre Hand auf ihre Brust und versuchte, ihre Mutter zu imitieren.

»Naomi Tipton«, sagte sie mit einem breiten Grinsen. »Du warst ein sehr, sehr unartiges Mädchen.« Dann lachte sie in sich hinein, denn sie wusste, dass sie die Absicht hatte, ihre Sünden zu wiederholen. »Carpe diem in der Tat«, flüsterte sie.

Nachdem sie das Büro abgeschlossen hatte, machte sich Naomi auf den Weg zurück zum Parkplatz. Sie träumte ein paar Augenblicke vor sich hin, bevor sie auf ihrem Handy nach der Uhrzeit schaute. Sie könnte in die Stadt fahren, um neue Dessous zu kaufen? Etwas Scharfes, um Caleb zu unterhalten, vielleicht? So etwas hatte sich Naomi schon seit Jahren nicht mehr gegönnt. Mark schien solche Dinge nicht bemerkt zu haben, dachte sie, als sie ihr Auto aufschloss. Er war eher der Typ Mann gewesen, der einfach alles macht und sich dafür noch bedankt. Aber Caleb war anders. Ganz anders.

Naomi ließ ein Lächeln über ihr Gesicht huschen, als sie ihr Handy auf den Beifahrersitz warf und in ihrer Handtasche nach ihrem Schlüsselbund kramte. Dann zuckte sie zusammen, als sie ein Stück hartes, kaltes Metall an ihrem Hinterkopf spürte.

»Hey, Naomi«, sagte eine männliche Stimme. »Wie war das Frühstück?«

89

Caleb schaute auf Syds Bildschirm, auf dem so ziemlich dieselbe Karte zu sehen war, die er sich zuvor auf Naomis Laptop angeschaut hatte.

»Das da ist Great Yarmouth«, sagte Syd und bewegte den Cursor über eine Stadt auf der Karte. »Dort, wo der Fluss Yare ins Meer mündet. Der Mund des Yares. Also Yarmouth. Und er ist groß, also ist er great. Verstanden?«

»Ja«, antwortete Caleb, unbeeindruckt von der improvisierten Geschichtsstunde.

»Der Fluss Yare reicht bis nach Norwich, also könnte sich die Person in deinem hypothetischen Szenario überall entlang des Flusses verstecken«, fuhr Syd fort. Caleb seufzte, denn er wusste, dass seine Aufgabe jetzt noch schwieriger geworden war, weil er noch mehr Möglichkeiten in Betracht ziehen musste. »Aber ich würde sie einfach in Yarmouth verstecken und direkt zum Charter bringen.« Von seinem Platz auf dem Sofa aus konnte man Leon sehen, wie er begeistert nickte.

»Erzähl mir von der Charterfirma, die du benutzt«, sagte Caleb und schaute Leon an. »Für deine, äh, Operationen.«

Jetzt war Syd an der Reihe, Leon anzuschauen, und Caleb merkte, dass er nicht beeindruckt war, dass Leon Caleb von dieser Sache erzählt hatte. »Sie sind diskret, nehme ich an?«

»Für einen bestimmten Preis schon«, antwortete Syd. »Es gibt einen Typen in Caister, nördlich von Yarmouth, der ein Fischerboot betreibt, das bis nach Holland fährt. Es ist ein richtiges Scheißboot, aber es tut seinen Job. Er macht das schon seit Jahren, gehört also sozusagen zum Inventar. Sein Name ist Henry und er ist ein richtig fieser Bastard, aber er transportiert alles für einen bestimmten Preis.«

»Sogar Menschen?«

»Wie ich schon sagte, er transportiert alles für einen bestimmten Preis.«

»Was ist sein Hintergrund?«, fragte Caleb.

»Er saß hauptsächlich im Gefängnis«, sagte Syd und lachte. »Vor ein paar Jahren hat er zehn Jahre wegen bewaffneten Raubüberfalls gesessen, aber seitdem ist er sauber geblieben. Das Boot gehörte seinem Vater und es heißt, dass die Familie seit Generationen Drogen hin und her transportiert.«

»Kannst du mich mit ihm bekannt machen?«

»Du musst bezahlen, um mitzuspielen.« Syd griff nach seinen Papierchen und zog drei davon aus der dünnen Pappschachtel.

»Warum überrascht mich das nicht?«, murmelte Caleb und richtete sich auf. »Ich gehe mal an die frische Luft, wenn du das rauchst.«

»Ich kann ihn anrufen und etwas arrangieren«, meinte Syd und leckte an einem der Papierchen. »Wie können wir dich erreichen? Leon sagt, du hast kein Handy.«

»Ich wohne vorerst bei Naomi Tipton«, antwortete Caleb. »Leon hat ihre Nummer.« Er sah, wie Leons Augenbrauen nach oben gingen, aber der junge Mann war so klug, nichts zu sagen.

Er machte sich auf den Weg zu Syds Haustür, um nicht den Rest des Tages wie eine Cannabisplantage zu riechen, und stieg über die Feuerleiter auf das Dach. Caleb trat an die frische Luft und atmete tief ein, als er merkte, dass es vielleicht zu spät war, um nicht nach Gras zu stinken.

Wenigstens waren sie ein Stück weitergekommen. Er setzte sich auf einen Heizungsschacht in der Nähe des Dachrandes und starrte auf die Siedlung, die sich unter ihm ausbreitete. Die Wahrscheinlichkeit, dass dieser Henry auch Vinces Kontaktperson war, war zwar gering, aber es war die einzige Route, die ihm einfiel. Caleb überlegte, wie er vorgehen sollte.

Die erste war, wie immer, nichts zu tun. Das würde bedeuten, dass Leanne nach Estland verschleppt und dann verschwinden würde. Eine Option, die er leicht ausschließen konnte.

Calebs zweite und dritte Möglichkeit hing von Henry ab. Wenn er Vinces Kontaktperson war, würde er es Caleb wahrscheinlich sowieso nicht sagen. Warum sollte man eine Einkommensquelle abschneiden? Caleb stellte sich vor, dass der Gewinn beim Menschenschmuggel viel höher war als beim Drogenschmuggel. Also musste er die Sache vielleicht anders angehen und sich für diesen Fall etwas einfallen lassen. Oder er hatte gar keine Verbindung zu Vince, was eine Reihe anderer Möglichkeiten eröffnete, je nachdem, wen er noch kannte. Caleb konnte sich nicht vorstellen, dass Henry die einzige Person war, die sich in diesem Bereich bewegte, also musste er dem Spinnennetz folgen, um zu sehen, wohin es führte.

Er saß einige Augenblicke schweigend da, die Augen geschlossen, und genoss die sanfte Sonne auf seinem

Gesicht. Caleb atmete tief durch und genoss die frische Luft. Dann stand er auf und glaubte, dass er schon lange genug hier oben gewesen war, damit die beiden Männer in der Wohnung unter ihm ein paar Joints geraucht haben konnten. Doch als er wieder nach unten kam, war die Luft in Syds Wohnzimmer immer noch dick mit aromatischem Rauch. Caleb wollte keinen Moment länger bleiben, als er musste.

»Leon, könntest du Naomi für mich anrufen?« Leon schaute von seinem Platz auf dem Sofa zu ihm auf. Auf der anderen Seite des Raumes klimperte Syd auf einer Gitarre und summte vor sich hin. Er beobachtete, wie Leon sein Handy hochhob, auf dem Bildschirm herumtippte und das Handy an sein Ohr hielt. Etwa zwanzig Sekunden später runzelte er die Stirn.

»Sie geht nicht ran«, sagte Leon und hielt Caleb das Handy entgegen, als ob er es beweisen wollte.

»Kannst du es bitte noch einmal versuchen?«, erwiderte Caleb. Er beobachtete, wie Leon seiner Bitte nachkam. Diesmal dauerte es nicht lange, bis sein Stirnrunzeln wieder auftauchte.

»Ihre Mailbox ist direkt angegangen.«

90

Geh nicht ran!«, brüllte Vince, als Naomis Handy auf dem Beifahrersitz klingelte. »Hände ans Lenkrad, wo ich sie sehen kann.« Er betrachtete sie im Rückspiegel und freute sich über ihren schockierten Gesichtsausdruck. Das war genau der Punkt, an dem er sie haben wollte. Er wartete, bis das Handy aufhörte zu klingeln, bevor er fortfuhr.

»Nimm den Akku heraus«, sagte er mit tiefer, drohender Stimme. Naomis Hände zitterten, als sie das Handy in die Hand nahm, und sie brauchte ein paar Versuche, um den Akku herauszunehmen. »Jetzt die SIM-Karte.« Sie brauchte noch länger, um den winzigen Plastiksplitter aus dem Handy zu bekommen, aber als sie es geschafft hatte, legte sie ihre Hände unaufgefordert wieder ans Lenkrad. Das war in Vinces Augen gut. Sie war bereits gefügig. Um der Frau gegenüber fair zu sein, waren das die meisten Menschen, wenn man ihnen eine Waffe an den Kopf hielt.

»Wer bist du?«, stotterte Naomi.

»Halt die Klappe, Naomi«, erwiderte Vince und drückte

ihr die Pistole fester in den Schädel. »Beantworte mir nur eins. Wo ist er?«

»Wer?«

»Du weißt, wer.« Er betrachtete sie im Spiegel. Ihr Gesicht war farblos, fast so weiß wie ein Laken. »Wo ist er?«

»Bitte, ich weiß nicht, von wem du sprichst.« Sie schluckte und blinzelte die Tränen zurück.

»Ich suche Caleb«, knurrte Vince. »Wo ist er?« Im Spiegel änderte sich der Ausdruck in ihren Augen ganz unmerklich.

»Du bist Vince«, sagte sie. Das war keine Frage.

Vince musste dem Drang widerstehen, Naomi die Pistole an den Hinterkopf zu knallen. Was sie gerade gesagt hatte, sagte ihm genug. Die Schlampe Suzy hatte geredet. Sie hatte Caleb von ihm erzählt. Und der wiederum hatte es Naomi erzählt, was ihre beiden Lebenserwartungen dramatisch verändert hatte. Und das nicht auf eine gute Art.

»Ja, Naomi«, antwortete er, nachdem er ein paar Sekunden gebraucht hatte, um sich zu sammeln. »Ich bin Vince. Und jetzt sag mir, wo Caleb ist.« Sie antwortete nicht, sondern schüttelte nur ihren Kopf. Er legte seine freie Hand auf den Sitz, umschloss Naomis Hals und drückte ihn sanft. »Sag es mir.«

»Ich weiß es nicht, ich schwöre.« Naomis Stimme hatte sich um eine Oktave erhöht und eine Träne bahnte sich ihren Weg aus dem Augenwinkel.

»Es gibt zwei Möglichkeiten, Naomi«, erklärte er. »Du kannst mir sagen, wo er ist, und ich lasse dich in Ruhe. Ich werde einfach gehen und du wirst mich nie wieder sehen, es sei denn, du sprichst mit der Polizei. Wenn du das tust, wirst du den Rest deines erbärmlichen Lebens damit verbringen, über die Schulter zu schauen und dich zu fragen, ob ich heute zu dir zurückkomme.« Er verstärkte den Druck auf ihren Nacken und sah, wie sich ihre Augen daraufhin weiteten. »Oder du kannst mich weiter anlügen und ich werde dich töten. Nicht hier und nicht jetzt. Nein, nachdem wir etwas Spaß miteinander hatten.« Er sah, wie sie im Spiegel schnell blinzelte. »Nur wird das kein Spaß für dich sein, das kann ich dir versprechen. Und dann wirst du einfach verschwinden.« Er blies ihr sanft in den Nacken, während er seinen Griff noch fester zog. »In der Luft«, sagte er und ließ seine Stimme zu einem Flüstern sinken. »Es wird so sein, als hättest du nie existiert. Was soll es sein?«

»Ich werde es dir sagen«, sagte Naomi, ihre Stimme war fast unhörbar. »Bitte, ich werde es dir sagen.«

Vince lockerte seinen Griff um ihren Hals, wobei er darauf achtete, dass er genug Druck ausübte, um sie daran zu erinnern, dass seine Hand noch da war. Er spürte, wie sie unter seinen Fingern schluckte.

»Wo ist er?«

»Er ist in London«, sagte Naomi. »Ich habe ihn am Bahnhof abgesetzt, nachdem er von der Polizei entlassen wurde. Bitte lass mich jetzt gehen. Ich werde niemandem etwas sagen, das verspreche ich.«

»Wo in London?«, fragte Vince sie, mehr um ihre Reaktion abzuschätzen. Er wusste, dass sie log, aber wie weit würde sie es treiben?

»Ich weiß es nicht«, antwortete sie. »Bitte, lass mich einfach gehen.«

Vince lächelte sie im Rückspiegel an. Sie hatte die richtige Entscheidung getroffen, die Lüge nicht weiter zu vertiefen. Aber gelogen hat sie trotzdem.

»Für wen war das zweite Frühstück, Naomi? War es für Caleb?«, fragte Vince sie. Er sah, wie sich ihre Augen wieder weiteten, fast unmerklich. Bingo. Erst als sie über Calebs Aufenthaltsort gelogen hatte, war der Groschen gefallen.

Vince war von sich selbst enttäuscht. Er hätte das viel früher herausfinden müssen.

»Nein, es war für meinen Freund«, antwortete sie. »Mark.« Clever, dachte Vince. Die Lüge so nah an der Wahrheit halten wie möglich.

»Ist das derselbe Mark, mit dem du vor ein paar Tagen Schluss gemacht hast? Derjenige, der sich in einer Nachricht an seinen besten Freund darüber beschwert hat, dass du eine eiskalte Schlampe bist?« Er sah, wie Naomi die Augen schloss, als ob sie resigniert hätte. »Ich glaube, er sagte, dass du scheiße im Bett bist. Wie eine Leiche im Schlafzimmer. Ist es das, was Caleb auch denkt?« Er verstärkte seinen Griff um ihren Hals, während Naomi das Lenkrad fester umklammerte. »Weiß dieser Mark schon, dass du mit einem anderen vögelst?« Ihre Fingerknöchel waren so weiß wie ihr Gesicht und Vince wusste, dass es nur eine Sekunde dauern würde, bis ihre Hände zu ihrem Hals flogen, um den Druck zu mindern. Und tatsächlich, als er sie fester packte, setzte Naomis Kampf-oder-Flucht-Instinkt ein. Vince störte es nicht, dass sie ihn kratzte. Niemand würde jemals ihre Leiche finden, um DNA von ihren Fingernägeln zu bekommen.

»Pst«, flüsterte Vince in Naomis Ohr, während er den Druck weiter erhöhte. Er wusste, dass sich ihr Sichtfeld rapide verkleinern würde, wenn sie ihre Augen öffnete und sich ein schwarzer Kreis näherte. Er wartete, bis ihre Hände anfingen zu flattern, anstatt zu kratzen. Ein paar Sekunden später fielen sie ihr in den Schoß.

Mit schnellen Handgriffen ließ Vince Naomi los und drückte sie gegen das Lenkrad. Sie keuchte wie ein neugeborenes Baby, ein instinktiver Reflex, um so viel Sauerstoff wie möglich in ihren Körper zu bekommen. Er holte ein

Paar Kabelbinder hervor und fesselte ihre Handgelenke hinter ihrem Rücken. Er stieg aus und öffnete die Fahrertür.

Vince packte Naomi an den Haaren und zog sie aus dem Auto. Er zerrte sie halb zum Kofferraum, während ihre Beine auf dem Betonboden des Parkplatzes nach Halt suchten. Als er den Kofferraum öffnete, rang sie immer noch nach Luft, stöhnte aber gleichzeitig schon. Er beugte sie nach vorne und zwängte ihren Oberkörper in den Kofferraum, bevor er ihre Beine hochzog und sie in den Kofferraum drückte. Sie begann zu zappeln, hatte aber keinen Platz, um sich zu bewegen.

»Du hast gesagt, du lässt mich gehen«, sagte sie, als er den Kofferraum schließen wollte. Ihre Stimme klang röchelnd. »Wenn ich es dir sage, würdest du mich gehen lassen.«

Vince hielt inne und schaute auf Naomi hinunter.

»Du warst nicht die einzige Lügnerin in diesem Auto, Naomi«, sagte er und erwiderte ihren Blick. »Aber ich habe dir etwas versprochen, nicht wahr? Wenn du mich anlügst?« Sie starrte ihn nur an, ihr Gesichtsausdruck war eine Mischung aus Angst und Hass, aber mehr letzteres als ersteres. Vince lächelte. Er liebte Kämpferinnen. Kurz bevor er den Kofferraum zuknallte, beugte er sich vor und flüsterte ihr ins Ohr. »Und ich halte meine Versprechen immer.«

91

Leon sah Caleb an. Zum ersten Mal, seit er den Mann kennengelernt hatte, sah er besorgt aus. Syd saß immer noch in der Ecke des Wohnzimmers und nahm nichts von allem wahr. Er hatte den größten Teil des Joints geraucht, den er gebaut hatte, während Leon nur ein paar Züge genommen hatte.

»Bist du okay, Mann?«, fragte Leon Caleb. Der antwortete zunächst nicht, sondern lief ein paar Sekunden lang im Wohnzimmer auf und ab. »Caleb?«

»Ich bin mir nicht sicher«, antwortete Caleb. »Irgendetwas stimmt nicht.«

»Vielleicht ist Naomi einfach beschäftigt«, sagte Leon. »Vielleicht ist sie auf der Arbeit beschäftigt oder so.«

»An einem Sonntag? Nein, da stimmt etwas nicht.« Er hielt inne und schaute Leon an, die Besorgnis in seinem Gesicht war offensichtlich. »Ich kann es spüren.«

»Was willst du tun?«, fragte Leon. Er sah, dass Caleb zu Syd hinüberschaute.

»Hat er ein Auto?«

»Ja«, antwortete Leon. Syd hatte einen selten benutzten

Ford Focus RS, das Markenzeichen vieler junger Rennfahrer im Vereinigten Königreich. Der Vorbesitzer hatte ihn mit verschiedenen Metall- und Plastikteilen modifiziert, um ihn zu dem zu machen, was Syd als original bezeichnete, aber Leon konnte den Sinn nicht erkennen. Es war nur ein Auto, aber jeder in der Siedlung wusste, dass es Syd gehörte, und so wurde es in Ruhe gelassen. »Ja, das hat er.«

»Ist es ein Automatikwagen?«

»Nein«, sagte Leon und wusste, was Caleb als nächstes fragen würde. »Aber ich könnte ihn fahren, wenn du willst?« Er nickte Syd zu, der immer noch vor sich hin brummte. »Wenn das für Syd okay ist?«

Leon beobachtete, wie Caleb durch das Wohnzimmer auf Syd zuging, der dort saß.

»Syd, ich brauche deine Autoschlüssel«, sagte Caleb und hielt seine Hand mit der Handfläche nach oben vor sich.

»Was?« Syd schaute Caleb mit geröteten Augen an. »Wofür?«

»Ich muss nach jemandem sehen. Die Schlüssel?«

Zu Leons Überraschung legte Syd seine Gitarre beiseite und kramte in seiner Tasche nach seinem Autoschlüssel. Ohne ein weiteres Wort übergab er ihn Caleb, nahm die Gitarre wieder in die Hand und legte seine Finger übertrieben langsam auf den Griff. Hätte Leon gefragt, hätte er mit zwei Worten geantwortet.

»Lass uns gehen«, sagte Caleb zu Leon und ging an ihm vorbei zur Eingangstür der Wohnung.

Die beiden schwiegen, als sie mit dem Aufzug in den ersten Stock fuhren. Caleb schien in Gedanken versunken zu sein und Leon fühlte sich nicht in der Lage, ihm eine der Fragen zu stellen, die ihm im Kopf herumschwirrten. Wo wollten sie hin? Wonach suchten sie?

Leon öffnete Syds hellblauem Focus und sie stiegen ein.

Er erinnerte sich, die Stereoanlage auszuschalten, bevor er den Wagen startete, und als er den Motor anließ, klapperte der modifizierte Auspuff wie ein wütender Bienenschwarm in einer Blechdose. Syds Auto war nicht gerade unauffällig.

»Wo fahren wir hin?«, fragte er Caleb, der auf ein zerknittertes Stück Pappe schaute, das er aus seiner Tasche gezogen hatte.

»Weißt du, wo die Palace Street ist?«, fragte Caleb. Leon wusste es nicht, aber er zückte sein Handy und ein paar Sekunden später hatte er sie auf der Karte angezeigt.

»Sie liegt in der Nähe der Kathedrale«, antwortete Leon, während er den Gang einlegte. »Was glaubst du, was passiert ist?«

»Ich weiß es nicht«, sagte Caleb mit unruhiger Stimme, »aber es kommt eine Dunkelheit auf uns zu. Ich kann es spüren.«

Leon schaute durch die Windschutzscheibe auf den Himmel über ihnen. Er war grau, aber nicht besonders bedrohlich.

»Es sieht gar nicht so schlimm aus«, sagte er. »Vielleicht regnet es später noch etwas.«

»Nicht diese Art von Dunkelheit, Leon«, antwortete Caleb.

Verwirrt von seiner Antwort, konzentrierte sich Leon auf die Straße vor ihm. Zu Beginn war der Verkehr noch gering, aber je näher sie der Kathedrale kamen, desto voller wurde es. Als sie auf der Palace Street ankamen, einer schmalen Straße mit einer Feuersteinmauer auf der einen Seite und mittelalterlichen Gebäuden mit schwarzen Balken auf der anderen Seite, sah Leon, wie Caleb aus dem Beifahrerfenster starrte. Leon fuhr langsam die Straße hinunter, wobei die älteren Gebäude allmählich den moderneren wichen.

»Da«, sagte Caleb und deutete auf das neueste Gebäude in der ganzen Straße. »Das ist es.«

Leon hielt neben dem roten Backsteingebäude an und schaltete die Warnblinkanlage ein. Der Wagen war noch nicht einmal ganz zum Stehen gekommen, als Caleb schon ausstieg und über die Straße rannte. Leon beobachtete, wie er auf eine der Türklingeln vor dem Gebäude drückte, bevor er auf sie alle einschlug. Einen Moment später drehte er sich um und schüttelte den Kopf, bevor er eine Rampe an der Seite des Gebäudes hinunterlief. Leon hatte die Rampe gesehen, als er vorbei gefahren war, aber ein tiefer Schranken zeigte, dass er mit dem Auto nicht hinunterfahren konnte.

Caleb war nur kurz aus Leons Blickfeld verschwunden, aber als er zurückkam, hatte sich sein ganzes Verhalten verändert. Der besorgte Blick, den Leon zuvor gesehen hatte, war durch einen ganz anderen Ausdruck ersetzt worden. Leon erinnerte sich an das, was Caleb über die kommende Dunkelheit gesagt hatte.

Seinem Gesichtsausdruck nach zu urteilen, war sie bereits da.

92

Naomi zwang sich, tief durch die Nase ein- und durch den Mund auszuatmen, so wie sie es schon in der Schule gelernt hatte, als sie unter Panikattacken gelitten hatte. Sie erinnerte sich an die Schulkrankenschwester, eine Frau, die den Kindern uralt vorkam, aber wahrscheinlich erst Ende fünfzig oder Anfang sechzig war, und die sie mit einer braunen Papiertüte auf einen Stuhl gesetzt hatte.

Halte die Tüte so, hatte die Krankenschwester gesagt und Naomi gezeigt, wie man die Tüte am Hals hielt und hinein-atmete. *Schön langsam, durch die Nase ein und durch den Mund aus.*

Naomi kämpfte mit den Tränen und versuchte, die Technik nachzumachen, aber es gab einen gewaltigen Unterschied zwischen einer Panikattacke, die durch ein hartes Wort eines Mitschülers in der Schule ausgelöst worden war, und einer, die auftrat, nachdem sie von einem Mann entführt worden war, von dem sie wusste, dass er mindestens drei Menschen getötet hatte.

Während das Auto weiterfuhr, gelang es Naomi allmählich, ihre Atmung zu verlangsamen. Die Atmung war immer noch schnell und schien nicht davon beeinflusst zu sein, dass ihr Herz wie ein eingesperrtes Tier gegen ihre Rippen pochte. In den Filmen würde sie anhand der Geschwindigkeit und der Bewegung des Autos erkennen können, wohin sie fuhren, aber Naomi hatte keine Chance. Sie konnte nur noch atmen.

Sie zappelte ein paar Mal, um zu sehen, wie viel Platz sie tatsächlich hatte, und es war kaum Platz. Der Kofferraum ihres Mini war nicht gerade geräumig. Das war eines der Bedenken, die ihr Vater beim Kauf des Autos geäußert hatte. Naomi lag auf der Seite, die Beine angewinkelt und die Hände auf dem Rücken gefesselt. Die Fesseln, die Vince verwendet hatte, gaben zwar etwas nach, aber nicht sehr viel, und das Plastik war unnachgiebig.

Sie fragte sich, ob es im Kofferraum eine Art Schnelllösemechanismus gab? Naomi glaubte nicht, dass es einen gab und sie konnte ihn auch nicht sehen. Selbst wenn es einen gäbe, wie sollte sie ihn erreichen?

Sie spürte, wie die Panik in ihrer Brust wieder aufstieg, als das Auto auf die rechte Seite ausscherte. Naomi schrie auf, als sie gegen den Boden im Kofferraum gedrückt wurde. Als sie merkte, dass der Schrei dazu beitrug, ihre Panik zu vertreiben, schrie sie erneut. Sie hatte keine Ahnung, wo sie waren, aber wenn ein Fußgänger eine schreiende Frau aus einem vorbeifahrenden Auto hörte, würde er sicher die Polizei rufen. Oder etwa nicht?

»Hilfe!«, rief Naomi so laut sie konnte. Sie nutzte die paar Zentimeter Platz, die sie hatte, um mit den Füßen gegen die Seite des Autos zu treten. »Hilf mir doch jemand!«

Ein paar Sekunden später, gerade als Naomi wieder schreien wollte, sah sie ein orangefarbenes Blinklicht im Kofferraum. Darauf folgte ein rotes Dauerlicht. Das Auto wurde langsamer und sie merkte, dass es anhielt. Vielleicht würde Vince einfach das Auto stehen lassen und weglaufen? Vielleicht überlegte er sich, was er tun wollte? Naomi wusste von ihrer Arbeit, dass Kriminelle ihre Taten manchmal in letzter Minute überdachten und aufgaben. Naomi wusste jedoch, dass das reines Wunschdenken war. Er hatte bereits drei Menschen umgebracht. Sie musste sich einen Plan für den Fall ausdenken, dass er sie schließlich losbinden würde, und zwar einen, den sie umsetzen konnte, bevor er etwas anderes tat.

Das Auto kam abrupt zum Stehen und sie hörte, wie die Fahrertür geöffnet wurde. Es gab ein paar Schritte und dann wurde der Kofferraum aufgerissen. Bevor Naomi reagieren konnte, griff Vince nach unten und wickelte ihr etwas um den Kopf. Sie spürte, wie der Stoff zwischen ihre Zähne gepresst wurde, und sie wehrte sich, so gut sie konnte, aber Vince war zu stark. Über seine Schulter konnte sie gerade noch die Äste einiger Bäume erkennen. Er musste irgendwo abgelegen angehalten haben, um sie zum Schweigen zu bringen.

»Ich hätte gedacht, dass du mehr Verstand hast, Naomi«, sagte Vince und beugte sich vor, um mit ihr zu sprechen. Speichel spritzte aus seinem Mund und landeten auf ihrer Wange, aber sie konnte sich nicht einmal genug bewegen, um sie wegzuwischen. »Jetzt halt die Klappe! Wir werden bald da sein und ich werde dir zeigen, was für ein Gentleman ich sein kann.« Obwohl sich sein Gesicht gegen den hellen Himmel abzeichnete, konnte sie die Bedrohung in seinem Gesichtsausdruck sehen und im Tonfall seiner Stimme hören.

Dann wurde der Kofferraum zugeknallt. Weitere Schritte und sie hörte, wie die Autotür geschlossen wurde. Naomi kämpfte gegen die Tränen an und gab sich alle

Mühe, gegen die Enge anzukämpfen, die ihre Brust einschnürte. Sie würde sterben. Er würde sie umbringen. Und der Gedanke daran, was er ihr vorher antun würde, erhöhte den Druck um das Dreifache.

Wahrscheinlich zum ersten Mal seit über zwanzig Jahren begann Naomi zu beten.

93

Vince lachte, während er an den Blick des absoluten Schreckens in Naomis Augen dachte, als er den Kofferraum zugeschlagen hatte. Er hätte sie schon auf dem Parkplatz knebeln sollen, wurde ihm klar, und sein Lachen verging. Vielleicht war er dabei, sein Talent zu verlieren? Wenn er Menschen im Kofferraum eines Autos transportierte, waren sie meistens entweder tot oder bewusstlos und dabei zu sterben. Er schüttelte den Kopf.

»Anfängerfehler«, murmelte er vor sich hin. »Reiß dich zusammen, Vince.«

Er hatte am Rande einer Straße geparkt, die durch einen großen, wilden Park im Zentrum von Norwich führte. Die Schilder hatten ihm gesagt, dass er Mousehold Heath hieß, als er ihn betreten hatte, und es gab ziemlich viele Leute, die den Sonnenschein nutzten, um ihre Hunde auszuführen oder zu laufen. Aber der Park war weitläufig genug, um leicht einen einsamen Platz zu finden.

Vince beugte sich vor und tippte auf den Bildschirm des Unterhaltungssystems in Naomis Auto. Es dauerte einen

Moment, aber er fand heraus, wie man das Navi aufrief. Er wählte die Option ›Letzte Ziele‹ und sah sich die Liste an. Obwohl sein Tracker die gleichen Informationen anzeigte, wurden keine genauen Adressen, sondern nur Orte angezeigt. Er betrachtete den Bildschirm einen Moment lang und versuchte herauszufinden, ob alle Ziele aufgelistet waren, die Naomi zuletzt angesteuert hatte, oder nur die, zu denen sie das Navi programmiert hatte. Er entschied sich für Letzteres und tippte auf den letzten Eintrag.

17 Falcon Road, Norwich

Er rief die Karten-App auf seinem Handy auf und gab die Adresse ein, bevor er zur Straßenansicht wechselte.

»Jesus«, sagte Vince unter seinem Atem. »Was für ein Drecksloch.« Was in aller Welt hatte Naomi dort zu suchen? Vince konnte sich auch nicht vorstellen, dass Caleb irgendetwas mit der Sozialsiedlung zu tun hatte. Er erinnerte sich an die Mitschrift der Polizeivernehmung. Caleb hatte definitiv gesagt, er sei noch nie in Norwich gewesen, aber irgendetwas drängte sich in Vinces Gedächtnis. War es etwas über einen Freund in Norwich gewesen? Vince würde warten müssen, bis er wieder an seinem Laptop war, der in seinem Auto lag, um das zu überprüfen, aber je mehr er darüber nachdachte, desto mehr glaubte er sich an Calebs Worte zu erinnern. In dem hässlichen kleinen Haus auf dem Bildschirm musste dieser Freund wohnen. Entweder das oder es gehörte einem Mandanten von Naomi.

Vince lehnte sich im Sitz zurück und dachte einen Moment nach. Naomi hatte ihre Wohnung verlassen, diese Adresse besucht und war dann ins Büro gefahren. Seine Tracking-App bestätigte das. Wenn sie also in Bezug auf Calebs Aufenthaltsort gelogen hatte, wovon Vince hundertprozentig überzeugt war, bedeutete das, dass Caleb an einem von zwei Orten war. Entweder war er immer noch in ihrer Wohnung oder an der Adresse, die auf dem Bildschirm angezeigt wurde. Er trommelte einen Moment lang auf das Lenkrad. Beide Orte befanden sich auf gegenüberliegenden Seiten der Stadt.

Wohin sollte er zuerst fahren? Oder sollte er Naomi in Sicherheit bringen? Er hatte immer noch Zugang zu dem Haus in Norwich, das er mit Suzy und Leanne geteilt hatte. Obwohl er die Schlüssel nicht bei sich hatte, war er zuversichtlich, dass er hineingehen konnte und technisch gesehen war er immer noch Mieter. Er würde es zwar wieder in Ordnung bringen müssen, wenn Naomis Aufenthalt dort zu Ende war, aber das war kein Drama.

Eine weitere Überlegung war die Tatsache, dass er ein umso größeres Risiko einging, je länger er mit ihr im Kofferraum ihres Autos herumfuhr. Sie könnte sich von der Krawatte lösen, mit der er sie zum Schweigen gebracht hatte, und wieder anfangen zu schreien. Der Kofferraum könnte auffliegen, obwohl er das bezweifelte. Aber das Risiko war da. Die Zeit, die er brauchen würde, um sie im Haus zu sichern, wäre minimal und er könnte ihr sogar einen Vorgeschmack auf das geben, was sie erwartete, wenn sie etwas Zeit miteinander verbrachten.

Andererseits, je länger er sich Zeit ließ, bevor er Caleb konfrontierte und neutralisierte, desto größer war die Wahrscheinlichkeit, dass er weiterziehen würde. Aber wenn er Caleb nicht an Ort und Stelle ließ, sobald er mit ihm fertig war, was er nur ungern tat, brauchte er etwas Platz im Kofferraum für die Entsorgung.

Drei Möglichkeiten. Sein altes Haus, Naomis Wohnung oder die Adresse in der Siedlung. Vince traf seine Entscheidung und legte den Gang ein.

———

94

»Wohin jetzt?«

Caleb drehte sich um und sah Leon an, der mit seinen Zeigefingern auf das Lenkrad von Syds Auto tippte.

»Weißt du, wo Naomi wohnt?«, fragte Caleb ihn, obwohl er sich dachte, dass er es wahrscheinlich nicht wusste.

»Ähm, nein«, antwortete Leon. »Tut mir leid.«

Caleb seufzte frustriert. Es gab keinen Grund, warum Naomi ihren Mandanten sagen sollte, wo sie wohnte. Im Gegenteil, es war eine sehr gute Idee, dass sie es nicht wussten. Caleb schloss seine Hand um den kleinen goldenen Ohrring, den er auf dem Boden des Parkplatzes in der Nähe der Überreste einer Überwachungskamera gefunden hatte. In dem Moment, als er den goldenen Ohrstecker aufgehoben hatte, wusste er, dass er Naomi gehörte. Er erinnerte sich, dass sie sie an diesem Tag getragen hatte.

Er schloss die Augen und versuchte, sich zu konzentrieren. Welche Orientierungspunkte hatte er gesehen, als sie vorhin gemeinsam gefahren waren? Er versuchte, sich ihre Fahrt von dem Moment an vorzustellen, als sie ihre

Wohnung verlassen hatten, bis sie in der Siedlung angekommen waren. Ein vages Bild eines Gebäudes tauchte vor seinem geistigen Auge auf. Drei Stockwerke. Cremefarbene Wände. Schwarze Umrandungen an den Fenstern. Ein altes Gebäude. Naomi hatte eine Bemerkung über das Gebäude gemacht, als sie vorbeigefahren waren.

Auf dem Fahrersitz wollte Leon etwas sagen, aber Caleb hob seine Hand, um ihn zum Schweigen zu bringen. Was hatte Naomi gesagt? Es war etwas über ihre Schwester. Ihre Schwester war an diesem Ort gewesen. Es war eine Bar, oder in England genauer gesagt, ein Pub. War ihre Schwester gestern Abend dort gewesen?

Caleb runzelte die Stirn, denn er wusste, dass die Information, die er brauchte, ganz am Rande seines Gedächtnisses lag. Dann blitzten seine Augen auf. Er hatte sie.

»The Last Pub Standing«, sagte Caleb und sah Leon an. »Kennst du ihn?« Naomi hatte Caleb erzählt, dass ihre Schwester Jennifer bei einem Date im Pub gewesen war. Es könnte gestern Abend gewesen sein, aber das hatte sie nicht gesagt. Es war der Name des Pubs.

»Nein«, antwortete Leon und griff nach seinem Handy. Caleb wartete, während seine Finger über den Bildschirm flogen.

»The Last Pub Standing, Norwich«, murmelte Leon. Er wartete ein paar Sekunden, während sein Handy seine Arbeit tat, bevor er Caleb den Bildschirm zeigte. »Ist das der Ort?«

»Ja. Können wir dorthin fahren? Ich sollte Naomis Wohnung von dort aus finden können.«

Während Leon fuhr, ließ Caleb die frühere Fahrt noch einmal in seinem Kopf Revue passieren. Der Pub war nur wenige Augenblicke von ihrem Haus entfernt gewesen, also war Naomis Wohnung ganz in der Nähe. Er wünschte sich verzweifelt, dass Leon schneller fuhr, aber er wusste, dass er das nicht konnte. Ein aufmerksamer Polizeibeamter musste nur bemerken, dass der Fahrer des Ford Focus ein bisschen zu jung war, und schon war alles vorbei. Ein paar Augenblicke später stellte Leon Caleb eine Frage.

»Was ist los, Caleb?«, fragte er. »Ist Naomi okay?«

»Ich weiß es nicht, aber ich glaube, sie ist in Gefahr.«

»Vor wem?«

»Das ist eine lange Geschichte, Leon.«

»Die King Street ist eine gute Viertelstunde entfernt.«

Caleb dachte einen Moment lang nach, bevor er antwortete. Leon hatte jedes Recht zu wissen, was vor sich ging. In gewisser Weise war es zwar nicht seine Absicht gewesen, aber er war auch nur ein junger Mann, der den ersten Dominostein zum Kippen gebracht hatte. Caleb seufzte, während er beschloss, Leon zu erzählen, was passiert war, zumindest das meiste davon.

»Erinnerst du dich an die Frau mit der Tasche voller Geld? Im Bus?« Leon hielt für ein paar Sekunden inne, bevor er antwortete.

»Äh, ja.«

»Sie war auf der Flucht vor ihrem gewalttätigen Partner.« Das Wort ›gewalttätig‹ traf nicht einmal ansatzweise auf Vinces Aktivitäten und Pläne zu. »Dafür war das Geld gedacht. Es war der Fluchtfonds von Suzy und Leanne.«

»Geht es ihr gut? Du gibst ihr doch das Geld zurück, oder?«

Caleb dachte an die Tasche voller Geld, die noch in Syds Wohnung lag.

»Nein«, sagte er. »Sie ist tot.« Caleb hörte Leon leise fluchen und das Auto wankte kurz. »Genauso wie ein paar andere Leute, die versucht haben, ihr zu helfen.«

»Das Kind?«, fragte Leon und sein Gesicht hellte sich auf.

»Vermisst. Vince, das ist Suzys Partner, hat sie.«

»Sie ist also das hypothetische Schmuggelopfer?«

»Ja. Vince ist Mitglied des Sicherheitsdienstes, also ein ziemlich gefürchteter Mann. MI5, zumindest hat Suzy das gesagt. Es könnte alles ein Irrtum sein, aber ich habe keinen Grund, ihr nicht zu glauben.«

»Wie James Bond?«, fragte Leon und erinnerte so Caleb daran, dass er immer noch ein Junge war.

»Nein«, antwortete Caleb. »Ich bin mir ziemlich sicher, dass James Bond einer der Guten war. Vince ist es nicht.«

»Er ist die Dunkelheit?«

»Ja, Leon, er ist die Dunkelheit«, seufzte Caleb. »Und er hat Naomi.«

95

Naomi keuchte, als der Stoff, mit dem Vince sie geknebelt hatte, endlich von ihrem Mund abfiel. Sie atmete tief und dankbar durch ihren Mund ein. Es hatte sie eine gefühlte Ewigkeit gekostet, aber sie hatte es geschafft, den Stoff auf dem Teppich am Boden des Kofferraums zu kratzen und ihn von ihrem Mund zu lösen. Der Knebel lag nun wie ein Schal um ihren Hals.

Nachdem er sie geknebelt hatte, brauchte Vince ein paar Augenblicke, bevor das Auto wieder ansprang. Das war nach Naomis Schätzung vor etwa zwanzig Minuten gewesen. In ihrer Situation war es jedoch schwer, die Zeit einzuschätzen. Es hätte viel länger sein können, es hätte auch viel kürzer sein können. Naomi glaubte jedoch, dass sie immer noch in oder um Norwich waren. Das Auto beschleunigte und verlangsamte, hielt gelegentlich an, als ob es an einer Ampel stünde, und sie konnte andere Verkehrsgeräusche hören. Es würde sich anders anhören, wenn sie zum Beispiel auf einer geteilten Landstraße oder einer Autobahn unterwegs wären. Naomi dachte an ein Quiz, an dem sie vor ein paar Monaten teilgenommen hatte und bei dem eine der Fragen gelautet hatte, wie viele Grafschaften in England keine Autobahnen haben. Sie konnte sich nicht mehr erinnern, wie die richtige Antwort gelautet hatte, aber Norfolk war eine davon.

Wenn sie also immer noch in Norwich waren, war das ein gutes oder ein schlechtes Zeichen? Naomi hatte keine Ahnung. Sie wusste nichts über diesen Vince, außer das, was Caleb ihr erzählt hatte, und das, was Vince selbst gesagt hatte. Sie erinnerte sich an sein Versprechen an sie, und die Erinnerung daran ließ ihr Herz wieder rasen. Naomi wollte sich nicht auf das konzentrieren, was er gesagt hatte, sondern auf etwas anderes. Sie musste einen glücklichen Ort finden.

Als das Auto anhielt und wieder losfuhr, schloss sie die Augen fest und dachte an eine Zeit kurz vor ihren fünfzehnten Geburtstag zurück. Sie war mit einer Gruppe von Schulfreunden nach Cromer, einer Küstenstadt im Norden von Norfolk, gefahren. Später am Tag, nachdem sie alle an der Strandpromenade Fisch und Chips gegessen hatten und am Strand unterhalb des Piers entlanggelaufen waren, hatte einer von ihnen, ein Junge in ihrem Jahrgang namens Michael, sie zur Seite gezogen. Als sie außer Sichtweite der anderen gewesen waren, versteckt hinter einem großen, rostigen Stützpfeiler, hatte er sie geküsst. Naomi konnte sich bei dem Kuss nur noch daran erinnern, dass seine Lippen schmierig gewesen waren und er nach Kabeljau geschmeckt hatte, aber es war ihr erster richtiger Kuss gewesen.

Naomi hätte bei der Erinnerung fast gelacht und wenn sie woanders gewesen wäre, hätte sie es auch getan. Sie beschloss, dass diese Erinnerung nicht zu den glücklichen Orten gehörte. Sie war gerade dabei, eine andere Erinnerung herbeizurufen, als sie bemerkte, dass das Auto langsamer wurde. Ihr Herz begann wieder zu pochen, als es anhielt und der Motor abgestellt wurde. Eine der Türen öffnete sich und Naomi hielt den Atem an. War es vorbei? Die Schritte, die sie hören konnte, verklangen und das Auto stand still.

Sie blieb einige Augenblicke lang regungslos. Ihre Arme und Beine taten ihr weh und die Schmerzen in ihren Gelenken, weil sie so lange in der gleichen Position verharrt hatte, waren fast unerträglich. Nicht nur das, sie musste auch dringend auf die Toilette. Wo war Vince? Hatte er das Auto stehen lassen?

Naomi konnte nicht sagen, wie viel Zeit vergangen war, als sie Schritte hörte, die zum Auto zurückkehrten. Sie konnte hören, wie Vince vor sich hinmurmelte. Dann gab es ein seltsames kratzendes Geräusch und er stieg wieder ins Auto. Einen Moment später sprang der Motor an und sie fuhren wieder los.

Diesmal war es jedoch anders. Vince fuhr viel schneller, nahm die Kurven flotter und bremste stärker. Naomi versuchte so gut sie konnte, sich an den Seiten des Kofferraums abzustützen. Vielleicht drei oder vier Minuten später wurde das Auto wieder langsamer, bis es ganz zum Stillstand kam. Das nächste Geräusch, das sie hörte, war ein metallisches Klappern und das Auto bewegte sich langsam vorwärts, bevor sie wieder das Klappern hörte. Sie konnte eher spüren als sagen, dass sich das Auto jetzt in einem Gebäude befand und dass das Geräusch, das sie gerade gehört hatte, ein sich schließendes Garagentor gewesen war. Der Motor stoppte und sie hörte, wie sich die Tür öffnete und das Auto leicht ruckelte, als Vince ausstieg.

Naomi holte tief Luft, zum einen, um die überwältigende Panik in ihrer Brust zu unterdrücken, und zum anderen, um sich darauf vorzubereiten, so laut zu schreien, wie sie konnte. Auch wenn das Auto in einer Garage stand, gab es vielleicht Nachbarn, die sie hören und die Polizei rufen konnten. Naomi wusste, dass sie sich nicht gegen Vince wehren konnte. Sie war nicht nur immer noch gefesselt, sondern ihre Glieder schmerzten auch, weil sie schon so lange in derselben Position gelegen hatte. Sie konnte nur noch schreien und auf das Beste hoffen.

Als sich der Kofferraum öffnete, stieß Naomi den lautesten Schrei aus, den sie machen konnte.

96

»D a drüben ist The Last Pub Standing«, sagte Leon und zeigte auf das leicht schiefe Gebäude. Über dem alten Dach verdunkelte sich der Himmel, aber das hielt die entschlossenen Raucher vor dem Pub nicht ab. Er sah, wie Caleb nickte und sich umsah. Nach ein paar Augenblicken zeigte Caleb auf das Ende der Straße.

»Da lang, aber fahr langsam«, wies Caleb an. Leon tat wie ihm befohlen und folgte den Anweisungen von Caleb. Sie bogen ein oder zwei Mal falsch ab, aber schließlich streckte Caleb kurz darauf seine Hand aus. »Da!«, sagte er mit fast aufgeregter Stimme. Er deutete auf ein kleines Haus, eines der neueren Gebäude auf der Straße, die sie entlang gefahren waren. »Da wohnt sie.«

Leon hielt vor dem Gebäude an und Caleb stieg aus. Er machte sich auf den Weg zur Haustür und drückte der Reihe nach auf die Klingeln, so wie er es am Bürogebäude getan hatte, aber auch hier gab es keine Antwort. Als er zum Auto zurückkehrte, war seine Frustration fast mit Händen zu greifen.

»Niemand da«, murmelte Caleb. »Was kann ich tun?« Leon schwieg und spürte, dass Caleb keine Antwort auf seine Frage erwartete. Sie saßen ein paar Augenblicke schweigend da, bevor Caleb eine Entscheidung zu treffen schien. »Lass uns zurück in die Siedlung fahren.«

Leon fuhr los und sagte nichts. Caleb war tief in Gedanken versunken. Als Leon zu ihm hinüberschaute, hatte er die Augen geschlossen. Calebs Lippen bewegten sich, als ob er mit sich selbst sprechen würde, aber Leon konnte keine Worte hören. Betete er? Draußen hatte es leicht zu regnen begonnen und Leon brauchte einen Moment, um herauszufinden, wie er die Scheibenwischer einschalten konnte.

Ein paar Minuten später öffnete Caleb seine Augen und sah Leon an.

»Wir müssen das Mädchen finden«, sagte Caleb. »Leanne. Sie ist der Schlüssel. Wenn wir sie finden, können wir Vince finden.«

»Warum hat er Naomi entführt?«, fragte Leon ihn. »Das macht keinen Sinn.«

»Er räumt auf«, meinte Caleb. »Er ist hinter allen her, die etwas über Suzy und Leanne wissen.« Er hielt inne und starrte einen Moment lang aus dem Fenster, bevor er fortfuhr. »Ich hätte Naomi nie etwas sagen dürfen.«

»Weiß es sonst noch jemand?«

»Nun, die Polizei weiß es«, antwortete Caleb mit einem Blick voller Frustration. »Ich glaube aber nicht, dass sie mir geglaubt haben.«

»Wenn die Bullen es wissen, warum gehst du nicht zu ihnen?«, sagte Leon und dachte daran, dass es das erste Mal in seinem Leben war, dass er vorschlug, die Polizei um Hilfe zu bitten.

»Was können die schon tun? Naomi wird erst seit kurzer Zeit vermisst und sie ist eine erwachsene Frau.«

»Aber sie ist entführt worden! Sicherlich werden sie etwas unternehmen. Naomi hat Freunde bei der Polizei. Als sie mich verhörten, kannte sie alle von ihnen im Knast.«

»Wir haben keine Beweise, Leon«, antwortete Caleb. »Keine Beschreibung von Vince. Nichts.« Leon sah, wie er auf einen Fußgänger auf dem Bürgersteig zeigte, der durch den Regen eilte. »Das könnte er sein.« Er deutete auf einen anderen Mann weiter unten auf der Straße, der versuchte, sich an einem fadenscheinigen Regenschirm festzuhalten. »Oder er. Nein, das ist mein Schlamassel. Die Polizei wird ihr Verschwinden erst in ein paar Tagen ernst nehmen.« Sein Gesicht verhärtete sich. »Naomi wird nicht so lange Zeit haben. Es könnte schon zu spät sein.«

»Es ist nicht deine Schuld, Caleb«, sagte Leon, der bei dem Gedanken, dass Naomi etwas zustoßen könnte, fast den Tränen nahe war. Er mochte sie. Sie war eine der wenigen Menschen, die wirklich versucht hatten, ihm zu helfen. »Du konntest nicht wissen, dass dieser Verrückte hinter ihr her sein würde.« Als er zu Caleb hinübersah, lächelte er leicht.

»Ich schätze deine Meinung, Leon, aber im Nachhinein hätte ich es vielleicht wissen müssen.«

»Das sehe ich nicht so. Du solltest dir deswegen keine Vorwürfe machen, das ist alles, was ich sage.«

Sie fuhren eine Weile schweigend und bogen schließlich in die Siedlung ein. Die einzige Möglichkeit, zu den Hochhäusern zu gelangen, war, direkt an seinem eigenen Haus vorbeizufahren. Leon rutschte auf dem Sitz nach unten und wurde langsamer, als sie seine Straße hinunterfuhren, denn er wollte nicht, dass seine Mutter sah, wie er fuhr. Mit einem Seufzer der Erleichterung bog er auf den Parkplatz am Fuße der Hochhäuser ein und parkte auf Syds gewohntem Parkplatz.

»Wenn wir Leanne finden, können wir Vince auf diesem Weg erreichen.« Leon sah, wie Caleb zustimmend nickte. »Syd soll ein Treffen mit diesem Henry arrangieren und dann können wir weitermachen. Vince könnte Naomi als Druckmittel benutzen, um an mich heranzukommen.« Caleb streckte seine Hand aus und legte sie auf Leons Arm. »Konzentrier dich darauf, okay?«

»Du würdest dich also gegen Naomi eintauschen?« Leon schaute Caleb an, dessen Gesicht sich wieder verfinstert hatte.

»Wenn es sein muss, Leon, ja«, sagte Caleb. »Du kennst doch sicher den Bibelvers über den Weg durch das Tal des Todes?«

»Irgendwas mit fürchte kein Übel?«

»Sehr gut, Leon«, antwortete Caleb, dessen Gesichtsausdruck immer noch wie versteinert war. »Psalm dreiundzwanzig. Vers vier.«

»Okay«, sagte Leon.

»Wenn es nötig ist, mich einzutauschen, dann soll es so sein. Ich habe keine Angst vor dem Bösen.« Caleb holte tief Luft, bevor er fortfuhr. »Wenn überhaupt, dann fürchtet das Böse mich.«

97

Caleb stieg aus dem Auto aus und schaute in den Himmel. Der Regen hatte aufgehört, aber die Wolken waren immer noch dunkel und bedrohlich, was seine Stimmung widerspiegelte. Als er sich auf den Weg zur Eingangstür von Syds Hochhaus machte, kreisten seine Gedanken um Naomi. Caleb hatte nichts zu Leon gesagt, aber wahrscheinlich war sie bereits tot. Vince verschwendete keine Zeit damit, die Zeugen zu beseitigen. Suzy, Joan und Vater Martin. Keiner von ihnen hatte mehr als ein paar Augenblicke in Vinces Gesellschaft überlebt. Abgesehen davon, Leanne zu finden, und das war ziemlich schwierig, hatte Caleb keine andere Wahl. Er konnte Vince nicht finden und Vince konnte ihn nicht finden. Caleb spürte jedoch ein vertrautes Gefühl in seiner Brust, das er nicht beschreiben konnte. Er hatte es schon einmal gespürt. Das Böse war nah und es kam immer näher.

Er wartete, während Leon den vierstelligen Code eintippte, um die Wohnungstür zu öffnen. Ein leises Summen ertönte, als sich das Schloss öffnete, und Leon stieß es mit einem Räuspern auf. Caleb folgte ihm in den

Eingangsbereich und wartete neben dem Aufzug, während Leon die Klingel für Syds Wohnung drückte. Während sie warteten, rieb sich Caleb den Nacken.

»Alles in Ordnung, Mann?«, fragte Leon ihn. Caleb betrachtete den jungen Mann, als dieser antwortete. Er hatte gedacht, dass hinter Leon mehr steckte, als es den Anschein hatte, und er hatte Recht gehabt. Die Art und Weise, wie er im Auto versucht hatte, Caleb zu beruhigen, und wie er sich jetzt nach seinem Wohlergehen erkundigte, zeigte eine ganz andere Seite von Leon als die, die er nach außen hin zeigte.

»Ich habe Kopfschmerzen«, erklärte Caleb, aber er wusste, dass der Druck, der sich in seinem Nacken zusammenzog, keine Kopfschmerzen waren. Es war pure Wut über den Gedanken an Naomis Tod. Er schloss kurz die Augen und betete, dass der Tod so schnell und schmerzlos wie möglich eingetreten war, aber sein Gebet wurde von einer Vision von Suzy unterbrochen, die mit durchgeschnittener Kehle auf ihrem Bett lag. Nur war es nicht Suzys Gesicht in seiner Vision. Es war das von Naomi.

»Warum braucht Syd so verdammt lange, um uns zu öffnen?«, stöhnte Leon und drückte erneut auf das Bedienfeld. Einen Moment später, als Syd immer noch nicht antwortete, wandte er sich an Caleb. »Wir werden die Treppe nehmen müssen. Er ist wahrscheinlich bekifft.«

Caleb sagte nichts, sondern folgte Leon ins Treppenhaus. Die Luft im Treppenhaus war genauso stechend, wie er es von seinem früheren Besuch in Erinnerung hatte, und Caleb versuchte, den Gedanken zu verdrängen, dass es sich bei dem Geruch um Feinstaub handelte.

Sie stiegen schweigend die Treppe hinauf und Caleb genoss die Bewegung. Sie half ihm, seine Gedanken zu beruhigen und die Wut auf ein erträgliches Maß zu reduzieren. Doch als sie Syds Stockwerk erreichten und sich seiner Haustür näherten, spürte er, wie die Wut wieder hochkochte.

»Ich werde aufs Dach gehen, Leon«, sagte Caleb. »Ich brauche eine Pause.« Leon warf ihm einen merkwürdigen Blick zu, nickte dann aber.

»Ich werde mit Syd sprechen, ein Treffen mit Henry ausmachen und dann fahren wir nach Yarmouth. Hast du Geld für das Treffen?«

»Nein«, sagte Caleb und schüttelte den Kopf. »Aber ich kann es aus Suzys Tasche nehmen und es irgendwie zurückzahlen. Leanne wird das Geld brauchen.« Er hielt inne, bevor er fortfuhr. Er wollte gerade sagen, falls wir sie finden. »Wenn wir sie finden.«

»Ich habe Geld«, antwortete Leon, ohne innezuhalten. »Ich kann bezahlen, damit du es dir nicht von dem Mädchen leihen musst. Bringen wir es einfach hinter uns.«

Caleb nickte und machte sich auf den Weg zur letzten Treppe, die zum Dach führte, während er Leon zurückließ, um mit Syd zu sprechen. Als er im Freien ankam, atmete Caleb tief durch. Er musste sich konzentrieren. Die Wut, die er fühlte, war schädlich und würde seine Leistung einschränken.

»Ein Mann des Zorns schürt Streit; und wer zum Zorn neigt, begeht viel Unrecht«, murmelte er vor sich hin und dann, weil er nicht anders konnte, »Sprüche, Kapitel neunundzwanzig, Vers zweiundzwanzig.«

Er machte sich auf den Weg zur Brüstung des Daches und setzte sich auf eine große Metallröhre, von der aus er auf die Stadt Norwich hinunterblicken konnte. Sie befand sich, wie er selbst, unter einer dunklen Wolke. Ein dunkelgrauer Fleck lag über dem Himmel. Das Einzige, was ihn durchbrach, war die hohe Zinne der Kathedrale. Es hatte etwas Poetisches, dachte Caleb, dass etwas, das Menschen zu Ehren Gottes gebaut hatten, das Einzige war, das in die Dunkelheit reichte.

Caleb setzte sich in einen Schneidersitz, schloss die Augen und genoss die kühle Brise auf seinem Gesicht. Er legte seine Handflächen auf die Knie und begann mit dem methodischen Prozess, den er im Laufe der Jahre entwickelt hatte, um seinen Geist zu klären. Für einen Geistlichen war Caleb ziemlich großzügig, was die Auslegung der sieben Todsünden anging. Gelegentlich, und dies war eine solche Gelegenheit, warb er aktiv um sie. Er war sich sicher, dass seine Handlungen mit Naomi als Lust interpretiert werden konnten, aber er war sich auch sicher, dass er zu gegebener Zeit über diese Sünde Rechenschaft ablegen konnte.

Wenn der Jünger Matthäus Recht hatte, dass jeder Mann, der eine Frau lüstern ansah, in seinem Herzen bereits Ehebruch mit ihr begangen hatte, dann war die Welt voller Sünder, darunter auch Caleb. Caleb war zu diesem Zeitpunkt jedoch nicht an der Lust interessiert. Er war an einer der anderen so genannten Todsünden interessiert. Und in Calebs Fall war sie fast immer tödlich. Er dachte wieder an den Vers aus den Sprüchen. Caleb wollte Unruhe stiften. Er wollte Unfrieden schaffen. Um das zu erreichen, musste er eine Sache kanalisieren.

Zorn.

98

Während Caleb die Treppe zum Dach hinaufstieg, suchte Leon in seiner Tasche den Schlüsseln zu Syds Wohnung. Er fluchte leise darüber, dass der Mann sich nicht die Mühe gemacht hatte, die Tür zu öffnen, weil er von den zehn Stockwerken Treppensteigen noch immer außer Atem war. Obwohl Caleb wahrscheinlich doppelt so alt war wie er, schien ihn die Anstrengung kaum zu stören.

Leon steckte den Schlüssel ins Schloss, drehte ihn und öffnete die Tür ein paar Zentimeter.

»Syd?«, rief er. »Ich bin's, Leon.« Es kam keine Antwort.

Als Leon die Wohnung betrat, hielt er inne. Irgendetwas stimmte nicht. Als er erkannte, was es war, lachte er vor sich hin. Der Rauchnebel, der normalerweise in der Wohnung hing, war nicht da und auch nicht der übliche Cannabisgeruch. Entweder war Syd nicht da, oder das, was er genommen hatte, war kein Gras.

»Kumpel? Bist du da?«, rief Leon, ohne eine Antwort zu erwarten. Syds Haustür führte direkt in sein Wohnzimmer, so dass nur die Küche und das Schlafzimmer übrig blieben, wenn er nicht auf dem Klo war. Leon ging an der Küche vorbei, warf dabei einen Blick hinein und blieb vor Syds Schlafzimmertür stehen. Sie war nicht geschlossen, sondern nur einen Spalt breit geöffnet. Leon war sich nicht sicher, was er tun sollte. Er wollte Syd nicht dabei stören, wenn er alleine oder mit jemandem etwas Zeit für sich hatte, aber er konnte nichts hören, also beugte er sich vor und stieß die Tür auf.

»Scheiße!«, keuchte Leon, als sich die Tür öffnete. Syd lag auf dem Bett, die Augen weit aufgerissen und hatte ein sauberes Loch in der Mitte seiner Stirn. Neben Syds Körper lagen ein zerfetztes Kissen und ein Haufen Federn. Die meisten von ihnen waren mit Blut bedeckt. »Verdammte Scheiße.«

Leon begann sich umzudrehen und spürte, wie ein Schwall Erbrochenes in seinem Magen aufstieg. Er war kurz davor, sich zu übergeben. Als er sich umdrehte, sah er in den Lauf einer Waffe. Er hätte im Badezimmer nachsehen sollen.

»Nicht so schnell, junger Mann«, sagte der Eindringling und machte eine Geste mit der Waffe, um Leon zurück in Syds Schlafzimmer zu lotsen. »Wenn du kotzen musst, dann tu es in seinem Schlafzimmer. Es wird ihm nichts ausmachen.«

Leon schluckte und versuchte, seine Atmung zu kontrollieren. Der Mann mit der Waffe war etwa so alt wie Caleb und trug eine dunkle Jeans, einen Kapuzenpullover mit einem kleinen rosa Logo auf der Brust und ein Paar dünne Lederhandschuhe. Er hielt die Waffe in der Hand, eine mattschwarze Pistole, die Syds Glock 17 ähnelte, und wirkte dabei so, als wäre er sehr geübt im Umgang mit ihr.

»Wer bist du?«, fragte Leon, obwohl er die Antwort

schon kannte. Er musste schnell nachdenken, um nicht zu riskieren, dass er ein Loch in seinen eigenen Kopf bekam.

»Du kannst mich Vince nennen«, antwortete der Mann. Leon bemühte sich, so zu tun, als hätte er den Namen noch nie gehört und erinnerte sich daran, was Caleb über Zeugen gesagt hatte. »Wer bist du?«

»Leon«, antwortete er mit trockenem Mund. »Mein Name ist Leon.«

»Freut mich, dich kennenzulernen, Leon. Ich glaube, ich habe deine Mutter schon einmal getroffen.« Bei dem Gedanken, dass dieser Mann mit seiner Mutter gesprochen hatte, lief Leon ein Schauer über den Rücken. Auch wenn sie sich nicht immer verstanden, Leon und sie, war sie alles, was er hatte. »Sie hat mir gesagt, dass du vielleicht hier oben bist. Sie hat mir auch gesagt, dass du einen neuen Freund hast. Stimmt das?«

Leon schluckte, oder er versuchte es zumindest. Die Innenseite seines Mundes war wie ein Schmirgelbrett. Er nickte, bevor er antwortete.

»Also, ich habe eine ganz einfache Frage an dich, junger Leon.« Vince lächelte, aber es war ein kaltes Grinsen. »Wo ist dein neuer Freund?« Er warf einen Blick auf Syd auf dem Bett. »Ich würde dir raten, mich nicht anzulügen. Ich merke immer, wenn jemand lügt.«

Auch Leon warf einen Blick auf Syd. Syd hätte auf keinen Fall eine Kugel für Caleb oder irgendjemand anderen abgefangen. Leon stellte sich vor, wie Syd Vince verzweifelt anflehte und ihm sagte, dass er nicht wisse, wo Caleb war, aber Syd hatte die Wahrheit gesagt. Caleb hatte ihm nicht gesagt, wo sie hin wollten.

»Ich habe deinen Freund nicht umgebracht, weil er gelogen hat«, sagte Vince, als hätte er Leons Gedanken gelesen. »Wir hatten eine sehr zivilisierte Unterhaltung, bis er hier reinkam.« Vince richtete die Pistole auf den Boden. Leon sah eine von Syds Glocks, die er unter seinem Kopfkissen aufbewahrte, auf dem Boden liegen. »So behandelt man doch keinen Besucher, oder?«

»Ähm, nein?«, erwiderte Leon.

»Du lernst schnell, Leon«, meinte Vince und sein Grinsen wurde breiter. »Wie alt bist du?«

»Fünfzehn.«

»Aber sehr klug für einen so jungen Menschen, oder?« Leon sagte nichts, weil er nicht wusste, ob es eine Frage oder eine Feststellung war. Vinces Grinsen wurde schwächer. »Klug genug, um mir zu sagen, wo dein neuer Freund ist. Sag es mir und ich lasse dich gehen. Du hast mein Wort.«

Leon wusste, dass er zwei Möglichkeiten hatte: Er konnte lügen und riskieren, erschossen zu werden. Oder er könnte die Wahrheit sagen und riskieren, dass Caleb starb.

Was sollte er tun?

99

———————

Als der Schrei zu Ende war, atmete Naomi ein, um sich auf einen weiteren vorzubereiten. Dabei öffnete sie ihre Augen gerade so weit, dass sie einen Blick hindurch werfen konnte, in der Erwartung, Vince zu sehen, der sie gleich schlagen würde. Doch es war nicht Vince, den sie sehen konnte. Es waren drei junge Männer, die alle genauso verängstigt aussahen wie sie selbst. In einer bizarren Parodie auf die drei weisen Affen hielt sich einer von ihnen die Hand vor den Mund. Die anderen beiden starrten sie einfach nur an.

»Was zum Teufel?«, sagte der Mann in der Mitte. »Was soll der Scheiß?«

Der Mann auf der linken Seite griff in seine Tasche und zog ein Stück Metall heraus. Mit einer Bewegung seines Handgelenks und einem metallischen Schnappen dehnte sich das Metall zu einem Messer aus.

»Nein, nein, nein«, schrie Naomi, als sie die Klinge sah und zappelte, um ihr zu entkommen, als er sich dem Kofferraum näherte.

»Ist schon gut, Miss«, sagte der Mann mit dem Messer.

»Ich werde Ihnen nicht wehtun.« Er beugte sich vor und Naomi merkte, dass er die Kabelbinder um ihre Handgelenke durchschneiden wollte. Er tat dies mit übertriebener Sorgfalt, aber der Schmerz, als ihre Handgelenke gelöst wurden, ließ sie aufschreien.

»Es tut mir leid, es tut mir leid«, sagte der Mann. Jetzt, wo er näher kam, sah Naomi, dass er gar kein Mann war, sondern höchstens vierzehn Jahre alt sein konnte. Er war nicht einmal alt genug, um sich zu rasieren. Er half ihr in eine halb sitzende Position.

Der Mann, der geflucht hatte, schien der Älteste von den dreien zu sein, aber nicht viel. Sie alle trugen Kapuzenpullover, Jeans, die der Schwerkraft zu trotzen schienen, und unfassbar saubere Turnschuhe.

»Kommt Jungs, lasst uns sie rausholen. Vorsichtig.«

Naomi schrie ein paar Mal auf, als die drei ihr aus dem Kofferraum halfen. Sie gingen überraschend sanft mit ihr um und hielten ihre Arme fest, während sie versuchte, aufzustehen. Während sie darauf wartete, dass ihre Beine aufhörten zu zittern wie ein neugeborenes Fohlen, sah sie sich ihre Umgebung an. Das Auto stand in einer Art Garage. An den Wänden waren Werkzeuge angebracht, an einer Wand stand ein großer Tisch voller Autoteile und das Garagentor, das sie hatte schließen hören, war rostig-orangefarben.

»Richie«, sagte der Älteste von ihnen. »Hol ihr eine Flasche Wasser und einen Stuhl. Schnell.«

Naomi spürte, wie ihr die Tränen der Erleichterung in die Augen stiegen, als der Jugendliche, der ihre Hände befreit hatte, davonhuschte.

»Wo bin ich?«, fragte sie die beiden Männer, die ihre Arme festhielten. Ihre Kehle war kratzig, weil sie so lange eingesperrt gewesen war. Das laute Schreien hatte wehgetan und es fühlte sich an, als hätte sie sich etwas aus dem weichen Gewebe gerissen.

»Sie sind in meiner Garage«, sagte der ältere Mann. »Ich bin Bolt und das hier ist Kenny.«

»Bist du also ein schneller Läufer?«, fragte Naomi, woraufhin der Mann lächelte.

»Nein«, antwortete sein Freund, bevor er es tun konnte. »Wir nennen ihn Bolt, weil er sich mit einer Nagelpistole in den Arsch geschossen hat.«

»Halt die Klappe, Kenny, du Vollidiot«, antwortete Bolt, aber er lächelte weiter. »Darf ich Sie fragen, wie Sie in den Kofferraum gekommen sind?«

»Das ist eine lange Geschichte«, antwortete Naomi. Gerade als sie sprach, kam Richie mit einem Plastikklappstuhl zurück. Er stellte ihn neben sie und die anderen beiden setzten sie vorsichtig darauf ab.

»Hier«, sagte Richie und drückte ihr eine kalte Flasche Wasser in die Hand. »Das ist eine frische Flasche. Nicht aus dem Wasserhahn abgefüllt.« Während Bolt zustimmend nickte, öffnete Naomi die Flasche und nahm einen Schluck. Das Wasser war köstlich kalt, als es in ihrer Kehle ankam.

»Danke«, sagte Naomi. »Für das Wasser und dafür, dass ihr mich gerettet habt. Ich glaube, ich schulde euch allen ein Bier.«

»Kenny verträgt kein Bier«, sagte Bolt und grinste immer noch. »Wenn er mehr als zwei Pints trinkt, macht er ins Bett.«

»Du bist so ein Arschloch, Bolt«, schoss Kenny zurück. Er wollte gerade etwas anderes sagen, als Naomi ihn unterbrach.

»Wenn ich fragen darf«, sagte sie, »wie kommt es, dass ihr mein Auto habt?«

Sie sah, wie die drei Blicke austauschten, bevor Bolt antwortete.

»Wir haben es uns für eine Weile ausgeliehen«, sagte er.

»Ja«, fügte Kenny hinzu. »Wir wollten es zurückgeben.« Er warf einen Blick auf seine beiden Freunde, die ihr Bestes taten, um unschuldig auszusehen.

»Sind wir in Norwich?«, fragte Naomi, die sich nicht im Geringsten darum kümmerte, dass sie sich in Gesellschaft von Dieben befand. Es war nicht das erste Mal und sie hatten ihr das Leben gerettet.

»Ja«, antwortete Bolt. »Wir sind in der Lark's Cross Siedlung.«

»Kennt ihr Leon? Leon Brockwell?«

»Syds Junge? Ja, wir kennen ihn.« Bolt zog die Augenbrauen hoch. »Sind Sie eine Freundin von ihm?«

»Irgendwie schon«, antwortete Naomi, während sie aufstand und leicht schwankte. Sie erinnerte sich daran, dass Caleb gesagt hatte, er und Leon würden zu den Hochhäusern in der Lark's Cross Sieldung gehen. »Sind wir in der Nähe der Hochhäuser?« Sie musste Caleb erreichen und ihn warnen, dass Vince in der Nähe war. Sobald sie wusste, dass er in Sicherheit war, würde es Zeit sein, die Polizei zu rufen. Und zwar die ganze.

»Etwa hundert Meter in diese Richtung«, erklärte Bolt und deutete auf das Garagentor. »Syds Wohnung befindet sich im zehnten Stock des nächstgelegenen Hochhauses. Dort wird auch Leon sein, falls Sie ihn suchen. Die Wohnung hat eine Metalltür.«

»Ich muss gehen«, sagte Naomi, was Bolts Lächeln ins Wanken brachte.

»Okay«, sagte er unsicher. »Wir passen für Sie auf Ihr Auto auf.«

»Danke«, antwortete Naomi. »Kann ich euch um zwei schnelle Gefallen bitten?«

»Klar«, meinte Bolt und setzte wieder ein Lächeln auf.

»Kann ich mir bitte ein Handy leihen?« Naomi beobachtete, wie Bolt einen der anderen anstupste. Kenny, so hieß er, glaubte sie. Widerstrebend griff er in seine Tasche und reichte ihr ein Handy.

»Der PIN ist eins, zwei, drei, vier«, sagte Kenny und erntete dafür einen abschätzigen Blick von den anderen beiden jungen Männern.

»Was ist der andere Gefallen?«, fragte Bolt.

»Ich muss wirklich dringend auf die Toilette.«

100

Vince betrachtete den jungen Mann vor ihm und genoss die seelischen Qualen in seinem Gesicht. Er sah, wie er ein paar Mal schluckte, bevor er sich über die Lippen leckte, aber Vince wusste, dass sein Mund so trocken wie Sandpapier war. Die Angst hatte die Angewohnheit, das mit den Menschen zu machen, wie Vince nur zu gut wusste.

Soll ich lügen oder soll ich die Wahrheit sagen? Vince wusste, dass dies Leons Dilemma war, aber welchen Weg würde er einschlagen? Und war dem jungen Mann wirklich bewusst, wie wichtig diese Entscheidung war? Als Leon seinen toten Freund anschaute, konnte Vince sehen, dass er es vermutlich wusste.

»Warum suchst du nach ihm?«, fragte Leon und spielte zweifellos auf Zeit. Vince hätte es genauso gemacht und er spürte, wie er den jungen Mann zähneknirschend bewunderte.

»Das geht nur ihn und mich etwas an, Leon«, antwortete Vince. »Erwachsenenkram.« Er sah, wie Leon den Mund öffnete und dann wieder schloss. Wie viel wusste er? Vince hatte die Beziehung zwischen Leon und Naomi noch nicht geklärt, aber da sie Pflichtverteidigerin war, musste er einer ihrer Mandanten sein. Anders hätten sich ihre Wege nicht kreuzen können.

»Warum hast du eigentlich mit meiner Mutter geredet?«, fragte Leon ein paar Sekunden später. Ein weiteres Spiel auf Zeit. Das könnte er haben, dachte Vince.

»Ich habe mir ein Auto geliehen, das jemandem gehört, der Zeit mit Caleb verbracht hat.«

»Wem?«

Vince hielt einen Moment inne, um über seine Antwort nachzudenken, bevor er antwortete.

»Ihr Name ist Naomi.«

»Meine Anwältin?« Vince nickte auf Leons Frage hin. Er hatte Recht gehabt, aber das hatte er ja meistens. »Geht es ihr gut?«

»Nein, Leon, es geht ihr ganz und gar nicht gut. Sie ist gerade im Kofferraum ihres Autos vor deinem Haus. Und sobald wir hier fertig sind, werden wir ein bisschen Zeit miteinander verbringen.« Er musste grinsen, als er Leons Gesichtsausdruck sah. War er ein bisschen verliebt in die schöne Naomi? Vince würde es ihm nicht verübeln. »Erwachsenenkram, aber ich bin sicher, du verstehst, wovon ich spreche.« Er war versucht, seine Hüften kreisen zu lassen, aber das wäre zu viel des Guten gewesen. Leons Gesichtsausdruck verriet ihm, dass er genau wusste, wovon Vince sprach. Doch als er ihn beobachtete, machte sich ein verwirrter Ausdruck auf dem Gesicht des jungen Mannes breit. Er öffnete seinen Mund, um zu sprechen, schloss ihn aber wieder.

»Das ist nicht richtig, Mann«, sagte Leon mit einem finsteren Ausdruck im Gesicht. Vince seufzte. Er war von diesem Gespräch gelangweilt und hatte keine Zeit für Leons unangebrachte Ehrlichkeit.

»Leon, ich bin mir nicht sicher, ob du die Situation, in der du dich befindest, richtig einschätzt. Ich habe eine Waffe.« Vince fuchtelte mit der Pistole herum. »Und ich habe dir eine Frage gestellt, die du immer noch nicht beantwortet hast.« Dann richtete er die Pistole auf die Mitte von Leons Stirn. »Wo ist er?« Vince beobachtete, wie Leon seine Augen schloss.

»Caleb ist auf dem Dach«, flüsterte Leon, als er wenige Sekunden später die Augen öffnete und ein Ausdruck der Scham auf seinem Gesicht erschien.

»Was macht er auf dem Dach?«

»Ich weiß nicht, beten oder so.«

»Warum sollte er beten?«, fragte Vince.

»Nun, er ist ein Prediger«, antwortete Leon. Vince nickte als Antwort. Er hatte vergessen, dass Caleb ein Geistlicher war, aber das machte für Vince keinen Unterschied. Eine Kugel war eine Kugel, unabhängig von der Berufung oder sogar der Konfession ihres Opfers.

»Das ist er.« Vince musterte Leon einen Moment lang. Er merkte, dass der junge Mann verzweifelt mehr sagen wollte, aber er behielt seinen Rat für sich. Das war mit Abstand das Beste, was er unter diesen Umständen tun konnte. »Er ist in der Tat ein turbulenter Priester.« Falls Leon die Anspielung auf Thomas Becket erkannte, zeigte er es nicht, was Vince enttäuschte.

»Er ist kein Priester«, antwortete Leon. »Er ist ein Prediger.«

Vince richtete die Pistole in Leons Richtung und drückte dabei fester zu. »Halt die Klappe und dreh dich um.« Jeden Moment würde Leon um sein Leben betteln. Vince hasste es, wenn Leute das taten. Es war erniedrigend.

»Auf keinen Fall, Mann«, sagte Leon und der Blick der Scham wurde durch einen der Wut ersetzt. »Du hast gesagt, du würdest mich nicht erschießen, wenn ich dir die Wahrheit sage. Er ist auf dem Dach. Geh und sieh nach, wenn du mir nicht glaubst.«

»Leon, dreh dich um oder ich schwöre bei Calebs Gott, dass ich dir eine Kugel ins Gesicht jage.«

»Das ist nicht fair«, schoss Leon zurück. »Du hast gesagt, du würdest mich nicht erschießen. Du hast mir dein Wort gegeben.«

Vince fluchte leise vor sich hin. Leon flehte nicht um sein Leben. Er stritt über die Tatsache, dass Vince gesagt hatte, er würde ihn nicht erschießen, als wäre sein Wort mehr wert als Leons Leben.

»Dreh dich einfach um«, sagte Vince und versuchte, etwas Beruhigung in seine Stimme zu bringen, obwohl er keine Ahnung hatte, warum er sich die Mühe machte.

Schließlich tat Leon wie ihm befohlen und murmelte dabei etwas vor sich hin. Als er sicher war, dass Leon sein Gesicht nicht sehen konnte, erlaubte sich Vince ein Lächeln, während er den Abzug mit dem Finger fester drückte.

Er mochte ein junger Mann sein, aber Leon hatte Eier.

101

Naomi atmete schwer, als sie auf dem Bürgersteig rannte und das große graue Hochhaus in Sichtweite kam. Sie hatte nur eines im Sinn. Caleb warnen. Vince war in der Nähe, aber jetzt, wo Naomi im Freien war, hatte sie nicht mehr so viel Angst vor ihm, wie sie es vorher hatte. Es waren viele Leute unterwegs, von denen ihr einige seltsame Blicke zuwarfen, während sie rannte. Sie wusste, dass Vince, selbst wenn er sie sah, ihr in der Öffentlichkeit nichts antun würde. Das war nicht die Art, wie Männer wie er vorgingen.

Ein älterer Mann, der mit einem kleinen Hund spazieren ging, starrte sie mit einem ungläubigen Gesichtsausdruck an, während sie ihm auswich. Sie war nicht gerade für einen Lauf gekleidet, doch Naomi war es egal, wie sie aussah oder was sie dachten. Sie musste Caleb erreichen, bevor Vince es tat.

Eine Stimme in ihrem Kopf mahnte sie, langsamer zu laufen. Sich einen Moment Zeit zu nehmen, um die Behörden anzurufen. Je eher sie das tat, desto eher würden sie hier sein. Aber eine lautere Stimme sagte ihr, sie solle weiterlaufen. Zuerst zu Caleb gehen und dann die Polizei rufen. Diese paar Sekunden könnten entscheidend sein. Sie könnten den Unterschied zwischen Calebs Leben und seinem Tod ausmachen.

Naomi verlangsamte ihr Tempo, als sie sich dem Eingang des Hochhauses näherte. Sie legte eine Hand auf ihre Seite, wo ein schmerzhaftes Stechen sie daran erinnerte, dass es schon zu lange her war, dass sie das letzte Mal im Fitnessstudio war. Sie machte sich auf den Weg zu den Klingelschildern vor dem Eingang. Dort gab es zwei vertikale Reihen von Knöpfen, neben denen jeweils ein Platz für einen Namen war. Nur etwa die Hälfte hatte einen richtigen Namen und es schien eine Menge Disney-Figuren zu geben, die in diesem Haus wohnten.

»Zehnter Stock«, murmelte Naomi, als sie mit ihrem Finger bis zum oberen Ende der Reihen fuhr. Sie sah ein Schild für *S. Barrett* und drückte ein paar Mal darauf. Die anderen Wohnungen im selben Stockwerk gehörten laut den Schildern zu *R. Waters, N. Mason* und *R. Wright*. Sie drückte auch diese und stellte fest, dass die Schilder für alle Wohnungen in derselben Handschrift geschrieben waren. »Komm schon, komm schon«, flehte Naomi, während sie wartete und die Sekunden unaufhaltsam verstrichen. Keiner von ihnen antwortete.

Naomi ging die Reihe der Türklingeln entlang und drückte auf jede einzelne, ohne zu wissen, ob die Wohnungen bewohnt waren oder ob die Klingeln funktionierten. Als sie etwa zwei Drittel der Reihe hinter sich gebracht hatte, ertönte ein knisterndes Geräusch aus dem Lautsprecher.

»Was?« Es war eine männliche Stimme, die durch die Gegensprechanlage dumpf klang. Naomi konnte nicht erkennen, welche Wohnung ihr antwortete.

»Äh, Pizzalieferung?«, sagte Naomi.

»Nein, ich habe nichts bestellt«, antwortete die Stimme. Sie klang undeutlich, obwohl es erst Mittagszeit war.

»Warte, warte.« Naomi versuchte, nicht verzweifelt zu klingen. »Ich habe eine große doppelte Salami mit extra Käse, Knoblauchbrot und eine große Flasche Limonade. Alles schon bezahlt. Bist du sicher, dass es nicht für dich ist?«

Es gab eine Pause am anderen Ende der Sprechanlage, bevor die unbekannte Stimme antwortete.

»Äh, ja. Das ist für mich.« Ein metallisches Summen ertönte an der Tür vor ihr. »Komm hoch.«

Naomi drückte gegen die Tür, um sie zu öffnen, und war überrascht, wie schwer sie war. Sie betrat das kleine Foyer, rümpfte die Nase über den Geruch von abgestandenem Urin und machte sich auf den Weg zum Aufzug. Diesmal gab es nur zehn Knöpfe. Naomi drückte auf den Knopf für den zehnten Stock und hoffte, dass der Mann, der eine Gratispizza erwartete, nicht auf dem Weg nach unten war, um sie zu treffen. Sie schaute nach oben und sah, dass ein kleines rotes Licht unter einer Überwachungskamera aufleuchtete, aber es gab keinen Hinweis darauf, dass sich jemand auf der anderen Seite befand.

Sie warf einen Blick auf die Treppe und überlegte, ob sie einfach in den sauren Apfel beißen und auf diesem Weg in den zehnten Stock gehen sollte. Nach dem, was die drei Männer in der Garage gesagt hatten, war Leon auch dort oben. Es war nicht nur Caleb, der in Gefahr war. Sondern auch Leon.

Naomi holte Kennys Handy aus ihrer Tasche. Sie sollte die Polizei anrufen, während sie darauf wartete, dass jemand in der Wohnung antwortete. Wenn sich niemand meldete, bis sie den Anruf beendet hatte, würde sie die

Treppe nehmen und das Beste hoffen. Zu Naomis Frustration hatte sie kein Handysignal, wahrscheinlich wegen der dicken Wände des Hochhauses. Sie schaute zur schweren Eingangstür und dann im Foyer umher, um zu sehen, ob es etwas gab, mit dem sie die Tür aufstemmen konnte, aber alles, was sie auf dem Boden sehen konnte, waren Flyer für Essen zum Mitnehmen. Nichts Massives, um die Metalltür aufzustemmen.

Stöhnend machte sich Naomi auf den Weg zum Treppenhaus. Vielleicht würde sich das Signal verbessern, je höher sie kam.

Leon stöhnte, als er sich anstrengte, seine Handgelenke so weit wie möglich auseinanderzuziehen. Seine Schultern fühlten sich an, als stünden sie in Flammen, aber die Kabelbinder um seine Arme rührten sich keinen Zentimeter. Wenn er seine Hände, die fest hinter ihm gefesselt waren, irgendwie befreien könnte, könnte er auch seine Füße von dem Stuhl befreien, an den sie angebunden waren. Doch in diesem Moment war er gefesselt wie ein Schwein. Wenigstens war er nicht geknebelt, aber von seiner derzeitigen Position in Syds winziger Küche aus konnte ihn niemand schreien hören. Das Frustrierende war, dass Leon wusste, dass es in Syds Schublade Messer gab, die die Fesseln wie Butter durchschneiden würden, aber Leon hatte keine Möglichkeit, an sie ranzukommen.

Als Vince ihn vor ein paar Augenblicken aufgefordert hatte, sich umzudrehen, war Leon sicher gewesen, dass er sterben würde. Zu seiner Überraschung war er zu diesem Zeitpunkt mehr wütend als verängstigt gewesen. Letztere Emotion hatte er erwartet, aber die Tatsache, dass Vince ihm gesagt hatte, er würde ihn gehen lassen, wenn er die Wahrheit sagte, ging ihm nicht aus dem Kopf. Er hatte die Wahrheit gesagt, wenn auch widerstrebend. Kurz bevor er Calebs Aufenthaltsort verraten hatte, hatte Leon die Augen geschlossen und war einem Gebet so nahe gekommen wie noch nie, seit einer seiner Schulfreunde ihm gesagt hatte, dass es den Weihnachtsmann nicht gab. In Leons Kopf war es jedoch kein Gebet gewesen. Er hatte versucht, herauszufinden, was Caleb tun würde. Die Antwort, nämlich sich selbst zu retten, kam in einem Sekundenbruchteil. Caleb hätte nicht gewollt, dass Leon für ihn stirbt, da war sich Leon sicher.

Leon hatte die Augen fest geschlossen und fragte sich, ob man die Kugel hören konnte, die einen tötete, als Vince ihm einen Schlag in die Nieren versetzte. Der Schlag war härter, als Leon jemals in seinem Leben geschlagen worden war. Es fühlte sich an, als hätte er explosiven, von Jalapeños verursachten Durchfall, aber anstatt herauszuschießen, schoss er hinein. Leon war fassungslos auf die Knie gesunken und wollte weinen, aber er konnte keine einzige Träne hervorbringen. Er konnte nur noch atmen, während Vince seine Handgelenke auf dem Rücken festhielt, ihn auf einen Küchenstuhl zog und seine Knöchel an den Beinen festband.

Gerade als Leon tief durchatmete und sich darauf vorbereitete, seine Handgelenke wieder zu befreien, hörte er Syds Fahrstuhlklingel ertönen. Er hielt inne, krampfte seinen Bauch zusammen und senkte seinen Kopf. Dann wölbte er seinen Kopf so stark wie möglich nach oben und versuchte mit aller Kraft, den Stuhl nach vorne in Richtung Wohnzimmer zu schieben. Der Stuhl bewegte sich vielleicht fünf Zentimeter.

Leon brauchte weitere fünf oder sechs Versuche, aber er

schaffte es, den Stuhl so weit nach vorne zu schieben, dass er um den Türpfosten herum in das Wohnzimmer sehen konnte. Auf dem kleinen Bildschirm neben dem Bedienfeld, das den Aufzug nach unten schickte, war ein vertrautes Gesicht zu sehen.

»Naomi!«, rief Leon, als ob sie ihn hören könnte, aber auf dem Bildschirm schaute Naomi nur in die Kamera. »Naomi«, sagte er noch einmal, als er merkte, dass sie ihn nicht hören konnte. »Gott sei Dank geht es dir gut.«

Als Vince ihm vorhin erzählt hatte, dass Naomi im Kofferraum ihres Autos vor seinem Haus lag, hatte sich das für Leon nicht richtig angehört. Er und Caleb waren auf dem Weg zu den Hochhäusern an seinem Haus vorbeigefahren und Leon hatte Naomis Auto nicht in der Nähe seines Hauses gesehen. Es war leuchtend rot und einige Jahre jünger als fast alle anderen Autos auf dem Grundstück, was es ziemlich auffällig machte. Leon wollte Vince gerade etwas in dieser Richtung sagen, aber er hatte den Mund gehalten. Jetzt war er froh, dass er es getan hatte, aber Naomi brachte sich möglicherweise in Gefahr, indem sie hierher kam.

Auf dem Bildschirm sah Leon, wie Naomi auf ihr Handy schaute und die Stirn runzelte. Dann verschwand sie aus dem Blickfeld. So wie sie sich zur Seite bewegt hatte, dachte Leon, dass sie die Treppe hinaufkommen würde.

Er stürzte wieder nach vorne und bewegte sich noch ein paar Zentimeter auf Syds Schreibtisch zu. Er würde Naomi nicht die Tür öffnen können, wenn sie hierher käme, aber auf Syds Schreibtisch gab es einen Knopf, der die Tür aus der Ferne öffnen konnte. Wenn Naomi in die Wohnung käme, könnte sie ihn befreien.

Das würde bedeuten, dass er Caleb helfen konnte, bevor es zu spät war.

103

Caleb saß schweigend da und hörte zu, wie sich ein paar Möwen gegenseitig riefen. Er beobachtete die beiden riesigen Vögel, die krächzend umeinander kreisten. Sie waren zu hoch, um auf dem Boden nach Nahrung zu suchen, und während er zusah, schnappte eine von ihnen mit ihrem großen Schnabel nach einem geflügelten Insekt in der Luft. Anhand ihrer rosafarbenen Beine erkannte Caleb, dass es sich um Heringsmöwen handelte. Groß, laut und opportunistisch.

Er beneidete die Vögel darum, dass sie abwechselnd in den Himmel schnappten. Nicht nur wegen ihrer Fähigkeit, manchmal mühelos durch die Luft zu segeln, sondern auch wegen der Einfachheit ihres Lebens. Sie wurden geboren, wuchsen auf und aßen, was sie finden konnten. Dann pflanzten sie sich fort, starben und der ganze Zyklus begann von neuem. Ähnlich wie bei den Menschen, nur dass Möwen nicht die Schwierigkeiten und Probleme hatten, die Menschen sich selbst auferlegten.

Weit unter ihnen breitete sich die Siedlung aus. Von

seinem Aussichtspunkt aus konnte Caleb deutlich erkennen, wo die Siedlung endete und die wohlhabenderen Häuser begannen. Er fragte sich, ob die Möwen wegen der Siedlung hier waren. Ob es hier eine reiche Beute an Nahrung gab. Vielleicht hatten die beiden Möwen, die er beobachtete, irgendwo in einem Nest auf dem Dach Küken, die darauf warteten, gefüttert zu werden. Es würde ihn nicht überraschen, hier auf dem Dach ein Nest zu sehen. Wenn er eine Möwe wäre, würde er irgendwo so ein Nest bauen. Weit weg von menschlichen Besuchern. Oder vielleicht auch nicht.

Jenseits der Möwen konnte Caleb die Wolken sehen, die vorhin kurzzeitig für Regen gesorgt hatten und die sich immer noch am Himmel über der Siedlung bildeten, aber es waren nicht die einzigen Wolken. Es gab noch eine andere Wolke, die viel bösartiger war und die Caleb in seinem Herzen spüren konnte. Sie wurde immer stärker und Caleb wusste, dass eine Abrechnung überfällig war. Anders als bei den vielen anderen Gelegenheiten, bei denen er das schon gespürt hatte, kam die Abrechnung zu ihm und nicht er zu ihr. Indem er der Jäger sein wollte, war er zum Gejagten geworden.

Caleb dachte an das erste Mal zurück, als er das erlebt hatte, was er jetzt fühlte. Die dunkle Vorahnung des Bösen. Er war vielleicht elf oder zwölf Jahre alt gewesen, zu Hause in Texas. Er und sein Vater waren auf einem Jagdausflug im Big Thicket National Preserve gewesen, nördlich von Beaumont. Es war eine der letzten Erinnerungen, die er an seinen Vater hatte, und sie waren beide gut gelaunt gewesen, als sie nach Hause fuhren. Im Kofferraum befand sich eine große Kühlbox voll mit Weißwedelhirschen und Wildschweinen. Alles, was sie gejagt hatten, konnten sie gut gebrauchen, ob für Essen oder Kleidung. Calebs allererster Schulranzen war aus einem geschossenen Hirsch gemacht worden. Caleb lächelte, als er sich an die Antwort seines Vaters erinnerte, als er ihn gefragt hatte, ob er ein Eichhörnchen schießen könne, mehr um seinem Vater zu beweisen, dass er es konnte, als aus einem anderen Grund.

»Ein Kaninchen, ja«, hatte sein Vater ihm gesagt. »Ein Eichhörnchen, nein.« Dann hatten sich seine Augen auf die wettergegerbte Art gefaltet, wie sie es taten, wenn er lächelte. »Es sei denn, du willst Eichhörncheneintopf zum Abendessen haben?«

Als sie sich Huntsville genährt hatten, fast genau auf halbem Weg zwischen dem Reservat und dem Stück Land, das sie ihr Zuhause genannt hatten, hatte Calebs Vater angekündigt, dass sie zum Abendessen anhalten würden. Sie gingen in einen Burgerladen am Straßenrand, direkt am Highway. Caleb hatte das Gefühl zum ersten Mal bemerkt, als sie auf ihre Burger warteten.

»Geht es dir gut?« hatte Calebs Vater ihn gefragt, als er merkte, dass es ihm nicht gut ging. Caleb hatte den Kopf geschüttelt. Er hatte ein dumpfes, schweres Gefühl in der Mitte seiner Brust, das er nicht beschreiben konnte, begleitet von einem beunruhigenden Gefühl der Klarheit in seinem Kopf. Caleb fing an zu weinen, weil er das Gefühl hasste. Dann schlug die Uhr an der Wand des Restaurants sechs Uhr abends und damit war das Gefühl im Nu verschwunden. Erst Jahre später war Caleb in der Lage, dieses Gefühl mit der Nähe und dem plötzlichen Verschwinden des personifizierten Bösen in Verbindung zu bringen. Seitdem hatte er gelernt, es zu seinem Vorteil zu nutzen, doch als er auf dem Dach saß und wartete, wusste Caleb, dass er keinen nennenswerten Vorteil hatte.

Ein schabendes Geräusch ertönte hinter Caleb. Es war die Tür zum Dach, die geöffnet wurde. Caleb hatte etwas Kies neben die Tür gestreut, damit sie nicht lautlos geöffnet werden konnte.

»Beschütze mich, mein Gott«, murmelte Caleb, als er sich aufrichtete, »denn ich finde bei dir Zuflucht.«

104

Naomi erreichte den dritten Stock und war nach nur drei Stockwerken schon ziemlich außer Atem. Sie hielt inne, zum einen, um wieder zu Atem zu kommen, zum anderen, um zu prüfen, ob sie ein Handysignal hatte. Doch ihr Handy zeigte immer noch nichts an. Das Treppenhaus war praktisch eine Innensäule im Gebäude, weshalb sie nicht überrascht war. Ein paar Sekunden später ging sie weiter die Treppe hinauf, so schnell sie konnte.

Je höher Naomi stieg, desto schwerer wurde ihre Atmung. Ihre Beine wurden schwerer und ihr Tempo verlangsamte sich. Im Geiste schimpfte sie mit sich selbst, weil sie nicht öfter ins Fitnessstudio gegangen war, als das Stechen direkt unter ihrer linken Brust wieder auftrat. Naomi hielt für ein paar Sekunden inne und rieb sich die Seite, wo es sich anfühlte, als würde jemand mit einem scharfen Gegenstand in sie hineinstechen. Sie war fast am Ziel und zwang sich, den Schmerz zu überwinden und weiterzugehen. Als sie endlich im zehnten Stock ankam, spürte sie, wie ein Rinnsal Schweiß zwischen ihren Schulterblättern herunterlief.

Sie dachte daran, was Bolt vorhin in der Garage gesagt hatte.

»Die Wohnung hat eine Metalltür«, murmelte sie, während sie den Flur entlangging. Die letzte Tür, an der sie ankam und die dem Aufzug am nächsten lag, war aus Metall. Naomi blieb davor stehen und dachte nach. Was, wenn Vince in der Wohnung war? Dann wäre sie wieder genau da, wo sie angefangen hatte. Sie streckte einen Finger nach der Klingel neben der Tür aus und bemerkte, dass sie zitterte. Was sollte sie tun?

Naomi verfluchte sich dafür, dass sie nicht die Polizei gerufen hatte, als sie die Gelegenheit dazu hatte. Das war eine dumme Entscheidung. Es hätte eine ganze Armee von Polizisten auf dem Weg sein können. Sie wusste, dass ihr Anruf nicht als Scherzanruf abgetan worden wäre, aber jetzt war es zu spät. Es sei denn, sie rannte wieder die Treppe hinunter, ging nach draußen, um sie anzurufen, und fing dann von vorne an. Aber wenn Vince in der Wohnung war, war es Caleb auch. Dann wären es zwei gegen einen. Was auch immer das heißen sollte.

Sie fluchte leise vor sich hin, als sie auf die Klingel drückte und ein gedämpftes Klingeln in der Wohnung hörte. Dann ließ sie beide Hände sinken und ballte die Fäuste. Aus dem Inneren der Wohnung hörte sie eine männliche Stimme, die ihren Namen rief.

»Naomi«, rief die Stimme. »Ich komme.« War es Caleb? Naomi glaubte nicht, aber die Tür dämpfte die Stimme. Sie klang höher als Calebs Stimme, aber vielleicht war es auch nur Stress? Sie zwang sich, ihre Hände zu lösen, denn ihre Nägel gruben sich in ihre Handflächen. Von der anderen

Seite der Tür ertönte ein dumpfes Klopfen und einen Moment später ertönte ein Summen von der Tür.

Naomi stieß die Tür so fest auf, wie sie konnte. Sie öffnete sich mit einem zischenden Geräusch und sie musste ihr ganzes Gewicht aufwenden, um sie zu öffnen. Als sie die Wohnung betrat, sah sie Leon hinter einem großen Schreibtisch, der sie breit angrinste. Als sie auf ihn zueilte, bemerkte sie, dass er an den Stuhl gefesselt war, auf dem er saß. Sie legte trotzdem ihre Arme um ihn und er gab einen Laut von sich, als wäre er gerade außer Atem gewesen.

»Kannst du mich losmachen?«, fragte er, als sie ihre Arme von seinen Schultern löste. »In der Küche gibt es ein paar Messer.« Sie sah, wie er mit dem Kopf über seine Schulter nickte. Mit schnellen Schritten machte sie sich auf den Weg in die Küche und öffnete mehrere Schubladen, bis sie das Besteck fand.

Einen Moment später rieb Leon sich die Handgelenke, mit einem dankbaren Gesichtsausdruck.

»Wo ist Caleb?«, fragte Naomi mit dringender Stimme.

»Er ist auf dem Dach«, antwortete Leon. Er stand auf und rieb sich immer noch die Arme. »Vince auch. Ich gehe da hoch.«

»Nein, das tust du nicht«, bestimmte Naomi. »Wir müssen die Polizei rufen.«

»Ich gehe da hoch, Naomi.« Leons Stimme war entschlossen, aber Naomis Stimme war noch entschlossener.

»Das wirst du nicht, Ende der Diskussion.« Naomis Erleichterung darüber, Leon gefunden zu haben, wurde schnell von ihrer Sorge um Caleb verdrängt. Während Leon sie mit offenem Mund anstarrte, bewegte sie sich zu den Fenstern der Wohnung, das Handy vor sich. Sie schaute auf ihr Display. Endlich! Ein Signal.

»Notfall. Welcher Dienst?«, sagte eine männliche Stimme ein paar Sekunden später.

»Polizei, bitte«, antwortete Naomi und versuchte, ihre Stimme ruhig zu halten. Es gab ein paar Klickgeräusche und eine weitere männliche Stimme sprach, aber zu Naomis Frustration war es eine automatisierte Ansage.

»Sie sind mit der Polizei verbunden«, verkündete die Stimme. »Drücken Sie die 55, um mit der Polizeidienststelle verbunden zu werden.« Naomi brauchte ein paar wertvolle Sekunden, um herauszufinden, wie man die Ziffern auf dem Handy eingab, und sie konnte sehen, wie Leon zur Tür schaute. Sie warf ihm einen strengen Blick zu, für den Fall, dass er daran dachte, irgendwo hinzugehen. Sie hatte es schon einmal vermasselt, weil sie so lange mit dem Anruf gewartet hatte. Das Letzte, was sie gebrauchen konnte, war, dass Leon in Gefahr war.

»Polizei, was ist Ihr Notfall?« Diesmal war es eine weibliche Stimme und Naomi hätte vor Erleichterung weinen können, dass sie endlich jemanden am Handy hatte, der ihr helfen konnte.

105

Der erste Eindruck, den Vince von Caleb hatte, als er ihn zum ersten Mal aus der Nähe sah, war enttäuschend. Er war kleiner, als er auf den Bildern und Überwachungsvideos, auf denen er ihn gesehen hatte, vermutet hatte. Fast unscheinbar.

»Caleb, nehme ich an«, sagte Vince, als Caleb sich zu ihm umdrehte, denn Manieren kosteten nichts.

»Das bin ich. Du musst Vince sein.« Seine Stimme war tief und sein Akzent offensichtlich. Vince fragte sich, ob er ihn absichtlich betonte. Vince ging ein paar Schritte auf Caleb zu, bis sie vielleicht zwanzig Meter voneinander entfernt waren, getrennt durch einen der breiten Metallschächte, die über das Dach liefen.

»Weißt du«, sagte Vince, »ich dachte, du wärst größer.« Zu Vinces Überraschung lachte Caleb.

»Wow«, antwortete er ein paar Sekunden später. »Das habe ich noch nie gehört.« Sein Lachen verstummte und Vince konnte sehen, wie kalt seine Augen waren, aber jemanden anzuschauen hat noch nie weh getan. Vinces Pistole drückte gegen seinen Bauch, sicher in seinem Kydex-

Holster, aber er war sich sicher, dass er sie erreichen konnte, lange bevor der andere Mann ihn erreichen konnte. Er hatte auch ein Messer an seinen Knöchel geschnallt, aber Vince hatte einen anderen Plan für diese Waffe.

»Ich suche schon eine Weile nach dir«, sagte Vince. »Du bist schwer aufzuspüren.«

»Warum hast du nach mir gesucht?«

»Das mag ich an einem Mann«, antwortete Vince mit einem Lächeln. »Direkt. Auf den Punkt gebracht.« Er wartete ein paar Sekunden, bevor Caleb die Augenbrauen hob. »Ich glaube, du weißt, warum ich dich gesucht habe. Du hast Informationen, die ich unterdrücken muss.«

»Eine interessante Wortwahl«, meinte Caleb. »Unterdrücken. So wie du auch Suzy unterdrückt hast? Und Joan? Und Vater Martin?« Vince sah ihn aufmerksam an und bemerkte, dass er sich kaum bewegt hatte, seit er aufgestanden war und sich zu ihm umgedreht hatte.

»Ich bin ein Jäger, Caleb.« Vince wurde das Gespräch langsam langweilig. Immerhin war er ein Mann der Tat. »Es liegt mir im Blut.«

»Und Leanne? Wo ist sie?«

»Das geht dich nichts an.«

»Du hast es zu meiner Angelegenheit gemacht.«

»Wie das?«

»Als du ihre Mutter getötet hast.« Calebs Augen hatten sich verengt, aber seine Augen waren immer noch so kalt wie geschmiedeter Stahl. »Das ist eine Schuld, die noch offen ist.«

»Also bist du jetzt ein Schuldeneintreiber?«, scherzte Vince. »Ich dachte, du wärst ein Prediger?«

»Ein Label ist ein Label. Wie das, das du dir selbst gegeben hast. Wenn du der Jäger bist, bin ich dann deine Beute?«

»Ich habe dich gefunden, nicht wahr?«

»Das hast du in der Tat.«

Die beiden Männer schwiegen einen Moment lang und betrachteten sich gegenseitig. Vince wusste, dass er das Ganze einfach beenden konnte, indem er seine Pistole zog und Caleb eine Kugel zwischen die Augen schoss. Das wäre das Vernünftigste, was er tun könnte, und er würde ihn zum Schweigen bringen. Er könnte seine Leiche hier für die Tiere liegen lassen, vorausgesetzt, es käme niemand, um das Geräusch eines Schusses zu überprüfen. Eine Art Himmelsbegräbnis. Vince bezweifelte, dass viele Leute auf dieses Dach kamen. Natürlich würde er irgendwann gefunden werden, aber vielleicht wäre seine Leiche dann schon bis auf die Knochen von Aaskrähen zerpflückt worden. Ein passendes Ende für einen Prediger.

»Bist du nicht neugierig?«, fragte Vince einen Moment später. »Darauf, wie ich dich gefunden habe?«

»Hat Naomi es dir erzählt?«

»Ah, die liebe Naomi«, antwortete Vince. »Ich habe mich schon gefragt, wann du nach ihr fragen würdest. Nein, es war nicht Naomi, die es mir erzählt hat. Nicht direkt.«

»Du hast sie entführt und du hast ihr Auto genommen.«

»Sehr gut. Ihr Navi hat mir alles gesagt, was ich wissen musste.«

»Wo ist sie?«

»All diese Fragen, Caleb«, stöhnte Vince. Er täuschte ein Gähnen vor und hielt sich eine behandschuhte Hand vor den Mund, um den Effekt zu verstärken. »Du bist wirklich ziemlich ermüdend. Wenn du es unbedingt wissen willst, sie wartet im Auto.« Vince beobachtete, wie Caleb seinen Kopf drehte und in die Siedlung unter ihnen hinunterblickte. »War sie gut? Im Bett?« Vince kniff die Augen zusammen, als er Caleb ansah. Es war an der Zeit, den

Mann unter Druck zu setzen. Um zu sehen, woraus er gemacht war. »Ich kann es kaum erwarten, das herauszufinden.«

Caleb drehte sich um und sah Vince an, aber der machte immer noch keine Anstalten, sich zu bewegen. Auch sein Gesichtsausdruck hatte sich nicht verändert.

Vince ging langsam in die Hocke und streckte eine Hand nach Caleb aus. Mit der anderen Hand griff er nach dem Messer an seinem Knöchel. Mit einer langsamen Bewegung zog er es aus dem Holster und drehte es in seiner Hand um, sodass er es an der Spitze hielt.

»Hier, Caleb« sagte Vince, als er seine Hand zurückzog. »Fang.«

106

Leon sah, wie Naomi erleichtert aufatmete, als sie den Anruf beendete.

»Sie sind auf dem Weg«, sagte sie und sah ihn an.

»Wir sollten etwas unternehmen.« Leon rieb sich den Rücken, wo Vince ihn vorhin geschlagen hatte. Er tastete die Haut mit seinen Fingern ab und fragte sich, ob er eine gebrochene Rippe hatte. Es fühlte sich so an, aber Leon war sich nicht sicher, wie weit seine Rippen in den Rücken reichten. »Nicht nur hier sitzen und warten.«

»Was können wir tun, Leon?«, fragte Naomi. »Dieser Vince ist eine Art ausgebildeter Attentäter, der uns beide schon überwältigt hat.« Ihre Stimme brach, als sie sprach, und Leon war sich nicht sicher, was er tun sollte. »Wenn deine idiotischen Freunde nicht mein Auto geklaut hätten, würde ich immer noch gefesselt im Kofferraum liegen und darauf warten ...« Ihre Stimme wurde leiser. »Ich würde darauf warten, dass Vince zurückkommt«, sagte sie schließlich und ihre Stimme wurde leiser.

»Welche idiotischen Freunde?«

»Einer hieß Bolt, wie der Läufer.«

»Sie haben dein Auto geklaut? Wo war es?«

»Vor deinem Haus.«

»Diese unverschämten Mistkerle«, antwortete Leon. Er richtete sich zu seiner vollen Größe auf. »Ich werde mit ihnen reden.«

»Oh, Leon, beruhige dich«, sagte Naomi und strich sich mit der Hand über die Wange. »Du bist fünfzehn, um Himmels willen. Außerdem haben sie mich vor Vince gerettet. Wenn sie es nicht getan hätten, wärst du immer noch an den Stuhl gefesselt.«

Leon nickte und wusste, dass Naomi recht hatte, doch es gab immer noch Regeln in der Siedlung und Bolt und seine Brüder hatten sie gebrochen. Wenn jemand auf der Durchreise war, was nur wenige waren, und sein Auto unbeaufsichtigt vor einem Laden oder einem Wettbüro stehen ließ, dann war er Freiwild, aber ein legitimer Besucher der Siedlung sollte nicht zur Zielscheibe werden.

»Wir sollten etwas tun«, sagte Leon erneut. Seine Stimme war weniger zuversichtlich, denn Naomis Worte hatten einen Sinn ergeben. Vince war kein Mann, gegen den sie allein ankommen konnten.

Leon beobachtete, wie Naomi zum Schreibtisch von Syd hinüberging. Irgendwann sollte er ihr wahrscheinlich von der Leiche seines Freundes im Schlafzimmer erzählen, aber gleichzeitig wollte er nicht, dass sie durchdrehte.

»Wie funktioniert das?«, fragte sie ihn und zeigte auf den Bildschirm und das Bedienfeld, das den Aufzug steuerte.

»Wenn jemand den Knopf drückt, geht der Bildschirm an und zeigt dir, wer es ist«, antwortete Leon. »Ich konnte dich vorhin darauf sehen.« Er zeigte auf das Bedienfeld neben dem Bildschirm, auf dem sich zwei Knöpfe befanden, in deren Plastik Pfeile eingraviert waren. Leons Finger ruhte auf dem nach oben zeigenden Knopf. »Der eine öffnet die Aufzugstür und bringt den Fahrstuhl hoch in den zehnten Stock. Der andere schickt ihn nach unten.« Er drückte den Aufwärtsknopf und die Ansicht auf dem Bildschirm änderte sich, um das Innere des Aufzugs zu zeigen. »Der Fahrstuhl ist im Moment hier oben.«

»Okay«, sagte Naomi. »Und du kannst nicht einfach den Knopf unten in der Lobby drücken?«

»Nicht für diesen Aufzug, nein. Er kann nur von hier aus bedient werden. Es gibt noch einen anderen Aufzug, aber der ist selten in Betrieb.«

»Du hast also deinen eigenen privaten Aufzug?«, fragte Naomi. Sie hatte einen Ausdruck vager Belustigung auf ihrem Gesicht.

»Habe ich nicht, er gehört Syd. Er war derjenige, der diese Steuerungen einbauen ließ.«

»Wo ist dieser Syd?«

Leon hielt für ein paar Sekunden inne, bevor er antwortete.

»Er ist tot«, sagte er. Naomis Gesichtsausdruck veränderte sich zu einem Ausdruck des Entsetzens.

»Vince?«, fragte sie und schlug sich die Hand vor den Mund.

»Wer sonst?«, erwiderte Leon. »Aber geh nicht ins Schlafzimmer. Okay?«

»Okay«, sagte Naomi und nickte mit dem Kopf. Tiefe Falten erschienen auf ihrer Stirn, während sie sie runzelte. »Verstanden. Gut, hör zu. Wir werden Folgendes tun.«

»Ich bin ganz Ohr«, antwortete Leon, der dankbar war, dass sie tatsächlich etwas tun wollten.

»Du gehst runter in die Lobby und öffnest die Tür für die Polizei. Ich bleibe hier oben und kümmere mich um den Aufzug, damit sie hier hochkommen können.« Ihre Augen leuchteten und waren voller Entschlossenheit. »Wenn sie hier oben sind, schicke ich sie auf das Dach.«

»Warum machen wir es nicht andersherum?«, fragte Leon. Naomi wäre dort unten sicherer als hier oben. Vince könnte jeden Moment zurückkommen, obwohl sie sich hinter einer Metalltür befanden, zu der er keinen Zugang hatte. Dann wurde ihm klar, dass sie genau aus diesem Grund ihn und nicht sie selbst schicken wollte. Vielleicht traute sie ihm auch nicht zu, dass er die Sache selbst in die Hand nehmen konnte.

»Tu es einfach, Leon«, bat Naomi. An ihrem Gesichtsausdruck war zu erkennen, dass das Thema nicht zur Diskussion stand.

Wenige Augenblicke später befand sich Leon im Aufzug. Er schaute auf die Kamera in der Ecke und streckte seinen Daumen in die Luft. Ein paar Sekunden später schlossen sich die Türen und der Aufzug fuhr nach unten.

Leon lehnte sich mit dem Rücken an die Wand und seufzte dabei. Er wusste, dass die Polizei nicht lange brauchen würde, nicht nachdem, was Naomi ihnen am Handy erzählt hatte.

Es war fast vorbei.

107

As das Messer Vinces Fingerspitzen verließ, wusste Caleb, dass ihm drei Möglichkeiten zur Verfügung standen.

Er konnte nichts tun. So wie sich das Messer bewegte, war die Wahrscheinlichkeit, dass es ihn mit der Klinge zuerst traf, fünfzig-fünfzig. Die Klinge stand senkrecht, so dass er sich keine Sorgen machen musste, dass sie seinen Brustkorb durchdringen würde, und sie schien nicht stark genug zu sein, um in seinen Rippen stecken zu bleiben.

Er konnte dem Messer ausweichen, so dass es an ihm vorbei über die Brüstung flog, aber dann hätte er eine Waffe weniger. Caleb wusste, dass Vince eine Waffe haben würde, entweder in einem Holster hinter seinem Rücken oder in einem Ansteckholster. Das Messer könnte sich als nützlich erweisen.

Oder er könnte das Messer mit der Klinge voran fangen und es Vince mit voller Wucht zurückwerfen. Dazu musste er herausfinden, wie schnell sich das Messer drehte, um den richtigen Zeitpunkt zum Fangen zu finden. Das erforderte eine Menge Mathematik und die war noch nie seine Stärke gewesen. Es bestand auch die Möglichkeit, dass Vince der Waffe einfach ausweichen würde. Die Zeit, die Caleb brauchte, um nach hinten zu greifen und genug Schwung zu bekommen, um das Messer zu werfen, würde Vince genug Vorwarnzeit geben, dass es in seine Richtung zurückkommt.

Caleb verlagerte sein Gleichgewicht um ein paar Zentimeter und entschied sich für eine abgewandelte Version seiner ersten und zweiten Option. Etwa eine Sekunde später krachte das Messer mit dem Griff zuerst in sein Brustbein. Es steckte nicht viel Kraft dahinter und Caleb wusste, dass Vince das Messer nicht nach ihm geworfen hatte, um ihn zu verletzen. Selbst wenn es Caleb mit der Klinge zuerst getroffen hätte, wäre es kaum in seine Haut eingedrungen. Caleb bückte sich und hob das Messer auf, ein billiges Survival-Messer mit gezackter Klinge. Ihm fehlte die nötige Balance, um es zu werfen, aber in den richtigen Händen, die Caleb hatte, war es trotzdem eine beeindruckende Waffe. Als er zu Vince zurückblickte, sah er, dass dieser seine Pistole gezogen hatte und auf ihn zielte. Caleb fing an zu lachen.

»Was ist daran so lustig?«, fragte Vince. Caleb warf einen Blick auf das Messer, bevor er antwortete.

»Ich scheine ein Messer zu einer Schießerei mitgebracht zu haben.« Caleb drehte sich um und legte die Waffe auf die Brüstung hinter ihm. »In diesem Fall im wahrsten Sinne des Wortes.« Er betrachtete Vince und bemerkte, dass sein Griff um die Pistole relativ locker war und sein Abzugsfinger außerhalb der Sicherung lag. »Warum verhandeln wir nicht?«

»Verhandeln?« Jetzt war es an Vince, zu lachen. »Ich

habe eine Waffe auf deinen Kopf gerichtet und du hast gerade die Waffe, die ich dir gegeben habe, weggelegt.« Caleb hob seine Fäuste, um wie ein Boxer auszusehen.

»Können wir das wie Gentlemen regeln?« Er ließ die Hände sinken. »Von Mann zu Mann. Auf die altmodische Art. Ich habe meine Waffe niedergelegt. Warum tust du nicht dasselbe?«

Caleb konnte sehen, dass Vince darüber nachdachte. Der andere Mann war größer als Caleb. Er war breiter und schwerer. Er war zweifellos im unbewaffneten Kampf ausgebildet, aber zwischen Ausbildung und Erfahrung klaffte eine große Lücke. Caleb setzte darauf, dass Vince nicht viel von letzterem hatte.

»Und wenn du gewinnst?«, fragte Vince und ein schwaches Lächeln erschien auf seinem Gesicht.

»Gibst du mir den Aufenthaltsort von Leanne und lässt Naomi gehen. Danach verschwindest du.« Caleb sprach ein kleines Gebet, um Vergebung für seine Lüge zu erbitten.

»Wirklich? Du würdest mich gehen lassen? Denn wenn ich gewinne, stirbst du.«

»Das akzeptiere ich«, antwortete Caleb und wusste, dass Vince schwankte. Männer wie er waren voller Stolz. Caleb war versucht, Vince einen geistlichen Rat zu geben. Aus den Sprichwörtern, Kapitel elf, Vers zwei. *Kommt Übermut, kommt auch Schande.* Aber er überlegte es sich anders.

»Die Chancen stehen nicht gut für dich, Caleb«, sagte Vince. Er ließ seine Hand auf die Seite sinken und ging ein paar Schritte zurück. Dann legte er die Pistole auf einem Rohr neben der Brüstung ab, vielleicht zwanzig Meter von Calebs Messer entfernt. »Los geht's, Prediger.«

Caleb beobachtete, wie Vince sich ihm näherte, leicht gebückt und mit lockeren Händen an den Seiten. Die

Bühne war bereitet. Seine Augen blieben auf Caleb gerichtet. Caleb ließ sich in eine ähnliche Haltung fallen und wartete darauf, dass Vince den ersten Schritt machte.

Er wusste, dass nur einer von ihnen aus diesem Kampf hervorgehen würde. Die Frage war nur, wer?

108

Vince grinste, als er sah, wie Caleb sich auf seine Hüften fallen ließ und seine eigene Haltung wiederholte. Die beiden Männer umkreisten sich ein oder zwei Augenblicke lang, bevor Vince einen zaghaften Schlag in Calebs Richtung ausführte. Der Prediger wich mit Leichtigkeit zurück, um dem Schlag auszuweichen, aber er tat dies nur sehr zögerlich. Vince versuchte einen weiteren, schnelleren Schlag mit der linken Hand, gefolgt von einer Finte mit der rechten Hand. Als Caleb einen Arm hob, um die Finte abzublocken, verlagerte Vince den Großteil seines Gewichts auf den hinteren Fuß und stieß den linken Ellbogen in die Luft. Dann drehte er seinen hinteren Fuß, verlagerte sein Gewicht so weit wie möglich nach vorne und drehte seinen Oberkörper. Der daraus resultierende Haken landete genau neben Calebs rechtem Auge. Kurz bevor er landete, hatte Caleb seinen Kopf weggerissen, aber der Schlag hatte immer noch genug Kraft, um eine frühere Schnittwunde aufzureißen.

Vinces Grinsen wurde noch breiter, als er zurücksprang und seine Hand wieder in seine Deckung steckte.

»Erstes Blut«, sagte Vince, aber Caleb antwortete nicht. Technisch gesehen hatte er nur eine bestehende Verletzung geöffnet, aber Blut war Blut. Vince stieß und schlug ein paar Mal in der Luft zwischen ihnen, was Caleb dazu veranlasste, überrascht zurückzutreten. Vince lächelte weiter. Das würde ganz einfach werden. Als Caleb vorgeschlagen hatte, die Sache auf die altmodische Art und Weise zu regeln, hatte Vince den Mann in Augenschein genommen. Caleb hatte gerade bewiesen, dass er langsam auf den Beinen war. Außerdem war er kleiner als Vince, sowohl von der Größe als auch vom Gewicht her. Vince hatte jahrelang verschiedene Kampfsportarten trainiert und auch Mixed Material Arts waren ein wichtiger Bestandteil seines Trainingsplans. Aber Vince hatte es immer vorgezogen, seine Fäuste zu benutzen.

Vince hob seine Deckung wieder, als Caleb nach vorne trat. Sein rechter Arm schoss hervor, was Vince leicht mit seinem linken Arm konterte. Er ließ seinen rechten Arm oben, senkte die rechte Schulter und bereitete sich darauf vor, mit Calebs Finte zu rollen. Doch Caleb kam schnell heran und versetzte Vince einen kurzen, harten Aufwärtshaken in den rechten oberen Quadranten seines Unterleibs, direkt unter das Zwerchfell. Der Schlag war nicht besonders hart, aber hart genug, um Vince außer Gefecht zu setzen, der gezwungen war, selbst ein paar Schläge auszuteilen, um Caleb zurückzudrängen. Gerade als er dachte, er hätte genug Abstand zwischen ihnen gewonnen, schoss Calebs rechtes Bein mit einem heftigen Stopp-Kick heraus, der Vince genau am äußeren Oberschenkel traf. Vince machte ein paar große Schritte zurück, der Muskel in seinem rechten Bein brannte bereits.

»Du weißt, dass sie geflohen ist, oder?«, sagte Caleb. Ein Rinnsal aus Blut lief an seinem Gesicht herunter. Vince sah sich das rote Rinnsal an. Das würde sein nächstes Ziel sein. Wenn er die Wunde weiter öffnen könnte, wäre das Blut eine Ablenkung für seinen Gegner.

»Wer?«, fragte Vince und widerstand der Versuchung, sich den Oberschenkel zu reiben. Calebs Tritt war härter gewesen, als er zuerst gedacht hatte, und er spürte, wie sich der Muskel zu verkrampfen begann.

»Naomi«, antwortete Caleb mit zusammengebissenen Zähnen. »Ihr Auto steht nicht vor Leons Haus.«

»Ah, das ist der Teil, in dem du mich aufforderst, nachzusehen, damit du mich schlagen kannst.« Vince machte ein paar schlurfende Schritte auf Caleb zu und überlegte seinen nächsten Schritt.

»Nein«, antwortete Caleb und ließ die Schultern sinken. »Ich werde dich sowieso schlagen, aber ich habe vorhin nachgesehen. In der ganzen Siedlung ist kein einziges knallrotes Auto zu sehen.«

Vince ignorierte Calebs Worte. Er wusste, dass er ihn nur einschüchtern wollte. Der andere Mann trat vor, sein rechter Arm bewegte sich schnell. Vince wechselte schnell die Füße und fuhr mit den Fußballen hoch, um sein linkes Bein in die Luft zu strecken. Gleichzeitig stieß er mit seinen Hüften und Schultern zu. Kurz bevor sein Fuß Calebs Flanke berührte, drehte er sein Bein, um den Aufprall zu maximieren. Es war ein klassischer Muay Thai Halbkreistritt, den Caleb hätte abwehren können, wenn er besser gewesen wäre. Vince bemerkte, dass Caleb sich zur Seite lehnte, um die Wucht des Kicks abzufangen, aber als er landete, traf er hart. Vince setzte mit einem kräftigen rechten Haken in Calebs Gesicht nach. Er landete direkt über der Schnittwunde und Caleb taumelte schwer atmend zurück.

»Das war deine Idee, Prediger-Mann«, sagte Vince. Er

drehte seinen Kopf von einer Seite auf die andere und hob dabei beide Schultern. Er genoss es. Seinem Gesichtsausdruck nach zu urteilen, gefiel es Caleb nicht.

109

Der Aufzug schien ewig zu brauchen, um das Erdgeschoss des Hochhauses zu erreichen. Da er wusste oder zumindest hoffte, dass Naomi ihn auf dem Bildschirm beobachtete, warf er ein paar Mal einen Blick in die Kamera. Er hatte ihr gesagt, dass sie nicht ins Schlafzimmer gehen sollte, und Leon hoffte wirklich, dass sie diesen Rat beherzigen würde. Trotz ihres Alters fühlte er sich ihr gegenüber beschützend und er mochte den Gedanken nicht, dass sie sich beim Anblick einer Leiche erschrecken würde.

Schließlich kam der Aufzug ruckartig zum Stehen. Als sich die Türen öffneten, drückte Leon erleichtert gegen sie. Er glaubte nicht, dass er unter Klaustrophobie litt, aber gleichzeitig gefiel ihm das eingeschlossene Gefühl nicht, so lange in dem Aufzug zu sein.

Er machte sich auf den Weg durch das Foyer und machte die Außentür auf. Obwohl es erst Mittag war, war es draußen schon fast so dunkel wie in der Dämmerung. Eine frische Brise wehte und die Luft war moschusartig, fast erdig. Leon schaute auf und sah dunkle Wolken über sich und Vögel, die durch die Luft flogen. Als Leon sich gegen die Tür lehnte, um sie offen zu halten, hörte er in der Ferne ein leises Donnergrollen. Er schaute wieder nach oben, wo zwei große Vögel einander riefen, während sie durch den Himmel zogen. Sogar die Möwen flohen vor dem aufkommenden Sturm.

Es war nicht nur der Donner, den Leon hören konnte. In der Ferne, aber allmählich lauter werdend, konnte er das Heulen von Sirenen hören. Leon war noch nie ein Fan der Polizei gewesen und sie auch nicht von ihm, aber das hier war anders. Es waren Menschen in Gefahr. Caleb natürlich, aber auch Naomi. Menschen, die ihm etwas bedeuteten.

Ein paar fette Regentropfen fielen und prasselten auf den trockenen Bürgersteig. Leons Großvater, der schon lange verstorben war, hatte geschworen, dass er Regen riechen konnte. Leon erinnerte sich an lange, faule Sommer auf dem Bauernhof, den er betrieben hatte. Er hatte immer davon geträumt, eines Tages den Bauernhof weit auf dem Land in Norfolk zu leiten, aber als Leons Großvater gestorben war, hatten sie herausgefunden, dass er bis zum Anschlag verpfändet war. Das einzige Erbe, das seine Mutter erhalten hatte, war ein riesiges Kopfzerbrechen. Der Verkauf des Hofes, um die Schulden zu begleichen, hatte sie in den Ruin getrieben, weshalb sie jetzt in einer Sozialwohnung lebten. Er war damals noch zu jung, um zu verstehen, was vor sich ging, aber seine Mutter hatte es ihm so gut sie konnte erklärt.

Zu seiner Überraschung spürte Leon, wie sich seine Kehle zusammenzog und ihm die Tränen in die Augen stiegen. Er hatte schon seit Jahren nicht mehr an seinen Großvater gedacht, warum also jetzt? Er wollte einfach nur nach Hause, seine Mutter in den Arm nehmen und sich mit einer Tasse Tee auf dem Sofa einkuscheln. Er wollte nicht hier sein und darauf warten, dass die Polizei kam und Syds Leiche fand. Vielleicht auch die von Caleb.

»Um Himmels willen, Leon«, mahnte er sich, während er sich wütend über die Augen wischte. »Reiß dich zusammen.«

In der Ferne wurden die Sirenen immer lauter. Leon glaubte, drei zu hören, vielleicht sogar mehr. Bald würden sie hier sein und dann wäre alles vorbei. Leons Gedanken kreisten um Caleb. War er am Leben? War er tot? Er erinnerte sich an das, was Caleb ihm damals in Syds Wohnung erzählt hatte. Als Syd noch am Leben war.

Du hast ein gutes Herz hier drinnen, hatte Caleb gesagt. Leon legte seine Hand auf seine eigene Brust und erinnerte sich an das seltsame Gefühl, das er empfunden hatte, als Caleb ihn berührt hatte. Leon atmete tief durch und hörte auf die herannahenden Sirenen.

Für Caleb hoffte er, dass sie schnell hierher kamen. Es sei denn, es war schon zu spät.

110

Caleb holte tief Luft und ignorierte dabei den stechenden Schmerz in seiner Seite. Er glaubte nicht, dass Vince ihn hart genug geschlagen hatte, um ihm etwas zu brechen, aber es fühlte sich an, als hätte er eine gebrochene Rippe. Neben den Schmerzen in seinem Brustkorb pochte auch Calebs Kopf von den Schlägen, die er eingesteckt hatte. Während er sein Gewicht von einem Fuß auf den anderen verlagerte, dachte er über die Schläge nach, die er Vince verpasst hatte. Einen in den Unterleib, einen ins Bein. Der Schlag auf den Bauch von Vince hätte viel härter ausfallen müssen. Es war ein spontaner Schlag gewesen, den Caleb ausgeführt hatte, als er gemerkt hatte, dass Vince seinen Arm noch in seiner Deckung hatte. Wie Calebs eigener Brustkorb würde auch dieser Bereich pulsieren. Der Tritt gegen sein Bein war eine taktische Entscheidung gewesen. Ein verletztes Bein zu haben, machte weitere Tritte viel schwieriger, auch wenn es Vinces Halbkreistritt nicht verhindert hatte.

Caleb wusste jetzt einige Dinge. Er wusste, dass Vince

treten konnte, aber lieber seine Hände benutzte. Er hatte den Halbkreistritt absichtlich in die Seite ausgeführt, um Vince zu ermutigen, seine Füße mehr zu benutzen, da er hoffentlich nicht wusste, wie viel weniger Kraft er mit dem verletzten Bein aufbringen konnte. Vince war sich wahrscheinlich nicht bewusst, wie sehr er seine Tritte vorbereitete, um sie auszuführen. Caleb wusste auch, dass Vince seinen Unterleib ungeschützt ließ, wenn er mit der rechten Hand zuschlug. Damit hatte er zwei große Schwachpunkte, die er ausnutzen konnte.

Caleb sah, wie Vinces Kampffuß ein paar Zentimeter nach vorne hüpfte. Dann schwang sein linkes Bein zu einem Roundhouse-Kick aus. Caleb legte die Finger seiner rechten Hand an seine eigene Schläfe und stieß mit dem Ellbogen dicht an seinen Körper heran. Als Vinces Fuß harmlos von Calebs Unterarm abprallte, griff Caleb mit der linken Hand hinüber und schlang seine Finger um Vinces Wade, wobei er sich drehte, um seinen Gegner herumzustoßen. Als er Vince durch die Bewegung zog und den Schwung des anderen Mannes nutzte, holte Caleb mit seinem rechten Fuß aus und erwischte Vince am Knöchel seines Standbeins. Vince flog zurück und landete mit einem schnellen Ausatmen flach auf dem Rücken.

Caleb widerstand der Versuchung, einzugreifen und Vince mit einem Kehlkopfschlag zu erledigen, und hüpfte nach hinten und drehte seinen Kopf so, wie Vince es ein paar Sekunden zuvor getan hatte.

»Was denkst du, Vince?«, fragte er, als sein Gegner auf die Beine kam. »Wann wird dieser Kampf zu Ende gehen?« Caleb stachelte ihn an und hoffte auf einen Adrenalinschub bei dem Mann. Das würde ihn noch nachlässiger machen, als er ohnehin schon war. Mit einem Knurren sprang Vince nach vorne und schlug auf ihn ein, einige davon landeten, aber Calebs Arme waren fest vor seinem Kopf und keiner der Schläge konnte ihm etwas anhaben. Er wich den Schlägen aus und streckte seine Hand aus, um Vince auf die Wange zu schlagen. Es gab nichts Erniedrigenderes in einer Schlägerei, als von einem anderen Mann geohrfeigt zu werden.

»Der Kampf ist zu Ende, wenn du tot bist, Prediger«, verkündigte Vince, dessen Wange sich von der Ohrfeige verfärbt hatte. Er tanzte vorwärts und versuchte einen Roundhouse-Kick, den Caleb gerade noch abwehren konnte. Dann versuchte er eine Finte mit seinem linken Arm, gefolgt von einem Aufwärtshaken, dem Caleb auswich. Wieder hatte Vince seine Flanke ungeschützt gelassen, so dass Caleb ihm einen kräftigen Schlag ins Zwerchfell versetzte. Vince fiel auf die Knie, während Caleb davonsprang.

»Bist du dir da sicher, Vince?«, fragte Caleb, als ein paar fette Regentropfen fielen. In der Ferne konnte Caleb herannahende Sirenen hören. Wenn Naomi es geschafft hatte zu entkommen, hätte sie die Polizei gerufen, aber wenn sie schon auf dem Weg waren, hatte er nicht mehr viel Zeit. »Wo ist das Mädchen?«

»Fick dich«, antwortete Vince, als er aufstand und dabei leicht schwankte. Caleb sah ihn mit einem Anflug von Bewunderung an. Der Mann musste verletzt sein, aber er gab nicht auf.

Vince versuchte noch ein paar Schläge, die Caleb mit seinen Unterarmen abwehrte. Sicherlich würde er in den nächsten Wochen blaue Flecken haben. Kämpfe mit bloßen Fäusten hatten die Angewohnheit, das mit sich zu bringen, aber jeder Schlag, den Vince nicht landen konnte, schwächte ihn.

Die beiden Männer tanzten einige Augenblicke lang umeinander herum, während die Sirenen lauter wurden. Sie tauschten Schläge aus, aber Caleb merkte, dass Vince müde wurde. Es war an der Zeit, die Sache zu beenden. Caleb musste herausfinden, wo Leanne war. Dann sah er seine Chance.

Vince signalisierte Caleb mit seinen Füßen, dass er sein Gewicht verlagerte, um sich auf einen weiteren Halbkreistritt vorzubereiten, zweifellos in der Annahme, dass nach dem letzten Treffer ein weiterer folgen könnte. Als Vinces linkes Bein herausschoss, griff Caleb mit seinem Arm nach unten und hielt es zwischen Ellbogen und Unterarm fest. Dann trat er vor und hob sein linkes Bein zu einem Kniestoß an, der genau dort landete, wo die beiden vorherigen Schläge gelandet waren. Ein Punkt unter und links von Vinces Solarplexus, ein paar Zentimeter über der Narbe einer Blinddarmoperation.

Das Ergebnis war augenblicklich und Caleb wusste, dass sein Lebertritt perfekt gelandet war. Vince machte ein paar große Schritte zurück, bevor er auf ein Knie sank. Sein Gesicht war voller Qualen und er schnappte nach Luft. Dann drehte er sich um und kroch von Caleb weg, während er sich übergab.

»Wo ist das Mädchen, Vince?«, rief Caleb dem sich zurückziehenden Mann hinterher. Vince antwortete nicht und Caleb drehte sich um und schaute in den Himmel, als ein Blitz die dunklen Wolken über ihm teilte. Ein paar Sekunden später gab es einen lauten Donnerschlag, der das Geräusch der Sirenen übertönte. Vince hatte noch eine Chance, Leannes Aufenthaltsort zu verraten. Wenn er es nicht tat, würde er sterben. Caleb drehte sich zu Vince um, bereit, ihm eine letzte Chance zu geben, bevor er seinen Schöpfer treffen würde.

Als er dies tat, sah er, dass Vince aufstand und ihn ansah. Caleb erkannte seinen Fehler sofort. Vince war nicht weggekrochen, um von Caleb wegzukommen. Er war in Richtung der Waffe gekrochen.

Welche nun direkt auf Caleb gerichtet war.

Vince hatte noch nie in seinem Leben solche Schmerzen erlebt, wie als Calebs Knie seinen Unterleib getroffen hatte. Er hatte Mühe, seinen Arm zu strecken, und die Pistole fühlte sich viel schwerer an als zuvor.

»Geh zurück!«, rief er, als der Regen stärker wurde. Caleb tat wie ihm befohlen und Vince folgte ihm, bis sie beide an der Brüstung standen und etwa zwanzig Meter zwischen ihnen lagen.

»Ich dachte, wir hätten eine Abmachung, Vince«, sagte Caleb. Trotz der Situation war in seiner Stimme keine Spur von Angst zu hören. Es war etwas anderes. Traurigkeit, vielleicht?

»Was hast du denn erwartet, Prediger?«, schoss Vince zurück. »Den Marquess des verdammten Queensbury?« Die Sirenen waren jetzt viel näher. Vince riskierte einen Blick über die Brüstung und konnte blaue Blinklichter am Rande der Siedlung sehen. Er richtete seinen Blick wieder auf Caleb, während die Regentropfen um sie herum plätscherten. »In wenigen Sekunden, Caleb, wirst du alles wissen, worüber du dich jemals gewundert hast.«

»Und was wäre das?« In Calebs Stimme lag eindeutig Traurigkeit.

»Wie es ist, zu sterben«, sagte Vince. »Ob es deinen Gott wirklich gibt.«

»Er existiert, Vince«, antwortete Caleb. »Dessen bin ich mir sicher.«

»Und wo ist er jetzt, dein Gott? Ich sehe ihn nirgends, wie er dir zu Hilfe eilt.«

»So funktioniert es nicht.« Calebs Stimme war feierlich, fast schon resigniert.

Vince holte tief Luft und ein stechender Schmerz durchfuhr sein Zwerchfell, der ihm den Atem raubte. Die Pistole in seiner Hand zitterte, aber Caleb machte keine Anstalten, auf ihn zuzugehen.

»Wie willst du damit durchkommen, Vince?«, fragte Caleb. »Die Polizei ist fast hier. Wenn du mich erschießt, hast du einen unbewaffneten Mann erschossen.«

Vince lachte über die Naivität von Caleb. »Klar, natürlich werde ich das tun.« Er änderte den Tonfall seiner Stimme, als würde er in einem Gerichtssaal sprechen. »Euer Ehren«, fuhr er fort, »der Verdächtige war mit einem Messer bewaffnet. Er war eindeutig aufgebracht. Ich habe versucht, ihn davon zu überzeugen, die Waffe fallen zu lassen. Ich habe ihn mindestens dreimal klar und deutlich gewarnt, aber er ging mit der Waffe auf mich los und ich hatte Angst um mein Leben.« Vinces Lachen verstummte. »Du hättest das Messer nicht in die Hand nehmen sollen, Caleb. Deine Fingerabdrücke sind jetzt überall darauf.«

Er beobachtete, wie Caleb seine Augen schloss und seine Lippen bewegte. »Sei nicht schüchtern, Prediger-

Mann. Lass mich deine Gebete hören.« Caleb öffnete seine Augen und sah Vince mit einem düsteren Blick an.

»Gewähre ihm ewige Ruhe, oh Herr, und lass das ewige Licht auf ihn scheinen. Möge er in Frieden ruhen«, sagte Caleb. »Das würde ich sprechen, wenn ich für die Seele eines anderen beten würde, aber ich kann nicht für deine Seele beten. Liest du die Heilige Schrift?«

»Einmal ein Prediger, immer ein Prediger«, antwortete Vince. »Du solltest dich besser beeilen, Caleb. Dir läuft die Zeit davon.«

»Denn unser Kampf ist nicht gegen Fleisch und Blut, sondern gegen die Mächte dieser dunklen Welt und gegen die geistlichen Mächte des Bösen in den himmlischen Bereichen«, sagte Caleb mit monotoner Stimme. »Das ist aus dem Epheserbrief, Kapitel sechs, Vers zwölf.«

»Sehr treffende Worte für deine letzten Worte, Caleb.«

Vince hielt die Pistole fester in der Hand und ließ seinen Finger in den Abzugsbügel gleiten.

Der Schuss, als er fiel, war ohrenbetäubend.

112

Leon richtete sich auf, als das erste Polizeiauto um die Ecke bog. Ein paar Sekunden später, als der erste Wagen neben Syds Auto zum Stehen kam, tauchte ein weiteres Polizeifahrzeug auf. Kaum hatte das erste Auto angehalten, flogen die Türen auf und zwei uniformierte Polizisten stiegen aus. Einer von ihnen rannte auf Leon zu und rutschte dabei auf dem nassen Boden fast aus, während der andere zum Kofferraum des Wagens lief.

Der Polizist, der auf Leon zulief, war Mitte zwanzig, kräftig gebaut und von Kopf bis Fuß in schwarze taktische Kleidung gekleidet. An seinem Gürtel war eine Vielzahl von Ausrüstungsgegenständen befestigt und er trug eine schwarze Baseballmütze mit dem Wort *POLIZEI* auf der Vorderseite und einem schwarz-weiß-karierten Band drum herum.

»Standort?«, fragte der Polizist mit einem entschlossenen Gesichtsausdruck. Leon warf einen Blick auf die Pistole an seiner Hüfte, als er antwortete.

»Er ist auf dem Dach«, antwortete Leon. »Da gibt es einen Aufzug, der Sie in den zehnten Stock bringt.« Er sprach zu schnell, aber das schien den Polizisten nicht zu stören. Die zweite Polizistin, eine Frau, vielleicht Ende zwanzig, die die gleiche Uniform trug, kam mit zwei ernst aussehenden Waffen herüber gejoggt. Sie reichte die eine Waffe ihrem Kollegen, bevor sie sich die Schlinge ihrer eigenen Waffe um den Hals legte.

»Auf dem Dach, Melanie«, sagte der männliche Beamte. Sie nickte als Antwort. Ein paar Sekunden später kamen zwei weitere bewaffnete Beamte aus dem zweiten Fahrzeug. »Wir fahren mit dem Aufzug nach oben, Jungs.«

Leon wich zurück, als die Beamten an ihm vorbeiliefen. Er wollte ihnen gerade zurufen, dass der Aufzug von oben gesteuert wurde, aber er wusste, dass Naomi auf den Bildschirm schauen und den Fahrstuhl hochfahren würde, sobald sie sie einsteigen sah. Aber als die Polizisten im Aufzug waren, passierte nichts. Er sah, wie einer der Polizisten auf die Knöpfe drückte, aber die Türen blieben offen. Leons Herz sank. Wo war Naomi? Hatte Vince sie irgendwie erreicht?

»Treppe!«, rief der Beamte, der mit Leon gesprochen hatte. Gemeinsam verließen die vier Beamten den Aufzug und stürmten durch die Tür, die zum Treppenhaus führte. Leon beneidete sie nicht darum, zehn Stockwerke in Schutzwesten und mit so viel Ausrüstung hochzulaufen. Das Geräusch ihrer stampfenden Füße wurde unterbrochen, als sich die Tür zum Treppenhaus schloss.

Die Tür zum Treppenhaus schloss sich, als ein weiterer Donnerschlag die Luft zerriss und Leon zusammenzucken ließ. Das Gewitter musste direkt über ihm sein, obwohl er keine Blitze gesehen hatte. Er machte ein paar Schritte durch die Tür, um sich vor dem Regen zu schützen, und fragte sich, was er jetzt tun sollte. Auf dem Parkplatz standen die Polizeiautos mit offenen Türen und blinkenden

Lichtern. Leon konnte ein paar neugierige Anwohner sehen, die durch ihre Fenster schauten, aber der Regen hielt sie drinnen.

Leon wollte gerade entscheiden, ob er nach Hause gehen sollte, als ein weiteres Polizeiauto um die Ecke bog. Dieses war nicht gekennzeichnet, hatte aber blinkende blaue Lichter im Kühlergrill an der Vorderseite. Leons Augenbrauen gingen in die Höhe, als er erkannte, dass es ein nagelneuer BMW X2 M35i xDrive war. Vierzig Riesen für das einfachste Modell und dieses hier sah alles andere als einfach aus. Der Wagen kam quietschend zum Stehen, seine Reifen rutschten auf dem nassen Beton. Die Tür flog auf und ein männlicher Polizist stieg aus. Er trug einen Anzug, war unbewaffnet und als er durch den Regen zu Leon lief, wurde ihm klar, dass er ihn kannte. Es war Dave, der Polizist, der ihn damals verhört hatte.

»Wo ist Naomi?«, brüllte Dave. »Geht es ihr gut?«

»Sie war im zehnten Stock, als ich sie das letzte Mal gesehen habe und es ging ihr gut.« Die Erleichterung auf dem Gesicht des Detectivs war fast mit Händen zu greifen. Er öffnete den Mund, um Leon zu antworten, als ein weiteres Geräusch weit über ihnen ertönte. Es war kein Donner, aber er hallte immer noch im Hochhaus wider. Leon sah, wie Dave in die Luft schaute und fluchte. Er versuchte zu rennen, aber im Regen hatte er keinen Halt. Eine Sekunde später krachte etwas auf das Dach des BMW, brachte es komplett zum Einsturz und schickte winzige Glassplitter von den Fahrzeugfenstern über den Parkplatz. »Verdammte Scheiße«, schrie Leon, als er auf das starrte, was gerade das nagelneue Auto zerstört hatte.

Es war die Leiche eines Mannes.

113

»Bewaffnete Polizei! Lassen Sie die Waffe fallen!« Naomi hielt ihre Augen fest geschlossen, als sie die Rufe hörte. Sie dachte, es seien mehrere Stimmen, die riefen, aber erst als sie eine weibliche Stimme hörte, die die gleiche Forderung stellte, öffnete sie die Augen. Dann wurde ihr klar, dass sie sie anschrien.

Keuchend warf sie die Pistole in ihren Händen auf das Dach. Dann rannte sie zu Caleb, der neben der Brüstung stand, und warf ihre Arme um ihn, als sie ihn erreichte.

»Vorsichtig«, hörte sie ihn flüstern. »Es ist ein langer Weg nach unten.«

Als Leon gegangen war, um in den unteren Teil des Hochhauses zu gehen, hatte Naomi nur widerwillig die Toilette benutzt. Wer auch immer Syd gewesen war, Hygiene stand nicht an erster Stelle. Es gab keine Handseife, kein Handtuch und die Toilette sah aus, als ob sie seit Jahren nicht mehr geputzt worden war. Sie hatte sich die Hände mit Spülmittel gewaschen und sie mit einem Geschirrtuch abgetrocknet, bevor sie die Küche verlassen hatte. Sie hatte vor der Schlafzimmertür gestanden. Leons

Anweisung, das Schlafzimmer nicht zu betreten, ging ihr nicht aus dem Kopf. Aber was, wenn Syd gar nicht tot, sondern nur schwer verletzt war? Wäre Leon in der Lage gewesen, den Unterschied zu erkennen? Er war schließlich nur ein Kind. Aber als sie die Schlafzimmertür öffnete, war es klar, dass Syd definitiv tot war. Dann hatte Naomi die Pistole auf dem Boden gesehen.

Naomi hatte einige Augenblicke lang überlegt, was sie tun sollte. Sie holte die Waffe heraus und legte sie auf den Couchtisch, neben den überquellenden Aschenbecher. Die Polizei war auf dem Weg, aber was, wenn sie zu spät kamen? In ein paar Sekunden konnte sie auf dem Dach sein – bewaffnet. Der einzige Fehler in ihrem Plan war die Tatsache, dass sie bis jetzt noch nie in ihrem Leben eine Waffe in der Hand gehabt, geschweige denn abgefeuert hatte.

»Vince wird das nicht wissen«, hatte Naomi zu sich selbst gesagt, als sie die Pistole aufhob und sich auf den Weg zum Dach machte. Als sie dort ankam, war die Tür bereits offen. Das Erste, was sie sah, als sie hindurchging, war Vince, der eine Pistole auf Caleb gerichtet hatte. Ohne nachzudenken, hob Naomi die Pistole und drückte ab. Sie hatte nicht erwartet, dass sie Vince tatsächlich treffen würde, aber er war über die Brüstung verschwunden.

»Ein verdammt guter Schuss, Naomi«, flüsterte Caleb ihr ins Ohr. Sie klammerte sich an seine Kleidung und kuschelte sich an seinen Hals. »Danke.«

»Ist er tot?«, fragte sie ihn, obwohl sie die Antwort darauf schon kannte. Sie spürte, wie er mit dem Kopf nickte, und sie drückte ihn fester an sich, weil sie ihn nicht mehr loslassen wollte.

»Gehen Sie von der Brüstung weg, alle beide«, befahl eine weibliche Stimme. Naomi blickte auf und sah eine Polizistin, die sie wiedererkannte, die ihre Waffe über der Brust trug und den beiden zuwinkte. Es regnete in Strömen und sie waren alle durchnässt. »Naomi, sie sagten, du wärst es, aber wir waren uns nicht sicher. Wir sind so schnell gekommen, wie wir konnten.«

»Ich habe ihn erschossen, Mel«, antwortete Naomi mit zitternder Stimme. »Ich habe ihn getötet. Ich habe gerade einen Mann getötet.«

»Ich weiß«, antwortete Mel und legte eine Hand auf Naomis Unterarm. »Ich weiß, dass du es getan hast. Ich habe gesehen, was passiert ist. Du hattest keine Wahl.«

Etwa zwanzig Minuten später saßen Naomi und Caleb im hinteren Teil eines Krankenwagens und hatten Foliendecken über den Schultern. Der Krankenwagen war gegenüber einem zerstörten Auto geparkt, über das eine Plane geworfen war. Da sie wusste, dass Vince dort gelandet war, hatte Naomi die Augen abgewandt, als Dave sie zum Krankenwagen geführt hatte. Auf dem Parkplatz herrschte jetzt reges Treiben und es wimmelte nur so von Rettungsfahrzeugen und Menschen in leuchtenden Jacken, die durch den Regen hetzten.

»Was passiert jetzt, Caleb?«, fragte Naomi ihn und sah ihn mit feuchten Augen an. Sie beobachtete, wie er an einer Tasse Tee nippte, die ein Anwohner gebracht hatte. Ihre eigene Tasse hielt sie in den Händen.

»Wir müssen immer noch Leanne finden, Naomi«, antwortete er. Seine Stimme war leise und sie konnte die Besorgnis in ihr spüren. »Es ist erst vorbei, wenn sie in Sicherheit ist.«

Die Tür des Krankenwagens öffnete sich und Naomi sah, wie Dave hineinspähte. Hinter ihm begann sich der Himmel aufzuhellen und die ersten Sonnenstrahlen drangen durch die Wolken.

»Alles in Ordnung hier drin?«, fragte Dave. Naomi nickte

zur Antwort. Er kletterte hinein, schloss die Tür hinter sich und setzte sich auf den Sitz des Sanitäters gegenüber von Naomi und Caleb. »Ich habe mit einer unserer Kontaktpersonen bei den Sicherheitsdiensten über diesen ›Vince‹ gesprochen. Er muss es nur noch bestätigen, aber er glaubt, dass er einer von ihnen ist.«

»Okay«, antwortete Naomi und schaute Caleb an. »Wie geht es weiter?«

»Die Kontaktperson sagte, dass sie sein Leben auf den Kopf stellen werden, sobald sie seine Identität bestätigt haben, um das Mädchen zu finden.« Dave holte tief Luft. »Wenn jemand sie finden kann, dann sie.«

»Leanne«, flüsterte Naomi. »Ihr Name ist Leanne.«

Caleb saß auf dem Rücksitz des Polizeiautos, Naomi neben ihm, als die ersten Sonnenstrahlen am Himmel im Osten auftauchten. Sie waren nur noch ein paar hundert Meter von einem Wohnwagen an der Nordküste von Norfolk entfernt, näher wollte Dave sie nicht heranlassen.

»Glaubst du, sie ist da drin?«, fragte Naomi ihn. Caleb starrte auf den gedrungenen weißen Wohnwagen in der Ferne. Er konnte gerade noch sehen, wie sich mehrere taktische Polizeieinheiten auf ihn zubewegten und andere Wohnwagen im Park als Deckung nutzten.

»Ich hoffe es.«

Es war drei Tage her, dass Naomi Vince erschossen hatte. Der Sicherheitsdienst hatte ihnen über Dave mitgeteilt, dass sein richtiger Name nicht Vince war, wollte sich aber nicht dazu äußern, wie er tatsächlich hieß. Das Einzige, was Dave ihnen gesagt hatte, war, dass sie ihre enormen Ressourcen nach innen gerichtet hatten und jeden Aspekt seines Lebens durchleuchtet hatten. Eines der Dinge, die sie gefunden hatten, war der Wohnwagen, den Vince vor

Jahren gekauft hatte. Er stand in der Nähe der Küste und in der Nähe von Henrys Betrieb. Vielleicht hatte Syd gar nicht so weit daneben gelegen, dachte Caleb, als er die Polizeibeamten anrücken sah.

Im Wohnwagen befanden sich zwei Personen, ein Mann und eine Frau, mit einem Mädchen in Leannes Alter, das von den anderen Bewohnern des Ferienparks selten gesehen wurde. Dave hatte gesagt, dass einige Agenten einen Wohnwagen in der Nähe gemietet hatten, bis sie bestätigen konnten, dass es Leanne war. Wie sie das gemacht hatten, wusste Dave nicht, aber sie waren sich hundertprozentig sicher, dass sie es war. Deshalb hatten sie die Angelegenheit an die Abteilung für Spezialeinsätze der Polizei von Norfolk übergeben, die die Razzia durchführte.

In der Ferne näherten sich dunkle Gestalten dem Wohnwagen. Caleb beobachtete, wie eine von ihnen einen Arm hob. Einen Sekundenbruchteil später zuckten helle Blitze durch die Fenster des Wohnwagens, die Caleb kurzzeitig blendeten, und ein paar Sekunden später dröhnte das Geräusch von Blendgranaten über sie hinweg. Als er wieder sehen konnte, stand die Tür des Wohnwagens weit offen und drinnen wuselten Gestalten herum.

»Das arme Kind«, meinte Naomi. »Sie muss schreckliche Angst haben.«

»Komm, lass uns gehen«, sagte Caleb und öffnete die Tür des Polizeiautos. Dabei verfing er sich mit dem Saum seines Gewandes in der Halterung des Sicherheitsgurtes.

»Sollten wir nicht warten, bis sie uns holen?«, fragte Naomi und reichte ihm seine Stofftasche.

»Nein«, antwortete Caleb und nahm ihr die Tasche ab. Es war nicht viel drin, aber eine sehr wichtige Sache. »Wie du schon sagtest, sie wird Angst haben. Wenigstens ist mein Gesicht ein freundliches.«

»Meinst du?« Naomi antwortete mit einem Lächeln. »Hast du dich in letzter Zeit mal gesehen?« Dann legte sie ihre Hand auf Calebs Arm, als ihr Lächeln verblasste. »Caleb, warte einen Moment.«

Er hielt inne und wartete darauf, dass sie fortfuhr. Sie schien nach den richtigen Worten zu suchen.

»Du fragst dich, was danach passieren wird?«, fragte er. Sie nickte nur zur Antwort. »Ich glaube, du weißt es, Naomi«, fuhr Caleb fort. »Ich gehöre nicht hierher. Nicht jetzt. Er hat mich hergeschickt, um ein Problem zu lösen. Jetzt, wo das Problem gelöst ist, hat er andere Pläne für mich.«

»Aber du hast das Problem nicht gelöst«, antwortete Naomi, und er merkte, dass sie versuchte, nicht zu weinen. Es gelang ihr ein schiefes Lächeln. »Das habe ich.« Sie schniefte laut. »Kann ich dir etwas sagen, wenn du versprichst, es niemandem sonst zu erzählen?«

»Natürlich.«

»Als ich den Abzug betätigt habe, hatte ich meine Augen geschlossen.« Caleb lachte und ein paar Sekunden später stimmte Naomi mit ein.

»Er handelt wirklich auf mysteriöse Weise.«

Als Caleb und Naomi den Wohnwagen erreichten, war dieser bereits von Polizisten umstellt. Zwei Personen wurden mit Handschellen auf dem Rücken zu einem wartenden Van in der Nähe geführt. Caleb schaute sie nicht einmal an.

»Das Kind ist in dem kleinen Schlafzimmer links«, sagte ein Polizist an der Tür des Wohnwagens. »Es ist das einzige, in dem wir keine Betäubungsgranate eingesetzt haben, aber sie ist ziemlich aufgewühlt. Eine unserer Beamtinnen ist bei ihr.«

Caleb stieg die Treppe hinauf und betrat den Wohnwagen. Es stank und es roch nach Zigarettenrauch. Er ging zu der Tür auf der linken Seite, klopfte leicht dagegen und öffnete die Tür. Naomi blieb an der Tür stehen, als ob sie spürte, dass er das alleine machen wollte. Als er sich an die Tür lehnte, ertönte ein Freudenschrei.

»Caleb!«, kreischte Leanne. Er grinste breit, als sie ihre Bettdecke wegwarf und aufstand. Er hockte sich hin und streckte seine Arme aus, um sie zu umarmen. Sie warf ihre Arme um ihn und er atmete den Duft ihres Shampoos ein. »Du bist wegen mir zurückgekommen!«

»Hey, Leanne, ich habe dir doch ein Versprechen gegeben, oder?«, sagte Caleb und sah das Kind an. Sie hatte so viel durchgemacht und musste noch so viel mehr durchmachen. Er hoffte, dass das Geld, das Naomi für sie aufbewahrte – Suzys Fluchtfonds –, ein wenig helfen würde. »Und ich breche nie ein Versprechen.«

Leanne nickte enthusiastisch, als Caleb nach seiner Tasche griff.

»Ich auch nicht«, sagte Leanne.

»Ich weiß«, antwortete Caleb und zog etwas aus der Tasche, das Leanne zu einem weiteren aufgeregten Aufschrei veranlasste. Er reichte ihn ihr und sie drückte den weichen rosa Elefanten an ihre Brust. »Und Boo Boo weiß es auch.«

TEAM PREACHER BEITRETEN

Um ein zusätzliches Exemplar der begleitenden Novelle zu Der Prediger zu erhalten, können Sie jetzt dem ›Team Prediger‹ beitreten. Die Novelle heißt Erstes Rodeo und ist exklusiv für Leserinnen und Leser. Sie ist nicht im Handel erhältlich und wird es auch nicht sein.

Wenn Sie dem Team beitreten, erfahren Sie als Erster von Neuerscheinungen, Verlosungen, Wettbewerben und besonderen Rabatten.

nathanburrows.com/de/teampreacher

9 781917 016155